スター作家傑作選

大富豪の甘い独占愛

リン・グレアム
シャロン・ケンドリック
キム・ローレンス

BOUGHT FOR THE GREEK'S REVENGE
by Lynne Graham

EXPOSED: THE SHEIKH'S MISTRESS
by Sharon Kendrick

BABY AND THE BOSS
by Kim Lawrence

Published by Harlequin Japan,
a Division of K.K. HarperCollins Japan, 2025

Contents

リン・グレアム

北アイルランド出身。10代のころからロマンス小説の熱心な読者で、初めて自分で書いたのは15歳のとき。大学で法律を学び、卒業後に14歳のときからの恋人と結婚。この結婚は一度破綻したが、数年後、同じ男性と恋に落ちて再婚するという経歴の持ち主。小説を書くアイデアは、自分の想像力とこれまでの経験から得ることがほとんどで、彼女自身、今でも自家用機に乗った億万長者にさらわれることを夢見ていると話す。

シャロン・ケンドリック

英国のウエストロンドンに生まれ、ウィンチェスターに在住。11歳からお話作りを始め、現在まで一度もやめたことはない。アップテンポで心地よい物語、読者の心をぎゅっとつかむセクシーなヒーローを描きたいという。創作以外では、音楽鑑賞、読書、料理と食べることが趣味。娘と息子の母でもある。

キム・ローレンス

イギリスの作家。ウェールズ北西部のアングルシー島の農場に住む。毎日3キロほどのジョギングでリフレッシュし、執筆のインスピレーションを得ている。夫と元気な男の子が2人。それに、いつのまにか居ついたさまざまな動物たちもいる。もともと小説を読むのは好きだが、今は書くことに熱中している。

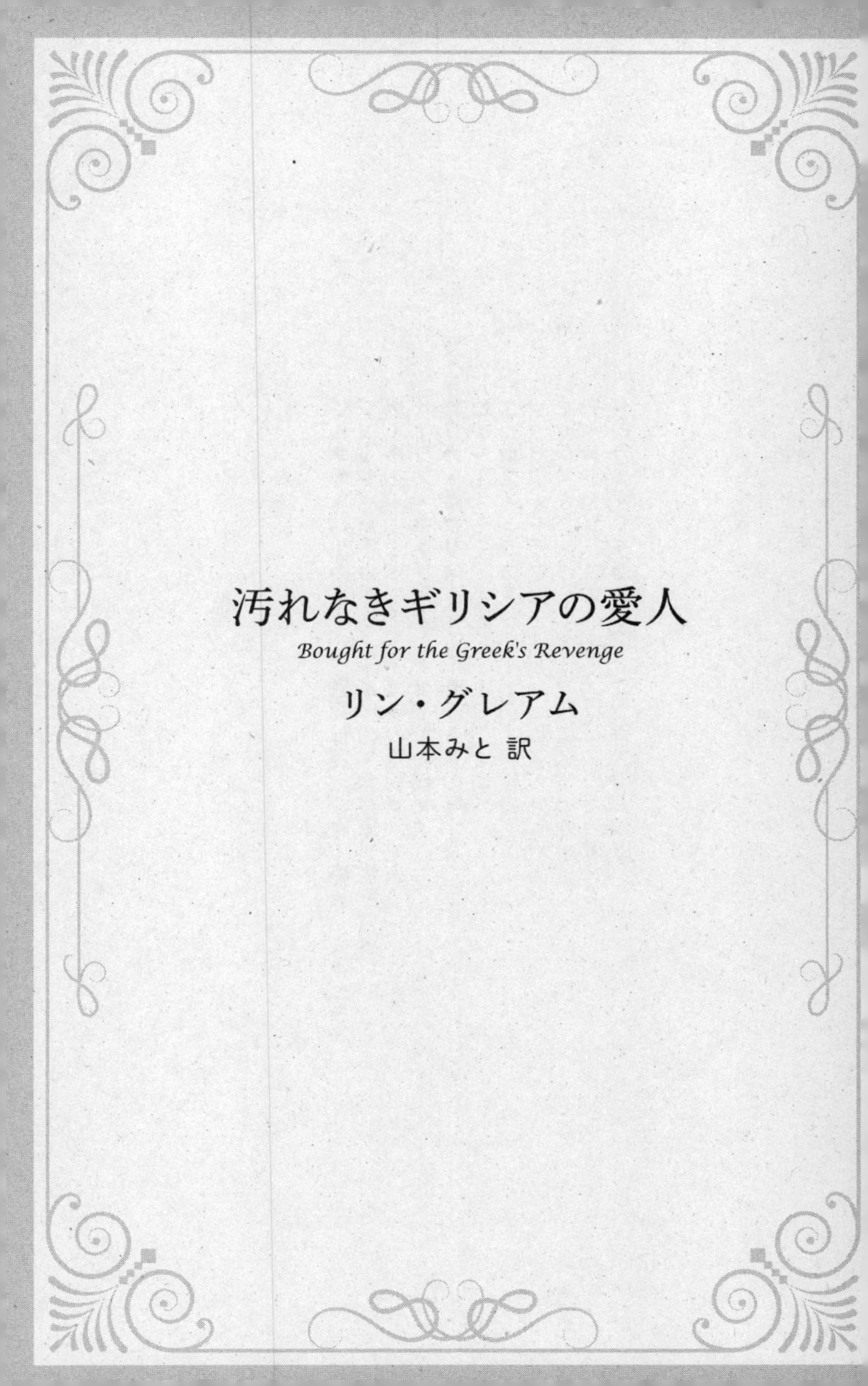

汚れなきギリシアの愛人

Bought for the Greek's Revenge

リン・グレアム

山本みと 訳

主要登場人物

プルネラ・パーカー……動物保護センター職員。愛称エラ。
ジョージ・パーカー……エラの父親。家具店経営者。
ポール……エラの婚約者。故人。
サイラス・マクリス……ポールの叔父。
マリカ・マクリス……サイラスの姉。
ロージー……エラの上司。
ニコロス・ドラコス……ホテル経営者。
ソフィア・ドラコス……ニコロスの姉。故人。
マックス……ドラコス家の執事。
ディドー・ドラコス……ニコロスの大叔母。
ドルカス・ドラコス……ニゴロスの大叔母。

1

ニコロス・ドラコスはしかめっ面で写真に目をやると、それを拡大した。同じ女のはずはない。あるわけがない！　あの宿敵サイラス・マクリスが一般庶民の娘と結婚するなどありえないのだから。

現実離れした色味の赤毛を、ニコロスはじっくりと見た。一度会ったことのあるあの小柄な妖婦と同一人物であるわけがない。あのとき彼女は駐車係として働いていた。世間はそれほど狭くない。だが、サイラスはノーフォークに邸宅を所有している。ニコロスの眉間の溝がさらに深まり、回転の速い頭は遠くない過去をさかのぼった。

ニコロスが会った女は、小柄な体にしては態度が大きかった。とてつもなく高飛車だった。つかの間ベッドをともにする美女には、あんな資質は求めない。だが彼女には、グリーンの瞳と睡蓮の花のような柔らかでつややかなピンクの唇があった。そのセクシーな取り合わせが、実に多くのことを忘れさせたのだ。

ニコロスの唇は不満げに引き結ばれた。僕はあの女に袖にされた。これがほかの男なら、彼女を捜し出して再度言い寄ったかもしれない。だが、あえてそうしなかった。僕は女を追わない。甘い言葉もデートも花もなし。ただ立ち去るだけ。どんな女も替えがきく。それが信条だ。女はどれも同じ。そもそも愛など信じていない。あの女に想像をかきたてられたのは、一瞬血迷ったせいなのだ。だから誘惑をはねのけ、彼女を追わなかった。いったいいつから女を追うような男になった？

四十五歳のサイラスが年老いた父親から、結婚して跡継ぎをもうけるよう強く言われているのは周知のことだ。とはいっても、あのサイラスが、僕の愛車マクラーレン・スパイダーの塗装に傷をつけた短気で小柄な赤毛と結婚しようともくろんでいるとは信じがたい。しかもサイラスの好みは、清純で手つかずの娘なのだ。亡くなった僕の姉はそれを身をもって知ることになった。火花を放つようなあの赤毛が、いまだに純潔で手つかずだとはとても思えない。

ニコロスは体を起こして、先ほど見ていたファイルに注意を向けた。彼が雇った調査員は完璧なプロで、報告にもれはない。改めて写真を見ていくと、あの女に驚くほどよく似ている。好奇心をかきたてられ、エラことプルネラについての情報に目を通した。そうだ、あの夜、彼女のボスがエラと呼んでいた。エラ・パーマー、二十三歳。以前は獣医学を学ぶ学生で、亡くなったサイラスの甥ポールと婚約していた。これでようやくサイラスにつながった。僕にわかるわけがない。サイラスは親戚付き合いなどしないのだから。

ニコロスはさらに読み進めた。思いがけず詳細を知りたくなっていた。その甥が白血病で他界したのは一年前、エラの父親ジョージ・パーマーが脳卒中を起こしたのは二年前になる。今、父親は借金に首までつかり、溺れかけている。金持ちだが締まり屋のサイラスはエラの家族に救いの手を差しのべてはいない。たぶん、いずれ機を見て駆け引きに使うつもりなのだろう。

だが、ニコロスは即座に行動を起こした。個人秘書たちを呼び、指示を出した。その一方で、なぜエラ・パーマーがサイラスの花嫁候補となったのか、その理由を解明しようとした。

彼女の何がそんなに特別なのだろう？　少なくとも二年間、エラはサイラスの行動範囲外にいた。甥のフィアンセなのだから、手を出せない存在だ。そして、法規を破ることを生きがいにする男にとって、手の届かないものは強い誘惑だろう。今やエラはたった一人、無防備な状態にいる。見たところ、サイラスは待ちの戦術を取ったに違いない。とはいえ、エラのほうもサイラスとの結婚を切望している可能性はある。サイラスは彼女の父親ほどの年齢だが、有名で裕福な実業家なのだ。

だが、純潔のほかに、エラ・パーマーの何がサイラスを引きつけたのだろう？　彼女には金もコネもない。確かに美人ではある。ただ、この時代、婚約までしていた若い女がいまだにバージンだなんてことがありうるだろうか？

ニコロスはかぶりを振った。可能性すらないのでは？　そもそも彼女は自分がどんな男を相手にしているのか、ほんの少しでもわかっているのだろうか？　性的暴力によって興奮し、取り返しのつかない害を及ぼす男なのに。結婚指輪が残忍な暴力を埋め合わせてくれると考えているのか？

それはどうでもいい。こちらの目的はサイラスからエラを取りあげることなのだから。サイラスは危険な男だ。彼の反道徳的な性癖はよく知っている。これまでのところは賄賂や脅し、口止め料を活用することで罪を免れてきた。僕にできた報復は微々たるものだ。ありあまる金と知性を駆使して、実業界でのサイラスの動きを追い、目と鼻の先で実入りのいい契約を横取りした。サイラスは敵の多い人間だから、そのくらいは簡単だった。

しかし、ビジネスではなく、もっと個人的に打ちのめさなければ、満足するにはほど遠い。エラ・パーマーを奪い、彼女が最大の敵を選ぶところを見せつければ、サイラスは打ちのめされるに違いない。そして彼が苦しむことなら、それがなんであれ、僕を幸せにする。

その行動がエラ・パーマーと彼女の家族にどんな

影響を及ぼすかについては……。ニコロスは陰鬱な気分で考えた。実のところ気にしているのか？　確かに巻き添えを食うことになるだろう。だが、エラの家族は借金から解放され、彼女はサイラスから守られる。サイラスの犠牲者は全員が残酷にも正義を否定されたのだ。

非情なる決意がニコロスの復讐心をさらに燃えあがらせた。しかしそこには、彼をいらだたせる奇妙な思いがあった。冷静でいよう、自分を抑えて特別な感情は抱かないようにしようと努力しても、途方もない怒りにとらわれる。サイラスが汚らわしい手を伸ばし、エラを傷つけると思うと……。

「よくない話なの、エラ」祖母が暗い声で言った。

「どのくらいよくないの？」エラは祖母を促した。口の中はからからだ。

祖母の息子でエラの父親ジョージ・パーマーが重いため息をついた。「私は家族にとってとんだ疫病神だ。すべてを失ってしまった」

「お店はそうかもしれない……今さら何をしても救えないでしょうから」エラは震える声で事実を認めた。もうずいぶん前から父の家具店の経営状態がよくないのはわかっていた。「でも、パパは疫病神なんかじゃないわ。少なくともこの家は――」

「違うのよ、エラ」祖母がさえぎった。しわの刻まれた顔は青ざめ、引きつっている。「今度はこの家を手放すことに……」

「どうしてそうなるの？」エラは信じられない思いで声を張りあげた。「この家はお祖母ちゃんのものでしょう、パパではなくて」

「離婚するときにジョイに店の半分を取られたからだ」父親がエラに思い出させた。

「この家は私たちに残された唯一の財産だったの。あなたのお父さんは家を担保にしてジョイに支払うお金を借りたのよ」七十代の祖母が硬い声で告げた。「状況がよくなることを期待して賭けに出たの」

「ああ、そんな……ひどいわ」エラは祖母がたじろぐような言葉を注意深く避けて言った。

　父は離婚してからのほうがずっと幸せだ。継母ジョイは軽薄で、自分勝手な妻だった。二年前、父は脳卒中で倒れた。かなり回復したとはいえ、左半身はいまだに弱く、杖が必要だ。父がリハビリ中に、ジョイは出ていった。快適に暮らせる収入が見込めなくなると、即座に夫を捨てたのだ。そのあとの離婚に際して、ジョージ・パーマーにはやり手の弁護士を頼む余裕がなかった。その結果、ジョイは家具店の権利の半分を勝ち取り、一家はいっきに財政難に陥った。

「家を抵当に入れたのは失敗だったが、少なくともやるだけのことはやった。私はそう考えて自分を慰めているんだ」父が苦笑した。「もしそうしなければ、そうしていればどうなったかと今後繰り返し考えることになっただろう。もう手は尽くした。私たちにとっては不幸だが、債権者に支払いをしなければならない」

　父親があきらめたからといって、エラの気分はましにならなかった。ジョージ・パーマーは生まれつきの紳士で、誰であれなんであれ、決して悪く言うことはない。エラはキッチンのテーブルの上に置かれた手紙に気づいて手に取った。「これがそれなの？　債権者？」

「そうだ。私の負債は別の会社が取り立てることになった。その手紙で、新しい債権者の弁護士が家を売りに出したいと言ってきた」

「とにかく、先のことはわからないわ」エラは言い、体を起こして携帯電話を取り出した。せめて何かできることをしたかった。悲惨な状況を座って嘆いているのは性に合わない。

「これは法に基づく契約なのよ、エラ」祖母が短気な孫娘を悲しそうに見た。「債権者たちに情けを求めても時間の無駄よ。彼らが欲しいのはお金と、投資したものから得る利益なんですもの」

「そんな単純なことじゃないわ……私たちの生活がかかっているのよ！」エラは言い放つと、キッチンを出た。これから法律事務所に電話して、面会の約束を取りつけるのだ。

人生がこれほど残酷になるなんて……。エラは何度となく不運と失望に苦しんできた。いつしかそんな状況にも慣れ、ぐっと我慢するようになった。ただ、それが家族の危機となると、まったく話が別だ。完全な健康体には戻れないとしても、ようやく離婚騒動をくぐり抜けた父はもっと穏やかな生活を送ってしかるべきだと思う。今の状況で、父に住む家まで失わせるのは耐えられない。

それに祖母はどう？　祖母が愛する我が家を失うと考え、エラの明るいグリーンの目に涙があふれた。一九六〇年代、祖母はここで結婚生活を始め、父はこの屋根の下で生まれた。祖母はほかの場所で暮らしたことがない。それは私も父も同じだわ。エラはそう考えて気落ちした。古いが居心地のいい一軒家は、家族の心のよりどころだった。

ジョージ・パーマーは大学時代にエラの母親レスリーと恋に落ち、彼女が妊娠したときに結婚を望んだ。ところがレスリーにはその気がなく、出産後、ジョージと娘を置いてカリフォルニアへ行ってしまった。キャリアを求めて。才気あふれる若いレスリーは、その後世界に名を知られる物理学者となった。

〝私は母親と妻の両方の遺伝子が欠けているのよ。独身で子供のいないことに後悔はないわ〞エラが十八歳になったとき、再会したレスリーは言った。〝ジョージはあなたに夢中だったし、そのあとジョイと結婚したでしょう。私はあなたに会わないほうがいいと思ったの。私がじゃまをしなければ、あなたは完璧な家族の一員として……〟

レスリーは娘にまったく興味がなく、過去を悔やんでもいなかった。それが娘をさらに傷つけることにも気づいていなかった。しかも、ジョージとジョイとエラは完璧な家族などではなかった。ジョイはジョージの妻になってすぐに、エラの存在に対して不満をあらわにした。もしも父親と祖母の愛と配慮がなければ、自分はひどく不幸な子供だったに違いないと、エラは感じていた。

ジョイが実に見事に離婚を切り抜けたことを思うと、苦々しい気持ちになる。でも、こんな不毛なことを考えていてもしかたない。エラは家族の苦境に意識を向け、法律事務所に電話をかけた。何度かたらい回しにされたあと、若く上品な話しぶりの男性弁護士に取り次がれた。エラが望みを伝えると、意気をそがれるような沈黙の壁にぶつかった。やがて弁護士は、依頼人との秘密保持の観点から債権者の素性は明かせないと丁寧に説明した。そしてエラの父親の負債に関しては、当事者である父親本人でなければ誰も話し合いに応じないだろうと指摘した。とはいえ、ともかく彼女の望みは債権者に伝えると約束してくれた。

エラは電話を切り、落胆しつつ腕時計を見た。いらだちの涙で目の奥がちくちくする。それでも自分をふるいたたせて仕事に行かなくてはならない。祖母の年金を除けば、一家の収入はエラの少額の給料だけなのだ。

ジャケットを着たとき、ある考えが浮かんだ。エラはキッチンのドア口で立ちどまり、父親と祖母を見て唐突に尋ねた。「ねえ、あの……サイラスに助けを求めたらどうかしら？」

父親の顔が身構えるようにこわばった。「エラ、私は――」

「サイラスは家族ぐるみのお友達でしょう」祖母がさえぎった。「こういう状況にあって、お金があるというだけの理由でお友達にすり寄るなんてよくないわ」

エラはハート形の顔をぱっと赤らめ、うなずいた。もっとも、そんなことは気にしていられないほど事態は深刻だと言いたくなった。でも、もしかしたらすでに援助を頼んで断られたのかもしれない。あるいは、二人は私の知らないことを知っているのかもしれない。そう思うと、いたたまれない気持ちになった。いずれにしても今はサイラスに近づくのは不可能だ。彼は長期出張で中国へ行っている。

エラが唯一の交通手段である古いおんぼろのバンに乗りこんだとき、ブッチが玄関で騒がしく吠えたてた。遅まきながら愛犬を思い出し、エラは目をしばたたいた。ブッチはいつも一緒に仕事場へ行く。急いで車のドアを開けると、小さな動物をすくいあげた。

ブッチはチワワとジャックラッセルの雑種で、体は小さいが、その度胸と個性は大型犬並みだ。生まれつき脚が三本しかない。あのとき動物病院で働いていたエラが恋に落ちなければ、安楽死の運命をたどっていただろう。今ブッチはペット用キャリーバッグの中で静かにしている。飼い主が運転中にじゃまされるのをいやがると知っているのだ。

仕事場は自宅から数キロ離れた動物保護センターだ。エラは十代のころからこの〈アニマル・コンパニオンズ〉でボランティアをしていて、愛する男性がゆっくりと死に向かう間、そこで慰めを見いだした。その後、学業半ばで大学をやめざるをえなくなり、ここで働くことになった。いつかは学業に復帰し、獣医になって自分の診療所を開きたいと願っている。だが、ポールが病気になり、父親が脳卒中で倒れたことで、エラの人生設計は軌道修正を強いられた。

そんなにひどい状況ではない。エラは何度も自分にそう言い聞かせてきた。保護センターで働きながら経験を積み、非公認の動物看護師として培った技能を役立てている。家族の中で大きな役割を果たしている今、それ以外の考え方をするのはあまりに自分勝手というものだ。この試練のとき、父と祖母は私の支えを必要としている。それに私のほうも、二人の愛に支えられているのは身に染みてわかっている。

ブロンドのカーリーヘアの上司ロージーが駐車場でエラを出迎えた。彼女は四十代の心の広い女性だ。

「信じられないでしょうけど、サムソンの引き取り手が見つかったの！」ロージーは興奮し、息を切らして言った。

エラはほほえんだ。「冗談でしょう」

「まあね、まだその家に行って確かめていないんだけど。でも、とてもよさそうな人たちなのよ。年老いた犬を亡くしたばかりだったから、また年老いた犬を欲しがるとは思わなかったけど、二人は若い犬では世話が大変だと心配したみたい」

「サムソンにはすばらしい家庭がふさわしいものね」エラは愛情をこめて言った。十三歳のテリアはその年齢のせいでなかなか飼い主が決まらなかったのだ。

「あの子はとってもいい子だから……」ロージーの温かい笑みが徐々に消えていった。「あなたのお父さんのお店が先週閉店したと聞いたわ。本当に残念ね」

「いえ、どうしようもなかったの」エラはそう応じ、この話題が立ち消えになるようにと願った。大のゴシップ好きのロージーに、家族の経済的な事情を話すわけにはいかない。

ロージーは小売店に打撃を与える家具の大型チェ

ーン店の台頭について語り、エラは失礼にならないようあいづちを打ちながら、早朝勤務のスタッフが犬舎の掃除を終わらせたかどうか確かめた。それがすむと、つなぎの作業着を着て、保健所から運ばれた被毛がくしゃくしゃの痩せ衰えた野良犬をきれいにする仕事に集中した。そのあと作業着を脱いで手を洗い、プードルの雑種に餌を与えてからドッグランに放した。

車の音が聞こえたとき、ロージーがサムソンの飼い主候補の家に向かったのだろうと思った。エラは得意な事務仕事を片付けるためにオフィスに行った。ロージーはそういう仕事よりむしろ引き取り手を探すことに情熱を傾けている。だが、公認の慈善団体として法的、財政的な責務を果たすのも重要な職務の一つだ。エラとロージーは有能なチームとして、互いの能力を上手に生かしていた。ロージーは外に出て人と接し、資金を集めることに長けている。一方エラは、目立たないところで動物たちを相手に働くほうが好きだった。

実際、一カ月前にサイラスに説得されて慈善パーティに出席したときには、かなり苦痛を感じた。シャンパンやイブニングドレスやハイヒールはまったく自分にそぐわないと思った。でも、ポールが病気になったとき、サイラスはとても親切にしてくれたのだ。そんな人の誘いをどうして断れるだろう？恩返しだと思えば、彼の同伴者として社交の場に出るくらいたいしたことではない。

そういえば、あのころ、なぜサイラスは一度も結婚しなかったのかと不思議に思っていた。四十代半ばで、外見も悪くないし、成功した独身男性だ。彼はゲイだろうか？だが、その疑問を聞いたポールは、君は邪推していると言ってひどく怒った……。

ロージーがあわてたようすでオフィスに現れ、エラはつかの間の物思いから無理やり引き戻された。

「あなたにお客さんよ」

エラは驚いて眉をひそめた。「お客さん？」

「外国人よ」ロージーは恐ろしく謎めいた異常な事実を語るように、わざとらしいささやき声で言った。「だが、その外国人はイギリスの学校で学び、流暢な英語を話す」この上なく男性的な声がドア口から聞こえた。ロビーに出るそのドアは開いていた。おそらく彼はそこで待たされていたのだろう。

エラはその場に凍りついた。脚は力が抜けて動かず、小さな震えが背筋を駆けおりた。信じられないことに、一年ほど前に一度しか聞いていないのに、その声に気づいた。ありえないけれど、確かに……彼だ。あのゴージャスな男性は気が短くて、すてきな車と溶けたカラメルのような色の瞳の持ち主だった。いったいなんの理由があって〈アニマル・コンパニオンズ〉にいる私を訪ねてきたのかしら？　私を捜していたの？

「あなたたちを……ええと……二人きりにしてあげるわね」ロージーがきまり悪そうに言いながら、あとずさりしてオフィスを出ていこうとした。同時に、とても背が高く、浅黒い肌の男性が前に進み出た。ぐずぐずしているロージーの存在を気にも留めていない。

エラは片眉をつりあげ、疑わしげに尋ねた。「二人きりになる必要があるの？」

ニコロスはエラをじっくりと見た。信じられないほど小柄で華奢だ。彼はそれを覚えていた。カールした長いブロンズ色の髪も忘れていない。その色合いがふつうではないからだ。茶と赤の間の金属的な色と言えるだろう。昔、おとぎ話の本で見た妖精にばかばかしいほどよく似ている。

エラの全身にくまなく視線を這わせるうちに、奇妙にもニコロスの体は麻痺し、口の中がからからになった。妖精のような完璧な体を細部まで見ておきたかった。いや、もちろん彼女は完璧ではない。完璧な女などどこにも存在しないのだから。だが、美しい顔立ちに非の打ちどころのない磁器のような肌、すばらしいグリーンの瞳、そしてあのみずみずしい唇は、とても忘れられるものではない。記憶を美化していたわけではなかった。ただあのときは、理性が彼女を追うのをやめさせたのだ。

「ああ」ニコロスは断言し、ロージーが出ていったとたんにドアを閉めた。「この前会ったときには名前も聞いていなかった」

「そうね、あなたは私をどなりつけてばかりでそんな暇はなかったから」

「僕の名前はニコロス・ドラコスだ。それで君は？」

祖母から厳しく礼儀作法をたたきこまれたエラは、差し出された彼の手を握った。「プルネラ・パーマーよ。みんなエラと呼ぶわ。ここで何をしているの、ミスター・ドラコス？　あのばかげた車のことで来たの？」

「君はあのばかげた車をぶつけたね」ニコロスはおもしろくもなさそうに指摘した。

「ドアをほんの少しかすっただけよ。へこみも傷もつけていないわ」エラはそっけなく言い返した。

「いまだに文句を言うなんて信じられない。誰も傷つけていないし、実際に損害はなかったのよ」

ニコロスはその〝かすった〟跡をきれいにするためにどれだけ金を払ったか教えたくなった。彼女はいきなりアクセルを踏みこみ、植えこみに車体をこすりつけたのだ。文句を言うだって？　これまで一度だって文句を言ったことはないのに。父親に殴られたときも、学校でいじめにあったときも、唯一の近親者だった姉を亡くしたときでさえも。ニコロスは幼い子供のころにすでに学んでいた。人は僕に何が起ころうと気にしないし、僕が耐えていることに興味を持たず、耳を傾けないと。彼の人生には何一つ楽なものはなかった。

エラはニコロスから目をそらせなかった。彼は小さなオフィスを占領するほど上背も幅もあり、息苦しさを感じさせる。エラは緊張に身をこわばらせ、舞いおりてくる鷹(たか)に射すくめられた兎(うさぎ)のように彼を見つめていた。濃い色の肌、黒髪、すてきな黒い瞳――ニコロス・ドラコスはまさに女が憧れる究極の夢の男性だ。注文仕立てのチャコールグレーのビジネススーツは、アスリートのような引きしまった体も、優雅に歩く長い脚も隠せない。

このニコロス・ドラコスのどこに引きつけられるのか特定しようと、エラは懸命に考えた。彼はとてつもなくハンサムだけれど、それは見かけだけではない。骨格そのものがすばらしく、彼が六十代になっても、人は振り返って見るはずだ。おそらくその男性的なセックスアピールのせいだろう。十二カ月前、この恐るべきカリスマ的な魅力が稲妻のように私を襲い、屈辱を味わわせたのだ。

「車のことで来たんじゃない」ニコロスがきわめて冷ややかに言った。「ここに来たのは、君が僕に会わせてくれと頼んだから……」

エラはその発言にすっかり面食らった。「なんの話かぜんぜんわからないんだけれど。連絡方法も知らないのに、どうしてあなたに会わせてくれと頼めるの？　そもそもなぜ連絡しようとするの？　あなたに会いたいなんてこれっぽっちも思っていないのに」

辛辣な口調だった。そんなことを確信しているのはとてつもない自惚(うぬぼ)れ屋だけだと、彼女の全身が言っている。

ニコロスは官能的な唇に嘲るような笑みを浮かべ、エラを見おろした。いや、彼女が僕に近づいてきたのだ。彼女が僕を見つけようとした。まるで僕のために運命が救いの手を差しのべたかのように。

「君が僕を呼び出したんだ」ニコロスはもう一度言った。

エラの当惑はすぐに、抑えがたい激しい怒りに取って代わられた。今日は最悪の一日だった。この傲慢この上ない男性の戯言(たわごと)に付き合う気分ではない。しかも彼は名前も尋ねずに一夜の関係を持ちかけて私を怒らせた人物なのだ！　考えずに行動しろ――ニコロス・ドラコスは女にそう促す。あのとき彼は私を自己嫌悪に陥らせた。私はどんな男性にもそんなまねは許さない。

エラがニコロスに視線を戻すと、その目には妥協を許さない光が輝き、力強い顔には固い決意が浮かんでいた。彼は私が思っていたような軟弱で浮ついた直情的な男性ではない。突然そう気づいて、エラはひどくうろたえた。

「こんなばかげたことはもうたくさん！」彼女は言い放った。「出ていってほしいの」

ニコロスは美しい漆黒の眉をゆっくりとつりあげた。彼の罪を倍にするような官能的なしぐさだ。

「そうは思えない」

ずっとくすぶっていた怒りが、エラのひび割れた落ち着きを突き崩した。横暴なまねは大嫌いだ。それに彼は脅しをかけているように思える。「自分のことはわかっているわ！」エラは半オクターブ高くなった声で言い返した。「十数える前にここから出ていかなければ、警察を呼ぶわよ！」

「そうすればいい」ニコロスはドアに広い肩をもたせかけて腕組みをすると、挑発するようにどこにも行かないと伝えた。どなる寸前のエラは、急降下する蜂鳥のようだ。小さいが色鮮やかで、バイタリティにあふれている。

エラのエメラルドグリーンの瞳に激しい敵意が燃えあがった。「私は本気よ！」

ニコロスはため息をついた。「本気だと思いこんでいるだけだ。その気の短さはいちばんの弱点だな。それを意識したほうがいい」

その警句に激高し、エラは数を数えはじめた。

「一――」

「癇癪（かんしゃく）を起こせば、勝ちをゆずったも同じなんだぞ」

「二――」

「それに君は理性をなくしている」ニコロスは落ち着き払って言った。

「三！」

「どうかしている」ニコロスは先を続けた。「今だってその顔を見れば、何を考えているか簡単にわかるんだ。君は僕に飛びかかってたたきのめしたいと思っている。だが、体の大きさではかなわないから、そんなふうに不合理で子供じみたふるまいを――」

「四！　私が数を数える間は黙っていて！　五！」

エラはすぐさま言い足した。喉が引きつり、声を出すのもやっとだ。

「そんな芝居を打つ必要はない。だから僕は決して癇癪を起こさないんだ」

ニコロスは久しぶりに心から楽しんでいた。エラはすぐにかっとなる。ぜんまい仕掛けのおもちゃのようにねじを巻けば、僕の思いどおりに動く。あまりにも単純だ。

「当然のことながら君は、なぜそれほど筋が通らないことを言っているのかよく考えたほうがいい。僕が知る限り、こんな仕打ちをされるようなことは何もしていない」ニコロスはなめらかに言い、表情豊かな唇の両端を上げた。

「六！」あいにくエラはニコロス・ドラコスの唇がしっかりと重なったことを覚えていた。あれは激しく情熱的で、恥じらいがちな甘いたわむれのキスとは違っていた。ポールを除けば、ニコロス・ドラコスは私にキスをしたたった一人の男性だ。嫌悪と癇癪と屈辱が心の奥底にある鋼の部分を燃えあがらせた。だが、体はまたしてもエラを裏切った。胸の先端が痛いほどに硬くなり、考えることすらしたくない下腹部では、忘れかけていた熱く潤うあの感覚がよみがえった。

「七！」エラはデスクの上の電話に手を伸ばした。なんとしてもニコロス・ドラコスに消えてもらわなければ。この頭の中は怒りと混乱、そして過去の光景が入り乱れているのだから。

「僕たちはうまくいく……燃え盛る炎のように」ニコロスが嘲るように言った。「僕は癇癪を起こさないかもしれないが、自己中心的だし、頑固でせっかちだ。もし僕の機嫌を損ねたら、君もよくわかるだろう」

「時間切れよ！」エラはきつく言い放った。腹立たしいことに、脅しもまったく効き目がなかった。

「ここから出ていって！」

「八……九かな」ニコロスはエラの代わりに数を言った。「僕がここに来た理由を知ったら、君は行かないでくれと懇願するはずだ」

「それは絶対にないわ……十！」エラはきっぱり言い返すと、これみよがしに受話器を取りあげた。

「君のお父さんの新しい債権者は僕なんだ」ニコロスはついに白状し、ぴたりと動きを止めたエラに目を据えた。その顔から生き生きした怒りの表情が消えていく。彼女はゆっくりと受話器を元に戻すと、力なく腕を下ろした。

2

「そんなこと、ありえないわ」エラは震える声で言った。「偶然にしてはできすぎよ」

「偶然は起きるものだ」ニコロスは言い返した。彼女に秘密を明かすつもりも、計画の目的を話すつもりもない。

「こんな偶然はありえないわよ」エラはデスクから離れながら反論した。この驚くべき状況に対応するために、頭は必死に考えをまとめようとしている。

「君が僕の法的問題を扱う法律事務所に電話をかけて、僕に会いたいと頼んだ」ニコロスは淡々と伝えた。「それで僕はここに来た」

「まさか直接来るなんて思わなかったわ。まず電話するか面会の日時を決めるとかするでしょう」エラは確信が持てずにつぶやいた。何を言いたいのかもよくわからなかった。エネルギーとなる怒りは風船がしぼむように弱まっていた。そう、父親の債権者に向かって声を荒らげたり、すげなく追い払ったりするなんてできない。いくらかっとなったとしても、私はそこまで愚かではない。

シロップのように濃厚な静寂が二人の間に広がった。エラはただニコロスを見つめていた。こんなとんでもない偶然が降りかかるなんて、とても信じられない。ニコロス・ドラコスと顔を合わせるような厄介な事態が再び起きたのだ。二度と会うことはないと思ったのに。二度と会いませんようにと祈ったのに！　あの愚かなひと幕を葬り去り、心の中から消してしまう必要があった。あれは単に魔が差しただけ。あのころは愛する人を失って嘆き悲しんでいた。再びこの男性に対面するのは、まさに屈辱だ。

肌が日焼けしたかのように熱くひりひりしている。

「そうね……あなたはここに来た」エラは硬い声で認めた。「私がショックを受けたとしても当然でしょう。以前会ったことのある人が自分の父親の債権者だったんですもの」

「あれを〝会う〟と呼ぶのか？　駐車場でのことなら〝ひとときを過ごした〟と言うほうがより正確だ」

ニコロスが辛辣な嘲りをこめて言うのを聞き、エラは彼の歯をへし折りたくなった。まるでキス以上のことを分かち合ったと言わんばかりの口ぶりだ。

確かにもし私が望んでいたら、そうなっていただろう。それは間違いない。彼はプレイボーイだ。望むときに望むことをする。あのとき彼は確かにその気になっていた。もし私が同意し、実際に可能であったなら、二人はあのまま車の中で汗にまみれたいかがわしいひとときを楽しみ、彼が誘ったホテルの部屋までたどり着けなかったに違いない。エラは自分の白い肌をいまいましく思った。屈辱を感じて頬が真っ赤になっている。一方ニコロスは落ち着いたようすでこちらを見つめている。私の反応を何一つ見逃していない。

「それで、あなたが父の負債の債権者なのね」エラは繰り返した。個人的なことは脇に置き、前に進もうと努めた。ニコロスの濃いまつげに縁取られた黒い瞳を見るたびに、奇妙な熱い感覚が体に広がる。彼に引きつけられているとしか考えられない。そして、そんな自分がなおさらいやになる。

「君は僕と話をしたいと望んだ」ニコロスは冷ややかに彼女に思い出させた。「君が何を言いたいのかはわからない……わかりきったことを除けば。もし情に訴えようとしているなら、僕には効かない。結論に移ろう。これは取り引きで、いっさい個人的な――」

「でも、私の家族にとっては個人的なことなのよ！」

「君の家族は僕には関係ない」ニコロスは悪びれもせずきっぱりと言った。「だが、はからずも君に別の選択肢を提供できる」

エラは緊張し、わずかに背伸びをした。「別の選択肢？」息を切らしてきき返す。

ニコロスは輝くグリーンの瞳をじっと見つめ、そこに大きな希望を読み取った。そしてどういうわけか、人でなしのような気分になった。そのなじみのない感覚を抑えつけ、いらだちながら良心を押しつぶす。

エラに何がある？　はかなげな雰囲気？　華奢（きやしや）な体？　ありえないような純真さ？　彼女はこれから赤の他人がよきサマリア人を演じると期待している。いい年をして、なぜそんなに人を疑わずにいられるんだ？　悲しいことに、僕は与（くみ）しやすい相手ではない。これまでそうなったことはないし、これからもないだろう。そうではないと偽っても、なんの意味もない。僕は誰とも親しくならないし、人とつながりを持たない。ずっと前からそうだ。今さら性格を変えるつもりもない。誰かを気遣うようになれば、ひどい仕打ちを受けることになる。子供のころ、たびたびそんな目にあい、早いうちに教訓を学んだのだ。

「条件がある。それに従ってくれたら、君の父親の負債を帳消しにしよう」

不気味な沈黙が長引くにつれ緊張が高まり、胸が締めつけられた。「それで、どんな条件なの？」エラはせっかちに促した。

「君はロンドンの僕の家に引っ越し、三カ月間そこで暮らす」

エラの目が狼狽（ろうばい）の色を浮かべて大きく見開かれた。

「あなたの家に引っ越す？　正確に言うと、それには何が含まれるの？」

「男と女が一緒に住むときにふつう含まれることだ」ニコロスはそう切り返しながら、なぜいつものようにはっきりとその言葉を口にしないのかと考えていた。

おそらくその言葉に対して神経質になっているのだろう。エラの反応はまさしく恥じらいだ。それを隠せないのを見て、ニコロスは意外にも彼女は本当にバージンかもしれないと考えた。エラとベッドをともにしたいのはやまやまだが、彼女がしかたなく従うという状況は望んでいない。彼女の純潔を奪う男になりたくない。もっとも、それに関して言えば、自分の代わりにほかの男にその役をさせたくもないが。

突然ニコロスの思考はこれまで予想していなかった方向に向かい、一時間前には単純で簡単に思えたことに異議を申し立てた。そうなった原因は、今エラ・パーマーが目の前にいることだ。彼女は単なる目的達成の手段ではなく、欲望の対象になろうとしている。

そのことについてもニコロスは混乱していた。エラはふだん付き合うタイプではないからだ。好みの相手は胸もヒップも豊かな背の高いブロンドだが、エラは身長が低く華奢で、十代の少年のように曲線もない。だから、彼女の小ぶりの胸のふくらみがTシャツの下でかすかに動いた瞬間、なぜ自分が脈打ち、硬くなったのか、まったく理解できなかった。今は薄い生地を通して、突き出す先端が見える。すると今度は、ほっそりしているがきわめて女らしいエラの体をもっと見たくてたまらなくなった。とはいっても、それはただの欲望で、それ以上のものではない。そういうことなら、いくらでも都合のいい選択肢があるはずだ。まったく、なぜこんなことを考えている？　いったいどうした？　ベルトの下にあるものに、ここまで振りまわされるのは初めてだ。

「私を恋人にしたいの……？」本当にこんなことを二人で話しているのだろうかと考えながら、エラは尋ねた。

ニコロスはひるんだ。「僕は恋人など持たない。あるのはセックスだけだ」

「つまり、誰とでもベッドをともにするということね」エラは考えもせずに口に出していた。経験から、男性には二つの種類しかいないと思っている。結婚を前提にして女性と付き合うタイプと、できるだけ多くの女性と関係を持ちたいと望むタイプだ。

ニコロスの黒い瞳に金色の炎が宿った。「そんなふうに決めつけるな！」

「侮辱するつもりはなかったの。あなたはセックスだけを求めている。女性にもそういう人はいるわ。つまり……口にすべきではなかったけれど、私はただ事実を述べたまでよ」エラはとうとう黙りこんだ。

Tシャツの下は汗びっしょりだ。彼を怒らせるようなことを言うのは愚かだとよくわかっている。「あなたの提案がどういう意味なのか突きとめたかったの。その選択肢が……恋人でないというなら……」

「愛人だ」ニコロスは氷のように冷たく言い放った。

エラは目をしばたたいた。まさか彼がそんな言葉を口にするわけがないわよね？　こんなに現代的な男性なのに、笑えるくらい古くさい。でも、私はニコロス・ドラコスの何を知っているの？　エラはニコロスに背を向け、窓辺に近づいた。驚いたことに、外に運転手付きの大きなぴかぴかのリムジンが止まっていた。あのリムジンを見れば、彼が裕福な特権階級だとわかる。性的欲求を満たすために愛人を持つという考え方も、彼にとってはさほど特異なものではないのかもしれない。

不運にも、ショックのあまり舌が口の中に張りついていた。ニコロスはセックスを提案している。エラにとっては青天の霹靂だった。私はゴージャスな美女ではない。皮肉なことに、彼がゴージャスな美男なのだ。私が通りを歩いても、男性が振り向くことはない。私には男性の気を引く長い脚も豊満な胸もない。いったいどうして彼はそんな提案を持ちかけるのだろう？

「でも、お互いをよく知らないわ」エラは呆然としたまま口にした。「あなたは見知らぬ他人だし……」

「一緒に暮らせば、じきに他人じゃなくなる」ニコロスは驚くほどの冷静さで指摘した。

その人間味のない冷ややかな声がエラをぱっと振り向かせた。彼女は取り乱し、ニコロスのハンサムな顔を見つめた。「まさか本気じゃないでしょう？」

「本当に本気だと断言しよう。君はロンドンに引っ越すんだ。そうすれば、家族の負債は帳消しになる」

「でも……ぜんぜん筋が通らないわ！」エラはしどろもどろになった。一方ニコロスは、こんな提案はよくあることだと言わんばかりに落ち着き払っている。

「僕から見れば、筋が通っている」ニコロスが言い張った。「何かが欲しいと思えば、僕は徹底的に追い求める」

エラはまつげを伏せた。そんなに私が欲しいの？　私を捜し出し、父の負債の債権者となって、その負債と一緒に私の体を買いあげるというの？　そう考えると目がくらみ、頭の中が大混乱に陥った。「それは倫理にもとることだわ……脅迫じゃないの」

「絶対に脅迫ではない。わざわざ君に選択肢を与えているんだ。僕がこの部屋に来るまで、君にそんなものはなかっただろう」ニコロスが落ち着き払って応じた。「決めるのは君だ」

「どうかしているわ！」エラはかっとなった。「よくもそんないかがわしい提案ができるわね」

「僕がいかがわしくないなんて、いつ言った？」ニコロスがなれなれしい口調で尋ねた。「欲しいから欲しいんだ。君をロンドンに連れていき、見せびらかしたい」

「でも……どうして？」エラはどうしてもその答えが知りたくなった。「なぜ私を選んだの？　あの夜、私は拒絶したわ。あれだけのことでかっとなったの？　こんな提案を持ちかけるほどに？」

「そういう質問に答えるつもりはないし、その必要もない」ニコロスは悪びれずに言った。「君には関係ないことだ。君が僕の提案について考えたいのか考えたくないのか、それだけだ。これはすべて君にかかっている」

「でも、愛人だなんて！」エラの引きつった喉からうわずった笑い声がもれた。「たとえ承諾したくても無理よ。それがわからない？」

ニコロスが眉をひそめた。「君はいったい何を言っているんだ？」

「私が父を助けるために男の人とベッドをともにするなんて知ったら、父の自尊心はずたずたになるわ。だめよ、愛人なんて選択肢は絶対にありえない」

「それは君が決めることだ」ニコロスはデスクに名刺を置いた。「僕の電話番号だ。明日までロザー・リンクス・ホテルに滞在している」

「もう決めたわ。答えはノーよ」エラは急いで言った。

ニコロスがゆっくりと笑みを浮かべると、強烈な魅力が放たれた。「ノーと言う前によく考えるんだな。ただし、君が口外したら、この提案は引っこめる」彼はなめらかな口調で警告した。「これは極秘扱いだ」

「ねえ、よく知りもしない女に一緒に住もうなんて、ふつうは頼めるわけないでしょう」ずうずうしくも平然としているニコロスに腹が立ち、エラは言い返した。

カールした黒いまつげが鋭い目をおおい隠したかと思うと、ニコロスが広い肩をすくめた。「たった今、僕がそうしたと思うが」

「でも、横暴よ！」エラは叫んだ。「ごまかさないで。提案なんていっても、見せかけじゃないの！」

ニコロスが横目でちらりと彼女を見た。「いや、本当のごまかしは、去年君がしたようなキスをしておいて相手を拒絶し、そのあげく侮辱されたと言わんばかりにふるまうことだ」

「だって、あなたは本当に侮辱したのよ！」あの夜の拒絶が彼のこんな行動を引き起こしたのだろうかと考えながら、エラは言い返した。頬が燃えるように熱い。ほかにどんな理由があるというの？

ニコロスは物憂げに体をまっすぐ起こすと、ドアを開けた。「君がそんなに簡単に腹を立てるなら、答えがノーで助かったのかもしれない」

奇妙にもそれはエラの聞きたい言葉ではなかった。真相はわからず、しかも、ニコロスが去ったときにはなぜかほっとした気分というよりむしろ最悪の気分だった。遠ざかるリムジンを見つめながら、エラは過去を思い返した。ニコロス・ドラコスと初めて会った夜を……。

ジョイの親友エールザはウエディングプランナーで、エールザのパートタイムの従業員が病欠したとき、ジョイがエラに代わりに働くよう強く迫った。エラは断ることもできたが、もしジョイの気分を損ねたら、彼女に八つ当たりされて家族全員が悲惨な目にあうのはよくわかっていた。それに、常日ごろから継母が父に向ける意地の悪い嘲りの言葉を聞くのがいやでたまらなかった。

その夜、エラが会場となっている邸宅に着くと、驚いたことにウェイトレスではなく駐車係を頼まれた。実を言えば、エラは上級免許を持ち、スピードの出る車が大好きだった。結婚式の招待客が乗ってきた高級車を駐車場に回す仕事は楽しいだろう。ところが、あのマクラーレン・スパイダーのペダルから足がすべり、植えこみの枝にドアをかすめることになった。

ニコロスがどなり、エールザが事態収拾のために飛び出してきた。エラは即座に謝罪したが、不幸にも効果がなく、エールザがエラを首にすると言ってニコロスをなだめようとした。そこで突然ニコロスが冷静になり、この件は水に流すと言うと、招待客の集う屋敷に大股に入っていった。

再びニコロスに会ったのは、夜もかなり更けてからだった。エラは屋敷の外で舞踏室のＤＪが流す音楽を聴きながら、寒い中で暖を取るためにビートに合わせて体を揺らしていた。背後の物音にぱっと振り返ると、ニコロスはただそこに立ってエラを見つめていた。光を反射するその瞳は溶けたカラメルのような色で、金色の光を放っていた。

「車が必要なら、ご自分で取りに行ってください」エラは言った。

「そうだな。二度と君にあの車を運転させる気はない」ニコロスは音もなくエラに近づき、見おろした。あれほど大柄な男性にしては、実に静かな動きだった。「今夜は何時に上がるんだ?」

「もう上がったわ。バーテンダーを待っているの。うちまで乗せてもらうから」

「きっと長く待たされるぞ」ニコロスがつぶやくように言った。

「そうね」エラは頭をもたげ、かぶりを振って顔から髪を払った。風が吹きつけ、髪が目に入ったからだ。

「ゴージャスな髪だ」ニコロスがささやいた。

「ありがとう……」背後の窓からあふれる光の中で、

エラはニコロスの浅黒い顔をじっくり見た。そのとたん、彼はこれまで見た中で最もゴージャスな男性だということ以外には何も考えられなくなった。

「それにその瞳もすばらしい……だが、運転はお粗末だ」

「ペダルを踏んだときに靴底がすべったせいよ。私は上級免許を持っているの」

「信じられない」

エラは顎を上げた。「それはあなたの問題でしょう。私のせいじゃないわ」

「僕の問題は、君が欲しいことだ」ニコロスが平然と言った。「窓の外で踊る君を見て、すっかりその気になった」

エラはひどくうろたえ、真っ赤になった。「まあ……」

「まあ？」ニコロスが嘲るように口まねをした。

「それだけか。ほかに言うことは？」

「なんと言ってほしいの？」エラは表情豊かに目をくるりと動かしてみせた。「今は男性と付き合う気はないわ」

「僕だって女性と付き合う気はない。欲しいのは一夜の相手だ」ニコロスはあっさり認めると、細い指をエラの髪に差し入れて引き寄せた。エラがまともな精神状態だったら考えられないほど近くに。

まともな精神状態かどうかに関しては、続いて起きた出来事がまともでなかったと証明した。ニコロスはもう一方の手をエラの背中に当てて二人の体をぴったり重ね合わせると、唇を強く押しつけて強引に舌を差し入れ、彼女が一度も経験したことのないようなキスをした。全身を駆け抜ける激しい感覚に、エラの頭はくらくらし、膝から力が抜けた。彼は情熱的で押しが強く、そして貪欲だった。しなやかに動く引きしまった腰と力強い腿が、キス一つで一糸まとわぬ抱擁にも等しい親密感が得られると教えた。

ニコロスの唇が離れた。押しつけられる熱い体とは対照的に、背中に冷たい夜気を感じた。エラは自分が誰で、ここがどこかを思い出した。肌に感じる寒気が胸を切り裂き、吐き気をもたらした。

「ありがとう、でもお断りよ」エラは体を引き離して言い放つと、立ち去ろうとした。

「嘘だ」

その声には驚きがはっきりと聞き取れた。ニコロスは自分と同じくらい私が燃えあがったと知っているのだ。

でも、彼も知らないことがある。私がこれほど燃えあがったのは生まれて初めてだ。しかも、最愛の人が二十四歳という若さで逝ってから数週間もたっていない。エラはその事実に傷つき、もう少しで泣き崩れそうだった。

私はポールが欲しいと思っていたのに、彼は一度もこんな気持ちにさせてくれなかった。そのことに気づくと、今度は悲しみに襲われ、罪悪感にさいなまれた。

「来ないで」エラはかぼそい声で言い、屋敷の裏手に向かった。そこで待っているつもりだった。どんなに長い時間でもかまわなかった。たった今キスをした男性とどこかに行くよりも間違いなく安全だ。彼のキスは私の心から過去を、ポールを消してしまった。

ニコロスが求めたのは、つかの間の楽しみと一夜の情事だけ。その相手になるという過ちは犯さなかったし、あとで悔やむようなまねもしなかったが、エラの心は大混乱に陥っていた。

ロージーのデスクを片付けていたエラは、あの強烈な記憶から立ち返ると身震いした。私はニコロスを拒絶した。そのつもりはなかったとしても、キスには熱く応えたのだから、彼のほうはいきなり気が変わったのだと思っただろう。でも、女には気を変える権利がある。私はその権利を行使しただけ。拒絶したことで彼の気を引いたのだろうか？　何人の女性が彼にノーと言ったのだろう？　あんなにハンサムで、明らかに裕福なのだから、その数はとても少ないに違いない。ニコロスはエネルギーに満ちあふれ、成功を求めるタイプだ。私は彼の男性としてのエゴを刺激してしまったのかもしれない。

ニコロスが父の負債を買いあげたのは、本当に偶然なのだろうか？　彼は私の問いに答えなかった。彼が現れる前、確かに私には選択肢はなかった。愛する父と祖母は、残されたわずかなものまで失う瀬戸際にいる。ほかの道があるというのに、どうして何もせずに苦しむ二人を放っておけるだろう？

そのあとずっと、エラの頭の中では突拍子もない考えがぐるぐる回っていた。家族が住む家を守るためなら、どんなことでもするつもりだった。負債から解放されたら、父もやっとまともな生活が送れる。家具店は失ったが、父には会計士の資格がある。再び働くようになれば、自尊心を取り戻せるだろう。

それでも、娘が犠牲になると知れば、父は絶対にそんなことはさせないはずだ。どうすれば、その問題を解決できるだろうか？

私はニコロスに親密な一夜を差し出すことになる。おそらく彼はあの夜、だまされたと感じたのだろう。こんな状況に追いこまれてセックスを経験するなんて……。エラは身震いしたが、すぐさま自分に言い聞かせた。悲劇のヒロインを気取るのはやめなさい。生活が元どおりになるのに、どうして嘆き悲しむの？　あの男性にとって私の体を手に入れることにそこまで重要な意味があるのなら、ありがたいとも言える。

いまだにバージンなのは、積極的にこの状態を望んでいたからではない。私はポールを――彼が〝しっかりする〝奇跡の日を、待っていた。あいにく、その機会は訪れなかった。すべてが完璧でなければ二人は結ばれるべきではないと、ポールは固く信じていた。彼があれほど厳しい人でなければよかったのにと、エラは改めて思った。多少なりとも経験があれば、ニコロスとベッドをともにすることにこれほどおじけづかずにすんだはずだ。

ひと晩だけ。エラは自分に言い聞かせた。家族を救えるなら、ひと晩くらい我慢できる。ほかに道はないのだ。

そうだ、ニコロスに私と結婚してもらおう。私を愛人にするのではなく。それなら負債が帳消しになっても、父も納得する。義理の息子なら、家族の一員だ。ただ、ニコロスが結婚指輪を差し出すとは思えない。

ニコロスに結婚を持ちかけると考えると、エラのこわばった唇から笑いがもれた。デートもせず、セックスだけを求める男性が、神聖な夫婦関係に魅力を感じるとは思えない。

仕事が終わったあと、エラはニコロスから渡された名刺を見て電話をかけた。そして、彼の返事を待たずに言った。「今夜、会いたいの」

その大胆な要求に面食らい、ニコロスは眉をひそめた。「気を変えたのか?」

「話があるのよ……」

ニコロスは疑いを抱いていた。エラがためらいなくこちらの提案を断ったことを思うと、すでにサイラスから支援を受けている可能性がある。僕の宿敵はもう彼女にプロポーズしたのだろうか? だが、それなら彼女も僕にそう言ったのではないか?

「話すことなどない」ニコロスは言い返した。

「意志あるところに道あり、でしょう」なんとかして彼に耳を傾けさせようと、エラは祖母の口癖を引き合いに出した。

十分後、彼女はロザー・リンクス・ホテルに足を踏み入れた。遅まきながらTシャツとすり切れたスキニージーンズ、それに実用的なアンクルブーツというみすぼらしい仕事着が気になった。まず自宅に戻って着替え、少しは化粧をするべきだったのだろう。でも、そもそもニコロスが現れたのは仕事場で、私は魅力的とはほど遠い姿だった。

あの卑劣漢は私に何を求めているの？　フロント係が好奇と値踏みの視線を向けながらエレベーターに案内したとき、エラはいらだちまぎれに考えた。自分の体を交渉の手段として見たことはないけれど、だからといってニコロスも同じ意見とは限らない。彼は何か理由があって私を求めている。私の体が欲しいというのは、理由として最もありそうだ。何年も前から、男性はセックスをきわめて重要視するという主張を友人たちから繰り返し聞かされてきた。ただ、その主張には混乱させられたものだ。なぜなら、ポールは厳しく自分を抑えていたから。

でも、あの洗練され世慣れたニコロス・ドラコスがなぜ私のような女を手に入れたいのだろう？　どうしても信じられない。大学に入ってから、数えきれないほど男性に言い寄られた。いろいろな意味で、それがポールと付き合って安らぎを覚えた理由だろう。最初は友人同士の付き合いだった。ポールは人として私を大切にしてくれた。私の体でも、私が与えられるはずの肉体的な喜びでもなかった。けれども、ポールはとてもまれな例だったのだ。

ニコロスの部下という若い男性がスイートルームのドアを開け、エラを中に通した。部屋のデスクの上には書類がちらばり、開いたままのノートパソコンが置いてある。部下の男性が閉じたときに数字の表がちらりと見えた。書類をファイルに片付けると、彼は部屋を出る前にひと言告げた。「ミスター・ドラコスは間もなくまいります」

エラは窓の外の有名なゴルフコースに目を凝らした。緊張をやわらげようと努力している最中に背後で音が聞こえ、彼女は尋ねた。「あなたはゴルフをするの？」

「いや。僕の趣味じゃない」ニコロスはシャツを振って広げながら答えた。「どうしてここに来た、エラ？」

ぱっと振り返ったエラは、ぎょっとした。信じられないほどくっきりと浮きあがる腹筋から目が離せない。ニコロスはちょうどシャツを着るところだった。明らかにシャワーを浴びたばかりで、濡れた黒髪はカールし、髭はきれいに剃られている。だが、引きしまった腰をめぐるベルトの上に見える褐色の体がエラをどぎまぎさせた。頬が熱くなり、彼女は顔をそむけた。「都合が悪かった？」

「予想外だったとでも言おうか」輝く黒い瞳をエラに据えたまま、ニコロスは苦々しく答えた。

とにかく、彼女の身なりは男を誘惑する女性のものではない。ドレスアップしてくるかと思っていたが、彼女はその努力もしなかった。それがなぜかニコロスをいらだたせた。僕にはそんな努力をする価値もないのか？

エラ・パーマーに近づくことはもともと大博打だったのだと、さっきシャワーを浴びながら、ニコロスは自分に念押しした。結局のところ、彼女が金持ちの男をすでに一人手に入れているのだとしたら、こちらの提案に同意する必要はない。ただ、サイラスが将来の妻を救いに現れず、中国に行ってしまったのは事実だ。おそらく彼が結婚するという内部情報はがせだったのだろう。あるいは、彼は今、エラとデートを楽しんでいるだけなのかもしれない。お得意のゲームの初期段階で、女性に疑いを抱かせないために、立派で尊敬できる男を完璧に演じてみせているのだ。

「予想外というのは、必ずしも悪いことではないわ」エラは頬をほてらせた。ニコロスはシャツのボタンを留めている。ちょっとしたストリップショーを見せられたおかげで、肌から突然汗が噴き出した。

「君はサイラス・マクリスと知り合いだったね」ニコロスが言った。

エラはびっくりして彼を見た。「ええ。彼は家族ぐるみの友人なの。私が彼の甥のポールと婚約していたから。でも、ポールは亡くなったわ」どうしてそんなことを知っているのかと考え、やがて思いついた。「あなたの名前……気づいて当然だったのに。あなたもギリシア人なのね。そうでしょう?」

「そうだ。何か飲むかい?」

「いいえ、けっこうよ」エラは言うべきことを早く言って逃げ出したかった。「どちらにしても長居はできないの。車に犬を置いてきたから」

「それで……?」ニコロスは促した。頭をもたげたエラのブロンズ色の髪が扇形に広がった。透き通るような肌が、輝く瞳のグリーンとみずみずしい唇のピンクをいっそう際立たせている。彼は緊張し、腹立たしくも目覚めだ下腹部を鎮めようとした。

「私が……」エラは深く息を吸いこみ、背筋を伸ばした。「ここに来たのは、ひと晩だけでもいいかときくためよ」

「ひと晩って、なんのことだ?」ニコロスはぽかんとして尋ねた。

「わかるでしょう、セックスのことよ!」エラは怒りと恥ずかしさから声を荒らげた。「つまり、あなたの望みがそれなら、私がロンドンに引っ越す必要はないはずよ」

ニコロスはショックを受けてエラを見つめた。彼がショックを受けるのは珍しいことだったが。「話を整理させてほしいんだが……提案を受ける代わりに僕とひと晩セックスをすると申し出ているのか？」

「そんなおぞましい言い方をしないで！」

「申し出をしているのは僕じゃないぞ。いや、ひと晩だけのセックスは僕の……要求にはそぐわない」ニコロスは言葉を選び、シルクのようになめらかに言った。「ということは、君はバージンじゃないのか？」

「この年なのよ、どうしてそんなふうに思えるの？」だが、エラは考え直して嘘をつくのはやめた。バージンと知れば、彼は興味を失うかもしれない。「正直に言うと、経験はないけれど……」

ニコロスはこの会話のすべてに不快感を覚えた。もちろんエラは僕がセックスを求めていると考えたのだろう。ほかに何がある？　だが、僕はサイラスとは違う。サイラスはおもちゃを壊して楽しむように女性を扱う薄汚い人間の屑だ。そして、無垢な女性がこんな申し出を口にするのは、よほどのことだったに違いない。そこに思い至ったとき、もう少しで悪態をつきそうになった。そして今ようやく認識した。僕は向こう見ずにもまったく自分に性に合わない計画に身を投じてしまったのだ。

「僕としてはひと晩だけではだめなんだ」ニコロスは逼迫した口調で告げた。

エラの心臓は激しく胸骨を打ちつづけていた。安堵と落胆が同時に襲いかかる。たった今自分が口にした恥知らずな申し出をすぐさま実行に移さずにすみ、心からほっとした。その一方で、ニコロスが即座に力をこめて拒絶したことに愕然とした。彼が本当に求めているものはなんなの？　私に求めるものがほかにあるかしら？

「だったら別の……提案をするしかないわ」エラは硬い声でつぶやいた。「私と結婚して」

「君と結婚だって！」人を不安に陥れるような長い沈黙のあと、ニコロスが叫んだ。驚愕のまなざしをこちらに向けている。「頭がどうかしたのか?」

私はとうとうニコロス・ドラコスから本物の反応を引き出した。屈辱の中に、奇妙な勝利感が混じった。結婚すると考えて、ニコロスは衝撃を受けたらしい。すばらしい頬骨のあたりが紅潮し、長いまつげに縁取られた金色の目が見開かれている。明らかに彼は不意討ちを食らったのだ。

3

「私に言わせれば、それがきわめて現実的な提案なの」エラはそっけなく言った。

「その考え方は改めるんだな」ニコロスが嘲りをこめて反論した。

エラは困惑して顔を赤らめ、拳を握った。ニコロスが私に何を求めるのか明らかにしないつもりなら、多少のことは我慢してもらうしかない。これは彼のせいなのだ。「無理よ。私の父を納得させるには、私たちが結婚するしかないの。あなたは父の負債を帳消しにするんでしょう。父は赤の他人にたかるような人じゃないわ」

「欲しいものを手に入れるために君と結婚すること

はありえない」ニコロスはいらだちもあらわに、険悪な低い声でゆっくりと言った。

「だったら、私たちの話し合いは終わりね」エラは気のない口調で応じた。今すぐこの豪華なスイートルームを出て、ニコロスと出会ったという事実をすべて消し去ってしまいたい。父は〝少なくともやるだけのことはやった〟と言っていた。その気持ちがどんなものか、私にもわかった。やるだけのことをやって、失敗したのだから。

「まったく（ディアボレ）！」エラがドアにたどり着いたとき、ニコロスが吐き捨てるように言った。「ほかにも方法はあるはずだ！」

エラはくるりと振り返った。「いいえ、一つもないわ。負債を帳消しにするために娘がどこかの男と一緒に住むなんて聞いたら、父は生きていけないはずだもの」

溶けたカラメル色の瞳が太陽のように金色に輝いた。「君には類いまれな能力があるみたいだな！　それがなんであれ、いかがわしいことのように話す」

「違うわ、あなたがすべてを明かさないからよ。それに、謎かけみたいな話し方をするわ。愛人になれと言っておきながら、私とベッドをともにするのは断ったりして」

「僕がセックス以上のものを求めているのは明らかだろう。セックスなら、いつでもどこでも手に入る」ニコロスは軽蔑するように断言した。

いらだちがエラの中で渦巻いた。「私は誰かの相続人じゃないわよね？」

「いったい何を言っているんだ？」

「遠い親戚に大金持ちがいるかもしれないと思ったの。もしかしたら、それを知ったあなたが――」

「ずいぶん想像力が豊かだな。だが、そういう場合、男はその相続分を確保するために結婚を望むはずだ。

ただし、この場合は……」ニコロスは官能的な唇を引き結んだ。

たとえ偽りであっても、結婚など問題外だ。これまで一度も結婚したいと思ったことはない。無責任な両親についてはわずかな記憶しかないが、二人はいつも喧嘩をしていて、酒とドラッグに金をつぎこんでいた。二人の子供は放置されたままだった。姉の愛情と世話がなかったら、僕が幼年時代を生き延びることはなかっただろう。姉は人形の代わりに、生きた本物の赤ん坊の面倒を見たのだ。そう、自分の子供など残さなくても申し分なく幸せになれる。この先ずっと一人の女性と暮らしたいと望み、ほかの女性を遠ざけるなんて想像もできない。

ニコロスはかろうじて身震いを抑えた。僕は選択の自由に重きを置いている。

「この場合は？」エラは促した。

「僕と一緒にロンドンへ来てほしい」

「説明したでしょう、結婚指輪なしでは私を手に入れられないって。いい？　私だってあなたと結婚したいわけじゃないのよ」エラはぶっきらぼうに認めた。「でも、それで家族が満足して、心配がなくなるなら、私は家族のためにそうするわ」

「考える気もないね。僕が君の家族と交渉しよう」ニコロスはあっさりと言ってのけた。

「いったいどういう意味？」

ニコロスは考えた。ここで重要なのは、サイラスを罰するために自分がどこまでやれるかだ。姉のやさしいほほえみが脳裏をよぎり、とたんに体がこわばった。なんとしても復讐を果たすべきだし、果たすつもりだ。ほかの人間が巻きこまれようが、かまわない。罪悪感を抱くことは許されない。エラは単なる駒なのだ。

「君の家族には、僕たちはずっと付き合っていて、これからはロンドンで一緒に暮らしたいと伝える」

ニコロスは淡々と説明した。「君の父親がもはや存在しない負債を清算するために苦しむことはできない。彼には選択肢が与えられるような贅沢もない」

「私は贅沢だって思っているんでしょう？　あなたの愛人になるという選択肢を与えられたんだから」エラの華奢な体から激しい怒りが熱い温泉のように噴き出した。「でも、さっきはっきりお断りしたんだけど」

「君は僕の時間も君の時間も無駄にしているんだぞ。自分が気に入らないからといって、提案の中身を変えることはできない。僕が許さない。ひと晩だけの情事もないし、結婚もない」ニコロスは辛辣な口調で断言した。ハンサムな顔は険悪で、すてきな瞳はブラックダイヤのように硬い。「君が僕と一緒にロンドンへ行くか、僕がこのまま立ち去るか、だ。これ以外の選択肢はない！」

高まる緊張の中で、エラはめまいを感じた。愕然とするあまり、防御の壁も崩れ落ちた。私の提案はにべもなくはねつけられたのだ。わずかに頭がくらくらし、体を支えるために両手で椅子の背をつかむと、沈む心を抑えて彼を見返した。今朝ニコロスが現れたときから、ずっとこの瞬間を恐れていた。もう打つ手はなくなった。歯を食いしばって取り引きに応じなければならない。エラの肌にうっすらと汗が浮かんだ。

「ここで君にとって大事なのは、負債が帳消しになることだろう」ニコロスがそっけなく念押しした。「だから、言われたとおりにすることだ」

ニコロスが口を閉じると、沈黙にせきたてられるようで、エラは鼻にしわを寄せた。「同意できないときに、言われたとおりにするのはむずかしいわ」

「だが、学ぶことはできる」ニコロスが氷のように冷たい口調で言った。「ルールに敬意を払えないというなら、この話は断れ」

「私は求めていないのに、私を求めてくる男性に、どうしたら敬意を払えるの？　どうすればいいか、ひょっとしたらあなたは知っているんじゃないかしら」エラは嘲りをこめて言い返した。

「君はいつもそうやって自分のことで嘘をつくのか？」ニコロスがエラに近づきながら危険なほどやさしく問いかけた。

気がつくと、エラはドアを背にしていた。早くここから逃げ出すつもりだったのに。「私は嘘なんて――」

ニコロスはドアに片手をつくと、険しいまなざしで彼女を見おろした。「何より悪いのは、君自身が嘘をついていると知っていることだ。だが、僕はそんな駆け引きはしない」

「私は帰りたいんだけど」

「僕が許すまではだめだ」

ニコロスの大きな体がエラの視界をさえぎり、光を遮断した。そこで初めて彼女は、この身長差が少しでも縮まるようにハイヒールをはいてくればよかったと思った。

エラの顎が頑固そうに上がり、グリーンの瞳が燃えあがるのにニコロスは気づいた。

「膝を使ってあなたを説得してもいいのよ」

「君が僕の一部をどうして痛めつける？　そこを楽しみたいと思っているくせに」

「その自惚れを押しつぶすには雪崩が必要ね」

「もし僕が謙虚だったら、君は嬉々として僕を踏みにじっただろう」ニコロスはエラの輝くグリーンの瞳に魅了された。磁器のようななめらかできめの細かい肌によく映える。「だが、君の望みはそんなことじゃない。僕が選択肢を引っこめて、君が僕と一緒にいる口実を与えてほしいと思っているんだ」

「ばか言わないで！」エラは唖然とした。「そんな口実、欲しくもないわ！」

「いや……そうだ」ニコロスは言い張り、エラをドアに押しつけた。「君は口実と説得が欲しいんだ。悲しいことに、その願いはかなわない。それは僕の流儀じゃないから」

「自分の声を聞くのが好きな人にとってはこんな会話も楽しいでしょうけど、私は興味ないわ」

「君が嘘をつくたびにお仕置きをしよう」

「お仕置き？」エラは目をしばたたいた。

ニコロスは身をかがめてエラを抱きあげ、彼女がどんなに軽いか気づいてうろたえた。確かに小柄で華奢だが、健康的と言うには少し軽すぎる。ニコロスは彼女を抱いたまま部屋を抜け、寝室に向かった。

「君は僕のお仕置きが気に入るだろう」

「いったい何をするの？」エラは声を張りあげた。

「合意の確認だ」

「合意って、なんの？」エラはかすれた声で尋ねた。

スプリングのきいたベッドにどさりと落とされ、体がはずむ。

「僕の愛人になるという君の合意だ」ニコロスは言いながらその言葉を味わった。

エラはころがってベッドから下りようとした。ところがニコロスがおおいかぶさり、体の重みと腕力で彼女の動きを封じこめた。「どいてちょうだい。放して……今すぐ！」

「僕はどなられるのが大嫌いなんだ」ニコロスはそう言うとエラの唇を奪った。

その瞬間、地球が回転を止め、エラは軌道からはずれて未知の世界に飛んでいった。生物兵器に感染したかのように全身がかっと熱くなる。ニコロスは体を離したが、両腕が動きを阻んでいた。エラの中でいらだちが燃えあがった。どういうわけか、のしかかる彼の重みが気に入ったことが腹立たしかった。シャツに包まれたニコロスの肩を拳でたたいても、岩のようにびくともしない。

ニコロスの舌先が口の中をつついたとき、エラは激しく震えた。秘めやかな場所が痛いほどにきつく締めつけられる。ニコロスが彼女の下唇をそっと噛んで吸い、舌でなぞった。エラはもっと欲しくなった。あまりにも欲しくて、途中でやめられたら苦痛を感じるほどに。そして、押し寄せる欲望の激しさにたじろぎ、理性を取り戻した。

ニコロスのキスは、エラが経験したどのキスとも違っていた。Tシャツの下に手がすべりこみ、上向きの小さな胸のふくらみを包みこんで、うずく先端を愛撫する。長い指に刺激されるうちに、エラの背中はそり返り、腰が浮きあがった。喉の奥からは懇願の声がもれた。

ニコロスはTシャツを押しあげ、指を唇に替えて愛撫を続けている。彼が感じやすい場所を舌でなぞり、じらすようにそっと歯でかすめるたびに、エラの体は震えた。両脚の間が熱く溶けだして、徐々に熱が高まっていく。解放を求める強烈な力に駆りたてられ、エラは自然と腰をくねらせていた。やがて中心に押し寄せる波が大きくふくらんで、とうとう抑えきれなくなった。嵐のようなクライマックスの瞬間がエラを圧倒した。彼女をとらえた喜びが引いたあと、衝撃に打たれると同時に明晰な意識が戻ってきた。

エラはいきなりころがってベッドから下りると、震える手でTシャツを引きおろした。顔は燃えるように熱く、生まれて初めて経験した強烈な喜びの余韻で、まだ全身が脈打っている。神経系統は壊滅状態だった。呼吸すらまともにできない。エラは一瞬ぎゅっと目をつぶり、自制心を求めて祈った。ニコロスは私に彼を欲しいと思わせる。彼に触れられ、キスをされると、すべてがおかしくなって、体は自制がきかないほど暴れだす。これが彼を憎むもう一つの理由だ。

一方のニコロスはエラを見つめ、荒れ狂う性衝動と闘っていた。文字どおり体はうずいている。エラを引き戻してベッドに組み敷き、あの甘く熱い小さな体の中に自らを解き放ちたかった。そしてその欲望の強さが、ニコロスの中に不快な冷気を送りこんだ。いかなる場合であろうと、彼は常に冷静だった。セックスに夢中になることも、一人の女性に決めたこともない。もめ事やもつれた関係は避けてきた。ニコロスの原動力は復讐と仕事だった。ほかのものは何もいらなかった。これまで女性が必要になったことは一度もない。関わらずにすむなら、その信条はこの先も変わらないはずだった。

「帰るわ」落ち着きを取り戻そうと必死になりながらも、エラはそっけなく言った。

ニコロスがベッドから下り、シャツをズボンに押しこんだ。「一緒に帰ろう」

「どこへ？　何をする気なの？」

「君の引っ越しを簡単にする」

「私の家族に近づかないで！」エラはかっとなった。「あなたは赤の他人でしょう」

「ずっと赤の他人でいるつもりはないよ」ニコロスはきっぱり言うと、ジャケットを取りあげた。

「考えが甘いわ。父も祖母もばかじゃないのよ。私が隠れてどこかの男性と付き合っていたなんて信じるわけがないわ」

ニコロスが片眉をつりあげた。「人は信じたいものを信じる。二人は君がようやく前に進むと知ってほっとするだろう」

エラの顔から表情が消えた。「何を言っているのかわからないんだけど」

「僕もまたばかじゃないということさ。君は女で、女のほとんどは大げさだ。賭けてもいい、君はフィアンセが亡くなったあと、二度と恋はしないと誓い、それ以来ずっと安心毛布のように悲嘆を抱えてきたはずだ」

　エラは真っ青になり、嫌悪の視線をニコロスに向けた。「どうしてここにポールが出てくるの？　そもそもどうしてあなたが彼のことを知っているわけ？」

「君のことをある程度知っていれば、経験に基づいた推論を一つや二つ導き出せる」ニコロスがゆっくりと冷ややかに言った。

「とにかく、あなたは間違っているわ。とんでもなく誤解している」エラは断言した。だが、それは嘘だった。ニコロスは恐ろしいほど正しい。実のところ、ここまで正しく言い当てられると気味が悪く、しかも癪に障った。確かに二度と恋などしない、これからはもう男性とは絶対に付き合わないと心に誓った。嘆き悲しむあまり、常軌を逸した自己破壊的な言葉も口にした。ニコロスは同情と注目を集めたくて悲劇のヒロインを気取ったのだとほのめかしているけれど、今さら彼にそんなことを聞かされる必要はない。

「きわめて当然のことだが、君の家族は君の再出発を喜んで信じるだろう。僕たちの話にどんな矛盾があっても、喜んでいる二人は気づかない。僕たちが本物のカップルであってほしいと望むからだ」ニコロスは小ばかにしたように笑った。「君の役割は幸せそうにふるまうことだけ。ロンドンに引っ越せば、僕ともっと会えるわけだからね」

　パニックに近いものがエラの呼吸器官に襲いかかった。胸が締めつけられ、喉が詰まった。幸せそうにふるまう？　できるだろうか？　この数年はつらいことばかりで、幸せそうにふるまう機会もなかった。それでも、家族のためにほほえむふりをしてきた。そう、私の心に衝撃と不安を与えたのは、ロンドンに引っ越してニコロスと一緒に暮らすということなのだ。男性と同居する、ニコロス・ドラコスのような男性と親密になると考えるだけで怖くなる。でも、彼の要求に従わなければ、父と祖母の生活は崩壊する。すでに二人はさんざん苦労してきたというのに、あの年齢でこれ以上の困難に耐えられるだろうか？

その約三時間後、父親とニコロスの会話を必死に聞き取ろうとしていたエラは、祖母に引っぱられてしぶしぶキッチンへ行った。父親が仕事部屋として使っているダイニングルームから二人の話し声がもれてくる。ニコロスの低くゆっくりした声が、抗議するエラの父親のうわずった声をなだめている。

「僕はエラを幸せにしたいんです。彼女がここにいて家族の心配をしていたら幸せにはなれない」ニコロスが力強く断言した。

エラは青ざめ、苦い思いに駆られた。ニコロスはいつもふさわしい言葉をふさわしい表現で語る。明らかに最高の嘘つきだ。九割の男性が逃げ出すような状況でも、立て板に水のごとく話し、しかも驚くほどのみこみが早い。ニコロスがやってきたのは一家の夕食がすんだ直後で、紅茶とキャロットケーキを一緒に楽しんだ。そしてエラの手を握りながら、駐車場で出会って以来、ずっと付き合っていると明言した。とても説得力があり、言葉巧みだった。ニコロスは父親の抵抗などじきに崩し、負債の帳消しも受け入れさせるだろう。そのことをエラは疑わなかった。

「今度のことで何がいちばん驚きだったかわかる？ニコロスがあまりにもポールと違うところよ」祖母が言った。エラは忙しく食洗機に食器を移していた。

「彼は男の中の男だわ」

エラはふっくらした唇を引き結んだ。祖母は昔ながらの価値観を持っている。朝食前に猪（いのしし）を狩り、夕食までに丸太を木屑（きくず）にしてしまうような男性が好きなのだ。ポールは伝統的な男性の娯楽に興味がなく、祖母はそこにとまどっていた。ポールのことを気に入り、家族のように接したものの、最後まで彼を理解できなかった。

「あなたがニコロスのような人を好きになるなんて思ってもみなかったわ。もちろん彼はとってもハンサムだし、成功しているようだけど。今後彼とどういうことになるかわかっているのよね？」祖母が詰め寄った。「今では先に一緒に住むのがふつうだっていうのは私も知っているわよ。でも、いずれ婚約するとか、そういう話は一つも出なかったわ」

「まずどうなるか試すの。二人はあまりにも違いすぎるとわかるかもしれないし。うまくいかない可能性もあるわ」初めてエラはニコロスとはいずれ別れるとそれとなく匂わせた。「もっと長い時間を一緒に過ごさなければ、何もわからないでしょう？」

「どうして彼のことを黙っていたの？」祖母がこの質問をするのは少なくとも三度目だった。「そんなに言いにくかったの？」

「ポールが亡くなったあと、私はいろいろばかなことを言ったでしょう」エラはぼんやりとつぶやいた。

「あなたは傷つき、悲嘆に暮れていた。あんなふうに感じてもしかたないわよ」祖母が慰めた。「ただ確かめておきたいの。充分考えたうえでニコロスと一緒に住むと決めたのかどうかを。彼のために生活すべてを変えてしまうことになるのよ。あなたは大学に戻って獣医の資格を取ればいいとニコロスが言っていたことは気に入ったけれどね」

そう、ニコロスはそういうせりふをいくつも隠し持っていた。エラは苦々しく思い返した。父と祖母は彼の話をかしこまって聞いていた。私を愛しているふりはびっくりするほど自然だった。〝愛している〟という言葉は一度も口にしなかったのに、彼の話しぶりが、心から私を思い、私の幸せを望んでいると聞き手を納得させた。

「あなたに必要なのは彼ね」祖母が言った。「新しい土地で再出発することも。でも、こんな事態になったと知ったら、サイラスはものすごくショックを受けるはずよ」

「そうでしょうね」私だってものすごくショックを受けたわ。もっとも、そんなことは口に出せないけれど。心の中でそうつぶやきながら、エラは気のない返事をした。

「何も疑っていないのね？」祖母が顔をしかめた。「サイラスにとって、あなたは単なるポールのフィアンセじゃないと思うの。それどころか、彼はもっと個人的な興味をあなたに抱いているんじゃないかしら」

祖母の不安そうな顔を見て、エラはたじろいだ。

「それはとんでもない誤解よ。どこからそんな恐ろしいことを思いついたの？」

「そうよ、恐ろしいことだわ……」祖母はちらりと安堵の表情を見せた。「ちょっと心配していたのよ。彼に好意を持たれて喜んでいいものかって」

「好意なんて持たれていなかったわよ」エラは身構えるように言い返した。

「花でしょう……ランチの誘いに……あの盛大な慈善パーティもあったし……彼が留守の間、自宅のようすを見に行ってほしいと頼まれたこともあったわね」

「まず、サイラスから花を贈られたのは二度だけよ。慈善パーティには行ったけれど、あれは特例ね。ランチも二回、それも近況報告のためだったわ」エラは反駁した。「それに私が彼の留守宅のようすを見に行くという話だけど、サイラスがおばかさんだったというだけよ。住みこみの家政婦がいるんですもの。きっと去年は大きなお屋敷に泥棒が入ることが多かったから、ぴりぴりしていたんだと思うの。本当よ、お祖母ちゃん、サイラスは私に気があるようなそぶりはまったく見せていないわ。彼にとって、私は甥のフィアンセで家族ぐるみの友人よ」

「あなたが気づかなかっただけじゃないかしら。私はあなたを見る彼の目つきが気に入らなかったの。だからあなたの父親にも、サイラスには負債の話をしないようにって言ったのよ。見返りを求められるかもしれないから」祖母が気詰まりなようすで打ち明けた。

　こんな気分でなければ、エラはこの皮肉に大笑いしていただろう。祖母はサイラスに下心があると疑っているのに、ニコロスと彼の嘘を、諸手を挙げて歓迎している。

「エラ？」ニコロスが玄関から呼びかけた。

　エラは不承不承そちらに向かった。ブッチが彼女に体当たりして追い越し、ニコロスの足元にまつわりついた。どういうわけかこの小さな犬はニコロスに目を留めた瞬間から彼に夢中で、注意を引こうと躍起になっている。

「外まで見送ってくれ。僕はホテルに戻って段取りをつける必要がある。おい、この犬はどうかしているぞ」ニコロスは小声で言いながら、犬を蹴らないように注意深く足を踏み出した。

「なんの段取りをつけるの？」エラは愛犬を追い払おうとした。どうしてブッチは自分の新しいヒーローに向けられる飼い主の敵意を感じ取らないのだろうか？

「君の引っ越しを手配するんだよ」ニコロスが先に立って玄関のドアを引き開け、涼しい夜気の中に出た。

　目の前でドアを閉められた小さな犬はいらだち、興奮して吠えはじめた。「自分が勝ったと思っているんでしょう？」父と祖母に聞かれる危険がなくなったところで、エラは苦々しげに言った。

　ニコロスがくるりと振り返った。黒い瞳が松明のように金色に輝き、傲慢な唇に満足げな笑みが浮かぶ。「思っているんじゃなくて、わかっているんだよ。君も喜ぶべきだ。みんなが幸せなんだから」

「私以外のみんなよ」

「僕が君を幸せにする。すばらしい服とすばらしい宝石を贈ろう」ニコロスは請け合うと、エラの背にてのひらを当てて引き寄せながら、最高級のスポーツカーのドアにもたれた。

エラは間違ったところを撫(な)でられた猫のように気色ばんだ。明るいグリーンの瞳が軽蔑を浮かべて淡い翡翠(ひすい)色に変化する。「そんなもので私は幸せにならないわ」

「すばらしいセックスならどうだい？」ニコロスはかすれた声で問いかけると、両腕でエラの動きを封じながら、鋭いまなざしを彼女の紅潮した頬に向けた。

エラに触れずにはいられなかった。彼女のあらゆることに気づかずにはいられなかった。エラがそばにいると、ニコロスは超高性能の観察モードに入るかのようだった。エラは顔を赤らめている。どういうわけか彼は、自分がそんな影響を彼女に与えたと知って喜んでいた。その一方で、いまだに彼女の純真さに驚いていた。婚約までしていたのに、どうしてこんなにうぶなのか？　確かにフィアンセは病気だったが、二人はその何年も前から付き合っていた。よほど特異な関係だったのだろう。ニコロスは心から不思議に思った。

というのも、エラの中には激しい情熱がたぎっているからだ。ホテルでその情熱は火花から大きな炎に燃えあがり、彼女は惜しみなく奔放に応えた。あれには信じられないほど興奮させられた。実のところ、ニコロスがセックスに興奮を覚えたのは何年も前のことだった。エラへの欲望は高まり、今やかなり深刻な状況になっている。解放を迎えた彼女の姿は永遠に忘れられないだろう。彼女はあえぎ、震えながら、放心したようなグリーンの瞳で僕を釘付けにした。あれほど女性が欲しいと思ったのは初めてで、すっかり落ち着きを失った。道半ばで計画を取りやめるべきだろうか？

一方のエラは腹立たしい思いで考えていた。ニコロスは私にすばらしいセックスを約束している。もちろん約束するはずだ。彼は自分の能力に並はずれた自信を持っている。おそらく多少の根拠はあるのだろう。私の体はおのずと彼のたぎるようなセックスアピールに引き寄せられているのだから。

ニコロスが顔を近づけ、エラにキスをした。彼の舌がふっくらした唇をたどり、その間にそっと入りこむ。エラは開いた唇から小さなあえぎ声をもらして、さらに体を近づけた。すると、ニコロスの腕がエラを抱きかかえて向きを変えさせ、彼女の背を車に押しつけた。キスが激しさを増し、彼の贅肉のない力強い体がエラを圧迫した。

あらゆる皮膚細胞が息を吹き返したようだった。熱いエネルギーがエラの血管を駆けめぐり、下腹部の奥深くを激しい欲望が貫いた。ニコロスの唇のほかはどうでもよくなった。もっと彼が欲しい。きっと私は決して満足できないに違いない。押しつけられる彼の高まりを感じて、エラはこの上ない喜びを感じた。ニコロス・ドラコスは私を求め、しかもその事実を隠せない。

私はこの人が欲しい。そう自覚したとたん、エラの体はショックで硬直した。愛する人でも尊敬する人でもない。それどころか、好きな人でもない。彼は私の本能をかきたてるのだ。燃えあがる炎に手を触れたいと思う気持ちに似ている。でも、そこまで破壊的な衝動かしら？　そんなに悪いこと？　これが正常なのでは？　長い間抑えつけてきた生来の肉体的な欲求がようやく解き放たれようとしているのだから、むしろ自然と言えるのかもしれない。それに、ニコロスはとてもすばらしくて……。

ニコロスは荒い息をつき、体を引き離した。エラは僕を、初めて女の子と付き合う十代の少年のような気持ちにさせる。僕を動揺させ、頭と体を制御するための鉄格子の防壁を築かせる。僕の平静を失わせ、自制心を粉々にする。それがいやでたまらない。

「連絡する」ニコロスはまったく表情を見せずに言った。

エラは力の抜けた脚で玄関まで引き返し、走り去る車を見送った。ニコロスはまるで何事も起こらなかったかのようにふるまっていた。顔はなんの感情も浮かべず、目は長すぎるほどのまつげにおおい隠され、声は冷ややかだった。

それで、私はどうなるの？　人生最大の過ちへと足を踏み出す？　それとも人生最大の発見をする？　エラは自分に言い聞かせた。それを決めるのは私だ。ニコロスではない。彼を求めても、私がばかを見ることはない。彼が感じさせる気持ちが愛や思いやりと関係ないのはわかっている。私は彼に傷つけられない。利用されない。むしろ利用するのは私のほうだ。もし彼がそう思っていないのであれば、いずれ驚くことになるだろう……。

4

会員制の美容院に着いてから、もう何時間もたつ。エラはまず手と足の手入れをしてもらい、ふわふわのタオルにくるまれた。まるで動く人形になって、あちこち磨かれているような感じだった。これまでのところ、手入れされない部分は一つとしてない。無駄毛の処理や肌の保湿を施され、完璧になるまで磨きをかけられた。髪もシャンプーとトリートメントのあとカットされ、今はつややかに波打って肩のまわりに広がっている。

街の反対側のオフィスにいるニコロスは、仕事に集中できなかった。エラは手の届くところに――僕の家にいる。とはいっても、僕自身は亡くなった祖父の家に一度も住んだことがない。それに、アパートメントの生活を手放すつもりはないから、エラは実質的に一人暮らしだと言ってもいい。だが、計画は実を結びつつある。まさに今夜、サイラス・マク

エラはネイルの手入れをしてもらいながら、またあくびを噛み殺した。死ぬほど退屈だ。その朝早くエラとブッチは迎えの車に乗ってロンドンへ向かった。父と祖母から離れるのはつらかったが、今や一家の住まいは確保され、父はすでに会計士として自宅に事務所を構えようと前向きに計画を立てている。

私は正しいことをした。正しいことをしている。エラは強く自分に言い聞かせた。

ロンドンに到着すると、スケジュールはすでに決められていることが判明した。まずエラが先に車から降ろされ、ブッチと荷物は彼女が滞在するらしい屋敷に送られた。

リスがロンドンに戻り、慈善団体が催す年一回の寄付金集めのパーティに出席する。もちろん彼は寛大な後援者だ。虐待の被害者たちを支援する組織には必ず寄付をする。いい評判を得ることは、彼にとって何よりも重要であり、最大の防御なのだ。だが、彼が何を得ようと、エラだけは手に入れられない。ニコロスはそう考えて悦に入った。

蝶ネクタイとしゃれたジャケットを身につけた年配の男性が、豪邸の玄関のドアを開けた。「ミス・パーマー、どうぞお入りください。私はミスター・ドラコスの執事、マックスです。ここのすべてをまかされています」

エラは驚くほど暗い装飾過多の玄関ホールに足を踏み入れ、あっけに取られて周囲を見まわした。てっきりニコロスはきわめて現代的な環境で暮らしていると思っていた。だがここは、ゴシック様式のはやったヴィクトリア朝時代で時間が止まってしまったかのようだ。同じく暗い広大な応接室を見渡し、目を丸くした。ありとあらゆるところにものがある。

「亡くなった旦那さま——ミスター・ドラコスのお祖父さまが、変えることをいやがったのです。ここはもともと奥さまが生まれ育った家で、すべて奥さまがいらしたころのままです。何か動かしたりしたら、気を悪くなさったでしょう」

「こんなにたくさんのものがあるのに、どうして何か動かしたと気づくのかしら？」エラはその場で回りながら周囲を呆然と眺めた。

「今の旦那さまのミスター・ドラコスと同じく、お祖父さまもまたとても頭脳明晰で、観察眼の鋭い方でした」マックスが言った。「あなたのお部屋にご案内しましょう」

「ブッチは……私の犬はどこに？」

マックスが無言で薪ストーブのあるタイル張りの

部屋に案内した。垂れ耳でぼさぼさの毛のテリアがラグの上に寝そべり、ブッチがその雌のテリアにもたれて休んでいる。テリアの体の大きさは倍もあるが、ブッチはまったく怖がっていない。

「あらまあ」ブッチが飛びあがり、エラに突進してきた。その目はうれしそうに輝いている。テリアはゆっくり体を起こすと、おざなりにひと声吠えてから再び体を伏せた。「ミスター・ドラコスがペットを飼っていたなんて知らなかったわ」

「ローリーは旦那さまと一緒によく旅行もしますよ。これから階上にお連れしましょう」マックスが先に立って優美な階段をのぼっていく。

広い寝室のベッドが新しいと気づいて、エラはほっとした。だが、凝った細工の黒檀らしき家具は階下と同じだ。マックスがドアを開けると、先端技術を駆使したスイートルームが現れ、エラはほほえんだ。「ここは最近改装したみたいね」

「電気系統と配管設備を新しくする際に、ミスター・ドラコスはついでに各部屋にバスルームを設置し、キッチンを造り替えたのです。内装については、この家の新しい女主人にまかされます」マックスがいわくありげに横目でちらりと見たので、エラは不安にとらわれて身を硬くした。

どうやらマックスはいずれ私がニコロスの妻になって、この家を差配すると想定したようだ。それは真実からはほど遠い。エラは居座る虫歯のような痛みを感じた。

マックスは彼女の荷物を階上に運んだあと、ガーメントバッグに入った美しいロングドレスと包装された品物、そして宝石箱を持って再び現れた。「ミスター・ドラコスからのお届け物です。七時に迎えに来られるとのお電話がありました」

エラは片眉を上げただけで何も言わなかった。

だが、マックスが部屋を出たあと、携帯電話を取り出してニコロスに電話をした。「エラよ。私たち、今夜出かけるの？」

「そうだ。ディナーパーティに連れていく。君が身につけるドレスや靴、宝石は送った。まだ受け取っていないかい？　マックスが僕の電話について何も言わなかった？」

「いいえ……受け取ったし、話は聞いたわ。でも、直接私に言うべきでしょう」

ニコロスは官能的な唇を引き結んだ。だから女と付き合うのはいやなのだ。つまらない口喧嘩になるし、しつこく期待を寄せられる。それに、女はすぐに腹を立てて僕の一日をだいなしにする。「僕はとても忙しいんだ」

「私に服を買っていたから？」

「これが君の新しい生活なんだ、エラ。これからいろいろ変わる。慣れるしかない」

頑固で譲歩しないニコロスに憤然としながら、エラは電話を切った。ガーメントバッグのファスナーを開くと、ブランド物のドレスが現れた。ノースリーブで控えめなデザインながら、この上なく美しい白い生地は光を受けて金色に輝いている。プリンセスのためにあつらえたようなドレスだ。ピンクのふんわりしたドレスでなかったのは少々意外だった。

これは今シーズンの愛人向けドレスなのだろうか？　それなら、胸元が大きく開いた黒いサテンのドレスのほうがふさわしいのでは？　でも、胸元が開いていても私には見せびらかすものがない。そこに思い至って、エラは落ち着きなく身じろぎした。

私はニコロスの愛人になることに同意したのだ。そのことを思うと、頬が熱くなる。真っ白な寝具におおわれた広いベッドに目を向け、エラはうめき声をもらした。ためらう思いが彼女を二つに引き裂いた。突然自分がわからなくなった気がした。心の半分はニコロスとベッドをともにすることに舞いあがり、残りの半分はショックとパニックに陥っている。

できるかしら？　思い悩まずに無意味なセックスができるの？　だって、彼が欲しいんでしょう？

その真実を受け入れると胸のつかえが楽になり、自制心を取り戻したように感じた。でも、ニコロスが選択を強制したとはいえ、次の一歩を踏み出したのは私自身なのだ。そして、これから彼の愛人として人前に出るなら、自分を恥じるようにこそこそしても意味がない。

家族に再び経済的な安定が保証されたことには感謝している。そして私は、ニコロスを利用してセックスを経験する。エラはきっぱりと自分に言い聞かせた。一方的に与えるのではなく、経験豊かな彼によって得をする。彼に対していっさいの感情を抱いてはならない。どんなものも決して。いずれ私は元の生活に戻るだろう。だからこそ獣医の資格を取ることが重要になる。仕事が新たな将来を築くための基盤と、何物にも代えがたい目標を与えてくれるはずだ。

エラは物思いにふけりながら宝石箱の一つを開け、びっくりして目をぱちくりさせた。とてつもなく値が張りそうなエメラルドのペンダントが輝いている。どうやらニコロスは私を高価なトロフィーか何かのように見せびらかしたいらしい。でも、どうして？　彼にとって、すべてはセックスのためだと思っていた。ところが今は、既得の権利を行使する代わりに、公の場に私を連れ出そうとしている。これでは筋が通らない。彼の行動すべてがおかしい。そもそも彼はどうして私を選んだのだろう？

そういう相手を探していたときに、たまたまちょうどよく私がいたというだけ？　あるいは本当に私のことが欲しくて、なんとしても手に入れようとしたのだろうか？　そう思うと、エラは困惑しつつも驚きに打たれた。どちらの答えが気に入るかはよくわかっている。ニコロスはどんな犠牲を払っても私とベッドをともにしようと決意した――そう考えることは、何度もフィアンセに拒絶された女を不思議なほどいい気分にさせる。

エラはシャワーを浴びに向かった。ポールとの関係を思い出すと、涙で視界がかすみ、目の奥がちくちくした。

〝完璧である必要はないのよ〟エラはかつてポールに言った。〝初めてのときは完璧にはいかないって知っているもの。でも、完璧かどうかなんて私にはどうでもいいの〟

不運にも、そのことはポールにとって明らかに重要だった。でも、ニコロスが相手なら、セックスはこれ以上ないほど完璧になるはずだ。エラは沈んだ気持ちで考え、懸命に過去を封じこめた。ニコロスは完璧を期待しないだろう。不完全であろうと、簡単に乗り越えるに違いない。彼は複雑な人だけれど、柔軟でもある。見かけにこだわらないと思っていたのに、ドレスや宝石を選び、美容院を予約した。私を最高の姿に見せたかったのだ。でも、それも当然なのではないだろうか？

ニコロスは玄関ホールで立ちどまった。エラがハイヒールで慎重に階段を下りてくる。頭上のシャンデリアの光を受け、ブロンズ色の髪がきらめいた。濃い赤褐色と金色の筋が際立ち、肌のつやが強調されている。ぴったりしたドレスが小柄な体をすらりと見せ、エメラルドのペンダントとイヤリングが、輝くグリーンの瞳をはっとするほど目立たせる。ニコロスは険しい口元にゆっくりと満足の笑みを浮かべた。今夜をとても楽しみにしていた。狙いをつけた女が宿敵と一緒にいるところを見れば、サイラスは死ぬほどショックを受けるだろう。

すべてがこのためなのだ。ゴールはサイラスを打ちのめすことであって、エラをベッドに誘いこむことではない。ニコロスは身を硬くした。エラをベッドに誘いこむ。あの柔らかい白い肌を味わい、甘美な胸をもてあそぶ。そして、二人の体が一つに溶け合うまで彼女の奥深くに身を沈める。エロチックなイメージがニコロスの脳を焦がし、理性的な考えを切り裂いた。代わりに体の中で欲望が騒ぎだした。下腹部が目覚めて激しく脈打っている。ニコロスはきれいにそろった白い歯を噛みしめながら、そんな反応にあらがった。これはあってはならないことなのだ。

　階段を下りきったエラは、金色に燃えるニコロスの瞳を見た。心臓が早鐘を打ちはじめ、あらゆる感覚が過敏なほどにとぎすまされた。ニコロスはあまりにも美しい。豊かな黒髪、くっきりした頬骨、きれいに髭の剃られた力強い顎。唇は官能的で思わずキスしたくなる。そんなことを考えている自分に驚き、エラはあわてて息を吸いこんだ。そしてニコロスとともに外に出ると、待っているリムジンに乗りこんだ。

「ここはあなたのお祖父さまの家だと聞いたけれど、亡くなったのはいつごろなの？」エラは静かに尋ねた。

　ニコロスの体がこわばった。日に焼けた長い指が強靭な腿をつかむ。「五年になる」

「仲はよかった？」

「いや。一度も会ったことはないから……」

「一度も？」エラは目を見開いてニコロスを見つめた。「それなのに、お祖父さまはあなたに家を遺したの？」

「それに巨大な企業帝国も。祖父は感傷的な男ではなかったが、自分の血を引く後継者の存在ははかり知れないほど重要だったんだ」ニコロスはしぶしぶながら打ち明けた。話題は気に入らないが、答えなければそこに神経をとがらせていると認めることになる。

自分という人間に対する祖父の無関心を受け入れるまでには長くかかった。老人が教育に金を出してくれたおかげで、自分が強くなり、成功したのはわかっているが。

悲しいことに、祖父は孫息子にしか興味がなく、ニコロスの姉ソフィアには寛大ではなかった。彼女が早いうちに学校をやめてアテネで低賃金の仕事につき、切りつめた暮らしを強いられたと知って、いまだにニコロスは罪悪感にさいなまれていた。さらに悔やまれるのは、相続財産を手に入れたときには、姉を助けるのに遅すぎたということだ。

ソフィアは姉というより母に近い存在だった。そして、ニコロスが感謝と愛情を示せる前に亡くなった。もっと若かったころ、彼は考えが足りず自分勝手だった。ロンドンに移って学校に入り、やがて働きはじめたが、最初の数年は収入もわずかだった。その間、たった一人の姉のことはまったく顧みなかった。

「変わっているのね」ニコロスの拒否反応を感じ取り、エラはそれ以上何も言わずに贅沢なシートに体を預けた。

「今夜、僕たちの関係についてうるさくきかれても、ただ受け流してくれ。僕たちは去年出会い、今は一緒にいる。人が知る必要があるのはそれだけだ」ニコロスが言った。

私が知っていることは、今言われたことと大差ない。つまり、彼が私に秘密を明かすことはありえないということだ。それで、秘密はあるの？　ええ、あるわ。エラは直感した。でも、詮索は許されない。私は家族のためにニコロスと一緒にいるだけ。彼自身や彼の生活、彼の秘密に関わることはない。彼の好みや気分に興味を持つこともない。できる限り彼と同じくらい超然としていよう。この状況では、それが唯一の自衛策だ。

「いいね？」静寂の中でニコロスが促した。

「ええ、いいわ」エラは唇の前でファスナーを閉めるような動作をしてみせた。「よけいなおしゃべりはしない」

ニコロスは驚いてエラを見つめた。輝く瞳に、生意気そうに上がった顎、ほほえみを浮かべているようなみずみずしい唇――彼女はまさに光を放っている。心ならずもニコロスは目をそらせず、言うつもりのない言葉を口にした。「君は美しい」

エラはうろたえて目を見開いた。頬を赤らめ、顔をそむけて窓の外の通り過ぎる街路に目を向ける。街灯の光を受けて、ニコロスの瞳がオニキスのような暗い色から、エラの好きな溶けたカラメル色に変化していた。胸がときめいた。

ときめくなんて、舞いあがった女子学生みたい！

エラは嫌悪を覚えて自分を叱責した。ニコロスの計画にロマンチックな理由があればいいと願うほど私は愚かだろうか？　確かにニコロス・ドラコスは私を求めている……でも、それはほんの短い間だけ。ずっと私をそばに置きたいわけではない。私のことを知る気もなければ、関わる気もない。セックスは肉体的で一過性のものだ。私は分別を持ちつづけなければならない。ニコロスは恐ろしいほど魅力的な男性だ。彼にまつわる謎もその魅力に深みを与えるにすぎない。

リムジンを降りたとき、ニコロスはエラの背中に手を添えた。するとそこが硬直した。彼女もまた緊張しているらしい。「ところで、今夜は昔なじみのサイラス・マクリスに会うかもしれない」

エラは顔をしかめた。「サイラスはまだ中国から戻っていないでしょう」

「戻ったんだよ」ニコロスは言い返した。「だが、今夜彼がここにいても、君は話をしてはならない」

その命令にエラは仰天した。体をひねって見あげると、ニコロスは硬く険しい表情を浮かべていた。

「でも――」

「反論はなしだ。今、君は僕と一緒にいる。彼のことは切り捨てろ」

「ニコロス、それはひどいんじゃない？」

「僕はひどいことをしないとは一度も約束していない」ニコロスがいらだたしげに言ったとき、スパンコール付きのドレス姿のがっちりした中年女性が彼に熱烈な挨拶をした。

ニコロスは会場にいる全員を知っているようで、そのあとエラは数限りない人たちに紹介された。食前の飲み物が提供されるとき、一人の女性が演台に上がり、家庭内暴力の犠牲者についてのスピーチをした。スピーチが終わるときには、ニコロスはすでに男性二人と会話を始めていたので、エラはひと言断ってから化粧室に向かった。

そして、そこでとうとうサイラスにでくわした。彼はニコロスよりも小柄で痩せていて、瞳はブルー、髪はブロンドで、こめかみに白いものが交じっている。「エラ……君がいるなんて信じられないよ。ここでいったい何をしているんだ？」

サイラスのまなざしは強烈で、怒りのせいで頬が紅潮している。エラは不安に顔を赤らめた。「電話しようと思ったのよ。でも、あなたは海外出張していたでしょう」

「君のお祖母（ばあ）さんから、君がロンドンに引っ越したと聞いた。だが、お祖母さんは住所を知らなかった」

「知らせる暇がなかったの。こっちに来たのは今日だったから」サイラスに手首をつかまれ、エラは立ちどまるしかなくなった。彼の力は痛いほど強かった。「私、親しくなった人がいるの、サイラス」

「どうしてそんなことになるんだ？　君はほとんど外出しないのに」

「あなたは私に外出するようにってずっと言っていたじゃないの」

「ほかの男を探せとは言っていない！」サイラスが怒って否定した。「相手は誰だ？」

「ニコロス・ドラコスよ。彼は――」

サイラスの手から力が抜けてエラの手首から離れた。信じられないと言いたげに彼が眉をひそめた。

「ドラコスと一緒にロンドンへ来たのか？」

エラはゆっくりとうなずいた。

サイラスの顔がさらに赤くなり、唇がきつく引き結ばれた。「女に関していえば、ドラコスは最低の男だ！　やつは札付きだぞ。いったいどうしてそんなことになった？」

「エラ……」

その声は氷のように冷ややかだった。冷たい戦慄が背筋を伝いおり、エラはゆっくりと振り返った。ニコロスが二メートル先からこちらをにらみつけている。

「化粧室に行くわ」エラはそうつぶやいて逃げ出した。

サイラスはただ全速力で立ち去った。彼は一度もニコロスと顔を突き合わせたことがないばかりか、顔を突き合わせる機会を与えることすらなかった。ニコロスはわかっていた。サイラスは卑怯者だ。女には横暴だが、相手が男だとたんに臆病になる。

「今のは最高の見ものだったわ。サイラスがすごごと引きさがるなんて」さっきの中年女性がニコロスの脇で足を止めて言った。「あのメールを送ってから二週間しかたっていないのに。あなたは本当に行動が早いのね」

「ええ、彼女をつかまえましたよ」ニコロスは認めた。「あなたもうれしいでしょう、マリカ？」

「弟が苦しむところを見るのはいつもうれしいものよ」マリカの目はニコロス以上に冷ややかだった。「あなたはヒーローだわ。自分をほめてあげなさい。サイラスがどんな計画を立てていたかは知らないけれど、あなたは彼女を救ったのだから。弟が引き起こすことを女性に償うには、この世のお金をすべて使ってもまだ足りないと思うわ」

ニコロスはエラを待ちながら考えた。さっきの感情は、ヒーローにはまるでふさわしくないものだった。サイラスがエラに触れ、薄汚い中年男よろしく手首を撫でるのを見たとき、体の中を激しい怒りが駆けめぐった。自分がどこにいるかも忘れ、暴力をふるいそうになった。そして、そのことに混乱した。

どうしてそこまでかっとなったのか？　まれにサイラスを見かけたときには、見て見ぬふりをするのが常だった。それに、サイラスのほうがこちらを避けていた。ところがどういうわけか、サイラスと親しげにしているエラを見たとたん頭に血がのぼり、胸がむかついた。話をしてはならないと警告しなかったか？　彼女は聞いていなかったのか？　身を守る分別すら働かないのか？　怒りがこみあげ、ニコロスは歯を食いしばった。

自分がヒーローでないのはよくわかっている。本物のヒーローなら、姉を救っていたはずだ。あの情けない失敗が僕を打ちのめした。ソフィアが亡くなって以来、まったく何も感じなくなった。実際、何も感じたくなかった。愛を感じることは弱点だ。そこを人につけこまれるのだから。

5

エラは化粧室で気持ちを切り替えた。

両手は震えているし、サイラスにきつくつかまれた手首がまだ痛い。彼の怒りを目の当たりにしたとたん、祖母の警告がよみがえった。私が引っ越したことを知らされず、サイラスは激怒していた。友人ならあれほど怒らない。以前彼はもっと外出すべきだとあれほど勧めたのに。ところが、〝ほかの男を探せとは言っていない!〟と言い放ったのだ。

突然サイラスについて知っていると思いこんでいたことがすべて崩壊した。きっと私が誤解しているのだ。そうに決まっている。

エラはとまどいながら、サイラスとの出会いを思い返した。病気と診断される前、ポールはサイラスの会社の一つに働き口を求めた。

〝そうだよ、裏から手を回してもらうんだ。サイラスは僕の叔父さんなんだから、当然じゃないか〟ポールは弁解するように言った。〝僕の母はギリシア人の富豪の娘なのに、僕の父と結婚したことで勘当された。父はイギリス人で、彼らの基準からすると貧乏だったから。サイラスは母の弟だ。母の父親ほど偏見を持っていないといいけどね〟

ポールが初めて叔父に会ったとき、エラも一緒にいた。サイラスはポールに職を与え、その後、彼とエラを田舎の屋敷に招待した。そしてポールが病気になると、支援を約束した。彼は私たち二人を見捨てなかったと、エラは悲しい気持ちで思い出した。ただ、今夜のサイラスは違った。でも、怒るのも当然かもしれない。サイラスは友人なのに、私はニコロスとロンドンへ来ると伝えなかった。なぜなら、ニコロスが家族とロージー以外には誰にも知らせるなと言い張ったから。

エラはニコロスのもとに戻り、二人は間もなくテーブルについた。個人的な会話をする機会はなかったが、ニコロスの横顔は険しく、口調もきつかった。そのあともずっと気まずいまま時間が過ぎていった。サイラスを無視するようニコロスに命じられたのに、従わなかったからだ。でも、どうしてサイラスを切り捨てられるだろう？　彼はポールのために病院の近くのアパートメントを見つけてくれた。死にゆくポールに住まいをあてがい、彼を世話する看護師も雇った。ポールが息を引き取ったときには、私のそばにいてくれた。それを思うと、目の奥が涙で熱くなった。

ニコロスは女性に関して最低の男だと、サイラスは言っていた。私に対するあの提案がその証拠では？　私の家族の生活の安定と幸福の返礼として、私の体を求めたのだから。でも、同意したのは私だ。しかも、思い悩まずに受け入れると決めた。それで私はどうなるのだろう？　とんでもない苦境に立たされるはずだ。エラはみじめな気分になった。

「私に怒っているのね」屋敷に戻るリムジンの中で、エラは耐えがたい沈黙を破った。

「その話は家に着いてからにしよう」ニコロスは険悪な声で応じると、リムジンの隅に背を預けて脚を伸ばし、エラを見つめた。

エラは僕の命令に従わなかった。今も彼女の小さな顎は頑固そうに上を向いている。いまいましいことに、いつにもまして彼女が欲しい。ことあるごとに僕を裏切るのに、どうしてこんなふうに感じる？　不合理だ。そして僕は不合理な男ではない。もちろんサイラスの真実をエラに話すこともできる。だが、彼女は信じないだろう。おそらくサイラスの一部しか見ていないに違いないから。エラに真実を伝える危険は冒せない。彼女を信頼できるかどうか、どうしてわかる？

　だがこのとき、ニコロスの頭の中で信頼の問題は最上位になかった。彼は衝動に駆られ、座席の上を横にすべって、エラの緊張した小さな体を両腕で引き寄せた。

「いったい何を……？」エラはあえぎ、混乱して体を引いた。

「あの男は君に触れるべきではなかった」ニコロスは彼女の開いた唇に向かって、うなるように言った。「君は彼のものではない」

　それから、自分を支配する欲望のすべてをこめてエラの柔らかな唇を奪った。彼女は力を抜き、キスを返した。舌が触れ合ったときには小さな声をもらした。ニコロスはエラの腕が首に巻きつくのを感じて笑いそうになった。ときには言葉よりも行動のほうがものを言う。エラは僕のものだ。しなやかな体がぴったりと寄り添ってくる。彼女の一方の手は肩を撫で、もう一方は黒髪を探っている。

　ニコロスはドレスの裾をまくろうかと考えた。エラをくるりと回して下着を引き裂き、痛いほど高まる欲求を満たすのだ。情熱的なエラの唇から唇を引き離した彼は、長く震えるため息をもらした。

「君が欲しくてたまらない。ベッドで君としたいことを考えて一日を過ごしていた」

「私は美容院で死ぬほど退屈な一日を過ごしていたのよ」エラはつい打ち明けた。「何を考えていたの？」

　ニコロスのささやきを聞き、エラは蜂蜜のようにとろけた。欲望が体の中心を締めつけ、胸の先端が硬く張りつめる。

「リムジンの中ではとても無理なことだ」ニコロスは注意深く座席の隅にエラを戻した。「だが、夢なら見られる……」

エラはドレスを撫でおろし、必死に呼吸を整えようとした。ニコロスの言葉にうろたえていた。今、体はすっかり熱くなり、奔放な自分自身にショックを受けて、震えおののいている。ほんの数分前は憤り、混乱して、耐えがたいほど緊張していた。ところが、ニコロスは最も意外な方法で、巧みにその緊張を解いてしまった。

ニコロスはエラのあとから醜悪な居間に入った。分厚いカーテンが重く垂れさがり、家具は不気味で陰気だ。ここは葬儀場を思い出させる。時間があれば、インテリアデザイナーを雇って現代的に改装したのだが。

「それで、教えてくれ」彼は沈んだ声で促した。

「今夜はサイラスと何をしていた？」

「サイラスは友達よ。だから話をしたの」

ニコロスは鞭のようにすばやく動いた。エラの手をつかみ、手首を引っくり返すと、肌に紫色の指の跡が残っていた。「友達がこんなまねをするか？」

「たまたまああいうことになったのよ。私が家を出ると伝えなかったから、サイラスは怒ったの。私を傷つけるつもりなんてなかったはずよ」エラはぱっと手を引き抜いた。「あなたになんの関係があるの？」

「君の身の安全は僕に責任がある。それに聞いてほしい。サイラスと一緒にいては危険なんだ。場所がどこであれ、彼とは絶対に二人きりになるな」ニコロスは語気荒く言った。

「おかしなことを言うのね」エラは当惑した。「彼もあなたについて似たようなことを言っていたわ」

ニコロスは頭をのけぞらせた。「本当か？」

「あなたは女性に関して最低の男だって」

「高潔さに欠けるとか、女性と長く付き合う気がないというのなら、告発どおり有罪だ。何か飲むかい？」

「白ワインを」エラはつぶやいた。「あ、ありがとう」ワイングラスを手に押しつけられると、口ごもった。

ニコロスはブランデーを味わいもせずにあおった。

「僕の言うとおりにしてほしいんだ、エラ。君がしたいようにではなく」

「私はあなたに人間らしくしてほしいわ。私たち、相手を失望させる運命みたいね」エラはグラスの縁越しにささやいた。

「僕は失望にうまく対処できない。君自身のために、サイラスから離れていてほしいんだよ」ニコロスが逼迫(ひっぱく)した低い声で言った。

エラはニコロスを見つめて考えた。サイラスがすでに信頼を獲得しているのに、どうしてニコロスはサイラスではなく自分を信じてほしいと私に望めるのだろう？　ニコロスは頭の回転の速い人だ。これでは筋が通らない。二人の男性がともに互いを嫌っているのは、はっきりわかる。わからないのは、二人に対する私の感じ方だ。サイラスのふるまいは私を混乱させ、悩ませる。でも、ニコロスの態度は、なぜか私の心を引き裂く。彼のハンサムな顔に、どうしてもろさを感じるのだろう？　彼は大柄で力強く、もろさなどまったく見当たらないのに。

マックスがドアをノックし、夕食を勧めたが、二人は断った。やがてタイル張りの床をぱたぱた走る音が聞こえ、犬たちが入ってきた。ローリーがうれしそうにニコロスの脚に体を押しつけ、一方のブッチはエラのまわりではねまわって、撫でてもらうとすぐにローリーのそばに行った。

「あなたがペットを飼っていると知って驚いたのよ」エラは考え事をしながら打ち明けた。

足元のくしゃくしゃの毛の雑種犬から挨拶を受けたニコロスは、背中を起こして口を開いた。「それについては、とくにほめられるものではないんだ。ローリーは姉の犬だったから。姉はこの犬をオーロラ姫と呼んでいた。おとぎ話が大好きでね……」その声は硬く、表情は暗い。「姉が亡くなったあと、僕はこの犬と別れるのがつらくなり、こうして飼いつづけている」

「あなたが近しい身内を亡くしていたなんて知らなかったわ」犬たちがマックスを追いかけて再び出ていくと、エラはぼそりと言った。

「誰もが三十歳になるころには、そういう経験をするものさ」

「だからといって、つらくないわけじゃないでしょう」エラは指摘した。

電話が鳴り、ニコロスはポケットから携帯電話を取り出して応えた。エラは彼の表情の変化に気づいた。顔が青ざめ、ひどく険しくなっている。「できるだけ早くそちらに行く」

「どうしたの？　何かあったの？」

「火事があった……僕のホテルで。現場に行かなければ」

「まあ、そんな……私にできることは？」

「いや、ただベッドに行ってくれ。またあとで……たぶん明日になるだろう」

ニコロスが出ていったあと、エラはキッチンの隣にある居心地のいい部屋に向かった。そこではマックスがテレビを見ていた。彼の足元には犬たちがいる。マックスが立ちあがった。「夕食をとる気になりましたか？」

「いいえ、違うの」エラは火事について伝えた。「ニコロスはホテルのオーナーだったのね。知らなかったわ」

「グランド・イリュージョン・ホテルですよ。ミスター・ドラコスは学生のころ、あそこのバーで働いていたんです」マックスが説明した。「やがて旦那さまはあそこを買って、ヨーロッパで最も人気のある高級ホテルに生まれ変わらせました。初めての大きな事業です。ひどい被害でなければいいんですが。旦那さまはあそこにとても愛着を持っていらっしゃるので」

エラは二階の大きな白いベッドにすべりこんだ。シーツはひんやりしていてなめらかだ。まさか今夜一人きりでベッドに入るとは思っていなかった。波乱の多い長い一日についてあれこれ悩むには疲れすぎている。けれども、リムジンの中で重ねられたニコロスの唇と、彼がささやいた言葉を思い出したとき、体が息づき、熱くなった。

ニコロスが欲しくなっても、別に悪いことではない。夢うつつの状態でエラは自分に言い聞かせた。彼はとてつもなくセクシーなのだから、こんなふうになるのはごく自然で正常なことだ。だったら、どうして後ろめたさを感じるのだろう？　ポールを生き返らせることはできないし、かつて夢見た彼と分かち合う将来も実現しない。そう考えると気分が少しましになり、とうとう眠りに落ちた。

目覚めたときには九時近くになっていた。空腹だった。マックスがエラの荷物をほどいて、クローゼットの一つに服をしまってくれたとわかった。エラは長袖のＴシャツとジーンズを取り出すと、シャワーを浴びに行った。ニコロスは朝まで戻らなかった。どこかほかの場所で寝ているか、火事のあと始末に追われているのだろう。エラは軽く化粧を施しながら、リムジンの中でのキスについて考えた。どうして一度のキスがこれほど特別なものになるのだろうか？

バスルームから出たとき、寝室のドアが開いて、ニコロスが現れた。疲れきったようすで、煙の匂いが染みついている。彼は縁の赤い目でエラを見つめた。一瞬、彼女が何者で、ここで何をしているのかわからないように見えた。

「どうだったの？」エラは不安を覚えた。

ニコロスはしばし目を閉じた。力強い体にかすかな震えが走った。「ひどかった……」かすれた声で答え、肩を揺すってジャケットを脱ぐ。「煙の匂いが体に残っている。シャワーを浴びないと」

「怪我をした人は？」エラはさらに尋ねた。

シャツのボタンをはずす途中で、ニコロスが彼女を見た。落ちくぼんだ暗い目は半ば閉じ、金色の輝きはなかった。「帰る前に病院に寄ってきた。従業員が三人負傷した。一人は……」声がかすれた。

「人生が変わってしまうほどの大怪我だ」

「お気の毒に。あなたはその人を直接知っているの？」エラは胸が痛んだ。

ニコロスはシャツを床に落としながら、無言でうなずいた。「学生のころ、僕はホテルの厨房とバーで働いていたからね。出火はホテルの裏手からで、爆発があったんだ。アシスタントシェフが二人怪我をして、バーのマネージャーがひどい火傷を負った。数年にわたって手術が必要になるだろう」彼はぶっきらぼうに締めくくった。

「本当にお気の毒に」エラはもう一度言った。ニコロスの引きつった顔を見れば、彼が限界に達しているのが見て取れる。文字どおり自分と闘い、冷静さを保っているのだ。不謹慎なことだが、エラはニコロスの目に光る涙に魅了された。

「もっと悲惨なことになっていたかもしれない」悲観的な考えを食いとめるために、その事実を自分に思い出させるようにニコロスが言った。「宿泊客は全員無事に避難した。建物はひどいありさまだが、煉瓦もモルタルも再建できる。人の命はそうはいかない」

ニコロスはシャワーに向かいながら靴と靴下、そしてズボンを脱いだ。エラの目の前で一糸まとわぬ姿になることを意識していないのだ。完璧な褐色の体があらわになったが、エラは目をそらすことで彼の無防備な状態に配慮しようと努力した。ニコロスは疲れはて、打ちのめされている。こんな状態の彼を見ることになるとは思ってもみなかった。

「何か欲しいものはある？」

「マックスが朝食を運んでくる。食べられるかどうかわからないが」ニコロスが低い不明瞭な声でつぶやいた。

エラはより大胆になり、バスルームのドア口に立った。「今回の出来事はあなたに責任はないわ、ニコロス」

「誰かの責任なんだ！」ニコロスが荒々しく声をあげた。「警察は放火を疑っている。燃焼促進剤が使われていた。オイルタンクに寄せてあったプラスチックケースが爆発の原因だった。事故じゃないんだ」

「まあ、そんな」エラは小さくつぶやくと、寝室に引き返した。

蓋付きのトレイを手にマックスが現れ、エラの分もあると説明した。ブッチとローリーがエラの周囲ではねまわっている。エラは二匹を階下に連れていってほしいとマックスに頼んだ。

「旦那さまは憔悴しきっています。ゆっくりやすまなければ」マックスがうなずいた。「睡眠を取れば、状況が少しはましに見えるでしょう」

ニコロスが引きしまった腰にタオルを巻いた姿で寝室に戻ってきた。濡れた黒髪が乱れて額に落ちている。彼が窓際のテーブルにつくと、エラはコーヒーをつぎ、フォークとナイフを差し出した。

「食べて」エラは促した。「エネルギーを補給しないとだめよ」

心配そうなグリーンの瞳を見て、ニコロスは唇をゆがめた。エラの同情がニコロスを混乱させた。僕は誰にも頼らずに生きるすべを学んだ。そのおかげで何度も危険な過ちを犯さずにすんだのだ。信頼しなければ、裏切られることもない。いや、他人に心を開かなければ、傷つくこともない。いや、確かに今は傷ついているが、これはどうしようもない。人生があらゆる者に投げかける困難だからだ。ただし今回は、誰かが故意にこの事態を作り出した。満室のホテルに放火するほど僕を憎んでいるのは誰なのか？　あれほど多くの人々が被害もなく避難できたのは本当に幸運だった。

ニコロスはコーヒーを飲み、ベーコンを口に入れたものの、食欲がないと言った。エラは火事について詳しく聞きたかったが、今は黙っていたほうがいいと判断した。

「少しベッドでやすむよ。あとで警察に戻らなければならない」ニコロスは疲れたようすで告げると、バスルームに引き返した。

引き出しを開け閉めする音がエラの耳に聞こえた。再び現れたとき、ニコロスはタオルをはずし、ぴったりした白のボクサーショーツを身につけていた。エラはしばし彼の美しい体に見とれた。胸筋がくっきりと浮かびあがり、その下には逆V字形の筋肉が見える。驚いたことに、たくましい肩の一方に凝った入れ墨があった。翼のある女神と……小さなユニコーン？　あれはいったいなんなの？　口の中がからからになり、ごくりと唾をのみこんだ。そして、昨夜ベッドの脇に置いた本をぱっと取りあげた。

「じゃあ、あとでね」エラは息切れしたように言うと、料理用エレベーターにのせて階下に下ろすつもりで大きなトレイを取りあげた。

ニコロスはくたくただった。エラに言いたいことはたくさんあるが、それが何か思い出せない。食事を勧めたときの彼女の輝くグリーンの瞳が目に浮かぶ。そこに宿るやさしさと気遣いが、ニコロスに姉を思い出させた。幼い彼が病気になったときに、ソフィアもあんな目をしていた。ニコロスは荒々しく悪態をつき、心を乱す二人の女性のまなざしを頭の中から締め出した。

エラはキッチンのテーブルについていた。マックスはケーキを焼きながら、軍隊時代の話をしている。犬たちは裏庭から入ってくると、また出ていった。ドアベルが鳴り、エラはマックスのあとから玄関に向かった。ドア口でほほえむサイラスを見たとき、うろたえて身を硬くしたが、彼はエラに気づいてにっこりした。手首にうっすらと痣が残っていても、サイラスに対する否定的な感情はいつの間にか消え失せていた。

「サイラス……」前に進み出て呼びかけた。

「ここに来れば君に会えるんじゃないかと思ったんだ」サイラスが巨大な花束を差し出した。エラはそれをぎこちなくマックスに手渡した。

このすべてが間違っているように感じられ、エラは居心地が悪かった。サイラスとニコロスはお互いを嫌っている。サイラスを家に入れれば、ニコロスは激怒するだろう。それでも落ち着いた態度でほほえむサイラスは、昨夜の怒れる男性よりもはるかになじみがあった。

「入って」エラはサイラスをもっと歓迎しようと努力した。

「買い物に出かける前にお茶をいれましょう」マックスが申し出た。

「私がここに来るとは思っていなかっただろう」サイラスがエラのあとから暗い居間に入り、周囲を見まわしてから無言で目をくるりと動かした。「だが、ゆうべあんなふうに別れたから、そのままにはできなかった」

「あれはひどかったわ」エラは言った。

サイラスは椅子に座って、エラに家族のことを尋ねた。エラは細心の注意を払って答えた。父親の負債について厄介な質問をされては困る。ニコロスに口止めされているからだ。だがサイラスは、負債についても、店をたたんだことについてもまったく触れなかった。もしかしたら彼は何も知らないのかもしれない。エラはその可能性に思い至った。

「話があるんだ。君は驚くかもしれない」サイラスがそう言ったとき、マックスがトレイを持って入ってきた。

エラは面食らい、サイラスをいぶかしげに見つめた。「私が動転するようなこと？」

「そうじゃないことを祈るよ」エラが紅茶をつぐ間、サイラスはほほえんでいた。「私は四年以上も前から君を知っている。しかし最近になって、君の望む友人でいるのがむずかしくなってきた。君に会う回数が減ったとすれば、それが理由だ」

エラはますます緊張したが、何も言わなかった。

「君はすばらしい人だ。ドラコスとのいかがわしい関係などふさわしくない。今日、私はここから君を連れ出したいんだ」サイラスは〝今日〟を強調して言った。「君と結婚したいと思っている。私の妻になってほしい」

エラは胸が悪くなったが、平静を装った。サイラスのプロポーズがどんなに異様で好ましくないとしても、彼を傷つける気にはなれない。「申し訳ないけれど、そういう目であなたを見たことは一度もないわ、サイラス。あなたはポールの叔父さんで、いいお友達だと思っているの」

「どうやら私は長く待ちすぎたようだ」サイラスが冷ややかに言った。「私たちの関係を気詰まりなものにしたくなかったんだよ」

エラは今ほど気詰まりに感じたことがなかった。

サイラスの目つきが気に入らない。彼が私に気があるとしても、私はそれに応えられない。「あなたのことは好きだし、尊敬しているのよ」

「もっと早く言うべきだった。私が長く待ちすぎたせいで、君はドラコスとここにいることになったんだから」サイラスはニコロスに対する嫌悪と軽蔑を隠さなかった。「だが、君と私の甥の関係が異常なのは知っていたし、君にプレッシャーをかけたくなかった」

エラはぴたりと動きを止めた。「異常？　どういう意味で異常なの？」

「婚約したのに禁欲するのは正常とは言えないだろう」サイラスが辛辣な嘲りをこめて言うのを聞き、エラの頬は屈辱の色に染まった。「ポールが亡くなるころには、私は彼の秘密をすべて知っていたんだよ」

エラは動揺した。紅潮していた顔が青ざめ、両手は温かさを求めてカップを握りしめた。

「とはいえ、あれは君のせいではない……彼のせいだ。葬儀のあと、君に打ち明けたかったが、あの日に言っても君のためになるとは思えなかったからやめたんだ」

エラは眉をひそめ、ぱっと身を乗り出すと、カップを勢いよくトレイに戻した。「お願いだからはっきり言って！」

「ポールは君と出会う前に男と関係を持っていたんだよ」

エラは信じられずにサイラスを見つめたまま、あえぐように言った。「嘘よ！」

「ポールがゲイなのか、バイセクシャルなのか、それとも単に血迷ったのかは知らない。だが、間違いなくふつうの形で女性に惹かれることはなかった」サイラスはいたぶるような口調で続けた。「彼は自分の病気がわかると、君にしがみついて慰めと支えを求めた。そして君は気前よく与えた。彼が君に結婚を申しこんだ理由はそれだよ。君を失って独りぼっちになるのを恐れたんだ」

「違うわ」エラはショックを受けて言い張った。「嘘に決まっている」

「残念ながら真実だ」サイラスはいらだち、ぶっきらぼうに言った。「だから私は次にどう出るかなかなか決められなかった」

エラはサイラスが出ていくのを期待して立ちあがった。「次はありませんから」激しい拒絶をこめて言った。「もしあったとしても、男性としてあなたに惹かれることはないわ」

サイラスも立ちあがるとエラに近づいた。「どうしてそれがわかる、エラ？　君は本物の男と付き合ったことがないのに」

とうとう激しい怒りがショックを押し流し、エラに思っていることをはっきり言わせた。「ポールのほうがあなたよりもずっと本物の男だったわ！　すばらしい関係というのは、必ずしもセックスによって決まるものではないのよ」

「その間違った忠誠心から君が拒否しているものを、私が教えてやる！」サイラスは耳障りな声で言うと、エラに手を伸ばした。「私が言ったことを聞いていなかったのか？　わざわざ結婚を申しこんでやったんだぞ！」

「私に触らないで！」エラは横に動いたが、髪をつかまれ、引き寄せられた。痛さのあまり目から涙がこぼれた。「放して！」

逆上したサイラスの顔は憤怒の仮面と化していた。「私には君に触る権利があるんだ！」彼はエラに詰め寄り、もう一方の手で華奢な肩を押さえつけた。「ポールを援助するのにひと財産つぎこんだ。あれはすべて君のためだ。君はドラコスが麻薬の売人と娼婦の息子だと知っていたか？　それはかまわないのか？」

サイラスは怒りの言葉を吐き捨てながら、エラを押して後退させた。ふくらはぎがソファに当たり、エラは彼に押し倒された。

「これから君が何を逃していたか教えてやる」サイラスがいかにも残忍そうに言った。

6

二階にいたニコロスはドアベルの音で目覚めた。外出するマックスが大きな音をたてて玄関のドアを閉めたときには、びくりとした。やがてベッド脇の携帯電話が鳴ると、うめき声をあげ、それ以上の睡眠は断念した。

腕時計をチェックしてから電話を取りあげた。二時間ほど眠れたようだが、それで我慢しなければならない。ニコロスはベッドから飛びおり、乱れた黒髪をかきあげた。電話に向かって話しながら、顔を洗うためにバスルームに向かったが、途中で足を止めた。脳が働きはじめ、相手の抑えた悲嘆に気づいた。新たな悪い知らせに、ニコロスは肩を落として哀悼の意を表し、それから嫌悪を感じて電話を放り出した。彼が病院を出て間もなく、バーのマネージャーが亡くなったのだ。

ジーンズをはき、素足のまま寝室に引き返したとき、カーテンの隙間から鮮やかな色がちらりと見えた。かなり目立つ車が道路の向こう側に止めてある。明るい黄色のフェラーリだ。それが誰のものか、ニコロスはよく知っていた。こんな偶然はありえない。今、エラはこの家にいる。彼女の無事を確かめるまでは安心できない。階段を駆けおりると、居間のドアがわずかに開いていた。エラのくぐもった悲鳴を耳にして、ニコロスはドアを蹴り開けた。

のしかかる重い体が突然なくなり、エラはとまどいとショックから目をしばたたいた。ニコロスが彼女からサイラスを引き離し、向こうの壁にたたきつけていた。続いてサイラスの腹部を殴り、ギリシア語でどなりつけたとき、エラは体を起こした。サイラスは彼女に襲いかかり、ジーンズを無理やり引きおろそうとしたのだ。エラは痣（あざ）をつけられ、痛みを感じて震えていた。だが、ニコロスがサイラスを殺すかもしれないという恐怖が彼女を行動に駆りたてた。エラはよろけるように部屋を横切り、ニコロスの腕をつかんだ。

「だめ……やめて。もう彼を殴らないで。もう充分に傷つけたでしょう！」そこではっと息をのんだ。サイラスは顔から血を流していた。何発か殴られたらしく、すでに腫れあがっている。彼はぎこちなく床から立ちあがると、一目散にドアに突進した。

「やつは君を傷つけたんだぞ！」ニコロスが白い歯を食いしばって吐き捨てるように言うと、逃げるサイラスを追おうとした。

またしてもエラはニコロスの腕をつかんで引きとめ、サイラスに玄関のドアから逃げる時間を与えた。

「彼を殺せば、あなたは刑務所行きよ。それが望みなの？」

　エラがドアをばたんと閉めたとき、ニコロスはギリシア語の悪態をついた。「あの男についてちゃんと警告すべきだった」

「あなたは彼と二人きりになるなと言ったわ。気に留めなかった私がいけないの」エラは後ろめたさを感じながらつぶやいた。

「彼は過去に女性に暴行を働いた容疑で告発されている」ニコロスは打ち明けた。

　磨かれた木の床に血がしたたり落ちた。エラはニコロスの手を取り、出血して痣ができた拳を調べた。

「きれいにしないと」ニコロスを階段のほうに押しやる。

「襲われる前に何があった？」

「サイラスに結婚を申しこまれたの。私が拒んだら、いきなり切れたのよ」エラは呆然としたまま言った。

「祖母から、サイラスは私に個人的な興味を抱いていると言われたことがあるの。それを聞いていなかったら、びっくりするどころではなかったでしょうね。実のところ、失礼のないよう心がけたのよ。彼が私のことをそんなふうに見ているなんて、一度も考えたことがなかったわ」

　なるほど、サイラスはプロポーズしたのだ。あの男はエラと結婚する気でいた。ニコロスにとっては勝利の瞬間のはずだったが、満足する気にはまったくなれなかった。敵に傷を与えたものの、エラも傷を受けたのだから。

　サイラスがエラに暴力をふるったことを思うと、ニコロスは胸が悪くなり、とてつもない罪悪感にさいなまれた。サイラスの人間性を知ったうえで、彼の怒りの矛先がエラに向くよう仕組んだのはこの僕だ。彼女はソフィアのようにレイプされたかもしれない。そう考えただけで吐き気がこみあげる。事態をすべて把握しているはずだったのに、計画のどこかで僕は身勝手で無謀になっていた。もう少しでエラに取り返しのつかない代償を払わせるところだった。なんと無責任なのだろう。

しかも今、エラは勇ましく僕を二階へと促している。まるで僕が被害者で、彼女の華奢な体の支えが必要であるかのように。こんなときでなければ、彼女の的はずれな同情を笑い飛ばしていただろう。だがニコロスは、勝ち誇りたい気分でないのと同様に、笑いたい気分ではなかった。

「やつは君に何をした？」彼は寝室のドアを押し開けながら問いただした。

「キスしようとしたのよ。私が顔をそむけると、髪をつかまれたわ。きっとごっそり抜けたでしょうね」エラは痛む頭皮を撫でた。「それから私をソファに押し倒して、服を脱がせようとしたの。これまでサイラスを力の強い大男と思ったことはないけれど、私よりもずっと力が強かった。あなたが助けてくれなかったら、彼を押しのけることもできなかったでしょうね。ありがとう」

「礼なんか言うな」ニコロスは自己嫌悪に陥って言った。「すべては僕の責任だ」

「よくわからないんだけど」エラはニコロスの手から血を拭き取ると、キャビネットにあった消毒剤を塗った。サイラスに襲われたショックでいまだに動揺していた。彼は何に取りつかれたのだろう？癇癪を起こして理性を失っただけ？それとも、本当に私をレイプする気だったのだろうか？サイラスにジーンズをはぎ取られかけたことを思い出し、エラは身震いした。彼の意図は明らかだ。「サイラスがしたことに、あなたは関係ないでしょう。ポールが亡くなったあともサイラスと付き合ってきたのは私なのよ。彼とポールのことをよく話したものだわ。とくに葬儀のあとは、思いを吐き出す相手が必要だったの」

エラは押し黙り、サイラスが暴露したポールの秘密について考えた。フィアンセと一緒にいるとき、エラは漠然とした不安を感じていた。ポールは外向的で人気者だった。エラは知り合ってすぐ彼に夢中になり、友情以上のものが欲しいと願った。けれども何も起こらず、やがて彼の病気が発覚した。

ポールにとって私が大切な存在になったのはそのころだ。彼は初めて愛していると言ってくれた……。目の奥がひりひりし、エラは記憶を押しやった。今となっては思い出も汚れてしまったように思える。

サイラスの言葉に振りまわされ、過去を蒸し返してもなんの意味もない。ポールは逝ってしまい、私の疑問は永遠に解けない。でも、付き合っている男性が女性に興味がないのに気づかないなんてことがあるものかしら？　私は人生の四年間を無駄にしてしまったの？　そう考えると、ひどく落ちこんだ。

「警察を呼んでサイラスを逮捕させるべきだった」

ニコロスが語気荒く言った。「彼が君にしたことは——」

「実際には、あなたのおかげで何もしなかったのよ。確かにあの数分の間、私は死ぬほど怖かった。でも、警察沙汰にしたくないの。ポールが病気のとき、サイラスは信じられないくらい物惜しみしなかった。たとえ今日、彼がすべては私のためだったと恩に着せたとしても、あのときのことは感謝しなければ」エラは震える声で言った。

「泣いているのか……」涙がひと粒手に落ちたとき、ニコロスは遅まきながら気づいた。

エラはわななく唇を手で押さえた。「ごめんなさい……」

「いや、いいんだ。君はとても恐ろしい思いをしたんだから」ニコロスは自分に対して激しい怒りを感じた。エラがひどい目にあったというのに、そこに立たせたまま、自分のかすり傷を手当てさせていたのだ。彼は躊躇せずに身をかがめると、エラを抱きあげた。「君はしばらく横になっていないと」

「あなたは本当にそう思っているの？　彼が私の服を……はぎ取って、それから……」

「ああ、そう思っている」ニコロスは乱れたままのベッドにそっとエラを横たえると、隣に腰を下ろした。「サイラスはずっと前から君を自分のものにしたいと思っていたんだろう。そして、君の拒絶にプライドを傷つけられた。間違いない。サイラスは自分が理想の男だと思っているんだ」

「それなのに私はぜんぜん気づいていなかったなんて……ぞっとするわ！」エラは堰を切ったように泣きじゃくった。ニコロスは彼女を膝の上に抱きあげると、ギリシア語でなだめるような言葉をささやいた。

ひとしきり泣いたあと、エラはニコロスがシャツを着ていないと気づいた。それどころか、身につけているのはジーンズだけだ。頬に感じる肌は熱く、まるで筋肉の溶鉱炉のようだった。それでも、彼の腕の中はこの上ない安心感を与えてくれた。「残念だわ……今度のことは、本当に」

「どうしてそんなふうに思う？　サイラスが君を襲ったんだぞ」

「彼が言うには、ポールは男性と関係を持っていたそうよ」エラはかすれた声で打ち明けた。「悲惨なのは、それが真実かもしれないということなの。嘘か本当かは決してわからないけれど。どうしてポールは……」

ニコロスは意味を理解し、ゆっくりと息を吸いこんだ。「今となってはどうでもいいことだろう」

だが、エラにとってはどうでもいいことではなかった。何度かポールに拒まれ、屈辱を感じていたのだから。彼が一緒に住もうと言いださないので、祖母でさえ驚いていた。ポールは私と親密になりたくなかったの？　彼が深い関係に進もうとしないのは、自分に女らしさが欠けているせいだとエラは感じていた。何もかもポールが秘密を隠すための偽装だったのかもしれないと思うと、さらに傷ついた。あのころはセックス抜きでもこれほど密接なつながりが持てると信じていたのだ。

「サイラスは君の思い出を汚すためならどんなことだって言ったはずだ」ニコロスは指摘した。「甥に嫉妬していただろうから」

「違うのよ。最悪なのは、サイラスはポールの真実を語ったんじゃないかと私が恐れていることなの。愚かにも私が見過ごしていた真実を！」エラは日に焼けたなめらかな肩に向かってあえいだ。

これまで女性の涙を避けてきたニコロスは今、途方に暮れていた。何を言えばいいかわからない。ここは話題を変えるしかないと気づき、彼は深く息を吸いこんだ。「僕が病院を出て一時間後に、バーのマネージャーのデズモンドが熱傷病棟で亡くなった。彼の息子が電話で知らせてくれたんだ」

エラが凍りついた。それからぱっと仰向いてニコロスを見た。彼女の顔は紅潮し、小さな鼻も赤くなっているが、濡れたグリーンの瞳はありえないほど魅力的だった。「お気の毒に。とても残念だわ、ニコロス」

「いい人だった」ニコロスは思わず口にした。「僕がホテルで働きはじめたころに出会った。僕はまだ十八歳で、彼にいろいろ教えてもらって……」

「十八歳のころのあなたってどんなだったの？」

「生意気で……やりたい盛りだったかな」ニコロスはぼんやりとつぶやいた。エラの髪の香りを吸いこむと、心が別のことに飛んだ。彼女は苺の香りがする。シャンプーだろうか？　長い指でエラの頭を撫でながら、光の中でシルクのように輝くブロンズ色の筋を見つめる。下腹部が岩のように硬くなり、そのせいで彼はひどく困惑した。サイラスがあんなまねをしたあとで、この状態は不適切だ。

エラはのけぞってニコロスを見あげ、彼の美しい顔を引きつらせる欲望と、濃いまつげの下の溶けたカラメルのような瞳に燃える炎に気づいた。「美しい目だわ」思いをそのまま口にした。突然、あらゆる部分が目覚め、熱くほてっているように感じられる。

これだから女性とはほとんど会話を交わさないのだと、ニコロスは思い出した。女性とセックスをしても、話はほとんどしない。エラは同性愛者の話を持ち出し、十代の僕について尋ね、今度は僕の目がどうだとか言っている。ニコロスは顎をこわばらせた。「デズモンドが亡くなったと伝えたんだが……」

エラは屈辱と恥じらいで顔が赤くなるのを感じた。

「そうね」

「家族が最期を看取った。彼もそう望んでいただろう。とても家族思いだったから」ニコロスは大きく息を吸いこんだ。

その声のつかえと目に宿る苦悶が、ニコロスに惹かれるエラの気持ちをさらにあおりたてた。彼はとても感情が豊かだ。いつもは冷ややかな態度の陰に隠しているけれど、たった今、それがあらわになった。そういうところも好ましい。ニコロスは私に心を開き、自然にふるまっている。サイラスのせいでもたらされたいやな気分が洗い流され、エラは再び自分が力を取り戻すのを感じた。

「もっとも、ふつうの家族がどういうものか知らないが」ニコロスがくぐもった声で認めた。

エラは日に焼けたむき出しの肩に指をすべらせた。ニコロスの肌はサテンのような手触りで、その熱さが寒い日の太陽のように彼女を引きつけた。胸のふくらみが張りつめ、先端が痛いほど硬くなる。ニコロスを見ると、重ねられた彼の唇の感触がよみがえり、息をするのも唾をのみこむのもむずかしい。それにポールと違って、ニコロスは私を求めている。腿の下に高まりが感じられる。こんなことはポールと一緒のときには一度もなかった。ポールは私の望みどおりに求めてくれなかったけれど、ニコロスは違う。しかも、それを隠せない。体の奥深くが締めつけられ、エラは奇妙な高揚感で頭がくらくらした。

無意識に手が動いて、ニコロスの唇をなぞっていた。生まれて初めて自分の自然な本能を恥ずかしいと思わなかった。エラが欲望もあらわに大胆に視線を合わせたとき、彼の目が花火のように輝いた。

「誘っているのかい？」ニコロスがかすれた声で尋ねた。かすかな震えが、力強い大きな体を揺るがす。彼の中で鬱屈していたあらゆるエネルギーが解放の瞬間を求めている。

「エンボス加工した金縁の招待状が必要なの？」エラはからかった。自分の大胆さと決断に、体が熱く燃えあがっていた。ニコロスは私を求め、私も彼を求めている。これは正常で、自然なことなのだ。

「ああ、いや……僕は察しがいいからね」ニコロスはエラを膝の上から下ろして枕にもたせかけると、身を乗り出して彼女のみずみずしい唇を自分の唇でたどった。実のところエラを押し倒し、野蛮な原始人のごとく体を奪いたかった。だが、エラはバージンだ。力を尽くして最高の経験にしなければならない。それを忘れないためには、とてつもない自制心が必要だった。

唇の間からニコロスの舌が忍びこみ、エラは喉の奥からすすり泣くような声をもらした。全身が期待に脈打っている。いったいいつこうなったのかとぼんやりと考えた。いつの間にか耐えられないほど強くニコロスを求めている。でも、そんなことはどうでもいい。今はただ、この瞬間があるだけ。私はとうとう決断を下し、ずっと抱えてきた悲嘆を乗り越えようとしている。

強く押しつけられる唇を、エラは喜んで迎えた。ニコロスの情熱は、彼が隠していた感情と同じくらいエラの心をとらえた。

「君をまるごと食べてしまいそうだ」ニコロスはエラの腫れた唇に向かってつぶやくと、彼女を見おろした。夢見るような瞳はエメラルド色に陰り、ブロンズ色の髪は扇状に広がって後光を思わせる。サイラスに襲われて恐怖を感じたはずだが、それでもエラは僕を求めている。その事実は奇妙にもニコロスを謙虚な気持ちにさせた。彼女は僕を信頼している。だが、彼女に事実を知らせていない僕は信頼に値しない。ニコロスはそんな考えを押しやると、エラが今も多すぎるほどの服を身につけていることに意識を向けた。

エラのジーンズを足首まで引きおろし、実用的な黒のショーツをあらわにしたとき、彼女の胸に赤みが差した。ニコロスはジーンズを投げ捨て、エラの長袖のTシャツを頭から引き抜いた。くしゃくしゃの髪が白い肩に落ちる。その下にはレースのブラジャーに包まれた小ぶりのすばらしい胸がある。ニコロスはエラの不安を読み取った。彼女は緊張のあまり、僕の手が震えているのもわかっていないようだ。僕は彼女を求めて燃えあがっているのに。彼女はまれに見る完璧な美しさをそなえている。ブラジャーのホックをはずすとき、ニコロスはエラから目をそらせなかった。

「最高だ……」かすれた声で彼は言った。

「本気で言っているの？」エラは問いただした。驚きと恥じらいと疑念が混ざり合い、顔が熱くなった。

「本当に本気だ」日に焼けた長い指が可憐な胸のふくらみをなぞった。ピンクの先端は張りつめている。ニコロスはそこに顔を近づけた。「君の胸が大好きなんだ。愛していると言ってもいい」温かい息がエラの肌をかすめ、やがて彼の唇が先端に触れた。

「でも、たいしたものじゃないわ」エラは異を唱えるようにつぶやいた。豊かでない胸は自分の体の最大の欠点だとずっと前から感じていた。私は小柄で痩せている。多くの男性が好むと言われる丸みがない。

「申し分ないよ」長い指が熟した小さなふくらみを包みこみ、感じやすい肌をそっと愛撫する。エラが背をそらしてニコロスのてのひらに胸を押しつけると、彼はほほえんだ。「実にすばらしい」

ニコロスは私を求めている。エラは強まる確信とともに改めて自分に言い聞かせた。彼は私を受け入れてくれる。欠点も何もかも。私も彼を受け入れよう。完璧さや永遠の愛を期待するつもりはない。

突き出した胸の先端をニコロスの指がかすめると、エラは歯の間から息を吸いこみ、無意識に小さく腰を揺らした。体は自然と息づいて、下腹部の奥深くが徐々に熱を帯びていく。うずくその場所にすべての意識が向けられる。ショーツをいきなり引きおろされたとき、エラは不安を覚えて目を見開いた。

ニコロスが彼女を見おろしてほほえんだ。「大丈夫。君がしたくないことは何もしないから……」

「私はすべて経験したいの」エラは震えながら告白した。するとニコロスが体を離し、ベッドを下りた。

「どこに行くの？」

「避妊具を取ってくる」彼はバスルームに向かった。

「ないかもしれない。一度もこの家を使ったことがないから……ああ、ここにはない」

「必要ないわ」エラはかぶりを振った。「腕に避妊インプラントを入れているから」

ニコロスが眉をひそめた。「だが、どうして君が？」

「ポールと付き合っていたとき、いずれ……そう、避妊が必要になると思ったの」エラはその時期のことをなんとか思い起こそうとした。たしかインプラントは四年間にわたって妊娠を防ぐと聞いた覚えがある。ただ、どんなにがんばっても、そのインプラントをいつ入れたかが思い出せない。

「僕は避妊せずにセックスをしたことは一度もない。それに検査はしている。病気はない」ニコロスが請け合った。

エラはすでにほかのことを考えていた。「さっきあなたは一度もこの家を使ったことがないと言ったわ。本当に一度もないの？」

「一度もない」ニコロスは断言した。「自分の家だと感じられないんだ。鍵を手に入れたその日、僕はくまなく見てまわった。そして、祖父に一度も会うのを許されなかったのは実にもったいないことだと思った。昔の写真があんなにたくさんあるのに、僕には誰もわからないし、今となっては知るすべもない。中には親戚もいただろう」

「悲しいわね」エラはあいづちを打った。

どうして彼女にこんな話をしているのか、ニコロスはわからなかった。これまでずっと一人でやってきたし、そういう生き方が気に入っていた。姉が亡くなって、顔見知りの親族はいなくなった。確かに祖父に妹が二人いるのは知っている。彼女たちのほうから連絡をよこしたからだ。だが、今さら親戚付き合いをしても意味がないと判断した。

いったいどうしてこんなことを考えているんだ？目の前でエラが美しい裸身をさらしているのに、なぜこんな打ち明け話をしている？　今まで誰にも明かさなかった個人的な話を。

「家族が必要だったことは一度もないんだ」ニコロスはそっけなく言った。

エラは羽毛のキルトの下にもぐりこんで体を隠したら情けないだろうかと考えていた。今は昼間だし、カーテンも少し開いている。すべてをさらけ出しているのは、ひどく気詰まりだ。

「家族は私にとってすべてよ」エラはとうとう上掛けの下にもぐりこんだ。「家族のいない人生なんて想像もできないわ」

「隠れたって無駄だよ」ニコロスがジーンズを脱ぎ捨てると、エラは目を丸くした。デニムの下に何もつけていなかったからだ。彼は笑い声をあげ、上掛けをつかんで引きはがした。「その表情は畏怖の念に打たれたからか、それともぞっとしたからなのか？」

エラの顔が真っ赤になった。「コメントは差し控えるわ……」

ニコロスは息もつかせぬキスをしたあと、そっと歯を立てながらエラの首をたどっていった。エラは彼の唇の下で息をのんだ。やがて巧みな指が両脚の間に忍びこんだとき、再び息をのんだ。ニコロスはベッドの足元のほうへと移ってエラの両膝を開き、彼女が無視したいと強く思う場所に注意を向けた。

「だめよ、ニコロス……」

「恥ずかしくてそう言っているのか？　それとも絶対にだめという意味かい？」

エラは目を閉じた。恥ずかしいからという理由で、ニコロスを止めるのは気が進まない。私はそんな恥ずかしがり屋ではないはずだ。そのときニコロスが何をしたのか、エラの全身が熱い興奮に包まれた。腰が小さく揺れはじめ、鼻にかかった低い声が唇からもれる。いつしか恥ずかしいかどうかなどどうでもよくなっていた。下半身のちくちくする感覚が、やがて奥深くで脈打つうずきに変わり、エラは燃えあがった。

突然、自分がどう見えるか思い悩むことすらできなくなった。エラは今この瞬間だけの存在だった。正気を失うほど刺激的で根元的な一瞬に我を忘れていた。熱い波動が徐々に広がって、エラをのみこんだかと思うと、次に上へと押しあげた。やがて限界まで上昇したとき、エラは弓なりに背をそらし、こらえきれずに叫び声をあげた。炸裂（さくれつ）する絶頂感が体を激しく揺らしていた。

「やっぱり〝絶対にだめ〟は間違いだっただろう、かわいい人（グリキア・ムー）」ニコロスは再びエラにおおいかぶさった。溶けたチョコレートのような瞳が彼女の紅潮した顔を見つめている。

何も言えずにエラはうなずいた。ニコロスが唇を求め、舌と舌がからみ合ったとき、心臓がはねあがった。男性のまぎれもなく飢えた表情に、血管の中で血がどくどくと脈打ちはじめる。ニコロスがエラの体の位置を直し、背中がそらせる新しい体勢を取らせた。エラが落ち着きを取り戻す暇はなかった。ニコロスはすでに彼女の中に押し入ろうとしている。二人の体がつながっていることに、最初は違和感があった。押し広げられる感覚は驚くほど気持ちがいい。まるでエラの体はこの感覚を経験するために何年も待っていたかのようだった。

そのとき、エラはびくりとした。ニコロスが奥に進み、ずきずきする熱い感覚が広がる。その感覚は喜びを損ないはしなかったが、エラは不安から緊張し、息を吸いこんだ。

「やめてほしいかい？」ニコロスがかすれた声で尋ねた。澄みきったカラメル色の瞳には誘惑の光が宿っている。

「だめ……やめないで！」

ニコロスが身を引き、再び押し入った。焼けつくような感覚が強まったが、やがて消えた。痛みを覚悟しながら、エラは目をしばたたいた。そういうものだとずっと思っていた。ところが、痛みは訪れない。

「もう大丈夫」彼女は驚きに打たれつつ、ささやいた。

「次は〝大丈夫〟よりももっとよくなる」

「先のことはいいの」エラは果敢に言うと、ニコロスに両腕を巻きつけた。彼の忍耐、気遣い、思いやりには気づいていた。ほかの人が相手だったら、喜びはもっと小さかったに違いない。

ニコロスが動くたびに、エラの体は興奮に舞いあがった。わくわくする思いがいっそう刺激を高めている。一分半前、すっかり満ち足りたはずだった。今は心臓が止まるほどの激しい歓喜を味わっている。エラは彼を受け入れるために角度を変えて腰を揺らした。古来の情熱のリズムに合わせ、全身が喜びをかき鳴らしている。すばらしかった。すばらしいより、もっとよかった。エラは頂点に向かって再び上昇していた。やがて強烈な快感が体の奥深くを締めつけた。身を震わせ、手を伸ばして絶頂の瞬間をとらえると、それは熱い快楽の波となって全身を駆けめぐり、すべての力を奪い取るほどの充足感が残された。

二度と動けそうにない。エラがそう思ったそのとき、ニコロスが仰向けになった。エラも寝返りを打って彼の胸に頭をもたせかけ、腕を腰に回した。

ニコロスはエラの汗ばむ額にキスをした。「ありがとう」息を切らし、かすれた声で言う。「すばらしかったよ」

エラも礼を言いたかったが、舌が動かず、頭が働かなかった。ニコロスが不安定な世界で唯一の安定した存在であるかのように感じられる。深い安らぎが訪れ、襲いかかる極度の疲労の波に押し流された。

ニコロスは横たわったまま、わずかながら緊張を覚えた。エラは僕にすり寄っている。これまでこんなことは一度もなかった。いつもシャワーに直行し、服を着て、数分後にはさよならを言う。

新しい経験を味わってみては？　頭の中で嘲る声

がした。すると小さな声が付け加えた。彼女にはもっとふさわしいものがあるだろう？　だが、〝もっと〟とはどういう意味だ？　ニコロスはしばらく横たわったままでいたが、やがてエラの静かな寝息が聞こえてきた。眠りに落ちたのだ。そこでようやく彼は注意深く静かにベッドからすべり出た。

花を贈るとか？　いらだちのあまり、もう少しでシャワー室の壁に頭を打ちつけそうになった。花を贈ったことなど一度もない。もっとも、考えてみればバージンと寝たこともなかった。選択肢を与えたと偽って、女性をベッドに連れこんだこともない。そう気づいたことが、はらわたをナイフで切られたような痛みをもたらした。ニコロスは吐き気を感じながら、シャワー室を出て服を着た。アパートメントに立ち寄り、スーツに着替えてから、デズモンドの家と警察に行くつもりだった。それからどうする？

ニコロスはベッドで眠るエラを見た。ブロンズ色の髪はくしゃくしゃで、華奢な白い肩と手が上掛けからのぞいている。彼女はとても小さく、とても無防備に見える。僕はエラをだましたのだ。ニコロスの心は沈んだ。それで、これからどうする？　その問いかけが良心をさいなみ、また吐き気に襲われた。なんとかしなければならない。実際、選択肢はないのだ。引き返すにはもう遅すぎる。

家を出たニコロスは、自分の所在について説明するメールをエラに送った。これはいつもの習慣から大きく逸脱した行為だ。決して言い訳せず、決して説明しない――それが女性と付き合うときのモットーだった。ニコロスは生まれて初めて花を贈った。やけになって、もう少しでぬいぐるみも付け足すところだった。

死亡したバーのマネージャーの家族に会って哀悼の意を表したあと、警察署で数時間過ごした。誰がホテルに放火し、おおぜいの人の命を危険にさらすようなまねをしたのかわからない――そう話したころには疲労困憊していた。もちろん、自分に恨みを抱いているかもしれない者の名はすべて伝えた。その際にサイラスの名も挙げなければならなかった。警察には包み隠さず話した。だが、サイラスが法を破った証拠は一つもないのも事実だった。それに放火は、無垢な女性ばかりを狙う男にはそぐわない。

ニコロスは自分のアパートメントに戻った。静まり返った薄暗い照明の居間に立ちつくし、否定できない真実に呆然とした。僕は復讐を求めて、その途中で大きくコースをはずれてしまった。どうしてそんなことになった？　善悪の判断ができなくなったのか？　ニコロスはウイスキーをつぐと、シャツ姿で腰を下ろし、なぜエラを単なる駒として利用しようと思いついたのか解明しようとした。

どうしてそんなに傲慢になれたのだろう？　身勝手で、しかも間違っている。なぜそこに気づかなかった？　ある時点で僕は視野狭窄に陥っていた。サイラス以外は見えない状態で、狙いを定めて発砲した。エラはそこに居合わせただけだった。さらに悪いことに、僕は彼女の背中に標的の印を描いたも同然だった。屋敷でサイラスが怒りを爆発させたのも僕のせいだ。僕があの状況を作り出し、彼女は傷つけられた。もっと傷つけられた可能性もあった。それは痛いほどわかっている。

だが、醜い真実はエラにどれだけひどい傷を負わせるだろう？　心やさしい彼女は家族のためにすべてを犠牲にした。僕が復讐を果たすために、理不尽にも利用されたのだ。彼女に真実は明かせない。彼女は屈辱を感じ、傷つくだろう。

二杯目のウイスキーを飲みながら、ニコロスはエラがこれまでこうむった不運を思った。父親は脳卒中を起こし、フィアンセは亡くなった。獣医になる道も断たれた。それでも彼女は起きあがって果敢にも歩きつづけた。そんなとき僕が現れ、突然すべてが悪い方向に向かった。僕はエラを家から、家族から、彼女の人生から引き離した。そしてベッドに誘いこんだ。悪いことに悪いことが重なった。

ニコロスは震える手で黒髪をかきあげた。君をだまして利用した――そんなことをどうして言えるだろう？　エラは女としての自信を失い、立ち直るのもむずかしいだろう。しかもフィアンセは同性愛者だったかもしれないのだ。

僕はエラに対して責任がある。

なんとしても償わなければならない。最初から彼女に与えるべきだったもの――信頼、支援、安定、敬意を与えるのだ。

愛を偽れるだろうか？　エラがそれを欲しがっているのはわかっている。わからないのは、自分が一度も感じたこともないものを彼女に差し出せるかどうかだ。だが、試すことはできるのでは？　〝愛している〟と言うのはどのくらいむずかしいのだろう？

携帯電話の着信音が鳴った。ニコロスはエラのメールを見て、黒い眉をゆっくりとつりあげた。彼女はまだ警察署にいるのかと尋ねていた。そこには鼻の大きな兎（うさぎ）の絵文字が添えられている。

なんたることか、僕は絵文字を使うような女性と結婚しようとしているのだ……。

7

エラは何かしっくりこないという感覚とともに目覚めた。片手を隣の空いたスペースにすべらせて、うめき声を抑える。ニコロスはまだ戻っていない。

〝燕一羽で夏にはならぬ〟――祖母の好きな格言の一つだ。これは、期待をふくらませ、段階を踏んで深めていくようなふつうの関係とは違う。そう、なんの約束事もない。エラは恐ろしいほど心もとない気がした。

それでもニコロスは以前の彼とはまったく違っていた。昨日は感情を抑えた冷たくよそよそしい男性ではなかった。情熱と感情がたぎっていた。彼には深みが、豊かな感情がある。頼りがいがあり、感受性が強く、しかもすばらしい恋人だ。あらゆる点で私の望みうるすべてをそなえている。だったら、どうしてこんなに不安なの？

明日何があるかは誰にもわからない。あらゆることに確信が持てないのは、サイラスが明かしたポールの秘密のせいだろう。彼の言葉を忘れ去り、過去を葬らなければならない。私はポールを心から愛し、彼を失って深く悲しんだ。その事実は変えられない。友情と思いやりの絆が二人を強く結んでいた。二人が出会う前にポールがどう生きていたかは関係ないし、過去の自分の判断に疑いを持つのも愚かだろう。

ドアをノックする音がした。エラは体を起こして枕にもたれると、入ってきたマックスを見てほほえんだ。彼のあとから二匹の犬もついてくる。「テラスに朝食をご用意しました。廊下の向こうのサンルームを抜けた先です」彼はバスルームの脇の部屋に消え、おしゃれすぎるとしか言いようのないふんわりしたブルーグリーンのドレッシングガウンと室内ばきを手に戻ってきた。

「それは私のものじゃないわ」

「スイートルームの左手のクローゼットにあなたの新しい服が入っています」マックスが説明し、商品タグを取ってから、ガウンをベッドの足元にのせた。

マックスが出ていったあと、エラは起きあがってバスルームに行った。歯を磨き、くしゃくしゃの髪をブラシでとかしてから、クローゼットを確認すると、靴の棚の上に服がずらりとかけてあり、引き出しは高価な下着類でいっぱいだった。ため息をついて寝室に戻ったあと、ローブをはおり、しゃれたミュールをはいた。

ローリーとブッチに付き添われてサンルームに入った。改装はすんでいるが、悲しいことに植物はない。テラスは日が当たり、そこから塀に囲まれた庭が見おろせた。テーブルにはすでにトレイが置いてある。エラは紅茶をついで、トーストにバターを塗った。怠惰にも贅沢にも慣れていない彼女にとって、それはベッドで朝食をとるのと同じくらい退廃的なことだった。犬たちは退屈して、庭に出る急な螺旋階段を下りていった。

エラは紅茶を飲み、ニコロスのことを考えた。おそらく彼は昨夜、アパートメントでやすんだのだろう。一方の私は彼がいつ戻るのかと思いながら、遅くまで起きていた。あれは間違いだった。二人の関係を、将来を見据えた正常なものに押しこめようとするなら、今後もこういう間違いを繰り返すだろう。ただ悲しいことに、決して正常にはならない。これは一時的な関係なのだから。こういう状況でニコロスが服や宝石を買ってくれることには違和感を覚えずにいられない。でも、私は順応できる。そうよね？

家族の暮らしは安泰だし、父も祖母も満足している。それが何より重要だと、エラはきっぱりと自分に言い聞かせた。三カ月後、ニコロスとの関係が切れたとき、私の前には未来が広がっている。

エラは錬鉄製のガーデンチェアの上で身じろぎし、体の中心に感じた痛みにひるんだ。私は昨日とはまったく違う女になったのだ。

ベッドでのニコロスはすばらしかった。それだけのことだ。彼がどうすればすばらしくなるのかよく知っていて本当によかった。あれはただのセックスでしかない。ポールとの関係がただの友情でしかなかったのと同じように。エラはそう認めて、いたたまれない気持ちになった。たぶん私は男性と偏った関係を結ぶ運命なのだろう。でも今度は、また傷つかないよう自分を守るつもりだ。ニコロスから学び、少しは成長もしている。

一年前、私はニコロスを憎んだ。ポールを亡くして間もないときに、ニコロスは私に彼を欲しいと思わせたから。でも、誰かを失う悲しみと欲望を同列に語れるものだろうか？　そもそも最初からニコロスは私の体をいっきに燃えあがらせた。あれは本能的な反応だった。あの炎を消すには、潮の流れを変えるほどの力が必要だったに違いない。

サンルームのタイルに足音が響き、エラは顔を上げた。

「エラ……」日の光のもとに出ながら、ニコロスが呼びかけた。

すばらしい仕立てのチャコールグレーのスーツに包まれた力強く引きしまった体を見て、エラは息を奪われた。顎のあたりの伸びかけた髭も、強烈な男らしさに荒々しさと鋭さを加えているだけだ。黒いまつげに縁取られた輝く金色の瞳がじっとこちらを見据えている。

口の中がからからになり、エラは息を吸いこんだ。

ニコロスはまなざしだけで私を欲望の海に突き落とす。胸の先端が硬くなり、体の中心が締めつけられるのを感じたエラは、細い腿をきつく閉じた。ニコロスはいつものようにすてきだ。しかし、エラは彼のかすかな憔悴(しょうすい)の色に気づいた。

ニコロスはエラを見おろし、その姿に魅了された。彼女が着ているふわふわしたものは海のようなグリーンで、まわりに広がる裾が人魚の尾びれにも見える。明るい太陽のもと、完璧な肌は豊かなブロンズ色の髪に映えて輝きを放っている。ニコロスはどさりと腰を下ろした。檻(おり)に閉じこめられ、自由への鍵を手放そうとしている気分だったが、今は少しましになった。なんたることか、彼女は最高だ。

マックスがコーヒーとビスケットを持って現れた。彼についても処遇を考えなければならないと、ニコロスは思い返した。マックスがサイラスをこの家に入れたのだから。犬たちがさらなる探検に行くつもりで階段に近づいてくる。ブッチは少なくとも努力したが、三本脚ではうまくのぼれず、やがて階段の下に座りこみ、哀れっぽくくんくん鳴きだした。ニコロスは階段を下りてブッチを抱きあげると、上まで運んだ。

「いずれこの子も覚えるわ。自分でちゃんと下りたんだもの」そうは言ったものの、エラはニコロスのやさしさに深く心を動かされていた。

「誰もが失敗から学ぶ」ニコロスは椅子の背にゆったりもたれると、足首をもう一方の膝にのせた。すばらしい仕立てのズボンの生地が引っぱられ、力強い腿の筋肉が浮きあがる。「たとえば、三カ月の期限を設けたことだが、あれは間違いだった……」

「まあ……」エラが動きを止めた。ショックを受けたかのように、その顔はこわばっている。「そうなの？」

「三カ月では意味がない。僕は期限を設けたくないんだ。君をずっと手元に置きたい」ニコロスは無表情のまま続けた。それが個人的なことではなく、単なるビジネスの問題であるかのように。

「私はブッチじゃないのよ。ただ手元に置けるとは思えないけど」エラはかすかに震える声で反論した。最初、ニコロスが関係をただちに終わりにしたいのかと思った。それから話が別の方向に向かっているとわかったが、彼が何を話しているか理解できなかった。

「可能だと思いたい。僕が君に結婚を申しこめば」ニコロスが静かにささやいた。その目はエラの反応をうかがっている。

「私に結婚を申しこむ？」エラは背中をまっすぐ起こし、肩をいからせた。「私が結婚してほしいと頼んだとき、結婚は問題外だと言ったのはあなたよ」

「君は正しかった……僕が間違っていたんだ。そのことでもめる必要があるのかい？」ニコロスはいかにももっともらしく言った。

エラはすっかり面食らった。どんな男性もなかなか間違いを認めないものだが、ニコロスはあっさり認めたのだ。「私に結婚を申しこんでいるの？　今すぐ？」

「そうだ。僕たちは相性がいいと思う」ニコロスは断言した。

エラの目がこれ以上ないほど大きく見開かれた。「どんなところが？」それから声を落とした。「ベッドで？」

「いや、それについては考えてもいなかった」ニコロスは嘘をついた。

エラはニコロスの頬骨に差したかすかな赤みを魅入られたように見つめていた。彼も顔を赤らめることがあるとわかってうれしくなった。彼自身もそう言ったが、二人のセックスは本当にすばらしかったのだろう。それ以外に理由は考えられない。あれほど激しく抵抗を示したニコロスが今になって結婚を持ち出す理由が、ほかにあるだろうか？

「それで、あなたは私と結婚して、私を手元に置きたいと思っている」

「君の家族は喜ぶだろう……たぶん」

「そうね、あなたの言うとおりだわ」エラは認めた。父と祖母にとって、結婚指輪があるのとないのとでは大違いだ。

ニコロスは身を乗り出すと、エラの手を握った。

「持てる力をすべて尽くして、君を幸せにするつもりだ」

「それはたいした抱負ね」

「目標は高く持つほうが好きなんだ」

「でも、私はまだ同意していないのよ」エラは自分の手を握る日焼けしたニコロスの手を心もとなげに見おろした。それから無意識に目を上げ、溶けたカラメルのような瞳を見つめた。その瞳は、水草のはびこる池を泳ぐのと同じくらい危険だ。胸がどきどきし、まともなことが考えられなくなった。

私は彼を好きになってしまった。エラはそう気づいて愕然とした。約束事をものともせず、私の引いた境界線も無視するたちの悪い男性を、いつしか深く愛していたなんて……。

「だが僕は、君が同意してくれるよう願っている」ニコロスは黒いまつげを伏せて、表情豊かな目を隠した。

ニコロスは謙虚なふりをするのが下手だと思い、エラは突然楽しくなった。彼に言われたことはしばらく信じられなかった。彼はお金持ちでゴージャスだ。それに成功している。ここまでになるには相当な苦労を経験したに違いない。

サイラスはニコロスが麻薬の売人と娼婦の息子だと言っていた。だが、その真偽を確かめるにも、丁重で穏便な尋ね方がわからない。私にわかるのは、ときおりただ抱きしめてあげたいとニコロスが思わせるということと、彼がいないと太陽が消えてしまったような気持ちになるということだ。どうして急に彼がこんなに大きな意味を持つようになったのか理解できない。でも私にとって、ニコロス・ドラコスはすでにとてつもなく重要な存在になっている。

「私、子供が欲しいの」エラは唐突に言った。

ニコロスの頭がぱっと上がり、カラメル色の瞳が驚きを浮かべて光った。

「どうしてあなたが驚いたように見えるのかしら？」エラは問いただした。「ほとんどの女は子供が欲しいと望むものよ。今年や来年にと言っているわけじゃないの。まず学業を終えなくてはならないから。でも、いずれは子供が欲しいわ。正直であれというのが私の信条なの」

「僕は一度も子供が欲しいと思ったことがない」ニコロスが告白した。

「悪いけど、子供がだめなら結婚はなしよ。それに、たくさんの捨て犬や捨て猫と同居しなければならないでしょうね。これも交渉の余地なしよ」エラは先に言っておいた。気弱になって自分でない誰かになろうとする前に、いっきに悪い情報を伝えようと決意していた。

ニコロスは自分に言い聞かせた。つまり、ひと晩で人生が変わってしまうことはないということだ。エラは二人が永遠に結婚したままだと想定しているようだが、もちろんそうはならない。彼女は大学に戻って、泥だらけの長靴をはいたどこかの動物好きな若い男と出会うだろう。そして結局、自分が求めているのは僕ではないと悟るのだ。そのとき僕はエラを解放する。

むなしい思いがニコロスの中に広がった。彼は田舎の屋敷にいるエラを思い描いた。そこには子供と犬があふれている。彼女にとっては家庭と家族が何より大切なのだ。僕はそういうものを彼女に与えることができない。僕の心には愛情など芽生えないからだ。だが彼女は、家庭や家族、ふさわしい男の愛を手に入れる資格がある。

「子供は交渉決裂の理由になるの？」エラはニコロスのハンサムな顔に差す暗い影に当惑して問いかけた。「何を考えているの？」

ニコロスはぱっと立ちあがり、エラを椅子から抱きあげると、膝の上にのせた。「個人的な問題だ」

「私と結婚するなら、秘密は持てないわよ」エラは警告した。

「子供は交渉決裂の理由にはならない。君が二年後のことを話しているなら」ニコロスは譲歩した。

「それで、妊娠してしまったらどうするつもり？」

「僕は用心深い」

エラはニコロスの腕に背を預け、高価なコロンと彼自身のセクシーなすばらしい香りを吸いこんだ。

「本当に私を手放したくないの？」

ニコロスは目を伏せた。もし今この瞬間、長靴の若い男が現れたら、階段の下まで蹴り飛ばし、その亡骸(なきがら)を踏みつけるだろう。僕はエラが欲しい。どうしようもないほど欲しい。だが、同時に罪悪感と、自分が抱いて当然の気持ちにも気づいている。彼女のためには私利私欲を捨てなければならない。

「君を幸せにするよ、かわいい人(グリキア・ムー)」ニコロスは誓いを繰り返した。

どんなに苦労しようと、どれだけ犠牲を伴おうと、ニコロスは本気でエラを幸せにするつもりでいた。五年間を費やした復讐(ふくしゅう)でさえもあきらめようと思った。サイラスと彼の罪も、今後いっさい追及しない。エラが僕の最優先事項に——唯一の優先事項になる。

「あなたならできると思う」エラはいつもよりも静かな口調で認めた。

かった。彼と一緒にいたかった。ニコロスがいないことを考えるだけで、心臓が止まりそうになる。それはエラの理解を超える、怖くなるほど強い本能的な感情だった。

どうしてもニコロスと一緒にいたいと望むのは当然だ。それに、今すぐ結婚しようと言ってくれる男性のほうがずっと好ましい。いろいろと言い訳を見つけて結婚を先延ばしにする男性と何年も婚約していたのだから。ポールは結婚について語るのは好きだったけれど、結局いつも話すだけで終わった。

「いいわ、あなたと結婚する」エラはいきなり輝くばかりの笑みを浮かべて宣言した。

ニコロスのキスを受け、エラの中を純粋な熱い欲望がうねるように貫いた。ニコロスは彼女を椅子に戻すと、指輪の箱を取り出した。エラは呆然（ぼうぜん）と見つめていた。

「指輪があるの？」

「指輪がなくてはプロポーズなんてできない」ニコロスはダイヤモンドをちりばめた指輪をエラの指にはめた。

「まぶしいくらい」ダイヤモンドが太陽の光を反射してきらめいたとき、エラはささやいた。「ありがとう……」

「結婚式の日まで僕はアパートメントで過ごすよ」ニコロスが言った。

エラは困惑した。「どうして？」

「僕たち二人の出会いと今後の生活をきっちり分けたいんだ」ニコロスは穏やかに告げた。「結婚したらすべてが変わるだろう」

「ニコロスが来週ここでインテリアデザイナーと会うように手配してくれたの」二日後、エラは朝食を運んできたマックスに言った。「写真や書類といったドラコス家のものを、間違って捨てられたりしないように安全なところにしまっておきたいわ。いずれニコロスも確認したがると思うの。どこから始めたらいいかしら？」

「書斎にある亡くなったミスター・ドラコスの机ですね。仕事部屋でしたから、たくさんのものがしまってあるはずです」マックスが進んで申し出た。「ここを出ていく前にすべての部屋を回っておきましょう」

エラは眉をひそめた。「出ていく？　どこに行くの？　休暇か何か？」

マックスの細い顔がこわばった。「私はお役ご免なのです、ミス・パーマー。当然です。旦那さまがサイラス・マクリスを家の中に入れた者を信用しないとしても、無理はありません」

あの一件でマックスが首になるの？　エラは話を聞いてびっくりし、その決断についてニコロスから何も知らされなかったことに激怒した。「でも、あれはあなたのせいじゃないわ……つまり、そのあと起きたことについては」

「起きたことは起きたことです」マックスが皮肉をこめて強調した。「私は判断を誤り、あなたは傷ついた。この話はやめましょう、ミス・パーマー。私はあの男を家の中に入れただけでなく、あなたと二人きりにしてしまった」

怒りの言葉と反論が胸にわきあがったが、エラはそれをのみこんだ。これ以上言っても、マックスを困らせるだけだろう。そう、これはニコロスに直接持ちかけるべき問題だ。「ニコロスのオフィスにどう行けばいいか教えてもらえる？」彼女はためらわなかった。「私が外出している間に、よければドラコス家のものを箱詰めしてもらえるかしら。家宝と思われるような家具やそういったものがあったら、私に教えて」急に食欲がなくなり、立ちあがった。

「バッグを持ってくるわ」

「あなたの運転手が外で待っています」

「私の……運転手？」

「ミスター・ドラコスはあなたが自由に使える車と運転手を用意したのです。それにボディガードも」

マックスが説明した。「週七日、一日二十四時間の安全をお望みです」

エラは驚いてかぶりを振り、唇を引き結んだ。運転手？　ボディガード？　ニコロスは頭がどうかしたの？　私はふつうの女で、誰かに車を運転してもらったり、守ってもらったりする必要はない。ニコロスは先に私と話し合うべきだったのに。

ニコロスのオフィスはガラス張りの高層ビルの中にあった。ビルに掲げられた派手なドラコスのロゴマークはドラゴンのように見える。あるいは、ニコロスの入れ墨のような翼のある女神だろうか？　じっくり見るためには、もう一度彼のシャツを脱がせなくてはならない。エラは頬を熱くしながら、柱のようなボディガードのジョンに伴われ、エレベーターに乗りこんだ。ジョンはとても物静かで、これほど体が大きくなければ、その存在を忘れてしまうほどだった。

受付でニコロスに会いたいと言うと、会議中だと告げられた。エラはかまわず座って待ちながら、彼に宛ててメールを送り、話があると伝えた。三十分がゆっくりと過ぎたあと、ほっそりした年配の女性がエラに近づいてきた。彼女がニコロスのもとに案内してくれるという。

「ここで待っていて」エラはボディガードに言った。

そして、上質のウールのパンツを撫でおろした。カシミアのジャケットとピンヒールのブーツもファッショナブルな雰囲気を与えている。ニコロスの指輪をはめた今、エラは後ろめたさを感じずに、彼が買ってくれた服を身につけていた。これでいいという気がした。電話で父親と祖母に結婚が決まったことを伝えると、二人とも喜んだ。そのときもこれでいいと感じた。だが、エラのほほえみの下には不安がひそんでいた。ニコロスを知ってからまだ間もないし、彼自身についてもほとんど何も知らない。それでも、彼が下した決断は間違っていると、これからはっきり言うつもりだった。

「あなたに言いたいことがあるの」ニコロスのオフィスに入ったとたん、エラは言った。

ニコロスは反応を見せず、鋭い目でエラを観察した。「あまり楽しいことではなさそうだな。でも、そのブーツは気に入った」

「もちろん気に入るでしょう」エラはうめいた。「男の人はセクシーなブーツが好きだもの。あなたのことはお見通しよ。でも、マックスを首にするなんて、あまりにも横暴だわ。私は横暴な人とは結婚したくないの」

ニコロスの眉間にゆっくりとしわが刻まれた。「彼が君に不満を訴えたのか？」

「違うわ……たまたまわかったのよ」エラは説明した。「ひどいと思わない？　サイラスを家に入れるなって、一度でもマックスに言った？」

「いや」ニコロスは渋い顔で認めた。

「だったら、どうしてマックスを責められるの？　私がサイラスを迎え入れたのよ。マックスは私たちが知り合いだと知って、問題ないと思ったんだわ」

エラは抗議した。

「マックスが君を危険にさらしたんだ。それに目をつぶることはできない。だいいち、僕が誰を雇って誰を首にしようと、君には関係ない」ニコロスは冷たい口調で締めくくった。

エラの瞳が磨いたエメラルドのように光った。

「あら、夫婦で暮らす家で働く人を雇ったり首にしたりするのは、あなたの妻として私にもおおいに関係あると思うけど」

「だが、今は夫婦で暮らしていないし、君はまだ僕の妻じゃない」ニコロスは頑固で強硬な態度を崩さなかった。「決定権は僕にある」

「私を妻にして、あの家で一緒に住みたいと思うなら、私の話を聞いて」エラはいらだちをあらわにした。「あなたはマックスに不当な扱いをした。私はサイラスがあんなふうに暴力的になるとはこれっぽっちも考えなかったのよ。だったら、どうしてマックスにわかるの？　二人とも何も知らなかったのよ」

それこそが問題の核心なのだ。ニコロスは苦々しい思いで認めた。あの出来事はすべて僕に責任がある。僕だけがサイラスは危険になりうるとわかっていた。もっとも、エラが僕の家にいるときに、あえてサイラスが彼女に近づくとは夢にも思わなかった。だが考えてみれば、サイラスはホテルの火事を知り、僕が家にいないと踏んだのだろう。

絶対にサイラス・マクリスを家に入れてはならないとマックスに警告しておくべきだった。それはわかっている。サイラスが家にいると気づいたとき、そしてエラに襲いかかるあの男を見たとき、怒りで何も見えなくなった。エラに止められなければ、きっとサイラスを殴りつづけていただろう。そのあとも、あの状況を作り出したことで責めを負うべき者を探していた。自分でなければ、誰でもよかったのだ。激しい後悔とともにニコロスはそう認めた。

くすぶる沈黙の中で、エラはニコロスをじっと見つめていた。彼は深く真剣に何かを考えているが、例によって何一つ明かそうとしない。「あなたは私を幸せにしたいと言ってくれたでしょう。私はマックスが好きなの。火事のあと、あなたは疲れきっていた。サイラスとの不愉快な一件が、さらにあなたの心をかき乱した。マックスに責任を負わせないで。

彼のせいではないのだから」

「もし僕が間違っていたら、決定は改める」ニコロスは気の進まないようすで言った。

「それに、どうして突然、運転手と山みたいに大きなボディガードがいるの？」

ニコロスはゆっくりと深く息を吸いこみ、結婚したらこんなことばかりなのだろうかと考えた。エラは僕の決断にことごとく逆らうのか？　僕はずっと自分で選択し、常に意思を貫いてきた。ところが今、妥協したり弁解したりする必要に迫られている。白黒はっきりつける考え方も見直さなければならない。エラのために、融通をきかせてより柔軟になるのは、かなり厳しい難題になりそうだ。

エラを幸せにすること、彼女をずっと幸せにしつづけることは、簡単な仕事ではない。

「ボディガードを雇ったことについては、弁解するつもりはない。君の身の安全を確保するのは僕の義務であり、僕はそれをきわめて真剣に受けとめている」ニコロスは確信を持って断言した。「またサイラスが君に近づくかもしれないんだ。危険を冒すつもりはない」

「本気でそんな可能性があると思っているの？」エラは驚いて問いかけた。

「あの日、サイラスは怒りでたがが はずれてしまった。だからあの男が今後ずっと距離を置くと考えるのは早計だと思っている。僕がそばにいないときも君が守られているという保証が欲しい」

ニコロスの顔には妥協の色がまったく見られず、エラはため息を押し殺した。

「マックスについては再度検討するが、運転手とボディガードについて考え直す気はない」ニコロスは語気を強めた。「すべてを望まず、このくらいで手を引くんだな、エラ」

「私たち、お互いのことをまだよく知らないわ」エラは悲しげに言った。「私、あなたにストレスを与えていない？」

ニコロスの暗い瞳が金色に光った。「僕は鍛えているから大丈夫だよ」

ニコロスはエラを眺め、唇を引き結んだ。エラの身を危険にさらす気はないし、それが彼女の自由を侵害したとしてもかまわない。もし彼女に何かあったら、決して自分を許せないだろう。彼女は僕のもので、面倒を見なければならない。ほんの二週間前は、彼女を自分の生活に引っぱりこむことでどのくらいの責任を負うのかわかっていなかった。だが、今はわかる。

エラは第一であり、第二であり、第三だ。彼女が長靴をはいた善良な若者に出会うころには、僕も進んで彼女を手放す気になっているだろう。少なくとも、それが本物のゴールだ。親しくなりすぎれば女の侮蔑を招く、責任を負えば男は自由を願う、というではないか。もしエラがほかの男に出会えば、僕もそのときに正常に戻るのではないか？

ニコロスは不快にも気づいていた。再びエラに会った瞬間、自分はどういうわけか変わってしまったと。伝説的とも言える冷静な自制心が危うくなっている。思考ももはや僕のものではない。エラは必要以上に僕の頭の中に忍びこんでいる。

ニコロスはすでに、結婚式まで別々に過ごすと傲慢にも宣言したことを後悔していた。実際、自分の中の変化に混乱するあまり、何年もの間抑えつけてきた不安に翻弄されていると感じていた。心の安定が脅かされているのではないかと思うと、いらだち、崖っ縁にいるような気分になる。さらに悪いことに、ほかの男と一緒にいるエラを見ると考えるだけで、あらゆる筋肉が締めつけられるのだ。今はそんな状況に直面するのも耐えられないとわかっている。だが、きっと時がたてば、こんな反応も消えるに違いない。

きわめて単純だ。いずれ僕はエラの存在に慣れてしまう。そうなれば飽きる。そして、彼女のほうも僕に飽きる。エラは自由を取り戻したいと願い、僕は彼女を手放す……そうではないのか？

8

「それで今から新しいインプラントを入れるんですか？」エラは看護師に尋ねた。看護師は古い避妊インプラントをエラの腕から抜く作業に没頭している。

「ドクター・ジェンクスから、これを抜くよう指示されただけですから」年配の看護師は用心深く答えた。

おそらく医師は私がインプラントの副作用に苦しんでいると考えたのだろう。エラは顔をしかめた。そうなると、ほかの避妊方法を検討することになる。願わくは副作用のないものであってほしい。そもそもこうしてクリニックに来たのは、体調がすぐれなかったからだ。病気というのではなく、ただいつもと違う感じがする。食欲に変化が見られ、味覚もおかしい。それに、このごろいつも疲れている。昨日クリニックを訪れたとき、医師はエラに一連の検査を受けさせ、二度目の予約を取った。

実家に戻っていてよかった。ロンドンで新たに医師を探すよりも、これまでかかっていた主治医に診てもらえる。エラは自宅から結婚式に出向きたいと思い、ニコロスを説得した。そうすれば家族や友人も参列しやすいからだ。そして、結婚式は明日執り行われる。今も信じられないけれど、これでいいと感じる何かがある。ニコロスの妻になるために教会の祭壇へ向かうのが本当に待ちきれない。

〝それが愛なのよ〟祖母が明るく言った。〝あなたが彼と結婚することにわくわくしていなかったら、私は心配していたわ〟

小さな絆創膏を貼った場所がかすかにひりひりする。腕をさすりたい衝動にあらがいながら、エラは医師の診察室に引き返した。すてきなウエディングドレスについて思いをはせていたとき、医師の落ち着いた声がエラの意識を貫いた。

「妊娠しています」

妊娠？　頭の中が真っ白になった。その言葉はまるで外国語のように聞こえた。

「でも、インプラントを入れていたのに！」エラは膝の上でぎゅっと拳を握った。

「私が指摘したように、インプラントが有効なのは三年間です。あなたは経過観察の予約も入れず、こちらからの通知にも応えなかった」

「でも、あれからまだ三年です」エラは熱をこめて主張した。

ドクター・ジェンクスが日にちを確かめ、インプラントの施術から四年以上がたっていると判明した。クリニックからの通知については、エラもおぼろげな記憶があった。ポールが亡くなり、妊娠は優先順位の最下位へと転落した。バージンを失ったときには避妊していなかったと気づいて、エラは愕然とした。愚かにも、三年しか効果がないのに、四年続くと決めてかかっていた。そして、実際に妊娠してしまった。ニコロスはショックを受けるだろう。だが、エラ自身もこのショックから立ち直れそうになかった。

これまでは、パートナーとの関係をすばらしいものにするにはお互い正直でいることがいちばんだと信じていた。今はその考えも変わった。結婚式を挙げるというときに妊娠を打ち明ければ、その日はだいなしになるだろう。ニコロスは何事もきちんと計画を立てる几帳面な人だ。突然の知らせに面食らい、ストレスでまいってしまうに違いない。しかも彼は、すぐに親になる気はないと率直に本心を明かしたのだ。

結婚式のあとはクレタ島に飛び、ニコロスの所有する別荘でしばらく過ごす予定だった。エラはそこで打ち明けようと考えた。そのときには彼もくつろいで、思いがけない展開にもうまく対応できるだろう。

妊娠しているなんて！　クリニックから車で自宅に戻りながら、エラは自分の母親に思いをはせた。母も妊娠を知ったとき、同じようにショックを受けたに違いない。結局のところ、私も予定外の子供だった。そして私の誕生は、仕事を第一に考える母にとって計画の妨げになる恐れがあった。もっとも、母は出産後、最高の職を得るために、父とその母親に娘を残して海外に飛び立った。立ち去ることが母の選択だった。

ニコロスも立ち去ることを選んだら？　いいえ、そこまで最悪の状況にはならないわ。エラはきっぱり自分に言い聞かせた。子供は交渉決裂の理由にはならないと彼は言っていた。それに、ただちに妊娠を打ち明けなくても、悪いことではない。これは嘘とは違う。ただ先に延ばすだけ。

学業を終える計画はまたしても保留になりそうだ。妊娠中に資格を取るのはむずかしいだろう。でも、生きていく中で思いがけない出来事に直面し、最善を尽くすしかないときもある。この状況を否定的に見なければいいのだ。確かにタイミングは悪いけれど、私はずっと子供が欲しかったのだから。

間もなくエラは落胆から立ち直った。それで、ニコロスのことはどうするの？　この知らせを天から授かった贈り物のように大事に包んでおいて、最高の瞬間に彼に伝えよう。

「とてもきれいよ」エラが階段の下で回ってみせると、祖母が感激して言った。

エラの父親はレースのウエディングドレス姿の娘を見て目を潤ませた。エラは小柄な自分を意識して、あっさりしたデザインを選んだ。ゴージャスなレースが唯一の装飾だと言ってもいい。背中はあらわだが、腕と細い体は優美なレースにおおわれている。足には派手めのストラッピーブーツをはき、ストッキングとガーターを身につけている。ニコロスはブーツが好きだ。エラは花婿にブーツを贈りたい気分だった。

診察室を出てから、妊娠についてはいっさい口にしなかった。打ち明けるなら、まず子供の父親に伝えたいと思った。一家はニコロスが手配したリムジンで地元の小さな教会に向かった。ボディガードは別の車に乗って、あとからついてくる。教会は満席だった。エラは父親の腕に手をかけ、祭壇に向かってゆっくりと進んだ。花婿側の参列者の席に親族が一人もいないのを見て、悲しくなった。だが、ロンドンの屋敷で見つけた手紙やカードから、彼の祖父にはクレタ島で暮らしている双子の妹がいるとわかった。そこはドラコス家の出身地だ。ニコロスは島を訪れたときに会うつもりかもしれない。

ニコロスは息を詰めて、近づいてくる花嫁を見つめていた。脳が完璧などありえないと忠告しているが、今目にしているのはまさに完璧だ。つややかなブロンズ色のカールから、洗練されたレースに包まれた優美な体まで、何もかもが完璧だった。エラに会うのは一週間ぶりだが、もっと長かったような気がする。エラが欲しくて夜眠れなかった。何度も自分に言い聞かせたように、結婚は冷たいシャワーの終わりを意味する。これでもう、エラがどこにいて、誰と一緒で、何をしているか考えることもなくなる。近づいてくるエラを、ニコロスは独占欲をあらわにしたまなざしで誇らしげに見つめた。

エラは祭壇に向かってほほえむと、ニコロスの溶けたカラメルのような瞳を見あげた。やがて指輪が指にはめられたとき、深い幸福感にひたりながら赤ん坊について考えた。見た目で妊娠がわかるのは、ずいぶん先のことだ。つまり、ニコロスに伝えなければならないときまで、まだかなり時間がある。

二人は結婚披露パーティが催されるホテルに移動した。「あなたにはたくさんお友達がいるのね」エラは気づいたことを口にした。

「ほとんどが仕事関係の知人だ」ニコロスが訂正した。「君には何百人も親戚がいるみたいだな」

「父には姉妹が五人いるから」

「おめでとう。私はマリカ・マクリス、サイラスの姉よ」見事なダイヤモンドのネックレスをつけたブルネットの中年女性が現れ、エラに自己紹介した。新婚カップルはパーティの食事が用意されるまで、招待客に囲まれていた。マリカが参列していることはニコロスから聞いていた。それに、その女性が何年も弟とは疎遠だと知っていたので、顔を合わせて気詰まりになることはなかった。

「エラ……ドラコスです」エラは笑った。「違う名前を言うのってなかなか大変ですね。でも、ニコロスがこの名字を名乗ってほしいと強く望んだので」

「当然よ。あなたはニコロスが勝ち得た最高のものなんだもの」マリカが心得顔で小さくほほえんだ。

「あの……ありがとうございます」エラは言うべきことが何も思い浮かばず、しばしの間を置いて礼を言った。

「ニコロスとサイラスはずっと敵同士だった。だから私の弟はつい油断したのね」マリカはそう言うと、堂々とした足取りで立ち去った。

エラは当惑して目をしばたたいた。敵同士？　いつからニコロスとサイラスは敵同士になったの？　二人が不仲なのは知っているけれど、ただの仕事上のライバルだと思っていた。でも、敵というからには、二人の間にそれ以上の深い何かがあるのだろう。二人ともギリシア人だ。そこにつながりがありそうに思える。あとでニコロスに尋ねようと決め、エラは食事の席についた。

食後、化粧を直しに化粧室へ向かった。途中、混雑した隅で立ちどまり、ほかの人を先に通そうとしたとき、一人の女性が大きな声で言った。「私が知りたいのは、彼女が持っていて私たちにないものは何かということなの。ニコロスはまさしく氷の男よ。私たち全員を記録的なスピードで捨てたんだもの！」

エラの眉がつりあがった。〝私たち全員を捨てた〟？　ここは元恋人たちのクラブ？

「彼女は美人よ」別の女性の声が悔しそうに言った。「小海老みたいにちっちゃいじゃないの！」もう一人が反駁した。「でも、彼が結婚するくらいだから、何か特別なものを持っているはずよ」

「きっとベッドですごいんだわ」最初の声が言った。「もしかしたら彼はとうとう恋に落ちたのかも」エラを美人だと言ったほかの二人よりやさしい声の持ち主が口にした。

そのとたん、女性たちがけたたましく騒ぎだした。

「ありえないわよ！」

顎を上げ、プライドをかき集めると、エラは隅から出て化粧室をめざした。ファッショナブルな装いをした小集団は全員が持っているグラスを振りまわし、大声でおしゃべりしている。ちらりとそちらの方向を見ただけで、ニコロスはかなり趣味がいいとわかった。彼女たちはニコロスに捨てられたのに、男性を同伴して結婚式に参列している。夫のかつての恋人たちが現れると覚悟していなかったとは、私はなんと世間知らずだったのだろう。

エラは化粧室の鏡に映る自分を見つめた。小海老？　まあ、確かに外にいた背が高くてスタイルのいい女性たちに比べれば、小海老かもしれない。どうやらニコロスは好みのタイプが決まっていたようだ。あの女性たちは全員がブロンドだった。だったら、なぜ彼は私と結婚したのだろう？　ニコロスは女性に関して最低の男だとサイラスが言っていたのが思い出された。きっとあれは真実だったのだ。でも、人は変われる……そうでしょう？

「君は柱みたいに硬くなっている」衆人環視の中、新婚カップルが最初のダンスを踊るとき、ニコロスがうめくように言った。「それに口数が少ない。当然のことながら僕は君が心配だ」

「別れた恋人は今日ここに何人いるの？」

ニコロスの広い肩がこわばった。「二人だ。それも彼女たちが僕の友人と結婚したからだ。どうしてそんなことをきく？　誰かが言ってはいけないことを言ったのか？」

「私が子供みたいに、見下したように話すのはやめて」エラは彼の胸に向けて言い返した。ハイヒールをはいているにもかかわらず、すっかり小海老の気分になっていた。

「何が問題か君が話してくれなければ、僕にはどうしようもない」

「何も問題はないわ」エラはそっけなく応じた。ニコロスのコロンと彼自身の香りを吸いこむと、体の奥深くが熱くなった。いくら不安でも、結婚式の日に彼と言い争う気はない。「でも、警告しておくわね。私は嫉妬深いタイプなの。それに体は小さいかもしれないけれど、危険な女よ」

「それはもう知っている」ニコロスはてのひらをエラのあらわな背中に当て、自分の腰に引き寄せた。

「危険なほど魅力的でセクシーだ」

「ブーツを見るまで待って」エラはニコロスの高まりを意識しながら、じらすようにささやいた。ただ体を近づけただけで彼がそんな状態になるとわかってうれしかった。「それにガーターとストッキングも」

「結婚初夜にストッキング姿の君が見られるのか？」ニコロスがくぐもった声でつぶやいた。「それは楽しみだ、大切な人(クリツ・ムー)」

エラは声をあげて笑い、女性たちの会話も忘れた。もちろんニコロスには恋人もいたし、過去もある。けれども、人生なんてそんなものだし、それを受け入れなければならない。

「結婚式に一人もあなたの親族がいないなんて悲しいわね」クレタ島へ向かう自家用機の中で、エラは正直に言った。

「僕は悲しくない」落ち着き払って革張りの座席にゆったりともたれたニコロスが言い返した。「だが、考えてみると、僕は君みたいに〝楽しい我が家〟で育っていなかった」

「そんな家庭じゃなかったわ。私には母親がいなかったから」エラは打ち明けた。

「愛してくれるお父さんとお祖母さんがいたじゃないか。君は運がいい」

だが、十八歳になって母親に再会したとき、どんなに拒絶されたように感じたか決して忘れないだろうと、エラは思った。母親は娘と疎遠だったことを悔やんでいなかった。もっとつらいのは、母親には離れていた娘と大人として付き合う気すらなかったことだ。一度限りの再会は失望に終わり、父と祖母に対する感謝の気持ちがより強くなった。

「家族は毒にもなりうる」ニコロスが皮肉をたっぷりこめて言った。

「どんな……毒？」エラはよくわからず尋ねた。

「あなたの子供時代について教えて」

「醜いものだよ」

「醜いくらい平気よ。お父さんの話をして」

ニコロスは顔をゆがめた。「父は若いころから厄介な問題を引き起こしていたんだ。麻薬を売って学校をいくつも追い出された」

「どうしてそれがわかったの？」

「祖父の弁護士が僕の生まれについて知っていることを教えてくれた。なぜ祖父がかたくなに僕と会おうとしないか説明するときに」ニコロスは表情豊かな唇を皮肉っぽくゆがめた。「僕の父は生活を改善するための支援と、数えきれない立ち直る機会を与えられた。だが結局、犯罪と暴力に戻った」

「そういう性格的な傾向を持って生まれる人もいるのよ」エラは悲しみに胸が締めつけられた。ニコロスは敬意とともに父親を思い出すことすらできないのだ。「お母さんは？」

「母はロシア人で……ナターリャという名のストリップクラブのダンサーだった」

「あなたは半分ロシア人なの？」エラは驚きを隠さず尋ねた。

「母が僕の姉ソフィアを身ごもったとき、父は母と結婚した。おそらく父の人生におけるたった一度のまともなことだろうな。ある時点で、祖父は父を相続人からはずし、いっさいの接触を断った。僕には五歳より前の記憶はほとんどないが……」ニコロスは硬い声で明かした。「あのひどい状況は……どなり声や叫び声は覚えている。姉が僕に静かにするよう言い聞かせ、ドアに鍵をかけて二人で隠れた。父は刑務所を出たり入ったりしていた。引っ越しもしょっちゅうだった。警察の手入れやギャングの襲撃もしばしばあった。姉がずっと僕の面倒を見てくれたんだ」

エラは呆然としていた。それからようやく、ニコロスが家族は毒にもなりうると言った理由を理解した。「お母さんはどうしてそこにいなかったの？　仕事に出ていた？」

「いや、働いてはいなかった。母はどこかで酔っ払っていたか、ハイになっていたかだ。ソフィアがいなければ、僕は飢え死にしていただろう。あるいは死ぬまで殴られていたかもしれない。父は欲求不満を僕にぶつけたから」ニコロスはなんの感情も見せずに打ち明けた。まるで反応を見定めるかのようにじっとエラを見つめながら。エラはその視線を意識して、哀れみを見せないように気をつけた。彼のプライドを傷つけてしまうかもしれないから。「姉は一度鼻を折ったことがある。僕を守ろうとして割って入ったときに。ソフィアは姉というより母親だった」

「つらかったでしょうね」エラはグリーンの瞳に隠せない同情を宿らせてささやいた。

姉以外にニコロスを愛した人はいたのだろうか？　しかも彼はその姉を亡くしている。だから彼は孤高を守るのだろうか？　なぜあれほど感情をあらわにしないのだろう？

「僕が十歳のとき、両親が自動車事故で死に、祖父は僕に教育を受けさせるために信託基金を設けた。僕はすぐさまイギリスの寄宿学校に送られたよ」

「お祖父さまはあなたの成績表をすべて保存していたじゃないの。それなのに、あなたに会おうとしなかったの？」

「失望するのが怖かったんだよ。そのころには、思い入れが強ければ傷つくと経験からわかっていたんじゃないかな。それに祖父は年を取り、気力もなかったんだろう」

「それで、お祖父さまはあなたと距離を置いたのね」エラはため息をついた。「でも、そのせいで多くのものを逃したわ。あなたはお父さんとはぜんぜん似ていないもの」

「僕のほうが賢いが、人としてましかどうかはわからない」ニコロスは険悪な面持ちでつぶやき、花嫁衣装のままのエラを見た。すばらしく魅力的で美しい。はかなげで、しかも汚れていない。きっと卑劣なこととは無縁で生きてきたに違いない。エラは善良すぎる。そんな彼女に自分がふさわしくないのはわかっている。僕は彼女を脅してベッドに誘いこんだのだから。

「つらい過去があったから……家族を持つのが不安だったのね？」エラはつい尋ねた。

ニコロスは広い肩をすくめた。「当然だろう。僕のような男がまともな家族の何を知っている？　どこから始めればいいかわからないのに、どうやって父親になれる？」

エラは青ざめた。「学んでいけばいいわ」

「学ぶ気になれなかったら？　子供は多くのストレスを与えると聞いた。どうしてわざわざ危険を冒す？」ニコロスは嘲るように問いかけた。

エラは命をかけて守るつもりでいるおなかの中の小さな命のことしか考えられず、感情があらわになるのを恐れて顔をそむけた。初めてニコロスに打ち明けるのが怖くなった。ふつうの家庭生活を経験していないとしても、彼も学ぶことはできる。でも、本人にその気がなかったら？　結婚したばかりで子供ができれば、二人の生活は制限される。ニコロスは憤るかもしれない。それでも子供には愛情深い両親の存在が重要だ。子供に無関心だった母親がいる私には、それがよくわかる。

「それに、僕は子供を持つか持たないかについて不安を感じているわけじゃない」ニコロスがきっぱりと言った。「単に自分の子供を作る必要性を感じたことが一度もないんだ」

「でも、あなたも同意したでしょう。もし私が――」エラは勢いこんで言った。

「確かに同意した。僕はそこまで自分勝手じゃない。将来に何が起きようと、順応していくつもりだ」

けれども、親になることに否定的なら、どこまで〝順応〟できるのだろう？　エラはその思いを抑えつけ、深くゆっくりと息を吸いこんだ。ここでは忍耐と理解が必要だ。批判や押しつけがましさではない。酢より蜂蜜のほうがずっと効果的だ。

エラはニコロスの険しいまなざしを受け、その顔に浮かぶ硬い表情に気づいた。強引に子供時代の話を聞き出したときに、敏感なところを突いてしまったようだ。ニコロスがかたくなになっても無理はない。でも、どんな気分であろうと、彼はとてもすてきだ。エラはニコロスを見つめながらそんなことを考え、後ろめたい思いに襲われた。やがて突拍子もない名案が浮かんだ。

できるだろうか？　そんな度胸が私にある？　でも、ニコロスは私を手に入れるために力を尽くしたのでは？　ずっと彼に求められていたという確信に気分が高揚し、勇気がわきあがった。体を交わしたときに感じた強い絆によって、彼の緊張をやわらげたい。エラはシートベルトをはずすと、気おくれする前に立ちあがり、張りつめた声で言った。「乗務員に入らないでほしいって頼んでくれる？」

ニコロスが眉をひそめて電話を取りあげ、言われたとおりに伝えた。彼の視線に、エラの頬が赤く染まった。「なぜだ？」

「新婚なのよ。じゃまされたくないでしょう？　説明が必要？」エラはからかうように尋ねた。体の奥に奔放な期待が熱く渦巻いている。

「たぶん説明してもらったほうがいいと思う」ニコロスはなおも眉をひそめている。こちらの意図が伝わっていないらしい。

エラはぴったりしたドレスの裾をたくしあげると、注意深くニコロスの足元にひざまずき、彼の脚を押し開いた。ベルトのバックルに手を伸ばしただけで、ニコロスの体から緊張が抜け、代わりにまったく異なる種類の緊張が生まれた。

「冗談だろう？」ニコロスがかすれた声で言った。

黒いまつげが上がり、驚きを浮かべている黒い瞳があらわになった。

「これがふざけていると思う？」エラは徐々にこわばる彼の下腹部に手をすべらせた。

ニコロスが身震いした。鋭い目に光がきらめき、溶けたカラメル色に変化する。

エラは顔をほてらせ、ファスナーを引きおろした。ズボンを引っぱる彼女のために、ニコロスが自ら腰を浮かせる。エラは本から学んだすべてを駆使しようと決意し、あらわになった高まりを舌でなぞった。

ニコロスはギリシア語で悪態をつき、抑えたうめき声とともに腰を突きあげた。「君はいつも予測不能だが、こんなふうに驚かせてくれるところはものすごく好きだ。たぶんちゃんとわかってやっているんだろうが……」

「いいえ、これは本で覚えたの」

「本？」ニコロスが驚いたようにきき返す。

「黙って……気が散るから」エラは震える声で返すと、学んだすべてを実践に移した。

きっとすばらしい本に違いない。ニコロスは時を置かずに判断した。エラの舌がなぞり、つつき、円を描く。それからみずみずしい唇が包みこんで、彼を楽園へといざなった。

やがてエラがリズムに乗りはじめると、ニコロスの両手が彼女の髪をつかみ、口から荒々しい陶酔のうめき声がもれた。彼が瀬戸際に近づいたとき、エラは目を上げた。筋肉質の腿に小さな震えが走り、瞳は金色に輝いている。

ニコロスがこれほど熱く燃えあがったことは初めてで、もう長くはもたないとわかった。達する寸前に身を引こうとしたが、エラがそれを許さなかった。嵐のような絶頂を迎えたとき、ニコロスは頭をのけぞらせ、驚嘆の目でエラを見つめた。つい最近までバージンだった花嫁は、彼のすべてを受けとめ、ファスナーを再び上げると、何もなかったかのようにドレスを直して座席に戻った。

「本だって？」ニコロスは耳障りな声で尋ね、満足感にひたりつつ座席の上で姿勢を正した。

「本の何が悪いの？　やり方を知らないのはいやなのよ」

「君が望むなら、僕がどんなことでも教えてあげるよ。大喜びで」いまだにエラがこんなことをしたとは信じられない。「君はとてつもなくセクシーだ、クリソ・ムー。僕はとても幸運な男だよ」

ニコロスの顔から暗い影が消え、エラはすっかりうれしくなった。彼の過去についてまだまだ知りたいことはあるものの、今のところはこれで充分だ。私はニコロスを愛している。愛するあまり、彼の顔に暗い影を見るのは耐えられない。

ニコロスの話からわかったことがある。私を拒絶したのはたった一人だけれど、ニコロスを拒絶した人はもっと多かった。母親、父親、そして祖父。当然のことながら、ニコロスはふつうの家庭を知らないだろう。自分の父親がそれほど悪い手本であれば、父親になることに不安を持つのも無理はない。でも、私の愛と支えがあれば、きっと彼の考え方も変わる。妊娠を知らされたときにも、違う思いを抱くはず。そうでしょう？

9

「それで、どんなところなの？」イラクリオン空港で待っていた車に乗りこんだあと、エラは別荘について尋ねた。車は日暮れの沿岸の道を走りはじめている。

「祖父が生まれた家だよ」

「家族のつながりのある場所は好きよ」エラは打ち明けた。「相続した家なの？」

「ああ。だが、長いこと空き家だったから、中をすべて改装する必要があった。元はただの農家で、財を築いたあと手を加えて豪華にしたんだ。だが、祖父は一度も住まなかった。僕ももう少しで取り壊すところだった」ニコロスは苦笑した。「あるとき、日を浴びたベランダに立って、同じ景色を楽しんだに違いない先祖たちのことを考えたんだ。そして、この場所の特色を生かそうと決意した」

「ほらね、あなただって何かに愛情を感じるのよ」エラはちらりと彼を見た。車は本道をそれて、細い並木道に入っていた。

「君にプレゼントもあるんだ」ニコロスが明かした。「だが、あとにしよう」

　エラが予想していたよりも大きな家だった。いくつもの棟が連なる横に広がった建物で、すてきなベランダがある。ニコロスがざっと家の中を案内してくれた。床はひんやりしたタイルが敷きつめられ、内装はとてもモダンだ。美しく湾曲した階段や、玄関ホールの聖人を描いたステンドグラスの窓は百年以上前のものだが、とにかく贅沢(ぜいたく)で居心地のいい現代的な家だった。

　階段の下でニコロスがいきなりエラを抱きあげた。

「いったいなんなの？」エラはあえいだ。

「抱いたまま階段をのぼれるような小柄な女性がいいとずっと前から思っていたんだ」

「だったら、どうして背の高いブロンドばかりと付き合っていたの？」エラはさして感激もせずに言い返した。

「おじけづいたんだ」ニコロスはまじめくさって言った。「小柄な女性を見つけたら、結婚しなければならないとわかっていたから」

　心ならずもエラは声をあげて笑っていた。ニコロスがドアを押し開けると、そこは広い寝室だった。テーブルに置かれた背の高い花瓶には豪華な花が飾ってあり、その隣にアイスバケットとシャンパングラスが二つ並んでいる。ニコロスは磨かれた木の床にエラをそっと立たせると、シャンパンの栓を開けて、グラスを満たした。エラはグラスに口をつけ、鼻の下で泡がはじけるのを感じたが、今日飲み物がふるまわれて乾杯するときにそうしていたように、飲むふりをするだけにした。

「そのドレスは最高に似合っている」ニコロスがかすれた声で言った。ひと言ひと言にこもる誠意がエラに力を与えた。

エラはグラスを置くと、ニコロスに背中を向けた。

「ホックをはずして」

「また僕を驚かそうとしているんだろう」ニコロスはくぐもった声で言い、器用にうなじのホックをはずしてから、脇のファスナーを腰まで引きおろした。

エラは数歩離れて袖を引き抜くと、体からゆっくりとドレスをはがした。ドレスはブラカップ付きだったので、すぐに胸のふくらみがあらわになり、ひどく恥ずかしかった。すでに親密になった今でも恥じらいを感じるなんて、ばかげている。だが、いまだにニコロスを失望させるのが怖かった。

ニコロスは装飾的な黒鉄製のベッドのフットボードに腰をもたせかけたまま、エラを見つめていた。

「死んで天国に行ったみたいな気分だよ、大切な人（クリソ・ムー）」

エラは両手で胸を隠したい衝動にあらがいながら、脱いだドレスを椅子にかけた。

ニコロスはただその眺めを楽しんでいた。エラはばかみたいにかわいらしい編みあげのアンクルブーツに、腿の中ほどまでのストッキングをはいている。ほっそりした腿の一方にはフリルのついたブルーのガーター。白いレースの下着が魅惑的な小さなヒップを包んでいる。ピンクの頂を抱く胸のふくらみが目に飛びこんだとき、彼はあっという間に燃えあがった。

エラはニコロスの表情が気に入った。彼は畏怖の念に打たれたように私を見つめている。まるでセックスの女神になったような気分だ。小ぶりの胸も細い体も気にならなくなった。彼のまなざしは、エラに力を送りこむアドレナリン注射だった。ニコロスがジャケットを脱ぎ、乱暴にシャツをはぎ取ると、日に焼けた筋肉質の見事な上半身が現れた。

「そして何よりもすばらしいのは、クリソ・ムー」ニコロスは荒々しく息を吸いこむと、エラに手を伸ばした。「君のすべてが僕のものだと、その指輪が証明していることだ」

ニコロスは飢えた狼のようにエラの唇をむさぼった。そのキスは荒々しく強引で、まさしく支配的だった。それが彼女の震える体の隅々にまで火をつけた。彼はエラをベッドに横たえると、硬くなった胸の先端を唇で求めた。同時に長い指がもう一方をもてあそぶ。エラの胸と下腹部の間を電流が走ったかのようだった。彼の指が下着の縁をたどって、潤っている場所にすべりこむ。エラがあえぐと、ニコロスがうめいた。

「君は僕を求めている……」再び彼はエラのふっくらした唇を激しく求めた。


エラは異教の生け贄のようにベッドの上に手脚を広げて横たわっていた。伸びかけの髭が内腿をかすめる前から、体の中心がうずき、燃え盛っている。彼が欲しくてたまらない。これほど何かを――誰かを欲しいと思ったのは初めてだ。

指が一本内側を探り、巧みな舌が神経の集まる場所を見いだした。エラは身をくねらせて背をそらした。そのあと何が起きたのかは、はっきりわからない。快感が徐々にふくらんで、体が大きく揺れた。これ以上耐えきれなくなったとき、下腹部で炸裂した喜びが、炎となって全身に燃え広がった。一瞬、世界が止まったかと思えた。エラは嵐の中で岩にしがみつくようにニコロスを抱きしめていた。

「あなたがしてくれること、ものすごく好きよ」エラはサテンのようになめらかな肩に向かって、息切れしたようにささやいた。

「今のは乱暴すぎた」ニコロスがうめき、寝返りを打ってベッドから立ちあがった。その目は危険をはらんで、今にも燃えあがりそうに見える。「これは僕たちの新婚初夜だ。もっと甘くゆっくりと誘惑すべきだった」

「おしゃべりはやめて。ベッドに投げ落とすことも私には効き目があるのよ。自分を抑えられないあなたを見るほうが、本物らしくてずっといいわ。ゆっくりと誘惑しようなんて計画されるよりも」

「君のせいだ。一日じゅう僕は計画を立てていたのに、君がだいなしにしてくれた」ニコロスはドレッサーから箱を取りあげると、ベッドに引き返してきた。「まず飛行機で、君は僕の度肝を抜いた。それからブーツとストッキングとガーターという姿を見せつけて、僕を夢中に……」

「それは文句なの？」

「いや」ニコロスのハンサムな顔にすばらしい笑みが浮かんだ。「今のは〝君が望めば、いつでも僕は君のものだ〟という声明だよ」

「私と一緒にいると、あなたは本当の自分になれるのよ」エラは心をこめてささやいた。「したいと感じたことをして」

「だめだ」ニコロスは箱を彼女に渡した。「それでは君を食い物にするだけだ。結婚おめでとう、ミセス・ドラコス」

「私は何も用意していないわ」

「君は自分自身を僕に与えてくれただろう……忘れられないものを」ニコロスはせっかちなようすでエラの代わりに箱の蓋を開けると、見事なエメラルドとダイヤモンドの留め金がついた三連のパールのネックレスを取り出した。

「まあ……」エラは虹色に輝く完璧なパールを指でなぞった。「とてもきれいね」

ニコロスが彼女の首にネックレスをかけた。「この清らかさが君を思い出させた」

「私は清らかじゃないし……完璧じゃないわ。誰も完璧である必要はないのよ」エラは急いで言った。体の中に命が宿っているのを思い出し、これまで以上に彼の反応が怖くなった。幸せになればなるほど、転落が恐ろしい。

「君は僕がなりうるよりも、はるかに清らかで完璧だ」ニコロスはエラのもつれたブロンズ色の髪を小さな耳の後ろにかけると、顎にそっと手を添えてもう一度キスをした。

エラの中の炎が信じられない速さで再び燃えあがった。まるで体がニコロスに合わせてプログラムされているようだった。仰向けにされたエラの両脚の間に彼の筋肉質の腿が割りこむ。ウエストから下の部分は余すところなく期待にうずいている。

「あなたが欲しくてたまらないの」エラはなすすべもなくささやいた。

「君はこれから僕を手に入れる。何度も何度も繰り返し」ニコロスがエラの腫れた唇に向かって飢えたようにささやき返す。

エラは腹部に当たるニコロスの高まりに手をすべらせた。もはや緊張も不安もない。私がニコロスを求めているのと同じくらい、彼は私を求めている。それを知っていることがエラを解き放ち、幸せで満たした。

「君がずっとそうしている気なら、僕は長くもたない」

エラは体を起こしてニコロスを押し倒した。「まったくもう、脅さないでちょうだい、ミスター・ドラコス」声をあげて笑いながら彼を見おろす。

かつてセックスの最中に笑い声を聞いた覚えはないが、ニコロスはそれが気に入った。再びエラを仰向けにして主導権を取り戻したときには、さらに気に入った。足が地につかないような妙な気分だった。それに笑いたかった。僕はいったいどうしてしまったのだろう？　小さな蜂鳥の花嫁は僕を変えてしまった。エラの紅潮した笑顔を見おろしたとたん、ニコロスは悟った。自ら進んでエラをほかの男にゆずり渡すことなど絶対にありえない。

「今夜が永遠に続いてほしいわ」エラはニコロスの胸に向かってつぶやき、その肌の香りにうっとりした。

「永遠というのは、相当な難題だ」ニコロスはハスキーな声で言った。エラに向かって腰を揺らし、自分の硬さを感じさせる。

「難題じゃなかったじゃないの」最も触れてほしい場所を触れられ、エラはびくりとして鼻にかかった声をもらした。

ニコロスはエラの上におおいかぶさると、納得がいくまで彼女の体勢を直してから、ゆっくりと腰を沈めた。エラはぎゅっと目を閉じた。ニコロスだけが与えられる充足感を求め、全身が叫んでいる。彼は苦しいほどに少しずつ時間をかけて中に入ってきた。とうとう奥まで達すると、エラはこらえきれずに喜びの声をもらした。どれだけ潤い、準備が整っているか、自分でも感じられる。ニコロスが引き寄せたとき、二の腕の筋肉が盛りあがった。その本物の力強さに切望がつのり、体から力が抜けていく。

ニコロスはなめらかに身を引くとまた押し入り、徐々にその動きを速めていった。炸裂する喜びを感じて、エラは両脚を彼の体に巻きつけた。浮きあがる彼女の体をニコロスがマットレスに押しつけ、荒々しい忘我のうめき声とともに激しく突きあげる。いつしかエラはすすり泣いていた。体の中心を締めつける力がますます強まっていく。やがて燃え広がる炎のような解放の瞬間が訪れた。エラは叫び声をあげ、ニコロスの背中に爪を立てた。

長引く喜びの中で陶然としながら、エラはようやく我に返った。

「君を押しつぶしている」ニコロスはエラの額にそっとキスをすると、仰向けにころがって彼女から離れた。

　ずっと押しつぶしていてと言いそうになったとき、エラはニコロスの肩のタトゥーに目を奪われた。そう、やはりこれは翼のある女神だ。けれども、片方の翼の下に不釣り合いな小さな虹とユニコーンの頭が描かれている。

「虹とユニコーン？」エラは興味を引かれて指先で絵柄をたどった。

　ニコロスが身をこわばらせ、ぱっとエラに向き直った。その目は険しかった。「姉を忘れないためにだ」

「……姉が好きだったおとぎ話から取ったんだ」彼は気乗りしないようすで打ち明けた。

「やさしいのね……お姉さんはいつ……？」

「五年前だ」ニコロスがかすれた声で答えた。「その話はしたくない」

「いいわ」エラは明るく言った。だが、本当はよくないし、彼のよそよそしさにも傷ついていた。

　ニコロスと結婚すれば、ここが虹とユニコーンの世界になると本当に思ったの？　エラは自分に腹を立てながら問いかけた。彼が一夜で性格を変えることも、突然心の奥底にある思いを打ち明けることもない。明らかに彼は今も姉の死を嘆いていて、まだ話をする気になれないのだ。私がわざわざ危険な領域に足を踏み入れる必要はない。彼のすべてを知らなくてもいい……違う？

　愛というのは、まるで厳しい上司のようにつらい仕事を押しつける。エラはそう考えながら、ニコロスの引き結ばれた唇を指先でなぞった。それから寝返りを打って彼から離れ、ベッドを出ようとした。

「私、まだブーツをはいていたのね」

「僕は気に入った」

「そうだと思ったわ。でも、今は足が痛くって」エラは花が飾ってあるテーブルのそばに腰を下ろし、未開封の封筒に気づいた。「あら、まだこれを見ていなかったのね。きっとお花を贈ってくれた人からよ」

ベッドの上で上体を起こしていたニコロスが再び緊張した。エラは封筒からカードを引き抜いた。

「ディドーとドルカス・ドラコス……お花はあなたの大叔母さんたちからね！」思わずうれしそうな声が出た。「今度こそ、二人に会いに行かないといけないわ」

「実は数年前ここを改装したときに二人には会っているんだ」ニコロスがいきなり告白した。

「その話は初めて聞いたわ」エラはびっくりして言った。「二人は歓迎してくれた？」

「とてもね……だが、これまでほとんど一人で生きてきたのに、今さら家族の輪に入れと言われても、少し遅すぎるように思えた」

「二人はいつあなたの存在を知ったの？」

「祖父から遺産を相続したときだ」

「それなら、あなたが幼いころにそばにいてくれなかったからといって、二人を責められないわね」エラはきっぱりと言った。「私たち、会いに行くべきだわ……なりゆきを見ましょうよ」

ニコロスは目をくるりと動かしただけで何も言わなかった。親族に会うことでエラが幸せになるなら、大叔母たちを訪ねよう。僕にとって損はない。エラはこのクレタ島で僕に家族のつながりを与えたいと望んでいる。だが、僕は人生のほとんどをそういう絆と無縁で過ごしてきた。それに、エラほど重きを置いていない。子供に関心のない両親と過ごした人生最初の十年間で、実に多くのことを学んだのだ。

ニコロスの沈黙に少々傷つきながら、エラはシャワーを浴びに行った。シャワー室から出たとき、ニコロスが入ってきた。

「夕食をとりたいかい？」やがて寝室に戻ってきたニコロスが尋ねた。彼もバスルームにあったエラと同じタオル地のバスローブを着ている。

「すぐに食べられるものがあるの？」ニコロスは料理上手ではないが、エラも同じだった。実家では、介護が必要だった父親の世話をし、父親がしていた庭仕事などの雑用をこなしていた。キッチンは祖母が取り仕切っていて、エラが料理を学ぶ必要はなかった。

ニコロスが愉快そうにエラを見た。「君が驚かせてくれるんじゃないのか」

近くで犬の吠え声が聞こえた。ニコロスが寝室のドアを開けると、ローリーとブッチが飛びこんできて彼の周囲を駆けまわった。マックスが料理ののったトレイを置けるように、ニコロスがテーブルから花瓶を移した。

「これが僕のプレゼントだ」ニコロスは苦笑した。

「私はてっきりパールのネックレスかと」

「いや、マックスと犬たちはひと足早く一昨日こっちに飛んできたんだ。小道の先にある客用のコテージに滞在している」

犬たちは再会に興奮し、エラのまわりではねまわっている。最高にうれしいプレゼントだった。マックスが引き続き働くことはすでに知っていた。彼は料理上手で、なんでもできる。それにペット好きでもある。マックスがいれば、私もゆったりくつろげるだろう。

ニコロスはグラスのワインに視線を向けながら、水のボトルに手を伸ばすエラを見ていた。女性がアルコールを断ついちばんの理由は知っている。ニコロスの背筋を不穏な戦慄が伝いおりた。だが、どうしてエラが妊娠する？　彼女のすばらしい資質の一つが真っ正直なところだ。僕の世界では実に珍しい。

妊娠したら、彼女は即座に打ち明けるはずだ。

「どうして酒を飲むのをやめた？」ニコロスは物憂げに尋ねた。

二人は巨大な栗の木の陰に寝ころがっていた。わずか数メートル先には、青く澄んだ波に洗われる白い砂浜の入江がある。クレタ島でリラックスした数週間を過ごし、エラはすっかり警戒を解いていた。厄介な質問を受けて少し緊張したものの、あらかじめ答えを用意していたのでほっとした。

「二カ月前にひどい二日酔いを経験してからアルコールが好きじゃなくなったの」

「だが、なぜ今も飲んでいるふりをする？」

エラの緊張がいっきに高まった。「飲まないって言うと、気詰まりに感じる人がいるからよ」

「僕は気詰まりに感じない」

「だったら、もうそのふりはしないわ」エラは明るく言いながら、自分自身に衝撃を受けた。私はたった今、ニコロスに嘘をついた。これは間違っている。いつから間違っていることが正しく思えるようになったのだろう？　私は完璧な三週間をニコロスと過ごした。まさしく人生最高の幸せな三週間だ。

火事で亡くなったバーのマネージャーの葬儀に参列するために二人でイギリスに戻ったが、それすら幸せに水を差すことはなかった。最初ニコロスは一緒に行く必要はないと言った。ただ、エラは彼を支えたかった。それに彼が自分の存在をありがたく思うのもわかっていた。ニコロスは警察にも行き、捜査関係者から話を聞いてきた。放火犯はまだ逮捕されていないが、手がかりはつかんでいるという。そう聞いて、エラも安堵した。

クレタ島に引き返した二人は、再び思い出作りを続けた。古代のミノス文明の遺跡を訪れ、日が暮れたあとには何度かカニアを探索した。にぎやかな食堂で食事を楽しみ、みやげを買い、昔の港があった地域のクラブにも行った。エラとしては、海岸沿いのバーのほうがクラブよりもよかった。一度、化粧室から戻ったとき、女性たちに囲まれるニコロスを見て、うろたえ、不安をあおられたからだ。

妊娠で体が変化しても、ニコロスは私に魅力を感じるだろうか？　すでに自分にしかわからない変化が現れていた。胸はいくらかふくらみ、先端が感じやすくなっている。エラフォニシの砂浜を訪れたときには、暑さから初めてめまいを起こした。山中にある色鮮やかなフレスコ画で有名なビザンツ帝国時代の修道院では、空腹のあまり気分が悪くなった。山を下りて村のカフェに向かう間、ニコロスは大げさなほど心配していた。

エラはすでに決意を固めていた。ロンドンに戻ったらニコロスに打ち明けようと。のんびりしたロマンチックなハネムーンの最中に妊娠を伝えることに、ばからしいほどの恐怖を感じていた。

ニコロスは私を愛していない。このことは何よりも強く意識している。ある夜、ベッドで私は愚かにも大声で思いを打ち明けてしまった。ニコロスは何も言わなかった。もっとも、そのあとしっかりと抱きしめてくれたけれど。おそらく、その気持ちに応えられず謝罪したいのを我慢していたのだろう。

妻を愛する男性のほうが、飽くことを知らずに欲望に駆りたてられるだけの男性よりも予定外の妊娠をずっと受け入れやすい。そして、ニコロスは決して私に飽きることがない。ニコロスの長い指がドレスの裾から忍びこんだとき、エラはひそかに笑みを浮かべた。彼の飽くなき欲望は安心感を与えてくれる。かつて夢見たおとぎ話のような関係でないのはわかっているけれど、これは何よりも本物で情熱的だ。

ニコロスがゆっくりと深いキスをしてから顔を上げた。「姉のソフィアは……」驚くほど唐突な告白だった。「自殺した。薬物の過剰摂取だ。だから、話すのがつらい」

ニコロスのように本心を明かさない男性が語ったのだから、これは大きな進歩だ。エラは心配そうに彼を見あげた。「受け入れるのはとても大変だったでしょうね」

「僕は姉が落ちこんでいたことすら知らなかった。何カ月も会っていなかったから」ニコロスが険しい口調で説明した。「ずっとロンドンに来るよう誘っていたんだ。だが、姉はいつも口実を作った。何かまずいことが起きていると気づいてアテネに飛ぶべきだった。自家用機を持つようになる前のことで、僕は最初のホテルをオープンするために昼も夜も働いていた。姉を顧みなかった。利益を優先したんだ」

「何かまずいことが起きていても、知りようがないわ。忙しければ気づかないものよ」

「慰めは無用だ」ニコロスが暗い声で言った。「僕はソフィアを見捨てた。姉が僕を必要としていたときに。たった一度だったのに。ある程度金ができたら、姉と一緒に何をしようかといろいろ考えていた。だが、現在に意識を向けるべきだったんだ。未来ではなく」

ニコロスの決して癒えない罪悪感と悲嘆を感じ取り、エラは目の奥がひりひりした。「あなたは何も知らなかったのよ、ニコロス。それに、お姉さんもあなたに知られたくなかったのは明らかだわ。そうでなければ、あなたに気持ちを打ち明けていたでしょう」

ニコロスの顔がこわばった。「姉の日記を読んでわかった。人の日記を読むのはいやなものだが、とにかく知りたかった……なぜなのか……」彼は割れた声で締めくくった。

「当然よ。人間だもの」エラはそっとささやいた。

とうとう彼が秘密を打ち明けてくれたことに感動し、胸に愛があふれた。

彼の何が自分にここまで深い愛を感じさせるのか、いまだにわからない。わかるのは、ニコロスのいない人生は考えるだけで恐ろしいということだけだ。

そのあと、カニアにあるニコロスの大叔母たちの家で開かれたパーティに二人で顔を出したとき、それぞれがこの会話について考え、結論を出すことになった。

ともに六十代で夫に先立たれた双子の姉妹は、その後一緒に住みはじめた。どちらも子供たちが地元に住んでいるので、いつも誰かが家を訪れていた。ニコロスとエラは盛大な歓迎を受けた。まるで長いこと不在だった家族が戻ってきたかのようだった。

エラはニコロスのいつもの冷ややかで懐疑的な表情がゆっくりと消えていくのを見つめていた。彼は身をかがめると、よちよち歩きの赤ん坊を抱きあげて、その子の涙を拭いた。

「あの子はいい父親になるわよ、自分の父親には似ずにね」ドルカス・ドラコスが満足げに言った。

「私たちの兄はずっと哀れな人だったわ。お金も幸せをもたらさなかった」その隣でディドーが口をはさんだ。「ニコロスはぜんぜん違うわよ」

ニコロスと小さな男の子を見つめながら、エラは罪悪感に駆られた。もしかしたらロンドンに戻る前に打ち明けるべきかも……。

体を起こしたとき、ニコロスは花嫁のきらきら輝くグリーンの瞳を見た。エラに真実を告げなければならない。彼女は僕を愛していると言っていた。あれは本気だろうか？　ほかの女たちが愛していると言ったとき、愛しているのは僕ではなく、僕の金と気前のよさだった。エラはそんな女性ではない。エラは僕が彼女のために金を使いすぎると考えている。僕が何かを贈るたびに困惑するくらいだ。

だが、エラに真実を告げれば、必然的に彼女を傷つけることになる。それが何よりも怖い。ひどく傷つけたら、エラの愛は消えてしまうだろうか？　彼女は立ち去る？　これまでとは違う目で僕を見るようになるだろうか？　僕は二人の間の特別なものをすべてだめにしてしまうのか？

そんな不安がふくらむにつれて、ますます告白すべきだという思いが強くなった。エラには秘密を持ちたくない。自分が隠し事をしているのに、どうして彼女の信頼を望めるのか？　エラは言い張っていた。彼女と一緒にいると僕は本当の自分になれると。あの言葉は決して忘れないだろう。それでも、今まで一度も本当の自分を見せたことがない男にとって、これは大きな挑戦だ。

ところが翌朝早く、突然何もかもが変わった。二人がベランダで朝食をとっているとき、ニコロスの携帯電話が鳴った。エラは電話を受ける彼のハンサムな顔が凍りつき、日に焼けた肌が青ざめるのを見つめていた。電話を置くと、ニコロスは目を閉じた。

「サイラス・マクリスが逮捕された。容疑は男を二人雇って僕のホテルに放火させ、デズモンドを死なせたことだ」彼は感情を見せずに伝えると、夢遊病者のように立ちあがり、家の中に入った。

サイラスが火事を起こさせた？　エラはぞっとした。彼女自身も信じられない思いだったが、ニコロスの反応が理解できず、彼のあとを追った。「ニコロス……サイラスのしたことは言葉にできないくらいおぞましいわ。でも、少なくとも逮捕されたんでしょう？」

ニコロスがくるりと振り返った。その目は苦悩を浮かべていた。「君はわかっていない。わかるわけがない。あれは僕のせいだ……デズモンドが死んだのは、ほかの誰でもなく、僕の責任だ」

10

ニコロスがオフィスとして使っている部屋に向かったとき、エラは玄関ホールに立ちつくしていた。犬たちは足元をうろうろしている。いったいどうしてニコロスが火事やバーのマネージャーの悲劇的な死の責めを負うのだろう？　なぜそんなふうに考えるのだろうか？

ニコロスは窓辺から振り返った。エラはドア口に立って眉をひそめ、考えこむような表情でこちらを見つめている。筋が通っていないのはニコロスもわかっていた。エラには理解できないだろう。強烈な重圧が肩にのしかかった。

「サイラスはかなり前から宿敵だった」ニコロスは感情を表さずに言った。

エラは今になって、結婚した日に会ったサイラスの姉の言葉を思い出した。あとでニコロスに尋ねるつもりでいたが、結局先送りにしていた。「どうして？」

ニコロスは顔をこわばらせた。「あの男が僕の姉をレイプしたからだ……」

エラは青ざめ、前に進み出た。

ニコロスはデスクに浅く腰かけ、緊張した面持ちで黒髪をかきあげると、音をたてて息を吸いこんだ。「すべて日記に書かれていた。五年前にそれがわかったんだ」

サイラスの暴力を思い出し、エラは恐怖でいっぱいになった。「あなたにとって、ひどい悪夢だったでしょうね」

「サイラスは以前にも強姦の容疑で告発されていた。だが、起訴は却下されたり取りさげられたりした。

あるいは奇跡的に消滅したことも」ニコロスは辛辣な口調で続けた。「サイラスの父親は巨大な力と富を持っている。僕は過去の告発者を調べた。その一人は告発を取りさげ、重役におさまっていた。いっきに出世して、今では金持ちだ。彼女はその件について話すのをにべもなく断ったよ」

「買収されたと思っているのね？」

「警察や検察は賄賂を受け取り、ほかの二人の犠牲者は貧困から抜け出して裕福になった。彼女たちには慰謝料が支払われたんだろう。だが、ソフィアは死んだ。姉は貧しく、力もなかった。あの人でなしに何をされたか、どうしても僕に言えなかった」

「何があったのか教えて」エラは静かに促した。サイラスに襲われたときのことを思い出し、改めてあの暴挙をきわめて深刻に受けとめた。ニコロスによれば、ソフィアは弟のように援助もされず、教育を受ける機会も与えられなかったという。それでさまざまな底辺の仕事をこなしたのち、夜間学校で秘書の技能を身につけ、アテネにあるサイラスの会社でタイピストとして働きはじめた。そしてある日、サイラスが受付にいた彼女に目を留めた。

エラはニコロスが財布から取り出した写真を見た。彼の姉はとても美しかった。

「サイラスの好みはバージンだ。姉は彼の通常の犠牲者よりも年齢は上だったが、無垢だった」ニコロスは歯を食いしばり、先を続けた。サイラスはソフィアを二度ほどコーヒーに誘い、次にランチに誘った。その一方で、二人が会っていることは同僚には秘密にするよう彼女に命じていた。「姉はうぶだった。ハンサムで成功した男に興味を持たれ、すっかり舞いあがった。そんなある夜、サイラスが個人的な仕事を頼みたいからアパートメントに来てほしいと言ってきた」

「そしてそのとき……」エラは察してうなずいた。

「ソフィアは警察に行ったの？」

「シャワーを浴びたあとだったが、検査でひどい痣が残っているのは証明された。それだけでは充分な証拠にはならないと言われたようだ。サイラスは同意のうえのセックスだと言い、その主張が通った。寂しくて妄想をふくらませたとかなんとか言われたんだろう。ソフィアは屈辱を感じた。警察は姉を信じず、支援もしてくれなかった。それが姉に命を絶たせることになったんだ」

「怖かったでしょうね」エラは重い口調で言った。「どんなにつらかったか、私には想像もできない」

ニコロスがぴたりと動きを止めた。「僕は五年の歳月をかけて、サイラスに対する復讐の計画を練った」

なめらかな額にしわを寄せ、エラが困惑の視線を向けた。「復讐？」

「姉があんな苦しみを味わったんだ。サイラスが罰せられずに大手を振って歩いていると思うと耐えられなかった。僕はサイラスについて調査させた。事情を知れば知るほど、ああいう性的倒錯者に正義の鉄槌が下されないことに嫌悪が増していった。正直に言うと、彼に復讐したい欲求に取りつかれた……」

エラは理解しているように見せようと努めた。姉の悲痛な死を知った今、ニコロスの思いを責めることはできない。それでも、復讐という考え方はあまりに突拍子もなく、まったく理解できなかった。

「自分がどんな人間になるはずだったか、姉が僕をどんな男に育てようとしたか、その五年の間のどこかで忘れてしまった」ニコロスは重い口調で認めた。「僕はサイラスから仕事の契約を奪った。とくに満足感はなかったが、彼に打撃を与える方法がほかになかった。だが、サイラスの姉のマリカから二カ月ほど前に電話があり、彼が君と結婚しようともくろんでいると知らされた」

「弟とろくに口もきかないお姉さんに、どうしてサイラスが私と結婚したがっているとわかったの？　私だって考えてもみなかったのに」ニコロスの話に突然自分の名が出てきて、エラはぎょっとした。

「それに、なぜサイラスのお姉さんがわざわざあなたに連絡して私のことを話すの？」

「サイラスが父親に、甥のポールのフィアンセだった娘と結婚するつもりだと話したんだ。以前から父親に結婚するよう迫られていたんだよ。そのあと父親がマリカに、君と面識があるかと尋ねた。マリカが僕に連絡してきたのは、僕がサイラスの最大の敵だと知っていたからだ。彼女は絶対に明かさないが、何か理由があって弟を嫌っているらしい」

エラは放心したまま、かぶりを振った。ニコロスの告白に引きこまれながらも、彼の話には何か重要なことがひそんでいると第六感が警告していた。ただ不幸にも、エラの脳は点と点をつないで必要な情報を拾いあげることができなかった。

「君の写真を見たとき、僕は自分の目を疑ったよ。去年駐車場で出会った女の子だったから」ニコロスが張りつめた声で言った。

「いつ私の写真を見たの？」エラは眉をひそめて尋ねた。

「名前がわかるとすぐに君について調べさせた」

再びエラはかぶりを振った。「でも、どうしてあなたがそんなことを？　サイラスが私と結婚できると思いこんだからといって、あなたになんの関係があるの？」

「僕は彼を痛めつけたかったんだよ、エラ！」ニコロスはいらだち、吐き捨てるように言った。「サイラスの計画を確実につぶしたかった。つまり、僕が君を先に手に入れて、僕のものにしなければならなかったんだ。君を奪われることが、サイラスにとっていちばんの打撃だとわかっていたから」

とうとう話の核心を理解し、エラは血の気が引いていくのを感じた。この結婚劇の裏には複雑な事情と秘められた計画があったのだ。そんな情けも容赦もない理由でニコロスに求められたのだとは夢にも思わなかった。実のところ、私自身とはまったく関係がない。そう考えると、気分が悪くなった。何よりも彼の愛が欲しいと望んでいるのに、彼には私自身のことはどうでもよかったなんて……。

ニコロスはエラに鷹のようなまなざしを向けていた。緊張のあまり自分の心臓の音が耳の奥で聞こえる。彼女はショックを受け、気分が悪そうだ。「君に言わなければならなかった。君は僕の最悪の部分を知る権利がある。僕が誰で、どんな人間か、どこまでのことをするのか知る必要がある」

「私は知りたいのかどうかわからない」突然歯がかちかち鳴りだし、エラはなんとか言いおえた。頭の中は靄におおわれていて、何も考えられなかった。考えるのが怖かった。愛した男性は私を単なる復讐の道具――サイラスを嘲笑うための駒と見ていたのだ。ニコロスは確かにそう言ったはず。私が間違って解釈した？　ああ、どうして頭が働かないの？

「あなたは私と結婚したわ……」エラは震える声でささやいた。「なぜ結婚したの？」

「君を幸せにしたかった。僕はひどいまねをした……脅迫もした……サイラスを追いこんだせいで、君が襲われることになった。あれは僕のせいだ。僕は責任を感じている」

愛する相手から聞きたい言葉のランキングで、こんなせりふは最も人気がないはずよ。エラはぼんやりとそう考えていた。責任を感じている？　私はなんなの？　返済しなければならない借金？　慰めと償いが必要な無力な子供？　あるいは、彼にとってもっと悪いものかもしれない。

結婚する前から私がどういう気持ちを抱いていたか、ニコロスは考えたことがあるのかしら？　彼が選び抜いた道具は、復讐のために利用され、脅迫されても、その残酷な卑劣漢を愛してしまうような愚か者だとわからなかったの？

喉がからからになり、エラはなんとか咳払いをした。「それで、あなたはあとになって自分のしたことに疑問を抱いたのね」

「強烈な罪の意識を感じたさ！」ニコロスが語気を強めて言い返した。「当然だろう。しばらく時間がかかったが、とうとう正気になった。僕が君にしたことは、どこから見ても大きな間違いだとわかったんだ」

その言葉にもエラは感銘を受けなかった。

「だからあなたは自分が考えられる最大の犠牲を払って、私と結婚したのね？」すさまじい悲嘆が、うわべの落ち着きを突き崩しそうだった。「頭がよすぎるのも困りものね。きっと結婚生活は続かないと思ったんでしょう。とにかく、あなたは自分から災いを招いたわね。だってバージンと寝たんですもの！」

「いったい何を言っているんだ？」今度とまどって見えるのはニコロスのほうだった。

「避妊に関しては、バージンのほうがミスを犯しがちよ」エラは挑戦的に顎を上げた。自分を恥じているとか、申し訳ないと思っているという印象は絶対に与えたくなかった。「私はミスを犯して妊娠したの。あなたの残酷で胸が悪くなるような冷淡な計画をだいなしにしてごめんなさいね！」

ニコロスの濃いまつげが伏せられ、それからゆっくりと上がった。そして、黒い瞳が突然光を放った。

「妊娠？」彼は言葉を押し出すようにささやいた。

安堵の波が襲いかかり、めまいがしそうだった。

もしエラが妊娠していれば、彼女が僕と一緒にいるべき新たな理由になる。妊娠。ニコロスは改めて考えた。赤ん坊。僕の子だ。大叔母たちがそれとなく口にしていたが、ニコロスはあえて聞き流していた。知らせを聞けば、ディドーとドルカスは大喜びするだろう。

「いいことを教えてあげる」いまだニコロスの思考があらぬところをさまよっているときに、エラがいきなり吐き捨てるように言った。「あなたが責任を感じる必要はないわ。言わせてもらうと、あなたがだまして結婚したのだから、結婚は無効よ！」

エラは薬指から指輪を引き抜き、苦い満足感とともにニコロスの足元に投げつけると、足早に立ち去った。濡れてちぎれた紙のように、自分の心がぼろぼろになっているのを感じる。ニコロスの前で泣き崩れるつもりはなかった。私は犠牲者ではない。私は強い。ニコロス・ドラコスに何を言われても耐えられる。エラは自分に強く言い聞かせながら、玄関を抜けて丘を下り、砂浜に向かった。

ニコロスは体を折ってエラの結婚指輪と婚約指輪を取りあげた。自分の手が震えていると気づいて、はっとした。それから、指輪を色あせたジーンズのポケットに突っこんだ。僕の赤ん坊。僕がエラを必要としているように、僕の赤ん坊は彼女を必要としている。だがエラは、僕がいないほうがいいのでは？　ニコロスはその思いを振り払った。そんなことを考えても落ちこむだけだ。僕はエラの望む男になれる。彼女と赤ん坊に必要なものを与えられる。エラを引きとめるためにはなんとしても闘うつもりだが、彼女になんと言えばいいかわからない。

ニコロスは途方に暮れていた。皮肉にも女性を捨てることに関しては経験豊富だった。つまるところ、これまで一人もずっと一緒にいたいと思える女性がいなかったのだ。

そして僕にとって不運にも、エラには良心と道徳的規範がある。僕はその両方を踏みにじった。二度目のチャンスを与えられる資格がないのはわかっている。だが、エラに対してそれを認めれば、彼女はますます態度を硬化させるだろう。謝罪もまったく効果がない。〝すまない〟という言葉では、僕の過ちを償うにはまったく足りないからだ。

砂浜に着くと、エラはサンダルを脱ぎ捨て、爪先を砂にうずめた。だが、踵が焼けるように熱く、あわてて砂の冷たい水際に向かった。海は誘いかけるようで、膝までつかるところへ進んだ。マラソンをしたあとのように息が切れ、心臓は早鐘を打っている。エラは自分に言い聞かせた。落ち着いて、あなたは妊娠しているのよ。

けれども胸の中で、今にも痛みが爆発しそうだった。ニコロスは私の夢を奪い、ずたずたに引き裂いた。またしても間違った男性に自分の信頼と希望を託してしまった。私はいったいどうしたの？　ほかの女性よりうぶだから？　間違った相手に惹かれる運命なの？　でも、ポールとニコロスはまったく似ていない。だったら、なぜ前もって気づけるの？

それでも、気づくべきだった。私はおとぎ話が好きだったんじゃない？　ニコロス・ドラコスは駐車場で一度会っただけの私に夢中になり、わざわざ捜し出して、ベッドをともにするために父親の負債を帳消しにした——そう考えたかったんじゃないの？　ありえないのに！　それに、ベッドに誘いこむために脅しをかけるような男性にどこの女が恋するというの？　いったいどうして私は彼を愛してしまったの？

エラはすっかり自己嫌悪に陥り、すすり泣いていた。傷心の涙が頬を流れている。あの火事のせいでニコロスはすっかり動転し、打ちひしがれていた。私は彼のそんなところを愛するようになった。そして、彼は世間に向けて冷ややかで無関心なふりをしているだけだと気づいてしまった。

ただ悲しいことに、バーのマネージャーの死を嘆くニコロスに別の顔があるとは思いもしなかった。疑う余地のない極悪人を破滅させるために、まったく罪のない女の人生を破壊するような。でも、現に彼は破壊したのだと、エラは苦々しく考えた。私はニコロスにとって特別な存在だと信じていた。実際にその言葉を口にしなくても、彼は私を大事に思っていると信じていた。彼がそうさせたのだ。

〝僕は責任を感じている〟ああ、ひどい。あの言葉を聞いた痛みは、死ぬまで私につきまとうだろう。つまり、ニコロスは罪悪感から私に結婚式や指輪や贅沢(ぜいたく)な暮らしを差し出した。そして今、私はここでばかみたいに海の中に突っ立っている。エラはまたしゃくりあげ、ここが自分の正念場だと気づいた。またしても私はおとぎ話のハッピーエンドにたどり着けそうにない。彼はすべてを偽っていたのではないだろうか？

とはいえ、セックスに関してはニコロスも偽らなかった。でも、それにどれだけの価値があるだろう？　彼は今では進んで私を抱き寄せ、手を取る。いかにも妻にぞっこんの新婚の夫のように、常に私に触れている。あれもまた嘘(うそ)だったの？　信じこませるための一種の演技？　エラは震える手で涙をぬぐった。日光を浴びているのに、突然寒さを感じた。ニコロスは私を愛していない。私を手に入れるために力を尽くしたわけでもない。彼はサイラスを罰するためだけに私を捜し出し、罠(わな)にかけたのだ。

海の中で立ちつくすエラを見たとき、ニコロスはパニックに陥った。丘を下る道をたどらずに、オレンジの果樹園の間を駆け抜けて砂浜に飛びおりると、海の中を進んだ。水をはね散らす音に気づいてエラが振り返ると同時に、ニコロスは彼女を抱きあげた。

ブロンズ色の髪がニコロスの腕にはらりと落ちた。

かすかに縁の赤くなった目が驚いて彼を見あげる。「いったいどうしたの？」

ニコロスは声が出せなかった。大股に砂浜へ引き返すと、エラを腕に抱いたまま急勾配の道に腰を下ろした。

「放して！」エラが叫んだ。

「君が大丈夫だと確実にわかるまではだめだ」

エラは頬に早鐘のようなニコロスの心臓の鼓動と荒い息遣いを感じた。「意味がわからないわ」

「君は海の中に立ちつくしていた。ぞっとしたよ」

ニコロスは荒々しい声で認めた。

「あなたのせいで、私が自分とおなかの子に害を及ぼすようなばかなまねをすると思ったの？」エラはきつく言い返した。これまでおとなしく従っていたが、ニコロスが何を心配していたのか理解すると怒りがわきあがった。「頭がどうかしちゃったの？　私は何年も病と闘うポールを見てきたのよ。命の大切さはわかっているわ」

ニコロスはほっとしたが、それでもエラを放したくなかった。「赤ん坊のことだが……わかったのはいつだい？」

エラはもがくのをやめた。「結婚式の前の日にインプラントの期限が切れているとわかったの。私たちが……セックスしたときにはすでに効果はなかったのよ」そっけなく正確な情報を伝えた。

「あれはただのセックスじゃない。もっと有意義なものだ」

「侮辱と有意義の違いもわからない人がよく言うわ」

「どうして妊娠したことを教えてくれなかった？」

ニコロスはひるまず追及し、エラの最も弱い部分を攻めた。「なぜなんだ？　僕がアルコールを飲まない理由を尋ねたときには、嘘までついてごまかしたじゃないか」

「コメントは差し控えるわ」エラは唇を引き結んだ。

「ここにずっと座っていてもいいんだぞ」ニコロスは落ち着き払った声で言った。

「私はびしょ濡れだし……あなたはもっとびしょ濡れじゃないの」

沈黙が続き、砂浜に打ち寄せる穏やかな波の音が聞こえてきた。

「僕は君を失うのが耐えられないんだ」ニコロスはかすれ声で言った。「君を引きとめるためならどんなことでもする」

「驚いた、セックスって途方もないものなのね」エラは辛辣に言った。無意識にニコロスのハンサムな顔に注意を向け、そんな自分を叱りつけた。ニコロスは美しいが、芯の腐ったつややかな林檎のように見かけは当てにならない。

「確かに」ニコロスは同意した。「だが、僕たちの場合、もっと多くのものを得た。君だってわかっているはずだ」

「あなたのことはもう何もわからない」

「君が立ちどまってきちんと考えれば、認めたくないくらい多くのことがわかっていると気づくだろう。どう見ても君は僕が完璧でないとわかっている」

「そのすばらしい推理に、ゆっくり手をたたくか、冷やかしの声をあげるかしてほしい？」

光を放つ黒い瞳がエラの視線をとらえた。「もう一度海に落とされたいのか？」ニコロスは思わせぶりに彼女の華奢な体に回した腕に力をこめた。

エラはぎゅっと目をつぶった。涙の跡が残る頬に赤みが差すのを感じて歯を食いしばる。ニコロスは〝どんなことでもする〟と言いながら、横たわって蹴られるつもりはないようだ。今のエラには蹴りを入れる以外にしたいことはなかった。許したり、前向きに考えたり、話をしたりする気分ではない。ただ傷ついていた。「ここに私を放っておく気がないなら、家に戻りたいわ」

ニコロスは息を吐き出すと、ゆっくりとエラを地面に立たせた。まるで自分が支えなければ彼女が倒れてしまうと心配しているかのように。彼が脱ぎ捨てられたサンダルを取りあげて、わざわざはかせたとき、エラの喉から苦い笑い声がこみあげた。だが、抑えこんだ。これからは自立して前に進まなければならない。自分が望み、夢見ていた将来ではなく、現実の将来に立ち向かうことになる。

黙りこんだまま家に向かって歩きながら、エラは疲労を意識した。横になったほうがいい。心が乱れ、エネルギーを消耗している。

ニコロスが二階までエラに付き添った。

「しばらくベッドでやすむわ」エラは力なく言うと、彼の目の前でドアを閉めようとした。

「手を貸すよ……」

あなたが何を言おうと、何をしようと、私の気持ちは変わらない。そんな苦い言葉をエラはのみこんだ。いくつかの傷はあまりにも深く、どんなにやさしくされたとしても決して癒えないだろう。ニコロスが罪の意識にさいなまれているのは知っている。でも、それは彼の問題で、私は自分の問題だけで手いっぱいだ。エラはサンドレスと下着を脱ぎ捨てると、そのままベッドに入った。

「お茶が欲しいかい？」ニコロスが尋ね、必要もないのに上掛けを直した。「お茶なら僕にもいれられる」

エラは目を閉じた。疲労が強い引き波のように彼女を底へと引きこんだ。今は眠りたい。忘れてしまいたい。ニコロスがそばにいてはそれも無理だ。

「いらないわ、ありがとう」

ニコロスは無言で部屋の隅に置かれた椅子に腰を下ろした。エラの顔はシーツと同じくらい真っ白で、その目は苦しみ、打ちひしがれ、傷ついているように見える。それはニコロスが最も恐れていたことだった。思っていた以上に気がめいる。なすすべもない気分だ。なすすべもない気分には慣れていないが、どうしてもエラに真実を告げなければならない。彼女には夢みたいな作り話より真実がふさわしい。いや、彼女はまだすべての真実を聞いていない。ニコロスはふと気づいた。だが、おそらく彼女は信じないだろう。

エラが目覚めると、ニコロスが枕元に立っていた。

「君はこれを着ないと」

エラは即座にこれまでのことを思い出した。ただ、なぜニコロスが冬用のパジャマを着せようとしているのか見当もつかない。「どうして？」

「階下に医者を待たせている。これから君を診察してもらうために」

「医者？」エラはあえぎ、体を起こすと、あわててパジャマに手を伸ばした。「どうしてお医者さまを呼んだの？」

「君はひどく取り乱した。それに妊娠している。用心しなければならない」ニコロスは頑固に言い張った。「僕はすべきことをしているんだ。君の世話をしようと努力している」

「そうね、私を押し倒して踏みつけにしたあげく、また引っぱり起こすのよね」エラは苦い口調で言った。「あなたのほうは最高でしょうけれど」

「ドクター・テオドポウロスはこの島いちばんの産婦人科医だ。ドルカスとディドーが推薦してくれた」

「つまり二人はもう知っているのね、私が妊娠したと」エラは憤慨した。

「僕は君がそうなったことを誇りに思っている」その宣言にエラが驚いていると、ニコロスは彼女の背後に置かれた枕の形を整え、上掛けをさらに引っぱりあげた。「評判が高い医師にしては、彼は年齢が若いんだ。もしかしたら年配の男性のほうがいいだろうか？　あるいは女医とか？」

　現れた産婦人科医を見たとき、エラは驚かなかった。彼は映画スターのようなすばらしいルックスで、患者が即座にくつろげるような対応を心得ていたが、同時に独占欲の強い夫をいらだたせた。ニコロスは肉汁したたる骨を守る犬さながらのふるまいを見せた。その場にいると言い張って、険悪な顔で腕組みをしたまま部屋の奥を歩きまわり、妻が医師に向ける笑みを監視していた。

　もちろんエラの健康状態に問題はなかった。妊娠初期は疲れやすい。問題といえば、それだけだった。

　ニコロスが医師を見送り、二階に戻ったとき、エラはシャワーを浴びていた。タオルで体を拭いてからシャワー室から出た。いまだに彼の前に体をさらすことには慣れないが、堂々とふるまおうと努めた。

「妊娠しているようには見えないな」彼女を見て、ニコロスが言った。

「当然でしょう。まだ数週間なんだから。あと一カ月はたたないと、目立った徴候は現れないわ。知らなかった？」エラはクローゼットから服を取り出しながら、わざとニコロスから目をそらしていた。彼がここにいるのは不適切だと気づいてほしかった。

「妊娠についてはまったく何も知らない」ニコロスが認めた。「だが、これから勉強するよ」

「私のために無理しないでいいのよ」

「どうしてもっと早く言ってくれなかった？」ニコロスが問いかけた。エラは鏡の前に立ち、濡れた髪をとかしていた。

「ショックを受けたの。子供が欲しいと話したとき、あなたは父親になることにあまり乗り気じゃなかったわ」エラは感情を表さずにニコロスに思い出させた。「だから、あなたは取り乱すだろうと思ったの。それに、私自身もこんなに早い妊娠は望んでいなかったわ。もちろん、もっと大きな問題が隠れていたなんて知らなかったし」

　ニコロスはエラの脇のカウンターに指輪を置いた。

「頼む、指輪をはめてくれ……」

「いやよ」エラは唇を引き結んだ。

「駐車場で初めて君に会い、拒絶されたあと、僕は必死に君から逃げたんだ」ニコロスの告白はエラを驚かせた。「自分でもわかっていたんだと思う。また君と関わるようなことになれば、その関係はまだ僕自身が準備できていないものに変化するとね」

「ずいぶん想像力が豊かなのね、ニコロス。必死に逃げたなんて、ぜんぜんほめ言葉になっていないわよ」エラは指摘した。

「だが、それが真実なんだ」

「真実というのは、サイラスが私におかしな執着を抱いていると知って、私を捜し出したことでしょう」エラは寝室に引き返した。

「僕は復讐に取りつかれていた。ほかのことはすべて無視した。五年間、寝ても覚めても復讐だった。ソフィアのことで僕は激しい怒りと憎悪を抱えていた。たぶんそれが毒のように脳を冒したんだろう」

「だったら、私たちはお互いにとって有害ね」エラは頑として説得を拒んだ。

「マックスがランチを階下に用意してくれている」ニコロスが寝室のドアを引き開けた。

　ベランダのテーブルは美しく整えられていた。花とクリスタルグラスの間に置かれた見事な陶器には、ハネムーンのカップルが夢見るような料理が盛られている。エラは深く息を吸いこんだ。犬たちが彼女を歓迎し、踝に鼻を押しつけてくる。彼女もしばし立ちどまり、犬たちの相手をした。

　三本脚でも四本脚でも、くしゃくしゃの被毛と尻尾があれば、エラの注意を引けるらしい。ニコロスはゆっくりと深く息を吸いこみ、前向きに考えようと自分に言い聞かせた。彼女はまだスーツケースを取り出していないし、どこかに飛ぶ話もしていない。ニコロスが恐れているのは、エラが自分を置いてクレタ島を出ることだった。

「有害じゃない」ニコロスは水をついでエラに差し出した。「それに、僕は赤ん坊のことで取り乱してはいない。僕も君と同じく、現実主義者だ。これは僕たちの共通点だと思う。起きてしまったことは変えられないし、新たな状況に一緒に順応すればいい」

「私はあなたを愛していたのよ！」エラはいきなり激しい口調で言い放った。

過去形と気づいて、ニコロスはひるんだ。「僕たちの関係はあっという間に変わってしまった。僕は慈善パーティに君を連れていき、ロンドンの屋敷に引っ越しさせる以外のことは、まったく計画を立てていなかった。そのどこかの時点ですべてをコントロールすることができなくなり……」

「私とセックスした自分を正当化しようとしているの？」エラが冷ややかに問いかけた。

ニコロスの瞳が金色に輝いた。「違う。それについて後悔していると言ったら、とんでもない嘘つきになる。実際、あの日から僕はほとんど君のものになった」

「私のものに？　セックスのせいで？」

ニコロスはグラスのワインを飲みほした。こんな気分のエラに耳を傾けてもらうのは至難の業だ。これほどの難題に取り組むのは初めてだった。「とんでもない」彼は批判をそらした。「あのとき君を愛してしまったんだと思う。ベッドで君は身をすり寄せてきた。あのときには認められなかったが、僕はそれが気に入った。今だって君にあんなふうにされるのが大好きだ。そういう気持ちになるのは、僕にとっては特別で……」

エラはもう少しで手に持っていたグラスを落としそうになった。じっとニコロスを見つめるうちに、頬に赤みがのぼっていく。「嘘よ。あなたは嘘をついているんだわ。今も罪悪感があるのよ。私があなたを愛していると知っているから、私の聞きたいことを言っているだけ」

「だが、君はそれを聞きたいと思っていない」ニコロスが指摘した。「君は僕を裁き、あらゆる意味で僕がとんでもないろくでなしだと決めつけたいんだ。確かに君と出会う前、僕はろくでなしだった」

「それに初めて会ったときも、二度目に会ったときも、でしょう」

「だが、僕は変わった。君が変えたんだ。どうしてこうなったのかはわからない。ただそうなったんだ。そして今では君に取りつかれている。かつてサイラスに対してそうだったように」ニコロスが激しい口調で締めくくった。「何をするにしても、何を計画するにしても、まず君のことを考える。君はずっと僕の頭の中にいる」

エラはいつしか耳を傾けていた。犬たちでさえもおとなしく聞いている。というのも、ニコロスが話しながらバゲットを振っているので、パンのかけらが落ちてくるのではないかと期待しているのだ。

「本当なの？」

「ああ、本当だ」ニコロスが自嘲するように言った。「僕は君に夢中なんだ」

「あなたの表現方法って変わっているのね」

「僕は君を愛することも、真実を告げることもできなかった。卑怯だった」

エラはニコロスを見つめていた。少しずつ、ゆっくりと彼の誠実さ、不安が見えてきた。彼は私を愛している。そして、今では彼もそれを本当に信じている。「私が愛していると言ったとき、あなたは何も言わなかった」

「まず真実を先に告げなければならなかった。だが、僕は……僕は……」

「なんなの？」エラはせっついた。

「怖かったんだ……これでいいかな？　満足した？」ニコロスはいらだちをあらわにして言い返した。「僕は君を失うのが怖かった。それでも、あんな秘密を抱えたまま生きてはいけなかった」

　エラは顔を赤らめ、うなだれた。「まあ」消え入るような声で言いながら、どうして私はこんなに喧嘩腰なのかしらと考えていた。

　そう、ニコロスは私を傷つけた。でも、彼が真実を尊重したことはすばらしい。何も言わずに、すべては順調だと偽ることもできたはずなのに、そうはしなかったのだから。エラはゆっくりと深く息を吸いこんだ。ニコロス・ドラコスは私を愛している……彼は私を愛している。苦悩と嘆きの灰色の雲に小さな幸せの光が差した。幸せになるのが怖い。ニコロスを信じるのが怖い。でも、彼も同じ思いを抱いていたのだ。愛には保証があるわけではない。それは人も同じだ。彼は完璧にはほど遠い。けれども、私だって完璧ではない。

　エラはゆっくりと立ちあがった。彼を愛するあまり、二人の間をテーブルが阻んでいるのに我慢できなかった。

　雰囲気の変化を感じ取り、ニコロスは用心深くエラを見た。「この償いはする。僕はひどいことをした。それはよくわかって――」

「黙って」エラは彼の膝の上に座った。「もうすんだことよ。あなたを愛していると言ったとき、私は本気だった。あなたがひどいことをしても、愛は変わらない。かっとなって指輪を投げつけるかもしれない……でも、最後にはあなたを夢中で愛してしまうのよ。その〝ひどいこと〟にほかの女性が関わらない限りは……」エラは急いで付け足した。ニコロスがどんな罪も許されると思っては困る。

ニコロスはエラをぎゅっと抱きしめると、彼女の髪にキスをした。「ほかの女性なんてありえない」空気が抜けた肺に息を吸いこむのがむずかしく、かすれ声になった。「僕はすべてのエネルギーを君にそそぎこむから」

エラは雲間から差しこむ太陽のような笑みを浮かべてニコロスを見あげた。「つまり……あなたは私のものなのね？」

ニコロスの瞳が溶けたカラメル色になった。「ときどき本当にそんな感じがする」

「それがパートナーになったということでしょう」エラは力いっぱいニコロスを抱きしめた。目の奥が涙でちくちくした。とてつもない安堵のせいだ。彼は私を愛することで、私におとぎ話のような幸せを与えてくれた。どうしてこうなったのか、彼にも私にもわからない。でも、そんなことはどうでもいいんじゃない？

「男の子がいい、それとも女の子？」ニコロスが尋ね、長い指を広げて、エラのまだ平らな腹部にあてがった。

「選べないわ。どちらでもいいし」エラはうわの空で答えながら、彼の唇と自分の唇をそっと触れ合わせた。

「僕もどちらでもいい……」ニコロスがうめき、エラを抱きかかえたまま立ちあがった。「君を手放さずにすむなら、君は一ダースだって産める」

「そんなに多くは考えていないけど」エラは爪先までうずくような情熱的なキスに屈服した。「ベッドに向かっているの？」

「また君を自分のものにするのが待ちきれないんだ、最愛の人（ラトリア・ムー）」ニコロスは彼女の赤くなった唇に向けてハスキーな声で言った。「今日は君のおかげで本当に怖い思いをした。今も君が僕の妻なのかどうか確かめないといけない。僕の指輪をはめてもらわなければ」

「考えておくわ」エラはからかった。ニコロスが与えてくれる力を大いに楽しんでいた。私はこれほど求められ、愛され、大事にされている。それを知っているのはすばらしい。

「結婚したとき、僕の唯一の望みは君を幸せにすることだった」ニコロスが認めた。「ところが今日――」

「もうすんだことでしょう」エラはさえぎった。「それに、あなたはこれから信じられないほど私を幸せにしてくれるはずよ。愛しているともう一度言ってくれるんだもの」

「そんなに言いつづけないとだめなのか？」ニコロスはうめいた。

「そうよ。それがあなたの罪滅ぼしなの」エラはささやいた。ニコロスが彼女をベッドに横たえ、賞賛のまなざしで見おろした。そう、彼は私を愛している。見ればわかる。感じられる。それは最高の気分だった。

エピローグ

トバイアス・ドラコスが母親よりも先に自宅のテイフォード・ホールの玄関に向かって階段を駆けおりていった。五歳のトバイアスはエネルギーの塊で、ほとんどじっとしていない。すでにマックスが屋敷の主人を迎えるためにドアを大きく開いていた。それに気づいたトバイアスが勝ち誇ったように言った。

「ほらね、やっぱりヘリコプターだよ、ママ。パパだって言ったでしょ！」

平均よりも背が高く、瞳も髪も黒い父親に生き写しの息子を見つめながら、エラはうめき声を抑えた。こうなっては、トバイアスを早く寝かせるのは無理だろう。ほかの日だったら許していたかもしれないが、今夜はクリスマスイブなのだ。トバイアスがおとなしく階上にいてくれれば、ニコライと一緒にしたいことが山ほどある。とはいっても、息子はまる一週間父親に会っていない。これは日々の決まり事に目をつぶる理由になるだろう。

自分の欠点を挙げるとしたら、型にはまった生活に執着するところだとわかっている。ただ、ふだんきわめて多忙な日々を送っているから、決まり事がなければ、誰か、あるいは何かに注意が行き渡らなくなるのだ。ローリーとブッチが二匹の血を受け継いだマキシーを追って芝生を駆けていった。マキシーはローリーの産んだ子犬たちのうち手元に残した一匹で、さまざまな犬の遺伝子が気まぐれに組み合わさった結果、小さな両親よりも脚が長く、体も大きく育ってしまった。

ヘリコプターが着陸すると、エラがひと言も言えないうちに、パジャマ姿のまま息子が駆け足で芝生を横切っていった。

エラはあえて玄関を出たところで慎重に足を止めた。正直なところ、犬や子供と一緒に芝生を走っていきたかった。ニコロスはこのごろめったに出張しない。だからたまに彼が家を空けると、恐ろしいほど寂しい思いをする。そして今、彼が――背が高くてハンサムなエラの永遠の恋人が帰ってきた。興奮してはしゃぎまわる犬たちと、早口に何かをまくしたてる息子とともにこちらへ向かってくる。

ニコロスがトバイアスをすくいあげて抱きしめたとき、エラは胸が締めつけられた。こういう二人を見るのがとても好きだった。ニコロスは父親になることに多くの不安を抱いていたが、目的に向かって邁進(まいしん)する男性らしく、エラの予想を超えて、見事にその役割をこなしていた。子育てを放棄した両親から与えられなかったものを、自分の息子がすべて受け取れるように心を砕いている。時間を割いてトバイアスと一緒に過ごし、関心を持って、幼い息子の成長を常に見守ってきた。

エラは深紅の膝丈のワンピースを撫(な)でおろすと、アンクルブーツをはいた足で立ちつくした。ニコロスが近づいてくる。日に焼けた鋭く端整な顔がはっきり見えると、花火が上がったかのように全身に火がついた。ニコロスを見るだけで、エラは幸せになった。そして、これからさらに幸せになる知らせを打ち明けるつもりだった。

ニコロスは玄関前に立つエラの姿を見て、自分は信じられないほど幸運な男だと考えた。彼女の背後に、温かく迎えてくれる家がある。彼はほほえんだ。暖炉の火が燃える玄関ホールに、明るく輝くクリスマスツリーがちらりと見えた。ニコロスはエラが妊娠中にこの屋敷を買い、彼女も田舎の生活が気に入った。やがて獣医の資格を取ったエラは、この近くで働きはじめた。地元での評判もとてもいい。夫がしっかり監視していなければ、彼女はきっと働きすぎているに違いない。エラが仕事を持ち、トバイアスが学校に入った今、ニコロスが仕事で遠くに出かけるときには必然的に一人旅になり、それだけは気に入らなかった。

ニコロスは大仰にエラを両腕で抱き寄せた。溶けたカラメルのような瞳が楽しげに輝いている。「君は僕の妻に何をした？」彼はからかった。「この前会ったときには髪はくしゃくしゃで、白衣に長靴という姿だったのに。今はまるでモデルみたいだ」

「何時間もかかったんだから、楽しめるうちに楽しんで」エラはそうアドバイスしながら、なじみのあるニコロスの香りと力強い体の感触をひそかに堪能した。このつかの間の触れ合いで、いつものように体の奥深くで熱いものがはじけた。だが、このうずきは夜が更けるまで満たされることはないだろう。

今夜は屋敷に大勢の客を迎えている。エラの父親と祖母はニコロスの大叔母ディドーとドルカスと同様に、クリスマスの間ここに滞在している。それに、ギリシアの親戚たちも来ていた。ニコロスとエラはクレタ島の別荘を何度か訪れるうちに、彼らとすっかり仲よくなっていた。

「どんな姿でも君はセクシーだよ。服を着ていようと着ていなかろうと、どうでもいいことだ、最愛の人（ラトリア・ムー）」息子がおしゃべりを続ける間、ニコロスがこっそり妻に請け合い、指を広げて彼女の腰を撫でた。「その方面においては、お粗末なほど判断基準がないんだ。君をものにできるなら、方法にはこだわらない」

エラは危険を冒してすばやくキスをした。その結果、口紅がはみ出し、キスは二人が考えていた以上に長引いて別のものに変わった。

「ぜんぜんクールじゃないよ、パパ」トバイアスが不満そうに断言した。

「間違いない、ものすごくクールだよ」ニコロスの表情豊かな唇に、いかにも愉快そうな笑みがよぎる。

「僕は着替えるから、そのときに続きをしよう」彼は妻に言い、その手をつかむと、階段をのぼりはじめた。途中で義理の父親と祖母に挨拶した以外は足も止めなかった。

「私は階下にいて、みんなをもてなさなければならないのに」エラは後ろめたそうに声をひそめて言った。

「君のお祖母さんと僕の大叔母たちがそろっているんだ。もてなすのが大好きな女主人には事欠かないさ。いずれにしても、君に話がある」ニコロスは寝室のドアを押し開けた。「サイラスのことだ」

「サイラス？」エラは驚いてきき返した。今では彼のことはほとんど考えない。ホテルの火事と、バーのマネージャーの死を引き起こしたサイラスは、すでに長い懲役刑を受けていた。しかもその裁判の期間中、彼の会社で働いている若い女性に訴えられ、強姦罪でも有罪になった。

「同房者に襲われて病院に入院した。助からないらしい」ニコロスは感情を表さずに言った。「マリカが電話で教えてくれた」

「それで、あなたはどう感じているの？」エラは心配になって問いかけた。

「これですべてが終わって、吹っ切れるような気がする」ニコロスは打ち明けた。「強姦罪のせいで彼の服役期間が延びたとき、姉の恨みがとうとう晴らされたと感じた。実を言うと、あれ以来サイラスについては考えなくなった」

「それでいいのよ。もう終わったんだもの」エラは両腕をニコロスに回して、胸に頭をもたせかけると、心安らぐ心臓の鼓動と、冬の夜の寒さとは対照的な温かさを味わった。「私たちの予定表には、もっと前向きな案件があるのよ」

「ああ……わかった。僕が君をベッドに投げ落とすためにここまで運んできたと思ったんだろう？　よくもそんなことを考えたな」ニコロスはわざと憤慨してみせた。

「だって、あなたの巧妙で卑劣なやり方を知っているんだもの、ミスター・ドラコス」エラはいとおしげに言った。「違うの、知らせたいことがあったのよ。また妊娠したの。今度こそ、こうしてそれがわかった日にあなたに伝えることができたわ」

ニコロスはエラを抱きあげると、情熱と喜びをこめてキスをした。生活もすっかり落ち着いたため、二人は家族をふやそうと考えたが、思っていたよりも数カ月長くかかってしまった。「最高のクリスマスプレゼントじゃないか！」

「いいえ、それは私たちの初めてのクリスマスよ。あなたは私をこの家に連れてきて、ここは私たちのものだと言ったわね」エラは反論した。

「すると、君は烈火のごとく怒った。僕が君に相談もせずに家も家具も決めてしまったから」ニコロスは彼女に思い出させた。

「あなた一人で、よくここまでやったわ」エラはニコロスのネクタイをほどき、ジャケットを肩から押しやった。「服を脱ぎなさい、ミスター・ドラコス」

「君がいばり散らすのは大好きだ」ニコロスはからかい、小柄な妻を熱い賞賛のまなざしで見おろした。

「愛しているよ、ラトリア・ムー」

「私も愛しているわ……」

そして二人はキスをした。最初はやさしく、やがてもっと情熱的に。階下では、年配女性三人が恐ろしいほどの女主人ぶりを発揮していた。彼女たちの采配によって、屋敷の主人夫妻が満ち足り、幸せそうな輝きを放って現れるまで、ディナーの時間は先送りとなった。

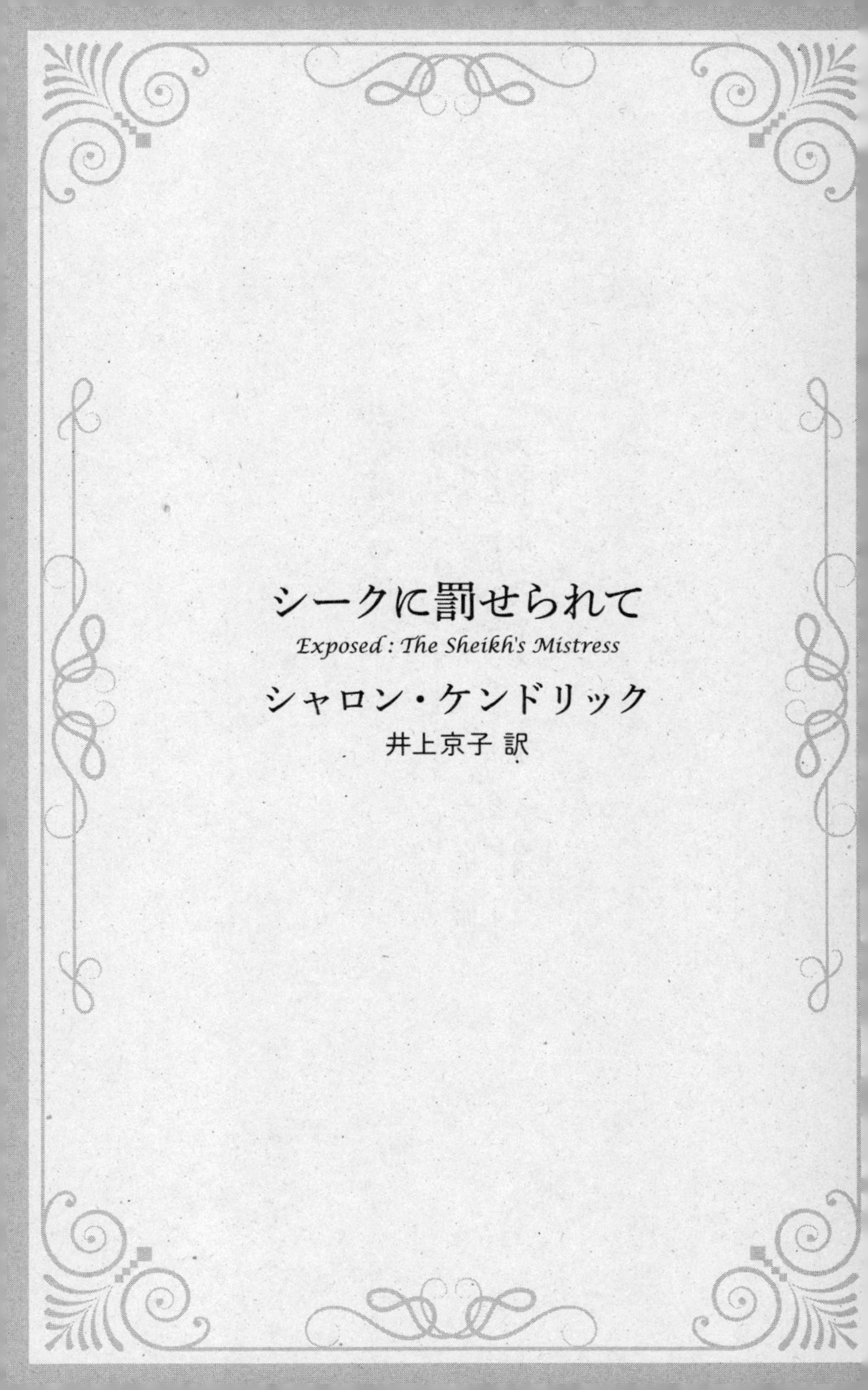

シークに罰せられて

Exposed : The Sheikh's Mistress

シャロン・ケンドリック
井上京子 訳

主要登場人物

シエナ・ベーカー……………イベントプランナー。
ケイト……………………………シエナの家の間借人。
ハシム・アル・アスワド………クダマ国のシーク。
アブドゥル・アジーズ…………ハシムの側近。

1

何か警告らしきものがあればよかったのに、とシエナは思った。地平線からわき立つ雷雲や、肌を粟立たせる一陣の風、といった予兆らしきものが。けれども、その日はすばらしい晴天で、おぞましい出来事を予感させるものは何一つなかった。それに、〝……であればよかった〟という言葉ほどむなしいものはない。彼女は誰にもましてそのことをよく知っていた。

　とはいえ、かりにその予感があったとしても、シエナに状況を変えることはできなかっただろう。残酷な秋風に枝から引きちぎられた木の葉と同じくらい、彼女は無力だったのだから。

　庭伝いにブルック・ホテルの裏口に滑りこんだときのシエナは、晴れやかな気分だった。ホテルの中へ入るには、蔦に覆われたこの通路を使うのがいちばんいい。ひっそりとした中庭に立つと、ここがロンドンの中心部であり、目と鼻の先に繁華街があるとは、誰も信じないだろう。

　枝葉の茂る大きな樹木が都会の騒音を遮り、あらゆる種類の鳥たちに避難所を提供している。みつばちが眠気を誘う羽音をたてて花のまわりを飛び交い、てんとう虫がむきだしの腕に止まって、ちくりと噛むこともある。近ごろはシエナもすっかり都会人だが、ここに立っていると、はるか昔に思える、田舎で過ごした子供時代がよみがえる。

　シエナはブルック・ホテルを愛していた。彼女が人生の待避所に選んだ場所だ。キャリアを積んだのもこのホテルだったし、独立しようと恐る恐る決めたのもここだった。そして独立後も、たくさんの仕事をまわしてくれている。シエナはイベントプランナーとして、結婚式や成人式、誕生パーティ、出版記念会などの企画、演出を請け負い、華やかなロンドン社交界でも彼女の名は徐々に知られつつあった。つつましいスタートながら、首尾よく独立したことはたしかだった。

過去は振り返らない。それが何より肝心だった。もしも、立ち止まって過去に目を向けたら……。ただ暗く不安に満ちた場所に流されてしまうだけで、結局は何も変わらない。

黒っぽい縞瑪瑙の受付デスクには、今日は色鮮やかな極楽鳥花に濃い色のアイリスと赤い百合をあしらった生花が飾られている。目を見張るばかりの豪華さだが、内気な人間の好みではない。もっとも、そういったタイプの人間はこのホテルには滞在しないだろう。

金や権力、何かしら〝人と違う〟ことへの飽くなき欲望が、ひときわ有力な顧客をこのホテルに引き寄せる。映画スターや、事業家、王族など、要するにその世界で名を知られた人たちだ。

そうした人々が、十八世紀の大邸宅を改装したこのホテルの部屋をふさぎ、空室のあったためしがない。そして彼らは、顧客として、ぜいたくさやプライバシーの保護に法外な金を払うのだ。

シエナは最上階のスイートルームに通じるエレベーターに乗った。いまからミスター・アルテアという人物と会うことになっていた。

エレベーターの扉が滑るように開くと、背の高い褐色の肌の男性が目の前に立っていた。ここで第六感のようなものが警告すべきだったのだ。だが、どうして警告できたろう？　黒い目にしろ、内ポケットに銃を忍ばせた高級な上着にしろ、この男性もほかの外国人ボディガードと大差なかったのだから。

こういう職務に携わる人間には、シエナも数多く出会っている。

「こんにちは」シエナはほほ笑んだ。「シエナ・ベーカーです。ミスター・アルテアにお目にかかる約束になっております」

ボディガードの無表情な顔に、シエナには理解できない感情が一瞬よぎった。しかし男はうなずいただけで、部屋に通じるドアを押し開けた。それからわきに寄ってシエナを通したが、彼自身は中に入ってこなかった。

ドアがかちりという音とともに閉まるなり、シエナは言いしれぬ不安を覚えた。閉じこめられたような、あるいは罠に落ちてしまったような不安。

途方もなく大きな窓から入る日差しに、シエナは少しのあいだ目がくらんだ。そして次の瞬間、当惑して眉をひそめた。なじみのある香りがほのかに漂ってきたのだ。そのエキゾチックな香りに、なぜか彼女は心を引かれ、同時に胃がねじれるような痛みを感じた。

シエナの目は、背を向けたまま微動だにせず立っている男性の姿をとらえた。ロンドン市街の景観を背景にシルエットが浮かんでいる。髪が黒く、すらりと背が高い。いかにも誇り高そうな姿は、まるで黒っぽい岩を削ったような荒々しい印象を見る者に与えた。

不意に生気が戻ったかのように男性の体が動いた。そのとたん、シエナの顔から血の気が引いた。そして、振り向きかけた男性を見た刹那、信じられない思いで息を吸いこみ、拒絶の声をあげる心に逆らって、改めて彼の姿を見つめた。わずかに波打つつややかな黒髪や広い肩、長い脚。それに尊大で横柄な態度。ああ、まさか、そんな！　だが部屋に充満するこの香りも、いまなら納得できる。すべての感覚の中でも、嗅覚がいちばん記憶を呼び覚ますといわれているもの。

どうぞ、彼ではありませんように。お願いです、彼ではありませんように。

けれども、男性と顔を合わせるなり、シエナの願いは打ち砕かれた。

ハシムは漆黒の目を冷たくきらめかせて彼女を眺めながら、下腹部に鈍いうずきが生じるのを感じていた。彼女に最後に会ったときの奔放な姿が思い出され、うずきはさらに増していく。

彼はシエナの体に探るような視線を注ぎ、歳月がその完璧(かんぺき)な容姿を損ねていないことを見て取った。引き締まったスリムな体型にあふれるみずみずしさは、少しも変わっていない。あのシルクのようにつややかな肌をした体を、彼女はいまも保っていた。

シエナの何がこれほどの欲望をかきたてるのか、ハシム自身にもはっきりとはわからなかった。なにしろ、彼女の容姿は必ずしも現代的とは言えないのだから。いまどきの好みからすれば、小柄すぎるし、体のラインが強調されすぎている。それでも、彼女の体はすばらしく魅力的だ。そのうえ、無垢(むく)で官能的でもある……。

無垢だって！

外見とはかけ離れたシエナの正体を思い、ハシムの口もとがこわばった。

ハシムは視線をシエナの顔で止めた。なんという肌の白さだろう。その白さに、濃い薔薇(ばら)色の唇がひときわ映える。ああ、この唇！　彼女が持って生まれた、すねたような形の唇にも、ハシムは大いに興味を引かれた。世間には、こんな形にしたくて何千ドルもの大金を整形手術につぎこむ女性もいるだろう。

「シエナ」ハシムはささやいた。下腹部が熱く脈打っている。

ハシムのその口調に、シエナは封じたはずの思いがよみがえるのを感じた。かつては愛していると信じていた男性を見つめながら、彼女の胸は苦痛に締めつけられた。

彼の顔には美しさと醜さが同居している。鋭い輪郭と戦いによる傷跡が人目を引く、エキゾチックで個性的な顔立ちだ。鳥のくちばしを思わせるとがった鼻や鋭い刃物で刻みつけたような口には酷薄さが感じられるが、それらもかえってハシムの魅力を強めている。黒い目もすてきだ。あの知性にあふれた目で見つめられたら、女性なら誰でも、ゆっくり衣服をはがされていくような気分になってしまう……。

ハシムと再会する瞬間を、シエナは頭の中で何度も思い描いてきた。最近はたまに思い出す程度だったが、決して忘れたわけではない。もしまた彼に会ったらどう反応するだろう、などとつい考えてしまうのはしかたのないことだ。しかし、みじめな泣き虫娘も、いまは自信に満ちた大人の女性に変わっている。時がたつにつれて、シエナはそう確信できるまでになっていた。そうよ、私は彼に冷たい微笑を見せてこう言ってやるわ。あら、ハシム！　すっかりごぶさたしたわね！

だけど、私はおろかだった。現実はそんなふうにはいかない。まったく違う。

「ハシム」シエナは長い夢から覚めた人間のようにつぶやいた。「本当にあなたなの？」

「そうとも、僕だよ」ハシムの厳しい目がシエナをあざ笑った。彼女のうろたえぶりを楽しんでいるその口ぶりは、こんなふうに胸がわくわくするのは久しぶりだとでも言いたげだった。「びっくりしたみたいだな、シエナ」

「びっくりというのは何か楽しい場合に使う言葉だわ」シエナは震える声で言い返した。

ハシムは黒く濃い眉をつりあげ、あざけりをこめて尋ねた。「つまり、僕との再会は楽しくない？」

「もちろんよ！」シエナはいらだたしげに舌先です

ばやく唇を湿したあとで、すぐに後悔した。まるで蛇使いの笛に蛇が導かれるように、ハシムの目が彼女の唇に引きつけられてしまったからだ。「私はショックを受けたのよ。女なら誰もが受けるショックを」

「そうは思わないな。その昔、自分の人生に彩りを添えてくれた男性に会ったら、たいていの女性は喜ぶんじゃないかな。とすれば君の感じ方が特別だと思うが」

シエナがもうやめてと目で訴えたにもかかわらず、ハシムはやめなかった。引き結んだ唇をゆがめ、残酷な微笑を浮かべて続ける。

「どうやら君の場合、過去はさまざまな形で君を動揺させてしまうらしい。だが、君は自分を責めるしかないな。よからぬ秘密をそんなにたくさん抱えこんでいなければ、もう少し楽に眠れるだろうに」ハシムは彼女の見事な胸のふくらみに視線をさまよわせた。鋭い欲望のうずきが裏切りの記憶とまじり合い、彼の口もとをこわばらせる。「もっとも、君を夜、安眠させる男がいるとは想像できないが」たぶん僕を除けば、と彼は心の中でつけ加えた。頭に変調をきたした、だまされやすい僕は、彼女を守り、彼女に敬意を払い、まるで壊れやすい貴重な陶器のように彼女を大切に扱っていた。

そして、僕の目の前で、それまでいだいていた彼女の姿は粉々に砕け散った。

だが、僕はもうおろかな男ではない。あの日は過ぎ去り……二度と戻ってこない。

そんなふうに見つめないで。シエナはハシムに言いたかった。でも、言えばなおのことそうするに決まっている。彼は邪魔されたり、指図されたりすることのない男性だ。それに、彼の厳しい目の中には危険な光が宿っている。

「ここで何をしているの、ハシム？」

なんと気軽に僕の名前を口にするのだろう、とハシムは思った。こんなに自由に僕の名前を口にできるというのがどれほど名誉なことか、彼女はどこまで気づいているのだろう？　大半の女性はうやうやしく目を伏せるというのに！　ハシムはシエナを凝視した。これからしようとしていることへの期待感で、喜びに血が沸き立ってくる。「僕がここにいる理由はよくわかっているだろう」彼はやんわりとがめた。

彼の目に宿る官能的な光にシエナは凍りつき、その瞬間突きあげてきた信じがたい思いに、彼女の思考はつかの間停止した。熱くたぎる彼の目を一度見ただけで無防備になり、自分では止められない何かが心からあふれてくるようだった。シエナは頭を振り、体の震えを憎らしく思いつつ、ひそかに忍びこんでくる欲望を押しとどめようとした。「いいえ、わからないわ」

「情けないな、シエナ。君は仕事で打ち合わせをするとき、いつもこんな応対をするのか？　君は僕のためにパーティの企画を練って準備をし、僕はその代金を支払うことになっている。違うかな？」

物柔らかな口調で紡ぎだされる侮蔑の文句に、シエナはぞっとして言葉を失い、喉をごくりと鳴らした。仕事であれなんであれ、ハシムとはどんなたぐいの話も絶対にできない。それは彼だってわかっているはずなのに！

「そんな意味で言ったんじゃないわ。わかっているでしょうけど！」シエナは投げやりに言い、あたりを見まわした。この瞬間にも目が覚めて、さっきからの出来事すべてが恐ろしい悪夢だったことがわかるとでもいうように。「私はミスター・アルテアと会うことになっているの！　あなたではなく」

「僕はいくつか別名を持っているが、アルテアはその一つなんだ」ハシムはもったいぶった口調でゆっくりと言った。「たしか、僕が君と知り合ったときも使ったはずだが？」

「いいえ」シエナはつぶやいた。「使っていなかったわ」

「まあ、時の経過とともに多くのことが変わってしまうものだ。そうじゃないかい、シエナ？　ほかにどんなことが変わってしまったのかな？」

シエナは、いきなりどこか異国の町で目覚めたような気分だった。生き抜くためのルールがそっくり変わってしまった場所で。私は自分自身だけでなく、この状況をもコントロールしなければ、と彼女は思った。私はもう小娘ではないのだ。経験にかけてはとても太刀打ちできない男性に夢中になり、彼のとりこになってしまったあのころとは違う。それに、そもそもハシムは私には不釣り合いな男性だったわ。

彼女は苦々しげに自分に思い起こさせた。

シエナは必死に彼に笑いかけた。憂いを帯びた大人の微笑を心がけながら。「ねえ、ハシム、こうして来たのが私だとわかったからには、あなたの気持ちも変わったでしょう。私たち、やっていけるわけがないわ。わかっているはずよ」

ハシムの目が挑むように光った。「いったい、君は何を言っているんだ？　僕たちは何をやっていくことができないと言っているんだ、シエナ？」

彼の性的な挑発に動じてはいけない、とシエナは自分に言い聞かせた。ビジネスライクな態度を崩さずにいよう。そうすれば安全でいられるかもしれない。「それで、あなたはここで何をしているの？」

彼女はもう一度尋ねた。もしかしたら、いまの状況は何かの手違いかもしれない、という最後の淡い期待になおもすがろうとしていた。「いつもはグランチェスター・ホテルに滞在するのに」

「たぶん、あそこでの思い出はけがれすぎていると感じたからかな」ハシムはあざけった。「それとも、ここで提供されるアトラクションに引かれたからだろうか……」傲慢(ごうまん)な欲望をちらつかせながら、またもや視線を彼女のすばらしい胸のふくらみにさまよわせる。「ロンドンでの君の……評判は、徐々に高まっているよ、シエナ」彼は思わせぶりな口調でつけ加えた。

彼が言っているのは、私がクライアントから得た仕事上の評価ではない。もちろん、ほめ言葉ではない。うっすらとベールをかぶせた侮辱の言葉よ。そのベールの中にあるのは……中にあるのは……。ああ、彼が何をほのめかしているのかくらい、私はいまいましいほどよくわかっている！　肺の中が焼けつくように感じられ、シエナは落ち着こうと息を吸いこんだ。「だけど、おそらくあなたは、私があなたと仕事をするなんて考えていないはずだわ」静かに言う。

ハシムはかすれた声で笑った。その声は期待感に満ち、彼がこの状況を心から楽しんでいるのは明らかだ。

「間違いなく、君は雇われる側としていろいろなケースを想定しているはずだ。慎重に対処しなければ、思わぬもめごとに巻きこまれてしまうからね」

ハシムが、古い面と新しい面、進歩的なところとひどく保守的なところが奇妙に入りまじった男性であることを、シエナは忘れていた。でも、彼は私が会った中でも最高に知的な男性だわ。それなのに、彼はどうして私のためらいをわざと誤解してみせるの？「まあ、ハシム、そんなふうに……鈍感なふりをするのはやめて！」

「鈍感？」ハシムは横柄なしぐさで顎を上げ、目を細くして、シエナを凝視した。「君は一国のシークたる僕に向かって、よくもそんな口がきけるな」

アラブのシークという身分をハシムがひけらかしたことは、これまで一度もない。その必要がなかったからだ。シエナも彼の身分には無頓着だったし、最初は知りさえしなかった。知ったあとも、気に留めなかった。少なくとも彼女自身はそう思っていた。しかし、そのこともまた、彼女がいかにハシムに夢中になっていたかを物語っていた。なぜなら、言うまでもなく、ハシムの身分は無視するにはあまりに高すぎたから。

彼の身分こそが、二人にとってきわめて重要な意味を持っていた。

2

シエナはハシムと出会うべきではなかったのだ。二人はまったく違った人生を歩んでいたのだから。決して交差することのない道を。だがときには、田舎に住む娘が大都会に出て、ひときわ洗練されたホテルの受付係になり、勤務中に本物のシークと出会うこともある。まさしくおとぎばなしの世界だ。そしてまれに、おとぎばなしは現実となる。しかし、こうした夢物語にはしばしば暗い影がつきまとう。

シエナがロンドンに来たのはありふれた理由からだった。そこにもう一つ別の理由も加わった。苦難の真っ只中でお金が必要になり、そのあと……。そう、ハシムとの夢物語が始まったのだ。

ロンドンという大都会では、彼女は無名の人間になれたし、そのうえホテル産業でキャリアを積む機会も持てた。さらに、ロンドン市街の高級住宅地に家賃なしで住めるという特典さえも。この特典は、普通の人が働かない時間帯に長時間労働を要求されることの代償だった。

ハシムと初めて会ったのは、交替勤務で遅番につくため、ホテルに出勤する途中だった。その日はすばらしい晴天で、降り注ぐ日差しがこのうえなく心地よかった。

シエナは髪を垂らしたままで、ゆったりとしたサマードレスに身を包んでいた。その足取りは若さにあふれ、溌剌(はつらつ)としている。周囲の様子をとくに気に留めることもなく、少し先に止まっているリムジンに人だかりがしているのにもほとんど気づかなかった。リムジンは世界的に名を知られたグランチェスター・ホテルのもので、窓はスモークガラスで中が見えない。

車から誰かが降り立ち、シエナはそちらに目をやった。横柄な態度が身にしみついているといった感じの男性で、背が高い。涼しげな淡い色のスーツを着ており、それが褐色の肌をいっそう引き立てていた。肌は柔らかな光を帯びて輝き、硬い黒檀(こくたん)のようにきらめく目と好対照を見せている。

一瞬、二人の目が合った。それは、シエナが大好きで繰り返し見た古い映画の一場面さながらだった。こんな男性が興味深そうなまなざしで見つめてくれるのを、私は生まれてこのかたずっと待っていた。シエナはそんな気さえした。

ボディガードが彼女の前にさっと腕を伸ばして制止しようとするのを見て、男性は眉を寄せた。

「なんでしょう？」シエナは抗議した。男性はこわばった笑みを見せ、それからシエナには耳慣れない言語でひとこと言った。

「彼女を通してやりたまえ」命じたことをシエナのために通訳するかのように、男性は英語で言い直した。すると、ボディガードは何か小声で言いながら道をあけた。

「ありがとう」シエナは軽く頭を下げ、そのまま歩いていった。なぜか、後ろから男性の黒い目が追ってくるのがわかる。そのまなざしが背中を焦がすほどに熱く感じられた。

　それから数週間後、ブルック・ホテルに入ってきたその男性を見て、シエナは固唾をのんだ。

　彼はとても生き生きとして、特別な人物に見えた。まるで、花瓶の中で清楚な白い花に囲まれた、エキゾチックであでやかな大輪の花のようだ。

「あ、あの……」シエナは頬がピンク色に染まっていくのを感じた。まったく、なんという失態かしら。職業意識に欠けるにもほどがある！「おはようございます」

　ハシムは彼女に気づき、興味深そうに目を細めた。このあいだ偶然に会った、緑色の目とすばらしい体を持つ娘ではないか！実に見事な体つきだった！

　ハシムはボディガードに向かってさっと手をひと振りし、その場にとどまるよう合図した。そして受付のデスクまで自ら進み出ると、自らの影響力を充分意識しながら、彼女を見下ろして静かに言った。

「やあ、また会ったね」

　なめらかで、豊かで、深みのある声に、シエナの頬のピンク色がさらに濃くなった。胸の中では、たったいま鼓動の打ち方を発見したとばかりに、心臓が激しく脈を打っている。彼女はすばやく予約者名簿に手を伸ばした。「どんな……どのようなご用件でしょう？」

「ここに宿泊している人物と昼食をともにする約束なんだが」

「なんというお名前の方ですか？」これ以上顔が赤

くならないでと願いつつ、シエナは名簿に視線を落とした。

ハシムは大物政治家の名前を告げ、シエナを驚かせた。有力な知人の名や権力が一般の人々に及ぼす効果について、ハシムは実によく知っていた。生まれてこのかた、ずっとその二つに囲まれて暮らしてきたのだ。

「その方でしたら、もうテーブルでお待ちでございます。ご案内いたしましょう」

シエナのあとについてレストランに向かいながら、ハシムは彼女をこっそり観察する機会を楽しんだ。

さほど背は高くない。ハシムにはそのほうが好ましかった。女性は男を見あげるくらいがいい。ヒップは小さく、胸と同じように魅力的な曲線を描き、男の手に包みこまれるためにつくられたようだ。

だが、それ以上に彼の心に残ったのは、アーモンド形の緑色の目とピンク色に染まった頬、それに、すねたような形をした薔薇(ばら)色の唇だった。

会食の最中に、ハシムは身ぶりでボディガードを呼び寄せた。そして声を落とし、受付に行ってシエナの電話番号をきいてくるよう、指示を与えた。

だが、シエナは拒絶した。なんてあつかましい人なのかしら、電話番号をきくのに自分の部下を寄こすなんて！　それは、いくらか偏った男性観を持つシエナには逆効果となるやり方だった。すぐさま休憩に入ってしまいたいと思ったが、休憩時間はまだずっと先だ。ハシムがレストランから出てきたときも、彼女はまだ持ち場についていた。

シエナはハシムを無視してまっすぐ前を見つめていた。彼とのあいだに何事もなかったと言わんばかりに。

一方、ハシムはそんな彼女に興味津々で、腹も立たなかった。彼は未知の感情に突き動かされ、シエナのほうへ足を運んだ。「電話番号を教えてくれないんだね」

「あなたにきかれたわけではありませんから」

「そんなささいなことが、それほど許しがたいのかい？」ハシムはからかった。

どう対応していいのかわからず、シエナは顔をそむけた。たくましく、エキゾチックな雰囲気に満ちたこの男性に接していると、いままであまり経験したことのない奇妙な感覚にとらわれてしまう。

「君の名前は？」

だしぬけにきかれ、シエナは反射的にまた彼に顔を向けた。するとたちまち、彼の漆黒の目から放たれる熱いまなざしにからめとられてしまった。

「シエナです」小声で答える。

「シエナ」彼はそっと繰り返し、それからうなずいた。「じゃあ、シエナ、一緒にディナーをどうかな？」

シエナの頭の奥のどこかに、ホテルの従業員は宿泊客と個人的に親しくしてはいけない、という思いがあった。続いて、彼が実際には宿泊客ではないことを思い出した。それでも、彼女は用心深く答えた。

「お受けいたしかねます」

「どうして？」彼はそっと尋ねた。

「あなたのお名前さえ存じませんもの」

「僕はクダマ王国のシーク・ハシム・アル・アスワドだ」

シーク？　シークですって？　シエナは仰天しながらも、ハシムの目に映る何かに心を引かれ、彼を見つめた。「冗談でしょう？」

「いいや、本当だとも」ハシムは重々しい口調で答えた。

シエナは顔を上げ、しげしげと相手を見た。なるほど、浅黒い顔やエキゾチックな雰囲気、権力者ならではのオーラといったものが、それでうなずける。

「そうなると、私は何を着ていけばよろしいのでしょう？」

ハシムは笑いだした。「問題ないさ。君はこんなに若くて、こんなにきれいなんだ、何を着てもすばらしく見える」もちろん、何も着ていなくても。彼は心の中でつけ加えた。

その夜、ハシムは、大都会を見下ろすレストランにシエナを案内した。眼下には、銀河を思わせるテムズ川がロンドン市街を縫うように流れ、頭上では手が届きそうなくらい近くに星がまたたいている。魔法の国の夜のようなすばらしさだった。

「君のことを話してくれ」

どこから話せばいいのだろう、とシエナはためらった。ありのままにすべてを、ということ？　これは真実を告白する場なの？　私はかつて、やむをえない事情があったにせよ、世間の目から見れば恥ずべき行為をしたことがある。でも、その一度かぎりの行動で、私という人間の価値が決まってしまうわけでもないし、わざわざ話す必要はないのでは？　それに、彼とは今夜かぎりで、もう二度と会うこともないはずよ。なのに、どうして私の秘密を話して、このディナーを台なしにしてしまう必要があるかしら？

シエナはアラブの王国に生まれた男性が聞きたがるような話題を考えてみた。物質的な方面の話ではとてもこの男性に太刀打ちできない。彼女は身を乗りだし、糊(のり)のきいた麻のテーブルクロスの上で両手を握り締め、まったく違った生活を思い描こうとしてみた。

「私は小さな村で育ったのよ。典型的なイギリスの村。春には羊たちが牧草地ではねまわり、桜の花が咲き乱れるの」

「夏は？」

「雨ばかり！」シエナは肩をすくめた。「まあ、本当はそうじゃないけど。でも振り返ってみると、いつも雨ばかりだったように思えるの。私が大人になったせいなんでしょうね。子供のころはいつもお日様が金色に輝いているように思えたから」彼女はじっと彼の顔を見つめた。これほど黒い目は見たことがないと思いながら。「たいていの人は子供時代をそんなふうに思っているのではないかしら。薔薇色のガラス越しに振り返るんだわ」

「そんなにのどかな村なら、どうして離れたりしたんだい？」

シエナはナプキンを指でもてあそんだ。「鳥はいつか巣立つ必要があるからよ」

「そのとおり」ハシムの目が細くなる。「それで、巣を飛びだしたあとの生活は君が夢見たとおりだったのかな？」

シエナはためらった。外の生活には不安もあればチャンスもある。けれども、もっとずっと恐ろしいものに遭遇する場合もあるのだ。「そうね、もちろん自由は手に入ったわ。でも安定は失われた。人生なんてそういうものじゃないかしら。得るものがあれば失うものもある。願わくは、最後には帳じりが合ってほしいけれど」

「そんなに若いのに、君はずいぶん賢いんだな」ハシムはまじめくさった顔で言った。

「からかっているのね」

「いや」彼は首を振り、優しくほほ笑んだ。「からかってなどいるものか。君の考え方はしっかりしていて、心からすばらしいと思っているよ。ところで、君はいくつだい？」

彼は私が幼すぎると思っているの？　何に対して幼すぎるというのかしら？　シエナはいぶかりつつ答えた。「もう少しで二十歳よ」

ハシムは再びほほ笑み、揶揄するような口調で言った。「たったの二十歳？」

「さあ、あなたの番よ。シークというのはどんなお仕事をするの？」

　本当にたまらなく魅力的な娘だ。ハシムはおかしそうに唇をひくつかせた。「まさに同じ質問を、僕もときどき自分自身にするよ。シークの主たる仕事は国の統治だ。そこには多くの戦いや、権力闘争も含まれる。そのほか、石油の輸出に関しても全権を握っている。今度イギリスに来たのも、石油に関する仕事のためだ」それにシークたちは、普通の人間にはとうてい理解できないくらいの富に囲まれている。決してシエナには想像もつかないほどの巨万の富に。

　帰途、薄暗いリムジンの中でハシムの引き締まった腿がシエナの腿をかすめると、彼女はほとんど息ができなくなった。しかしキスはせず、彼はただ、また会おうという誘い、いや、命令同然の言葉を発しただけだった。

　すべてがまたたく間の出来事だった。ハシムの生活はいままでと異なる時空に滑りこんでしまい、気づいたときには、胸が締めつけられるような未知の感情を味わっていた。世慣れてすっかり皮肉屋になった彼は、それを恋と呼ぶことはできなかった。とはいえ、彼の祖先は戦士であるだけでなく、詩人であり、賢人でもあった。そのため、これまでずっと無視してきた自らの内側にある何かをシエナが刺激してしまったことを認める心構えはできていた。いつしかハシムの中で凍りついていた何かを、シエナの無邪気さと美しさがゆっくり溶かし始めたような気がした。

　その何かとは、彼の心そのものだったのかもしれなかった。

　ハシムが初めてキスをしたとき、シエナは震えた。腕に抱き寄せたときも、切望と恐れがないまぜになった緊張感が伝わってきた。シエナの年齢と彼女が受けたヨーロッパ式の進歩的な教育を考えれば、それは信じがたいことに思われた。けれども、シエナに対していだいた自分の直感は正しかったと、ハシムは確信した。

ある夕方、ハシムは燃えるような目で彼女の紅潮した顔を見下ろし、尋ねた。「君は男性を知らないんだね？」

「ええ」シエナはおずおずと認めた。「ええ。まだよ」

「無垢というわけか」ハシムはうめき、彼女にキスをした。「僕のけがれなき乙女」

シエナがまだバージンだと知り、ハシムは喜びでいっぱいになった。同時に、シエナに対して重い責任を負ったこともたしかだった。ただでさえ責任ある人生を押しつけられている人間としては、これ以上重荷を増やすまでもなかろうに、とも思う。それでも彼は、その責任を喜んで受け入れている自分に気づいた。

可能なかぎりハシムはシエナと会った。これほど頻繁に会っていたら、恋の魔法も多少色あせてしまわないだろうか、とあやぶんだほどに。彼はこれまで、どんなものであれ、深いかかわり合いを避けて生きてきた。だがそんな人生は不完全で、恵まれた生き方とは言えない。彼はそんなふうに考え始めていた。

ハシムは彼女を目立たないレストランに連れていき、シエナはロンドン市内でも人に知られていない穴場に彼を案内した。彼女といるとき、ハシムは生き生きしていた。これまで性的な関係を拒まれた経験のない彼が、シエナに対しては自分を抑えていた。そして、本当に欲しいものを我慢することは、耐えがたいほどにさらなる欲望をかきたてるものだと知った。

しかも、シエナがバージンでいることが、彼女を僕にふさわしい女性にしてくれるのだ。すこぶるふさわしい女性に。もちろん、たくさんの障害を乗り越えなくてはならない。最初の障害は、彼女を僕の家族に紹介することだ。どちらの側にもプレッシャーを与えないような形で、中立の場所で。

ある日の午後、ハシムは彼女の腰に両腕をまわしながら尋ねた。「僕と一緒に結婚式に出席してくれないかな、かわいいシエナ？」

シエナは彼を見あげた。「誰の結婚式？　どこで？　いつ？」

「僕のいとこのだよ」ハシムはつぶやいた。「南フランスで挙げるんだ。僕の母親や姉妹も列席する」そして輝くような笑みを浮かべてきいた。「君も僕のゲストとして来ないか？」

その重要性はシエナにも理解できた。これは恋人の存在をおおやけにし、二人の関係が重大な段階に進みつつあることを示すものなのだ。シエナはうれしそうにゆっくりと笑みを浮かべ、きっぱりと答えた。「ぜひ」

ハシムは側近に命じた。「手はずを整えてくれ」

「殿下、本気でございますか？」

ハシムは顔をしかめた。僕は人に指図されるつもりはないぞ！　平民を妻にしたシークなら、我が国の歴史にいくらでもいるだろうに……。

数日後、ハシムが書斎で仕事をしていたとき、ドアがノックされた。顔を上げると、側近の暗く冷ややかな目とぶつかった。側近は光沢のある雑誌らしきものを指でつまんでいる。まるで汚物でも扱うかのように。

「何事だね、アブドゥル・アジーズ？」ハシムは尊大な口調で尋ねた。「僕はもうすぐ外出しなくてはならない」

アブドゥルの表情は険しかった。「お出かけになる前に、ぜひとも目を通していただかねばならないものがございます」

その夜はハシムがシエナのために車を差し向けてくれ、彼が滞在するグランチェスター・ホテルでディナーをともにすることになっていた。高揚感と緊張感で、シエナは平静ではいられなかった。これでもう何度目かもわからずに、またもや両手で後ろ髪をすいている。

ハシムが彼のいとこの結婚式に招待してくれたことを思うたびに、彼女は舞いあがった。彼と並んでおおやけの場に出る場面を想像してひどく興奮し、彼の母親になんと言ったらよいのか、気をもむ時間もないほどだった。

いつもの自分でいればいいわ。ごまかしたり、気取ったりする必要はない。だって、彼はありのままの私を気に入っているのだから。シエナは興奮のあまりかすかに身震いしながら、グランチェスター・ホテルの玄関に続く大理石の階段をのぼっていった。

玄関ホールに出迎えはいなかった。ハシムも、彼の部下も見当たらない。とがった細い顔のアブドゥル・アジーズさえも。代わりに、直接彼のスイートルームに来てほしいというメッセージを、わけ知り顔の受付係から受け取った。

あなたの思っているようなことじゃないわ！　シエナは受付係の女性に言いたかった。ハシムはいつも敬意をもって私に接してくれるのよ！　それでも、最上階に直行する専用のエレベーターの中で、なぜ彼はいつもと会い方を変えたのだろう、といぶかった。

エレベーターを降りたとたん、自らドアを開けてくれたハシムを見て、シエナははっとした。今夜の彼は、シエナが頭に思い描くシークそのままだった。

ハシムはふだん、注文仕立てのすばらしいスーツを好んで着ている。それは彼のエキゾチックな風貌(ふうぼう)

と対照的で、東洋と西洋が入りまじった魅力を感じさせる。けれども、いま身につけているのは、深みのあるワインレッドの薄いシルクのズボンに、同じ生地の柔らかなローブだ。その豊かな色合いは彼の褐色の肌や黒い髪の色を最大限に引き立てている。

シエナは口の中がからからになった。彼ははだしであるばかりか、ローブの前もはだけたままだ。浅黒い胸板がよく見え、筋肉や腱の輪郭がくっきりと刻まれている。

こんなにも生々しく男っぽさをあらわにしているハシムを、シエナはこれまで見たことがなかった。彼は下着をつけているのかしら、などと考えている自分に気づき、シエナの心臓が小さく跳ねた。

とはいえ、彼のいでたちだけがシエナを不安にさせたのではない。その目に宿っている危険な色が、彼女をいっそう落ち着かなくさせていた。

「今夜の君はきれいだ、シエナ」ハシムはゆっくりと言った。

この奇妙な不安感は、私自身の張りつめた神経のせい？　それとも、彼の声音に奇妙な響きがまじっていたから？　シエナはあれこれ思いをめぐらしながら応じた。「ありがとう。私――」

あとの言葉はハシムが激しく押しつけた口の下で消えていった。彼がいきなりシエナを腕の中に引き寄せ、キスを始めたのだ。

「ハシム！」シエナはあえいだ。

「ハシム……そのあとは？」彼はかすれた声で尋ね、唇を彼女の喉にはわせながら、なめらかな肌に沿って羽根のように軽いキスを浴びせていく。

あなたはいままでこんなキスはしなかったわ、と抗議するのはおろかしい。こんなキスをしてくれない理由を考えて何時間も過ごしたあとなのだから。

「ああ！」ハシムの手がそっと胸のふくらみの上をさまようと、シエナは身を震わせた。

「ああ、のあとはなんだい、シエナ？」甘い声で尋ねる。「すばらしい？」

「ああ……すばらしいわ！」

「君が望んでいることを言ってごらん」ハシムはくぐもった声で尋ねた。

本能が慎みを打ち負かし、シエナの口から言葉がひとりでにこぼれ出た。「それ……」ハシムの指先がシエナの胸をさっとかすめ、彼女はため息をもらした。「それよ、私が欲しいのは！」

ハシムは手の中に彼女の見事な胸のふくらみを包みこみ、親指で円を描くようにゆっくりと愛撫した。

「つまり、こんなふうに？」

「ええ」シエナはうめいた。「そう！　それよ。ああ、ハシム……」

僕はどれほど彼女を誤解していたのだろう！　ハシムはシエナの敏感になった体が自分の体に押しつけられるのを感じた。いま僕が手をスカートの下にもぐらせても、彼女は拒まないだろう。こんな場所で彼女はどこまで僕に許す気なんだ？　僕がファスナーを下ろし、実際に愛を交わすところまでか？　おそらくそうに違いない。

「エレベーターのそばで僕と愛を交わしたいというのかい？」彼はきつい口調で尋ねた。

そこには感心しないという響きがあり、シエナは頭のどこか奥のほうでそれに気づいた。でも、それはきっと、彼が長いあいだ自分を抑えてきたからよ。男性は欲望を制御するのが難しいというもの。

「ベッドに行きましょう」シエナは大胆にもささやいた。

ハシムの口もとがこわばる。「ああ」彼は奇妙な声音で同意した。「そうしよう」

ハシムは開いたままだったドアをいきなり乱暴に閉めた。あたりに鋭い残響がこだまする。それから、彼はシエナを抱きあげて寝室へと運んだ。

大きなベッドは金色の上掛けに覆われ、布地には見事な刺繍が施されている。「王様にふさわしいベッドだわ！」シエナはうれしそうにつぶやいた。

ハシムは彼女をベッドに横たえたが、その顔には彼女に応える笑みはなかった。

「さあ」彼は断固たる口ぶりで言い、シエナの服のボタンを外し始めた。むきだしの欲望を映した微笑が口もとに浮かぶ。「すばらしい……」

シエナの胸もとがあらわになり、閉じこめられていた白くみずみずしいふくらみが、ピンクのレースからこぼれ出る。

「こんなにも張りつめている。まるで豊かに熟した果実のようだ。美しい。とてつもなく美しい。僕が会った中でも、君は最高に美しい胸を持つ女性だよ、シエナ。僕はなんて幸運な男だろう」

ハシムの言葉に含まれている何かに、シエナは不意に不安に駆られた。しかし、そのかすかな不安も彼の熟達した指の動きにやわらげられ、彼女は目を閉じた。

彼がブラジャーのホックを外すのが感じられる。震えるようなため息をもらし、まぶたをそっと開いたシエナは驚いた。ハシムの顔には、まるで……したくないことを無理やりしているような表情がのぞいていた。その顔がゆっくりと下りてきて、吐息のぬくもりが近づいてくる。

「ハシム……」シエナは喉をごくりと鳴らした。声が彼に届いたようには思えず、もう一度、必死の思いで呼びかけた。「ハシム」シエナは何よりもまず彼にキスをしてほしかった。この親密な行為に甘い言葉を添えてほしい。

「しいっ」ハシムは彼女を制した。言葉が雰囲気や集中力を損ねてしまうことを、彼は経験上よく知っていた。僕は自分が何を欲しがっているのかわかっている。何も――何一つとして、それを邪魔するものは許さない。

ひんやりと冷たい上掛けの上で、シエナは体をくねらせた。ハシムの巧みな手の動きに、いましがたの不安な気持ちはもはや跡形もない。彼の唇がすっかり感じやすくなっている胸を愛撫すると、彼女は鋭いあえぎ声をあげた。

「君は実に敏感なんだね……無垢な女性のわりには」ハシムは彼女の胸の頂に唇を寄せて言った。

シエナは息をのんだ。ハシムの手が下へと動きだし、熱を帯びて彼を求めている部分に少しずつ近づいていく。彼女がいちばん触れてほしいと願っている体の中心に向かって。お願い、そのまま手を止めずにいて。彼女はそっと祈った。

「止めないさ」

ハシムのかすれた声を聞いて、シエナは自分が声に出していたことに気づいた。

「ハシム」シエナはつぶやき、溶鉱炉のように熱くなっている柔らかな彼の肌に口づけした。「ハシム、愛しているわ」

一瞬、ハシムは身を硬くした。それからかすかに頭を振り、熟練した愛撫でシエナを沈黙させた。彼女の敏感で熱い潤みに、きわめて繊細な動きで触れると、彼女は信じられないといったようにあえぎ声をもらした。必死に何かを探しているのに、それがなんなのかも少しもわかっていない人のように。

シエナは頭を左右に絶え間なく振りながら、約束された極みへとゆっくり向かっていった。あまりにすばらしすぎて、本当に存在しているとは確信できない極みへと。

いいえ、あるのよ。本当にある。やがて目指していた極みに達し、身も心も砕け散ると、シエナはむせび泣くように満足げな声をもらした。ハシムが身を引こうとしていることにもほとんど気づかない。それでも理性と正気が戻ってくるにつれ、彼がベッドから下り、離れていくのに気づいた。

部屋の向こう側に。彼女から可能なかぎり遠く離れた位置に！

シエナはなんとか息をつこうともがきながら、目をしばたたいた。「ハシム？」当惑し、かすれた声を絞りだす。「何かいけないことでも？」

「いけないことだって？」ハシムは答える前にひと息ついた。そして深く息を吸いこんで欲望を抑えこみ、それをゆっくりと沸き立つ怒りに変えようと努めた。「僕たちのゲームはもう終わってしまったんじゃないかな？」

シエナはベッドの上で半身を起こした。乱雑に丸められた自分の服を見て、なぜか、自分がひどく安っぽい存在になった気がした。冷酷な仮面をかぶったようなハシムの顔を、彼女はまじまじと見た。私がこれまで見たこともなかったハシム。彼だとはとても思えない顔。

「あなたはどうしてそんな態度をとるの？」シエナは尋ねた。「あなたは……あなたは私とちゃんと愛を交わしたくないということ？」

「君は、僕が誇りを捨ててまで君と関係して自らをけがすとでも思っているのか？」ハシムは侮辱するような口調でき返した。「この僕をまんまとあざむいた君と！」

「何を言っているのかさっぱりわからないわ！」それでも、自己防衛本能が働き、シエナは震える指で服のボタンをかけ始めた。

「優しく愛らしい乙女だって！」ハシムは歯ぎしりしながらののしった。「とんでもない！　優しく愛らしい処女が、カメラの前で服を脱ぎ、扇情的なポーズをとったりするものか！」

シエナは凍りついた。たちまち何もかもが恐ろしいほどはっきりと見えてくる。あのカレンダー。あの十二枚の写真。ああ、あさましくもおぞましい、あの写真。

彼女はひるみ、ため息をつくと、震える声で尋ねた。「あの写真を見たのね？」

「ああ、見たとも！」僕はあやうく彼女を家族に紹介するところだったんだ！　ハシムは思い出し、奥歯を噛みしめた。僕はシエナを花嫁に迎えようと心の底から思っていた。なんというおろか者だろう！

「ハシム、お願い」シエナは必死に弁解しようとした。「あれはあなたが考えているようなものとは違うのよ」

あれは母の手術代を捻出するための、一度かぎりの行為。痛みのために手足が不自由になり、四肢が麻痺する危機に直面していた母のための。受けなければならない手術は高額だった。お金を得る手段としてはたしかに型破りなものだったけれど、当時の私にはそれしか方法がなかった。私がどんなに必死だったかわかれば、ハシムだって非難はできないはず。母の状態がどんなに絶望的だったかを、わかってもらえれば……。

「お願い、ハシム……説明を聞いて――」

「なんの説明だ？　僕の愛撫にどうやって絶頂に達したふりをしたかについての説明かな？」ハシムは残酷な言葉で彼女を遮った。とはいえ、嫌悪感とは裏腹に突きあげてくる激しい欲望も感じていた。カレンダーの写真がすばらしく官能的に仕上がっているという事実まで否定するほど、彼は偽善者ではない。もちろん、あの写真が二人のあいだにあった未来を粉々に打ち砕いてしまったのは紛れもない事実だが。「写真のことで、納得のいく説明ができると思っているのか？」彼はぴしゃりと言った。

「あれは――」

「なんなら、王宮づきのいちばんの女優になればいい。僕が推薦するよ！」ハシムの怒りはすさまじく、シエナの言葉などほとんど耳に入っていなかった。

「君は僕をいいように振りまわしたうえに、嘘もついた」彼は苦々しげに吐き捨てた。彼女がバージンだと言ったことを、そして彼を愛していると告げたことを思い出しながら。

「嘘はついていないわ！　ただ……」シエナは彼を見つめ、力なく肩をすくめた。「あなたに話すちょうどいい機会がなかっただけで」

「ちょうどいい機会などあるはずがない！　僕の属する文化圏では、シークの恋人があんな振る舞いをすれば、すさまじい反発を買うんだ。むろん、君もそれくらいは知っていたはずだろう？」

彼の黒い瞳に映るさげすみに、シエナはとても耐えられなかった。彼女は立ちあがり、彼に苦痛を悟られないよう、垂れてくる髪で顔を隠したまま靴を拾った。

それでも、消えうせることを頑として拒否する希望のかすかなともし火を吹き消せずに、ドアのそばで立ち止まって顔を上げ、彼と視線を合わせた。

「じゃあ、そういうことなのね、ハシム？　つまり……終わってしまったということ？」

「終わった？」ハシムは口もとをこわばらせた。シエナを傷つけてやりたい。彼女が僕を苦しめたように、彼女にも苦痛を与えてやりたい。彼女が僕の夢を壊したように、僕も彼女の夢を壊してやりたい。

「君は身のほどを忘れているな。君とのことがつかの間の気晴らし以上のものになるとでも思っていたのか？」尊大な口調で尋ねる。「僕はシークだが、君は平民にすぎない」彼はとどめを刺した。「正真正銘の平民だ」

3

過去の記憶は耐えがたいほどにつらい。

だが、そのつらさはいまや現実そのものだった。ハシムの鋼のような黒い瞳を見つめているうちに、記憶を包んでいたもやが薄れて、これまでの歳月などなかったかのように苦痛が一気に舞い戻ってきた。

あの晩、シエナはあふれる涙をこらえ、おぼつかない足取りでハシムのスイートルームをあとにした。やっとの思いで帰宅し、まるで手負いの動物さながらに、顔を枕（まくら）にうずめて号泣したのだ。人はこんなにも激しく泣けるものだということを、彼女は初めて知った。人はこんなにも深く傷つくものだということも。

なんとか立ち直り、通常の社会生活に復帰するまでには、長い歳月を必要とした。もっとも、復帰したといっても、あの日以来変わってしまったことは多い。とりわけ変わったのは彼女自身だった。もう無邪気な若い娘ではなく、人生の機微も男性の扱いも何一つ知らない小娘ではなくなっていた。

そう、私は変わったのよ。それを忘れないようにしなければ。ハシムの目を直視しながら、シエナは懸命に自分に言い聞かせた。

「僕たちが最後に会ったときのことを覚えているかな？」ハシムの声には奇妙な響きがまじっていた。

「どうして忘れられるというの？」シエナは声が震えないように努めた。「あなたの顔を見ただけで、何もかもがいっぺんによみがえってくるわ」

「僕も同じだ」ハシムは落ち着いた声で認めた。

「たぶん、私たちはグループカウンセリングでも受けたほうがいいんでしょうね」シエナはわざと軽口をたたいてみせた。「禁煙を目指す人たちが受けるようなたぐいのものをね。そうすれば、お互い見向きもしなくなるわ」

なんて軽薄な話しぶりだろう、とハシムは思った。それにひどく冷笑的だ。「しかし、たばことは違って、僕はまだ君をやめる気にはなっていなくてね」

彼はゆっくりと言った。

シエナは妙な具合に喉がつまるのを感じた。人をあおるような、それでいてひどく威嚇的な雰囲気があたりに漂っている。彼女は声の震えを抑えきれなくなった。「そ……それはどういうことかしら？」

「そうだな、少なくとも君にとっては……どう言ったらいいか」ハシムの口もとに残忍な微笑が宿った。

「そう、満ち足りた出会いだった」

ハシムがにおわせていることは明白かつ侮辱的だった。けれど、それは当たってさえいない。少なくとも深い意味では。

なるほど、純粋に肉体的な面では、満ち足りたものだったかもしれない。しかし感情は違う。彼の故国にある砂漠並みに不毛なものだった。「あなたはあの、私たちがともに過ごしたときのことをそんなふうに言うの？」シエナは悲しげに尋ねた。

「君ならそうは言わないとでも？」ハシムはあざけった。

「もちろんよ」シエナは冷ややかな黒い目を見つめ、彼が理解することは永遠にないだろうと悟った。理解しようと努めることさえも。彼がそんな努力をするはずがないでしょう？　悲しみを少しでも追い払えればと願いながら、彼女は頭を振った。「とにかく、こんなことを言い合ってなんの意味があるの？　いまはもうあのころとは違うのよ」

ハシムは相変わらず無表情だったが、胸の内では、ちらちら揺らめく怒りが渇望や期待とまじり合い、自分を突き動かすのを感じていた。彼女は僕を一度あざむいた。だが、二度とさせるものか！　いったんねらいを定めたからには、僕が彼女を放免することなどありえないと、シエナはわからないのだろうか？　僕が何を欲しているかにも？　まさにそのことをやり遂げるために僕はここに来たというのに？

「たしかに、あのころとは違う」ハシムは同意した。「しかし、やっぱり僕たちは同じ地点に戻っていく気がするな。僕がここにいて、君もここにいる。となると、僕たちはどうするべきだと思う？」

　ハシムは一歩前に出た。いまはシエナにも彼を細かく観察できるくらいのところに来ている。彼がどれだけ変わったか、はっきり見て取れるところまで。もちろん、本質的な部分は何も変わっていない。彼女が会った中でも最高に男らしい人物であり、ほかの時代からタイムスリップしてきたような特別な人物でもあった。

　ハシム特有の香りがシエナの鼻をくすぐる。男らしく官能的で、シエナのもっとも女性らしい部分を刺激する、活力に満ちたすばらしい香りだった。

　ハシムが再び動いたことに、シエナは気づかなかった。もちろん彼女ではなく、彼のほうが動いたに違いない。そうであってほしかった。なぜなら、シエナはこのとき、すでにハシムの腕の中にいたからだ。自分から飛びこんだなどとはとうてい信じられない。だが、自分の理性を疑う暇もないまま、彼女はハシムに唇を奪われていた。

　衝撃的だった。体の芯まで揺さぶるキス。火のようでもあり、氷のようでもある。それこそがハシムのキスだった。

　彼のキスはシエナの中で眠っていた感情を目覚めさせた。五年前にハシムの腕に抱かれたときからずっと眠っていたものを。

　ハシムの唇は固く、なおかつ柔らかくもあった。巧みな動きは求めるようでいて、命令しているようでもある。そして極上なはちみつよりも甘美な味がする。ハシムの唇の下でシエナの唇は自然と開き、彼女はそのぬくもりを味わった。彼がキスを深めると、シエナはあえぎ、その場にくずおれそうになった。すかさずハシムが両腕で支え、自分の体にとけこませようとでもするかのように、シエナを強く抱き締めた。

その瞬間、シエナは欲望の大きな波にのみこまれた。それは単なる欲望を超える、もっと強烈で、はるかに危険なものだった。彼女の内にいつも変わらずある空白を埋めてくれるのはハシムしかいないとでもいうような、心の底からの希求。

永遠にも思える数秒間、シエナは自分の体が反応し、血がたぎるのを感じていた。原始的な熱いうずきが、彼女が愛撫(あいぶ)を切望している場所に集中し、どんどん強くなっていく。ハシムが片方の手を下に滑らせ、彼女のヒップを包みこんだ。お願い、その手をまわして、もう一度、私の秘密の場所を探求して。シエナは無言で彼に望んだ。

その思いを読み取ったのか、ハシムは笑って手を動かし、彼女の熱を帯びた部分にじらすようなしぐさで指をはわせた。甘美な感触にシエナがうめき声をもらすと、ハシムは彼女には理解できない言葉で何事かつぶやいた。そのあざけるような勝ち誇った響きは、彼女の熱くなった五感に冷水を浴びせかけた。

いったい私は何をしているの？　シエナはにわかに凍りついた。

彼女は体を強引に引き離し、目を見開いた。息ははずみ、脈は猛烈な速さで打っている。彼女はなんとか落ち着こうと努め、躍起になって服を撫(な)でつけながらハシムを見つめた。顔が燃えるように熱い。きっと心臓もこんなふうに燃えているに違いないわ。

「いったい、あなたは何をするつもりなの？」

ハシムは尊大な笑みを見せたが、目は冷ややかだった。「まさに君が僕にしてほしいと思っていることさ」

「そんなことないわ！」

「いや、君は僕を欲しがっている」彼は嘲笑した。「僕はいますぐにでも君の期待にそえるよ。君も僕を拒みはしないだろうさ」

あまりの屈辱に、シエナは頭に血がのぼるのを感じた。「あなたは……あなたって人は……」

「無意味な侮辱の言葉を投げつけるのはよしてくれないか、シエナ。そんなものはなんにもならない。僕の言葉は真実だと、お互いわかっているんだから。間違いなく、君は僕を欲している」ハシムはきっぱりと言った。

「うぬぼれないで！」

「なんと！　否定というのはかくも強烈な力があるものなのか。とりわけ女性の否定には」


彼は言葉巧みに私を挑発しているけれど、真実を語っているのではないかしら？　私は本当にいままでも彼を求めているの？　シエナは自問した。たぶん肉体的にはそうかもしれない。でも、気持ちのうえでは……絶対に違うわ！「あなたは経験豊富だし、女性を誘惑する手管も知りつくしている。でも、だからといって――」

「今度は僕をおだてるのかい？」ハシムは冷徹な口調で遮った。

「だからといって、女性が必ずしもあなたを欲しがっているとはかぎらないのよ」シエナはまくしたてた。「それはただ、女性の体が自然とそう反応するようになっているというだけのこと」

「で、君は、どんな男に対してもそんなに簡単に反応してしまうのかな？」

「ろくでなし！　胸が悪くなるわ」

「君も激しい女性になったものだ。実に激しい。しかし、あいにく僕は女性のそういうところが好きなんだ」

「あなたに認めてもらおうなんて思っていないわ。私はもう大人なのよ、ハシム。あなたを最高の男性だと思っていた、従順な女の子ではないわ！」

「ああ、とても従順だった」ハシムは耳障りな声で応じた。「とても若くて、無垢だった！　たしかに、君はそういう娘だった」

ハシムの瞳に激しい非難の火花が散るのを見て、シエナは目を見張った。彼は私を値踏みし、私が彼を欲しがっていることを見抜いてしまった。いまいましいけれど、そのとおりだわ。私はいまでも彼を欲しがっている。

「そうね、私は多くの点で無邪気すぎたわ」シエナの声は悲しげだった。「でも、もう過去はいっさい忘れてしまわない？　いますぐ私をこの部屋から出して、永久にあなたの人生から立ち去らせて」

シエナはどうかしているんじゃないのか？　僕の意図をまったく理解していない。そればかりか、僕が欲しいと思ったものを必ず手に入れる人間だということさえ、わかっていないのだろうか？　ハシムの口もとがこわばった。もちろん、わかっていないに決まっている。彼女はこれまで一度もそんな僕の姿を見たことがないのだから。

だが、今度は本当の僕を見せてやる！　女性の扱い方を知りつくした僕を！　冷たく侮蔑的な態度をとればとるほど、女性はいっそう僕を求めてくる。寝室で男がさげすみをこめて女性を扱えば扱うほど、女性はその男に多くを与えるものなのだ。

「君は身のほどを忘れている」ハシムは冷ややかに指摘した。「僕は金を払って君を雇ったんだ。だから、君もそういう立場で振る舞ってもらおう。僕に敬意を払い、僕の要望に耳を傾けてほしい」

「敬意？」シエナはおうむ返しに尋ねた。「正気で言っているの？」

「そうとも、敬意さ」ハシムはきしむような声で答えた。「君が敬意という言葉の意味を知っていればの話だが」

恐怖を覚えて体に震えが走り、シエナは目をしばたたいた。まさか彼は……彼が望んでいるのは……。

シエナは息を深く吸いこみ、自分に言い聞かせた。彼の理性に訴えるのよ。彼には権力も富も充分にあるのだから。この責め苦にも等しいやりとりを一秒でも必要以上に引き延ばすなんておろかなことだと、わかってくれるはずだわ。

「ハシム」シエナは冷静に言った。「あなただって、心の底では、私があなたのためにパーティを演出するとは思っていないでしょう？」

「どうして？」

「なぜなら……なぜなら、私たちのあいだにはいろいろな過去があったからよ！」

「今度は君がうぬぼれる番か」ハシムは辛辣に応じた。「僕たちは一緒に数回外出した程度だ。そんなものは過去でもなんでもない。君が一度体を差しだしたくらいのことではね」

シエナの顔から血の気が引いた。それでもハシムは容赦なく続けた。

「僕の興味を刺激したのは、イベントプランナーとしての君の評判だ」彼はわざとらしく間をおいた。「君はなかなかの評判だよ、シエナ。純粋にビジネス上の意味ではね。君の仕事ぶりは高く評価されている。それで、ぜひ僕のパーティも手がけてもらおうと思ったのさ」

「希望、それとも命令？」

「好きなように解釈したまえ」

「もし私が断ったら？」

「そうはいかない」ハシムは静かに警告した。

「断っても、私には失うものなんて何もないのよ。

得るものばかり。たとえば、私自身の正気とか」

「そんなことはない。失うものがないなんて、どんな根拠があって言っているんだ？　それに、僕の仕事を断った場合、君はその結果にきちんと対処できるだろうか？」

シエナは顔をしかめた。「結果？」

「そうとも」黒い目が彼女に挑みかかる。「君が契約違反をしたせいでひどく不快な思いをさせられたと、僕はホテルの支配人に報告することもできるんだ。そうなったら、君は支配人にどんな言い訳をする？　教えてくれないか。興味があるな」

彼に訴えかけるのよ。上手に頼んでみることだわ。シエナは自分にそう言い聞かせ、必死の思いで言葉を絞りだした。「そんなことにはならないよう願っているわ、ハシム」

だが、ハシムは彼女の言葉を無視して話を続けた。

「僕は以前、君が僕の愛撫でクライマックスに達したと感じたことがある。君はそのことを支配人に話す気か？　きっと彼は大いに興味を持つだろう。彼は興奮するかもしれないな。しかし、君はそれしきのことで、僕の依頼を断ろうというのかい？」

「胸が悪くなるようなことを言わないで！」

「君がその言葉を使うのはこれで二度目だな」ハシムは考えこむようにつぶやいた。「君はセックスにかかわる話を胸が悪くなるものだと思っているのかい？　驚いたな。君は自分の女としての魅力でたっぷりもうけたはずなのに」そうとも、彼女はこの見事な胸を利用して大金持ちになれるはずだ。他人のパーティの段取りなどしなくとも。

シエナは最後にもう一度抵抗を試みた。「あなたの言うとおり、私の仕事の評判は上々だし、信用もついているわ。あなたの依頼を断る余裕があるくらいに！」

「うわさはどこにでも立つものだよ。必ず人の耳に入るように僕が仕向ける。誰もが不審に思い、君に理由を尋ねるだろう。どう答える？　嘘をつくつもりかい、シエナ？　いや、ばかな質問をした。君が嘘をつくのは言うまでもないことだ！」

「私たちが数年前にデートをしたことは嘘ではないわ。だから……あまりにつらすぎて、あなたと一緒の仕事はとてもできない、というふりをすることもできるのよ」

「おろかな女だと思われるぞ」

「なんとか切り抜けてみせるわ」

「そんな悠長なことは言っていられないと思うが」彼の目に断固とした決意がのぞき、瞳がいちだんと黒みを増した。「僕の依頼を引き受けるか、君のキャリアがおしまいになるか、どちらかだ。それくらいは君にもわかるだろう」

一瞬、絶句したあと、シエナは言った。「ここはロンドンよ。二十一世紀なのよ」信じがたい思いについ声が高くなる。「あなたの言葉が即、法律になってしまうどこかの砂漠の王国ではないわ！　あなたはお金持ちで有力な人間かもしれないけれど、私にとっては要するにクライアントの一人にすぎないの。ほかのお客となんら変わりないわ」彼女は挑むような口調で締めくくった。

ハシムは思った。その気迫と抵抗が僕をいっそうあおりたてるということに、シエナは気づいていないのだろうか、と。「君はここに立って一日じゅう僕と言い合っていることもできる。しかし、結局はなんにもならない。僕は本気だからな、シエナ。君が僕の依頼を引き受けないというなら、僕は君を破滅させるだけのことだ」

「私を破滅させる？」シエナは甲高い、いささかヒステリックな笑い声をたてた。「あなたにそれができたとしても……」彼の言葉は口先だけの脅しではないと、彼女にもわかり始めていた。「どうして？

どうしてあなたはそんなことをするの？」

「なぜなら、君は僕の記憶の中にある黒いしみのようなものだからさ」ハシムはささやくように言った。「僕らの出会いはあってはならないものだった。しかし、その出会いに正しい結末をつけなければ、それを終わらせることもできない」

ハシムの言っている意味をようやく理解し始めたものの、シエナは完全には信じられなかった。心臓がとどろくように鳴っている。「結末って、どういうこと？」

少し間をおいてから、ハシムはあざけりをたたえたまなざしで彼女の目をとらえた。「君が口にしさえすればすむことさ、シエナ。それであの一夜を再開させられる。五年前に始めたことを完了させられるんだ」わざとらしいしぐさで、彼は自分の脚に手をやり、てのひらを筋肉質の腿に沿って滑らせた。細められた目には不透明な光が浮かんでいる。

その無慈悲な言葉はシエナを打ちのめし、ハシムの全身から放たれている露骨な意思にたじろいだ。

「あなたは……あなたは、私にベッドをともにしろと言っているの？」

「僕は場所のえり好みはしない」ハシムは甘ったるい気取った口調で言い、豪華な深紅のベルベットの寝椅子に頭を振ってみせた。「あれも刺激的なセッティングになるとは思わないか？　ああいった場所で試したことはあるかな？」

シエナは自分がいかにも安っぽい女になったような気分にさせられた。おそらく彼もそのつもりで言ったのだろう。「あなたは頭がどうかしているに違いないわ」彼女は小声で非難した。

「頭は関係ない」ハシムは即座に応じた。「それで、どうする、シエナ？　これまでのキャリアをすべて無に帰す危険を冒すつもりか、それとも、分別をわきまえて僕の依頼を引き受けるか？」

分別ですって？　シエナは思わず自問した。高い崖(がけ)から飛び下りるほうがずっと分別があるんじゃないかしら。とはいえ、懸命に積みあげてきたキャリアのことはたまらなく気がかりだった。

私の仕事は業界での評判に頼る部分が大きい。クライアントの評価が次の仕事を呼び寄せるのだ。ハシムの依頼をしぶった本当の理由をごまかしてみたところで、結局は私自身の体面が傷つくだけ。そう、大いに傷つくだろう。人は私のほうに問題があると思い始めるに違いない。一緒に仕事をするには気難しすぎる人間なのかもしれない、などと……。

私に選択肢はある？

ないわ。

でも、どのみちハシムの暴君さながらの意思で窮地に追いこまれるのなら、私は犠牲者めいた振る舞いだけは見せてはいけない。そんな振る舞いを見せたら、私が彼を怖がっているとハシムに知られてしまう。私は彼に怖じ気(おけ)づいている、私は彼の官能的な魅力に抵抗できないでいる、とハシムに思われてしまう。

シエナは勇気を奮い起こすために深く息を吸いこみ、うなずいた。「いいでしょう。あなたは選択の余地を与えてくれないようだから、あなたの依頼を受けることにするわ。これでご満足？」

「いいや、まだだ。だが、いずれは満足させてもらうつもりでいる。嘘ではない」

くぐもった声を通して彼の欲望が伝わってきたが、シエナは無視することにした。いいこと、シエナ、職業意識を忘れちゃだめよ。

「わかったわ」彼女は事務的な口ぶりで応じた。

「じゃあ、仕事の話にかかり――」

「ああ、それは残念！」ハシムは横柄に手を振り、シエナを遮った。言葉とは裏腹に、表情にも声音にも、残念そうな気配はまったくない。「いまはだめ

なんだ。先約があってね」・

　シエナはまじまじと彼を見た。どんな約束にしろ、彼がそうしようと思えば断れるはずなのに。

「だから、細かいことは明日また会って話し合おう……僕の条件についてね。もちろんディナーをとりながらだ」ハシムはなめらかな声で締めくくった。

　クライアントとは食事をしない主義なのと言いかけて、シエナは思いとどまった。もちろん食事はしているし、だいいち、ハシムの誘いを断るのは不可能だ。そのことは彼も、彼女自身もわかっていた。

シエナはいままでこれほど自分を無力だと感じた経験はなかった。まるで、えさに食いついたまま釣りあげられ、舌なめずりで待ち構えている釣り人の顔を見あげている魚になった気分だった。

「いいわ。じゃあ明日、ディナーの席で。だけど、いますぐその勝ち誇った笑いを顔からぬぐったら、ハシム？　あなたは私から企画案以外のものは何も得られないわ。もちろん本気で言っているのよ。たとえ何があろうと、私はあなたとベッドをともにするつもりはありませんから！」

　ハシムは何も言わなかった。しかし彼は、からかうような微笑を見せると、ドアのわきのテーブルから分厚い茶封筒を取ってシエナに渡した。「きっと君はこれを見たいだろうな」

　彼の目に浮かぶ何かが、この封筒はパーティの依頼内容とは無関係だと告げている。シエナの心臓がまたもやとどろくように打ち始めた。シエナはその中身に気づいた。

「なんなの？」尋ねると同時に、

「ただの古いカレンダーさ」ハシムはのんびりした口調で答えた。「君は覚えがあるかもしれないな」

4

シエナは封筒を持ったまま階段を下りて人のいない場所を探し、そこでカレンダーを抜きだしてぼんやりと眺めた。見るのは本当に久しぶりだった。セクシーで挑発的なポーズをとっているこのモデルが私とは、本人にもほとんど見分けがつかないほどだ。俗っぽくて扇情的な写真であることはごまかしようがないけれど、現在の基準からすればかなりおとなしいものではないかしら、と彼女は思った。

この撮影のために、シエナは飛行機でカリブ海まで連れていかれた。そしてさまざまな衣装を着せられた。いや、〝着る〟という表現は正確ではない。なぜなら、どれも、隠すというより露出を強調するためにデザインされたものばかりだったから。しかも、胸をむきだしにするよう常に要求された。それこそが問題のすべてだった。

撮影内容を説明されたときに感じた激しい困惑をシエナはいまも覚えている。先にラム酒のパンチを二杯ばかり飲んでようやく、最初のショットを撮ることができたのだ。砂の上にうつぶせになり、カメラに向かって悩ましげなまなざしを向けたポーズだった。

自分のポラロイド写真を見た瞬間を、シエナは決して忘れないだろう。写真の彼女は、口をとがらし、肌を砂にまみれさせ、髪を乱して、胸の先端をちらりと見せている。彼女は信じがたい思いに小さくあえぎ、アートディレクターの目が満足げに光るのを見て不快感を覚えたものだった。

自分がどんなに世間知らずだったかを思うと、いまでも恥ずかしさがこみあげてくる。この写真はいまなお彼女に衝撃を与えた。シエナは震える指でカレンダーをブリーフケースに押しこみ、ブルック・ホテルを出た。そして、暑くてむっとする夏の空気をたっぷりと吸いこんだ。

シエナは眠れない夜を過ごし、翌日はこめかみにしつこい鈍痛が残った。ディナーのために装い、ブルック・ホテルのロビーを歩きながら、まるでこれから処刑場に引きだされていくような気分だった。

「元気を出して！」知り合いのボーイが励ましの声をかけてきた。「何か特別な用事なんだろう？　またとないチャンスかもしれないよ！」

シエナは弱々しい笑みを向けた。「お客様とレインボー・ルームでディナーをご一緒することになっているの」

「そいつは、ついてるじゃないか！」

「ええ、たしかについているわ！」シエナは皮肉っぽく繰り返し、うつろな笑い声をあげた。「まあ、少なくともあそこなら冷房がきいているしね。外は息がつまりそうな暑さですもの」

外は空気がよどんでいたが、涼しいホテルの中に入ってからも、彼女はまだ通りを歩いているような息苦しさを感じていた。

エレベーターに乗り、シエナは内壁の鏡に映る自分を見つめた。いま着ている涼しげな麻の服はまだ新品同然だ。それに、鏡自体につけられたあんずのような色合いが顔色を引き立て、健康そうに見せている。だが、彼女の心はまったく逆だった。

だめよ、気持ちに負けては。どんなことがあっても、ハシムに怖じ気づいたりするものですか。

たしかに、例のヌード写真は私の過去の一部だし、その事実を消せはしない。短く混沌としたハシムとの関係も、いまさら修正のしようがない。でも、私はそれなりに体験を積んで処世術を学んできたのよ……よくも悪くも。

経験の一つ一つが人生における重大な転機となり、現在のシエナを形づくってきたのだ。冷静で自信に満ちたプロフェッショナルを。その道は平坦ではなかった。そうよ、苦労して得たキャリアをむざむざ捨ててしまうつもりはないわ。何年も前にあったことで、というより、なかったも同然のことで、ハシムが私に償いを要求してきたからといって。

たとえハシムの体は私を欲しがっているにしても、彼の心は私を軽蔑している。彼は自らの言動でそのことを完璧に教えてくれた。ある面では、私もやっぱり彼を求めている。だからといって、彼に屈するつもりはない。一種の便利な道具みたいに扱われ、利用され、用ずみとなったらさっさと捨てられるなんて、絶対にごめんだわ。

意外にも、ハシムはすでにテーブルについていた。シエナは少し早めに来たうえ、ハシムは遅れるものとばかり思っていたのだ。常につき従っているボディガード二人は、陰になった隅のテーブルに座っていた。

ハシムがそこにいるだけで、部屋にいるほかの客はみな取るに足りない人間に見えてしまう。

シエナはハシムを見つめながら、彼のテーブルに歩み寄った。軽く頭を下げるといった挨拶らしきしぐさを少しはするかと思ったが、なんの反応も見せない。二つの黒い目は、二対の猟銃のように彼女にねらいを定めているだけだった。

一方、ハシムは、突如こみあげてきた欲望を抑えきれずにいる自分自身に激しい怒りを覚えつつ、シエナが歩いてくるのを見守っていた。僕は自分を抑制するように訓練を重ねてきたじゃないか。おのれの欲望や欲求の奴隷にはなるまいと。欲望を制御できる男は万能だ。なぜなら、セックスほど男を弱くしてしまうものはないからだ。いままで僕は一度も自制を失ったことはない。そうでなければ、あれだけ容赦なくシエナを攻め立てて喜びを与えたあとで、自らの欲望の解放を求めずにすませられるわけがない。だが、ひどく後悔し続けてきたことも事実だ。あれ以来ずっと！

ハシムにとって、シエナは依然として謎のままだった。僕はもっと美しい女性たちを知っている。なのに、とりわけ彼女に惹かれるのはなぜだろう？　そそのかすような腰の振り方、それとも、驚いた鹿の目を思わせる大きな目のせいだろうか？　ほかの男たちとはベッドをともにしながら、僕とはそうならなかったからかもしれない。あるいは、彼女の清らかさに敬意を払ったあげく、それが偽りだったことがおそろしく屈辱的な形で明らかになったからだろうか？

ハシムはシエナの胸に視線をさまよわせた。とても誇らしげで、実にみずみずしく、豊満な胸。しかし、そのもっとも市場価値のある宝を、彼女は野暮ったい麻の服の下に隠している。さげすむようにハシムは唇をゆがめた。彼は麻の生地が大嫌いだった。女性が身につける素材としてこれほど無粋なものはない。手ざわりは粗いし、とかくしわが寄りやすい。それにいまはもう、余計な慎みを見せる必要などない時間帯になっている。

シエナがテーブルまで来ても、ハシムは立とうとせず、挨拶もしなかった。このささいな非礼に、彼女は傷ついた。彼は体裁を保つつもりさえないというの？　お義理にでも普通にできないのかしら？

「こんばんは、ハシム」シエナはできるだけ冷静に声をかけた。

「やあ」石のように硬い彼の顔には感情のかけらも見えない。「座りたまえ」

「ありがとう」シエナは椅子を引いてくれたウエイターにちらっと顔を向けた。そのあとはもう、ほかに視線のやり場はなくなり、ハシムの謎めいた目を見るしかなかった。

きらめく黒い瞳がさっと彼女の全身を眺めまわした。つかの間、シエナは動揺したが、プロ意識に徹するのよ、と自分に強く言い聞かせた。

「それでは」シエナはすばやくハシムにほほ笑みかけた。「どこから始めましょうか？」

「いきなりビジネスの話かい？」

「人は常にプロらしく振る舞うよう努めるべきだわ」彼女は静かに答えた。

「皮肉だな。それはアブドゥル・アジーズがいつも言っていることだ」

私を毛嫌いしていたあの側近のことね。シエナは思い出した。「今回も彼はあなたに同行しているの？」

ハシムは首を横に振った。あのときハシムはかっとなり、カレンダーを見せたアブドゥルを叱りつけた。アブドゥルは側近としての職務を忠実に果たしただけだったにもかかわらず。とはいえ、ハシムもほかのクダマ人と同じく、迷信深かった。しばらくのあいだアブドゥルを疫病神のように見なしたあげく、母国に帰してしまった。ある意味では、必要な措置でもあった。この年長の召使いは、側近としての分を超えた役目まで果たそうとしていたからだ。アブドゥルは父親のいないハシムを息子のように愛し始めていた。ハシムのほうはそんな愛など必要としていなかったというのに。

「アブドゥル・アジーズはクダマで任務に就いている。いまは彼も結婚して、息子もいるんだ」

「結婚したの？」

「ああ」いま交わしている会話がいやにくつろいで打ち解けたものに思え、ハシムはシエナの顔に視線を向けた。「君はカレンダーのことで、僕に礼を言わないのかな？」彼はわざとらしく尋ねた。

シエナは、彼がいつこの件に触れるだろうと思っていた。どう応じるかは暗唱できるくらいに練習してある。「ええ、言うつもりはないわ。あなたがまだそのことを言い続けるなら、私はたったいまここを出ていくわ」

ハシムはほほ笑んだ。「そういうことなら、注文をすませてしまおう」

シエナはメニューに目を落とした。ぼやけてよく見えないものの、内容は知りつくしている。「舌びらめのグリルにするわ。ソースはかけずに、サラダを添えて」

「ダイエット中の女性が選ぶものだね」

「違うわ。食べ物に対して慎重な女性が選ぶものよ。ただそれだけ」

「慎重だって？」黒い目が光った。「なんと奇妙な。およそ君とは結びつかない言葉だな」

シエナは身を乗りだしたが、それは大きな失敗だった。彼が漂わせているほのかな香りが、あたかも彼女を愛撫する指のように忍び寄ってくる。シエナは深く座り直した。「話を進める前に、きちんとしておきましょう。あなたは私のことをわかっていないわ。たぶん永久にわからないでしょうけれど、いまわかってないことはたしかね。だから、私のことをああだこうだと決めつける権利なんて、あなたにはないのよ」

ウエイターがまた現れたので、ハシムは目を見開いて彼女の意見に疑問を呈した。

シエナはハシムが注文する様子を見守っていた。彼はせかせかと、じれったそうな口調で告げている。人生の大半の食事は高級レストランでとり、もう飽き飽きしているとでもいうように。もちろん、実際そのとおりだわ、とシエナは思った。

さあ、主導権を握っておかなければ。シエナは自分に言い聞かせた。ほかの新しいクライアントに対するのと同じように振る舞えばいいのよ。彼女はハンドバッグに手を入れてノートを取りだした。ハシムが気に入らないという表情で見ている。

「そんなものが必要なのか？」ハシムは皮肉っぽく尋ねた。

「ええ。あなたが話したことを私がすっかり忘れてしまったら、いい気分ではないでしょう？　これまでのところ、あなたはまだ何も話してくれていないけれど」

「まるでインタビューを受けているみたいだな。僕たちはレストランにいるというのに！」

「だけど、あなたがここを選んだのよ」

「わかっているとも。しかし僕のスイートルームで食事をしようと提案したら、果たして君は同意しただろうか？」

「まず無理ね」シエナは挑むように彼を見た。私を黙らせられるものなら試してみたら、と言わんばかりに。「おそらくあなたは、私をとらわれの聞き手にしたかったんじゃないかしら？」

「とらわれの？」ハシムは考えこむように彼女を見つめた。「なるほど、そうかもしれないな」深紅の下着とハイヒール以外は何も身につけていないシエナが、黒いサテンのリボンで彼のベッドに縛られている姿を想像し、不意にハシムの中で強烈な欲望が頭をもたげた。

「それで、パーティは大々的なものになるの？」

シエナの声が彼の夢想に割って入った。

「パーティ？」とまどったように眉を上げ、ハシムはその場の話題に意識を集中しようと努めた。「いや、ごくささやかなものだよ。十人くらいの内輪のパーティだ」

「招待客のリストは？」

「そういったことは僕の配下の者が準備する。招待客のほとんどは、見知らぬ人間を相手にしたがらないから」

シエナは納得いかないという顔で水の入ったグラスを取った。「そんな状況で、私がお役に立てるとしたら驚きね」

「君が間違っているのはそこさ。君にはこのパーティのすべてを担当してもらいたいんだ」ハシムは説明した。「たとえば音楽の手配。僕は弦楽四重奏を考えているんだがね。それに部屋の照明。キャンドルはふんだんに使ってほしい。ワインと料理も君に任せよう。趣向を凝らし、想像力を駆使したベジタリアン好みのものが並ぶんじゃないかな。どんな雰囲気の夕べになるかは君しだいなんだよ、シエナ。必要なものはなんでも用意するから、僕に言ってくれたまえ」

「それで、どういった雰囲気にしたいのかしら？　このパーティを催す何か特別な理由はあるの？」

ほんの一瞬、ハシムは躊躇（ちゅうちょ）するかのように間をおいた。「感謝の気持ちを表するためのパーティだ」ハシムはさらりと答え、柔らかな麻のナプキンに人差し指をはわせた。「僕がイギリスで世話になった人たちに対してね」

それには親密な関係の女性も含まれているのかしら？　シエナはなぜかそんなことを考えていた。けれど、花が太陽のほうへ向くみたいに、人はこの浅黒い顔に目を引きつけられてしまう。私がそんなふうに考えたくなるのも当然だわ。彼女は自分に言い聞かせた。

「ホテルのイベントルームはいくつかあるの。あなたのお好みの部屋は？　それとも私に任せてくださるのかしら？」

ハシムはシエナを見つめた。「それこそが核心だな、シエナ」彼はそっと言った。「僕はこのホテルは使いたくない。というか、どのホテルもだ。この特別なパーティの性格からすると、ホテルはよそよそしすぎる。どこか適当な屋敷を探してほしいと思っているんだ」

シエナはノートから顔を上げ、鋼のように鋭い彼の黒い目と視線を合わせた。「どういった屋敷がお望みなの？」

「田舎にある美しい邸宅、といったところかな。庭があって眺めのいい、これぞイギリスというような家。寝室は少なくとも十は欲しい。ゲストが希望すれば宿泊できるようにね。湖が見えればもっといい。月の光をいちだんと輝かせ、星の数を倍にしてくれる湖。君の生まれ育った国の美しさすべてを象徴するような場所だ。僕のために探してくれるかな、シエナ？」

ハシムの声にこもるロマンチックな響きにシエナは驚いた。彼の目に夢見るような光がよぎり、その硬い顔が一瞬なごんだことに面食らい、彼女は少しのあいだ言葉を失った。

「どれくらい時間をいただけるの？」

「一カ月」

「一カ月？　それでは足りないわ。あなたが求めているような家を見つけるには、もう少し余裕をいただかなければ」

「できないと？」

「いいえ、できるわ。ただ四週間しかないとなると、お客様を招待するのも大変じゃないかしら。要人というのはぎっしり予定を組んでいるものだし……。たぶん、あなたが招待することにしている人たちはとくに」

ハシムは低く笑った。「その点なら心配無用だ。連中は出席するさ。僕が望めばね」

「王様のご命令というわけ？」シエナはあざけった。水の入ったグラスに手首を当て、肌に感じるひんやりとした感触を楽しむ。「単なる好奇心できくのだけれど、あなたは生まれてこのかた、欲しいと思ったものはいつも手に入れてきたの？」

「物質的なものなら、そのとおり。そういう意味で言ったんだろう？」

「正直に言えば、そうではないわ」

「違う？」ハシムはシエナの目の下にできた隈をつくづく眺めた。これは僕のせいだろうか？　それとも、ゆうべシエナとベッドをともにした男のせいか？　彼女の体を楽しんだやつが彼女を眠らせなかったからか？　ハシムはそんな思いにとらわれ、胃がよじれるような暗い嫉妬に襲われた。そして、そんな自分に気づいてつい声がきつくなる。「物質的な富は多くの女性の関心事だ」荒々しく言う。「君だって、そのことは否定しないだろう？」

なんて辛辣な口調だろう。シエナの胸に後悔にも似た感情が押し寄せた。女性はお金のためならどんなことでもする。そんなハシムの確信を、結局シエナ自身が証明してしまったことになるのだから。早く料理が出てこないかしら、と彼女は思った。食べてしまえばそれで帰れるのに。でも、こうしてハシムのそばにいられることを喜ぶ気持ちが、ほんのわずか私の中にありはしないかしら？　一度は狂おしいほど激しく焦がれ、愛を告白した男性に、どうしても惹かれてしまう自分が。

あの最後の恐ろしい晩、ハシムの耳にささやいた言葉が胸によみがえり、シエナは目を閉じた。彼女が震える声でつぶやいた愛の言葉を、ハシムがまったく無視したことを思い出しながら。

過去のことは忘れなければ。シエナは自分に言い聞かせた。それでも、視線を落とし、ようやく運ばれてきた皿の上の料理を見るともなく見つめるくらいしかできなかった。

「本当はおなかがすいていないんじゃないのか、シエナ？」

シルクのようになめらかなハシムの声が、シエナの揺れる思いに入りこんでくる。「実を言うと、すいていないの」

ハシムはまるで、私の素肌にそっと吐息を吹きかけるような様子で私を見つめている。シエナはあわてて気持ちを切り換え、平静を取り戻そうとフォークを置いて皿を押しやった。

「それでは、あなたのパーティの件はひとまず片づいたし、二人ともこれ以上料理を詰めこむ気分でもないようだから、私はこれで――」

「いや」ハシムは語気を強めて遮った。「話は終わっていない。君はまだどこにも行けないよ」

彼は私を使い捨ての安物みたいに扱うつもりなのかしら、とシエナは腹立たしく思った。くしゃくしゃに丸めて、ぽいと捨てられるもののように。彼女は突然、ハシムを恐れないでいることが、それほど容易には思えなくなった。主導権を握り、落ち着き払っているなんて、とてもできそうにない。キャリアを積んで生き残り、成功するために、これまで懸命に学んできたというのに。「だったら、どうぞ続けて」シエナはわずかに残っている最後の虚勢を張って言った。「言いたいことがあるなら、すべて言ってちょうだい。いま、この場で」

ハシムは思案げに人差し指で自分の唇の端をなぞった。「どうして君が先行き不透明な職業を選択したのか、理解できないな」

「どういうこと？」シエナは彼を見つめて問いただした。

ハシムは肩をすくめた。「君が成功したのは間違いないが……」

「それはどうも」シエナは無表情に応じた。

「ただし、相対的な意味で成功したにすぎない」ハシムのまなざしはいささかも揺るがなかった。「僕は君が相変わらずこの業界で働いているのが腑に落ちないんだ」

「多くの若い女性がそうしているわ」

「しかし、君みたいな容姿の持ち主は多くはない」

「ハシム、お願いだから……」

「君なら、その体を資本にしてひと財産築けただろうに。なのに君はこの仕事を選んでいる。そこで、教えてほしいんだが……」

ハシムがいったん言葉を切ったので、その問いかけはしばらく宙に浮き、シエナは息もつかずに続きを待った。彼がようやく口を開いたとき、彼の感情はシルクのようになめらかな礼儀正しさに覆い隠されてはいたものの、漆黒の目に浮かぶ激しい嫌悪がおのずとすべてを語っていた。

「どうして君はトップレスモデルの仕事を続けなかったのかな？」

5

〝どうして君はトップレスモデルの仕事を続けなかったのかな？〟

ハシムの非難がましい質問がシエナの耳の奥で鳴り響いた。彼女はショックを受けつつ、周囲を見まわした。ほかの客たちに聞かれることを恐れるかのように。

「誰かが聞いていやしないかと心配なのかい？」ハシムの口もとがゆがみ、残酷な微笑が宿った。「ということは、君自身も、扇情的なカレンダーのモデルになったことに負い目を感じているわけか」

ハシムの言葉には軽蔑（けいべつ）が満ちあふれていた。

「君はもしかして、自分が他人の目にどう映るかを気にしているのか？　信じられないな、シエナ。人に知られるのを恐れるくらいなら、どうして我が身を好奇の目にさらすようなまねをしたんだ？　あとになって隠し立てするくらいなら、なぜ男たちの目を楽しませるためにあんなあられもない姿をしたんだ？」

「わざわざそんなことをきくなんて驚きだわ。あなたにはとっくに答えがわかっているんでしょうに」シエナは淡々と指摘した。「というより、答えを決めつけているのよ。あなたは私のことをそういうたぐいの女だと思いこんでいる。だったら、どうしてそのままほうっておかないのかしら？」

「なぜなら……興味があるからさ」

「私がモデルを続けなかった理由を、あなたはどう思っているの？」

ハシムは肩をすくめた。「おそらく、そんな仕事は結局のところ自分に不利になると考えたからではないかな。君がいだいている最大の野望を台なしにするのではないかと」

「どんな野望なの？」

「君はきっと、あの業界のいかがわしい面を見たに違いない。体を露出する仕事に就いた娘たちがしばしばそうであるように、そこには本物の危険が潜んでいると直感した。だから、虚業ではなく、実業の世界で生きようと決めたんだ。それまでよりも厳しいけれど、まっとうに働いて生きていこうと。しかし、その厳しさは想像をはるかに超えていたため、君は逃げ道を探した。もっと楽に生きる手段をね。服を脱ぐよりも簡単な手段さ」

シエナはひるみつつも、苦しげな声で先を促した。

「続けて」

「君は金持ちの後援者が欲しかった。そのために、君はシンデレラ役を演じようと決めたのさ。そしてパーティのプランナーという職業を選んだ。その業界で君の美貌は際立っていた。ちょうど……」何かを思い出そうとするかのように黒い眉を寄せたあと、ハシムは渋面を解いた。「そう、ちょうどダイヤモンドの原石みたいに」

彼はそっと言い、さらに続けた。

「君は、誰かが静かに登場して、困難な生き方から君を救いだしてくれることを願い、ひそかに計画を練った」考えこむようにシエナを見つめたまま続ける。「断言するが、君は実に見事だった。この僕ですらだまされてしまったほどに。君は本当に純粋でけがれのない娘に見えた。ある意味で、君の演技力は賞賛されるべきなんだろう！」

「あなたは完璧な英語をしゃべるのね、ハシム」シエナは震えがちな声で言った。

「ああ、もちろんさ」ハシムは傲慢な口ぶりで同意した。「子供のときについた家庭教師はイギリス人だったからね。母国語と同じくらい、君の国の言葉を流暢に話せる。それにしても、なぜ話題を変えるんだ、シエナ？」

「なぜだと思う？」夫に虐待される妻というのはちょうどこんな気持ちかしら、とシエナは思った。ひたすら殴られるうちに、痛みを感じなくなってくるのかもしれないわ。

ハシムは目を細くしてシエナを見た。「それに、君は僕に反論もしないんだね？」

「最悪の頑固者にそんなことをしてどんな意味があるの？　あなたときたら、ひょっとすると自分は間違っているかもしれないなどとは、決して考えない。物事をいったんこうと決めつけたら、もうそれでおしまい。あなたの頭の中では、私は道徳観念のないトップレスのモデルで、おまけにいまや、男から金を搾り取る悪女ということのようね！　もはや何一つ変えられないんだわ。それなのに、どうしていちいち反論しなくちゃならないの？」

「僕の言うことに対して君を弁護する者がいないからだ！」

「私たちは法廷に立っているわけではないのよ！」

「ああ、そうとも。だが法廷こそ、君が行き着くことになったかもしれない場所だろう！」

ハシムは激しい口調でまくしたて、それはとどまるところを知らなかった。

「結局、君は正しい選択をしたということだ。たとえ、生計を得るために骨身を惜しまず働く結果となったにしてもね。もしもあのままモデルの道を歩んだとしたら、妥協せざるをえない場面にしばしばでくわしただろう。次回、つまりカレンダーのあとに撮ることになった写真は、たぶんさほど趣味のよいものではなかったに違いない。そして年をとり、若さがうせるにつれ、事態はどんどん悲惨になっていく。やがてモデルとして起用される機会は減る一方となり、逆に要求されることは増えるばかりになる。あげくの果て、きわどい写真を撮るため、自動車修理工場の壁を背景に一糸まとわず姿でポーズをとるような羽目に……」

「いまいましい人！」シエナは憤然としてなじった。

ウエイターが心配そうに行ったり来たりしているのを視界の隅にとらえ、シエナは手を上げて合図をした。

「赤ワインをグラスでお願い」

「かしこまりました」

「君は怒って飛びだしていくようなまねはしないんだな。てっきりそうするものと予想していたが」

シエナは首を横に振った。実際は、そうしたくても足が言うことを聞かなかったのだ。

「どうしてあなたは私の過去をそんなに気にするのかしら？」シエナは尋ねた。「これまでつき合った女友達の中に、怪しげな過去を持つ女性はいなかったの？」

「いたとも。だが、彼女たちは僕の金や体が目当てではないというふりはしなかった」

　あからさまに僕の富や体を求める女性たちなら何人もいた。その中には女優だっていた。そのうちの一人は、のちに、いわゆる新感覚の映画に出演してスターにまでなっている。一部の批評家たちがソフト・ポルノと呼ぶ映画だ。だが、そんなことはまったく問題にはならなかった。彼女たちは安っぽい情事の相手にすぎなかったからだ。僕は自分が手に入れたものしか見なかったし、それで納得していた。

　だが、シエナは別だった。少なくともハシムは別だと思っていた。二人とも相手に対して真剣な気持ちでいる、と考えていた。そこへ、動かしがたい事実を突きつけられ、彼は猛烈な怒りを覚えた。そして、それまでは自問する必要など一度もなかったのに、この出来事によって彼は初めて自らの言動を省みる必要に迫られたのだ。

　自分を疑うことを知らなかった僕にとって、シエナとの出来事から学ぶのは至難の業だった。自分の判断が絶対確実なものではないという事実を学ぶのは。しかし結果的に僕は学び、それが僕を以前にも増して強くしてくれた。さらに、僕の中にわずかながら残っていた、完璧な女性が存在するという幻想を一掃してくれた。もう二度と、同じあやまちは犯さない。

「じゃあ……」シエナはためらった。自尊心だけでなく、それ以上のもののために自分が闘っているように感じられる。こんなふうに非難一色の冷たい目でハシムに見つめられるなんて、とうてい耐えられない。「私があの写真の仕事を引き受けた理由を、あなたが理解できたとしたら？」

「君の飽くなき欲求を理解するのは、別に難しくはない！」

「そんなんじゃないわ。あなただってわかってくれるはずよ。あのときは本当にお金が必要だったの、どうしても」シエナは大きく息を吸いこんだ。息が火のように熱く、喉が焼けるようだ。彼は私の言うことを信じてくれるかしら？　彼女は不安に駆られながらも、思い切って言った。「母の手術代を支払うために」

一瞬の沈黙があり、ハシムは口を開いた。「ブラボー！」音をたてずに拍手をし、あたりを見まわした。顔にはわざとらしい驚きの表情が浮かんでいる。「しかし盛りあげるBGMはどうしたんだろう？」皮肉をまじえ、嘲笑する。「まったく聞こえてこないな」

「嘘じゃないわ。事実はいま言ったとおりよ、本当に！」

シエナはハシムの胸を拳でたたきたかった。冷静にと自分に言い聞かせてきたにもかかわらず、立ちあがってテーブルをまわり、彼をののしりたかった。もちろん、この場でそんなことができるわけがない。彼が打ち合わせの場にレストランを選んだのはそのためだったの？

「信じる信じないはあなたの勝手だわ。でも、嘘はついていませんから。なんなら、あなたの腹心に私のことを調べさせてみればいいのよ」

ハシムは疑わしげに目を細くした。「どんな手術だ？　美容整形か？　君のお母さんも昔は娘と同じようにきれいだった。しかし時とともに容色は衰え、お母さんはそれを受け入れられなかった。せいぜいその程度の話じゃないのか？」

「虚栄心を満たすための手術でないことはたしかだわ。もっとも、生きるか死ぬかという話でもなかった。ある意味ではそうとも言えたけれど。母には股関節の手術が必要だったの。母は乗馬教室を開いていて、手術を受けなければ障害が残ってしまい、大好きな仕事ができなくなる可能性が高かった」

シエナは目を伏せ、両手が震えていることに気づいた。心臓も不規則に激しく鳴っている。顔を上げた彼女のまなざしは訴えかけるような光を帯びていた。緑色の瞳は〝ただ私を信じて!〟と告げている。彼女の目に、正義を希求する思いがこれほど強く燃えたことはかつてなかった。

「母は途方に暮れてしまっていたのよ、ハシム。私もそう。そして、安易な解決策を選んでしまった。それは認めるわ。私はファッションモデルになれるほど長身ではないけど、容姿を利用すればいくらでもかせげると言われたことがあったの。そのときはまるで関心がなかったわ。でもお金が必要になったときにその言葉を思い出し、実行したのよ。もちろん一度かぎりで、それ以前にも以後にもモデルの仕事はしていないわ」

ハシムの黒い目にのぞく非難をものともせずに、シエナは彼を見つめた。

「これは嘘偽りのない事実よ。誓ってもいいわ」

つかの間沈黙があり、ハシムはシエナの言ったことについてじっと考えた。興味深い展開だ。彼女の話が事実ならば、ではあるが。もし本当のことなら、彼女の行為の破廉恥さが少しは軽減されよう。しかし、それで実際に何かが変わるだろうか？　彼女のしたことを僕は許せるだろうか？

断じてノーだ!

僕の住む世界では、女性はしとやかで慎み深いものとされ、金や男の楽しみのためにヌードモデルになるなど想像もできない。ハシムは例のカレンダーに思いをめぐらした。ちょうど目の前のテーブルに置かれたかのように、その構図がはっきりと目に浮かぶ。写真家がどんなに〝芸術的〟な写真に仕上げたにしろ、あれは単なるヌード写真ではない。彼女はまるで……まるで……。ハシムの全身に知らず知らず震えが走り、続いて下腹部に欲望が激しく渦巻いた。

どんな動機があったにしろ、シエナがあの官能的な写真を撮らせるためにポーズをとったという事実は変わらないのだ。

ハシムは落ち着きを取り戻し、口を開いた。「君のお母さんは……娘の行動を認めていたのかな？　あるいは、大目に見ていたということか？」

「まさか、そんなわけないわ！　母は何も知らなかったの。あとになるまで」

シエナは肩をすくめ、皿の上で冷たくなり始めている魚料理を凝視した。あれ以来ずっとあの一件を深く後悔している、と言いたかった。しかしそれは必ずしも真実ではない。私は母を助けることができてうれしかったのだから。私が感じた苦さは、ハシムに対するものだ。そして、彼のせいで私が自分自身をこんなふうに感じてしまうことに対しても。でも、その苦さも、彼に寄せるせつない思いを取り除いてはくれないのだ。

「さあ、あなたもわかったでしょう。これでもう、今度の茶番をすっかり忘れてしまえるんじゃないかしら？　いまならあなたも、さすがに私に仕事を頼みたいとは思わないでしょう？　ほかの誰かにあなたのパーティのおぜん立てをしてもらってちょうだい」

「それどころか、シエナ」ハシムは穏やかに言った。「ほかの人間は願い下げだ。僕はいまも君に引き受けてほしいと思っているし、なんとしてもそうしてもらう」

決意に満ちたハシムの言葉を聞いて、シエナは小刻みに震えだした。

6

準備期間一カ月というのはかなり厳しい日程だった。それでも、ハシムが極端に短い準備期間しか認めなかったことを、シエナは喜んでもいた。もし何週間も引き続いてかかわり合う羽目になったら、どんな状況にはまりこんでしまうかわかったものではない。

ハシムのことはきっぱりと頭から追い払い、シエナはケニントンにある自宅の小さなオフィスに閉じこもった。そして、これまでに得た人脈を存分に活用して電話をかけまくり、ついに幸運を探し当てた。ハンプシャーの美しい田園地帯にあり、百エーカーの敷地を持つ〈ボランド・ハウス〉という屋敷だ。

そこが利用できそうだと知ると、彼女はすぐさま車で下見に出かけ、これなら申し分ないと判断した。

それから、地元でも評判の料理人を見つけた。有機農法による新鮮な食材を近くの農場から調達して料理するシェフだ。次に花を選び、さらにはお気に入りのソムリエも口説いてスタッフに加えた。招待客の中にはアルコールを口にしない者もいるだろうから、オレンジジュースよりはもう少し気のきいたソフトドリンクを幅広く選ぶよう、念を押して。

そうしてすべての手はずが整い、パーティまで残すところ三日となり、シエナの緊張は耐えがたいほどになっていた。ロケットの打ちあげが間近に迫った巨大な宇宙センターがちょうどこんな雰囲気ではないかしら、と彼女は想像した。

「シエナ！」キッチンにいるケイトから声がかかった。「コーヒーをいれているところだけれど、あなたも飲む？」

「ええ、お願い！」シエナは叫ぶように答え、椅子に深く座ってため息をついた。こんなにわずかな時間で自分を取り巻く環境が一変してまうなんて、不思議だわ。あの日ハシムと会うまで、私は現状にすっかり満足していたのに。

ケニントンのこの小さなテラスハウスは、手入れもされないで荒れ放題になっていたのを買い取ったものだ。仕事の手が少しでもあくと、シエナはその時間をすべて家の改修につぎこんできた。壁紙をはがし、あせたペンキを紙やすりで落として淡い色に塗り直して、部屋を広く明るく見せるために鏡をはめこむ、といった具合に。さらに、お金をためてバスルームとキッチンを新しくしたし、表玄関も深みのある濃いブルーに塗り替えた。

改修が一段落して、ようやく庭に注意を向けるゆとりも出てきた。そして、無残にも廃材置き場同然になっていた一画を、もっと見栄えのいいものにしようと挑戦した。

ようやく家が住むに耐えるものになったとき、シエナは住宅ローン返済の一助にするため、部屋の借り手をつのった。それで同居することになったのがケイトだった。ケイトは近くの大学で語学を学び、いまはその最終学年を迎えている。

「用意ができたわよ」ケイトが呼んでいる。

「いま行くわ」シエナは立ちあがり、部屋を抜けてキッチンに行った。

ケイトは水玉模様のきれいなトレイにポットとマグカップを並べているところだった。赤い髪が肩までかかっている。彼女は顔を上げ、入ってきたシエナにほほ笑んだ。「庭で飲まない？」

「すてきね」シエナは答え、日差しの下に出ていった。声に少しも感情がこもっていないことは、自分でも気づいていた。

シエナは自分が世間から一人取り残されたような

気分だった。都会の真ん中に独力でつくったこのささやかなオアシスにいると、いつもなら誇りと喜ばしさにひたりながらくつろげるのに、いまはそんな気分にはなれなかった。

マグカップを受け取ったシエナは、憂鬱そうにその中をのぞきこんだ。まるで、飛びこみ台に立たされた高所恐怖症の人間のように。

「どうかしたの？」ケイトが尋ねた。「よかったら話してみない？」

シエナは目を上げた。奥歯に力をこめながら、いまや完璧と言えるほど上手になった、明るく楽しげな笑みをとりつくろう。「仕事のせいよ。いま、てんやわんやの状態なの」

「あなたはふだん愚痴を言ったりしない人なのに」ケイトが言い、疑わしげに眉をひそめた。「いつもならそんな状態を楽しんでいるはずでしょう」

「暑さのせいもあるわね」シエナは汗ばんだ額を大げさなしぐさでぬぐった。私がどんなことで悩んでいるのか、ケイトにどう伝えていいかわからない。そもそも、何を言えばいいの？

実は中東のシークと火遊びをしたのだけれど、昔あられもない姿で撮った私の写真が彼の目に触れてしまい、彼は……彼は……。

いいえ、ハシムとのことは誰にも言うまい。そして彼に依頼された仕事を早く片づけてしまおう。うまくいけば、それで彼も私をそっとしておいてくれるだろう。

うまくいけば？

そう、うまくいかない可能性もある。厄介なのは彼というより、むしろ私自身の気持ちなのだ。

ハシムはシエナをいまの立場に強引に追いこんだ。それでいて、彼女の中には、ハシムの賞賛を得たいと願う気持ちもあるのだ。最高のディナーパーティを演出してハシムを驚嘆させ、彼がいまシエナに対していだいているものとは正反対の印象を与えたかった。

そのうえ、私の中には……強情で、おろかで、ロマンチックな思いもあるんじゃない？　できるものなら、過去に戻って事実を書き換えてしまいたい。そう願う気持ちが。

もしあの写真を撮っていなかったらどうなっただろうと、ときおり考えこんでしまうこともある。だがそんなとき、シエナは意識的に思考を断ち切ろうと努めていた。そんなふうに考えたところで、なんの意味もないのだから。手術代をすぐに工面できなかったら、母の人生は終わっていただろう。その重みに私はとうてい耐えられなかったに違いない。

それに、ハシムがあのカレンダーを見つけなかったとしても、私たちの関係は単なる情事以上のものにはならなかったはず。だって、どうすればそれ以上のものになりうるの？　思わず息をのむほどの高価な指輪を彼が買ってくれ、私に結婚を申しこむ。そして、私をシークの妻として、彼の国クダマに連れていってくれる……。どうして私はそんな空想にふけっていたのかしら？

シエナはコーヒーを一口飲み、その熱さにたじろいだ。

「落ち着いて」ケイトが笑いながら注意する。

そのとき、電話が鳴った。

「また、いまいましい電話よ！」シエナはぱっと立ちあがり、ごめんねという表情を浮かべてケイトを見やった。内心はこの場から離れる口実ができてほっとしていた。ケイトの気づかわしげな質問をはぐらかすのに苦心するより、仕事で忙しくしているほうがまだましというものだ。

「〈ポッシュ・パーティ企画〉です」電話に出て名乗ったとたん、シエナは指が白くなるほど受話器をぎゅっと握り締めた。

「やあ、シエナ」

ハシムの柔らかな声が聞こえてきた。彼の声には、聞く者をぞくぞくさせるような響きがある。シエナは思わず目を閉じた。

あのレストランでのディナー以来、ハシムと言葉を交わすのはこれが初めてだった。ときどき、彼との再会とそれに続く出来事は何もかも夢想にすぎなかったのだ、と考えることさえあった。しかし、人生の常として、そう都合よく事は運ばない。

「終わったかい？」ハシムが尋ねた。

「ええ、準備完了よ」シエナは事務的な口調で答えた。「私が撮ったパーティ会場の写真は、もうそちらに届いたかしら？」

「ああ、受け取ったよ」

「ディナーのメニューは満足したかしら？」

「ああ、申し分ない」

「飲み物をお出しするのが七時半、ディナーは八時半でいいわね？」シエナはためらいがちにつけ加えた。「私は早めに行って全体を監督するわ……。でも、最後まで残っているべきかしら？」

「もちろんだ」ハシムはなめらかな口調で答えた。彼が口もとに残酷な微笑を刻んでいるのを、シエナは知るよしもなかった。

「君もパーティ用のドレスで来てくれないか、シエナ。君にもパーティにとけこんでほしいんだ。というか、目立ってほしい」ハシムは彼女が非の打ちどころのない白い胸をあらわにする姿を想像し、不意に欲望が下腹部を突きあげるのを感じた。もちろん、彼女は目立つに決まっている。「何を着るかは君に任せよう」

着るもののことで口出しは無用よと言いかけて、シエナは思いとどまった。彼を怒らせたところでなんの益もない。ここはなんとしても平静を保っていよう。じきに何もかも忘れられるのだから。

「では、当日を楽しみにしているわ」シエナはきびきびと応じた。

「我々の期待にたがわぬものであるよう願っているよ」ハシムはつぶやくように言った。「それでは、土曜日に会おう」彼は唐突に電話を切った。欲望がもたらす熱い興奮のせいで声が変にならないうちに。

ハシムはシエナを警戒させたくなかった。彼女がリラックスした気持ちでパーティに来ることを願っていた。

シエナは受話器を戻し、しばらくじっと電話を見つめていた。土曜日が過ぎれば、すべてが終わるのだ。

急に、シエナはその日が待ち遠しくなった。

土曜日の午後、ちょうどティータイムが終わるころに、シエナは〈ボランド・ハウス〉へ到着した。くたびれた中古車を立派な車寄せに止めてから、彼女は建物の中へと入っていった。

「こんにちは！」シエナは呼びかけた。なんの応答もない。アーチ型の戸口を抜けてダイニングルームに入ると、ディナーのために準備されたテーブルが目に入った。シエナの口もとに思わず会心の笑みが浮かぶ。完璧だわ。

ジョージ王朝時代の銀器や高価なクリスタルのグラス類の傍らには、ぱりっとしたダマスク織りのナプキンがきっちり長方形にたたまれ、丈の高いキャンドルはともされるばかりになっている。

何もかもがあるべき姿に整えられていた。

テーブルの中央には豪華な生花の飾りがしつらえてある。ところどころに黄色の薔薇(ばら)があしらわれたピンクとアイボリーの香りのよい花々は、シークのシンボルカラーでもあり、シエナが特別に選んだものだ。部屋のそこかしこにも、同じスタイルの花が飾られていた。

シエナは静かな邸内を見てまわった。いったいスタッフたちはどこに消えてしまったのかしら。彼女はつかの間、不審に思った。たぶん、休憩に入っているのね。さぞかし大忙しだったでしょうから。

広々としたキッチンを点検して歩くと、冷蔵庫には、材料のベリーで黒っぽくなった香ばしいサマープディングが人数分、シャンパンと一緒に冷やされていた。カウンターの上には、歯ざわりのよさそうなメレンゲ菓子がトレイにのせられてきらめく雪のように並べられ、その横には、みずみずしい葡萄や白桃が器に盛られていた。さらにボルドー産の赤ワインのボトルが数本、すでに栓を抜かれ、十八世紀のものであるクリスタルのデカンターに注がれるのを待っていた。

シエナはまたもやほほ笑んだ。シーク・ハシム・アル・アスワドが私の仕事ぶりに欠点を見つけられるなら、ぜひ見つけてほしいものだわ！

外の車寄せのほうから玉砂利のはじける音が聞こえてきた。スタッフが戻ってきたのかしら？　シエナは腕時計を見やった。たぶんそうね。

ドアベルが響き、彼女は靴音を響かせて玄関ホールに向かった。そしてドアを開けたとたん、凍りついた。ハシムが目の前に立っていた。口もとに物憂い笑みをのぞかせて。

シエナは喉をごくりと鳴らした。なんの根拠もなく、ハシムは非の打ちどころのない正装で現れるものと思いこんでいた。ディナージャケットの下は真っ白なシャツに黒のネクタイ、脚をどこまでも長く見せる黒っぽい細身のズボンという格好で。これまでたいていの場合、彼はヨーロッパ風の服装を好んで着ていたので、今夜も当然そうだろうと考えていたのだ。

ところが、今夜のハシムはいちだんとエキゾチックな装いだった。ざくろ色をした薄手のシルクのローブは、彼の引き締まった体をごく自然な感じで包み、豊かな黒髪や褐色の肌を見事に引き立てている。シエナにとってこの装いは、官能的な記憶を痛烈に刺激するものだった。胸の中で恥辱や欲望や後悔がふつふつと沸き立ってくる。なかでもいちばん強いのは欲望だった。それは思わず息をのむほどに強く、彼女を動揺させた。

「やあ、シエナ」

「ハシム」シエナは努めて静かに言った。

彼女の口調にはハシムにも理解できない感情がこもっていた。

「あなたは……早く着いたのね」

ハシムはじっとたたずんでいるシエナを見つめた。まだ輝きの残る夕日が彼女を照らしだしている。いまほど彼女が美しく見えたことはなかった。豊かでつややかな髪は編みあげられ、きらきら光るクリップで留めてある。ハシムは彼女の首筋が白鳥のように長くて優雅なことに気づいた。

彼女が身につけているのは、まるで蜘蛛の糸を紡いだ薄手の織物を何枚も重ねたような、繊細なドレスだった。ふわりと軽いその生地は薔薇色で、ハシムに彼女の唇を連想させた。誰の目にも、ハシムの目にさえも控えめに見える。彼は改めて、肉体をあらわに見せるより、控えめなほうがはるかに欲望をあおるものだと思い知らされた。

これでは、僕の欲望はますます刺激されてしまうじゃないか！

それでも、ハシムは落ち着き払い、いささかも表情を崩さなかった。

なんにせよ、ようやくここまでこぎつけたのだ。それに感情を隠し通すことにかけては、僕は熟練の域に達している。確実だと思えるようになるまでは自重しなければ。

「僕を中に入れてくれないのかな？」ハシムはから

からようにきいた。

　ハシムがシエナの横を通るとき、彼女はわきに下がった。そうすれば、彼から発散されるセクシーで男っぽい香りに影響されずにすむから。だが、シエナはすぐさま否定した。何をもってしても、私が彼に影響されずにすむなどということはありえないわ。

　彼の黒い目は、いままさに鶏をねらう狐さながら、私の顔にじっと注がれ、口もとには笑みを漂わせている。私をうずかせ、熱くさせて……間違いなく、奇妙な気分にさせてしまう微笑。

　お願いだからそんなふうに見ないで、とシエナは心の中で訴えた。その実、やめてほしいと本気で思ってはいなかった。さあ、自制心を取り戻すのよ。彼が誰なのか、思い出しなさい。

「どうやら、スタッフたちは長々と休憩を取っているようね」

　シエナは努めてさりげない口調を装った。危険をはらんだ深刻なこの雰囲気を追い払い、もっと軽い気持ちでハシムと話をしたかった。いまのような雰囲気がこのまま続き、さらに高じれば、何かが起こりそうな気がした。それがいったいどういうものなのか、シエナにはわからなかったし、わかりたくもなかった。

　だからこそシエナは油断してしまい、このあとに起こることが予想できなかったのだ。もっとも、予想できたところで、果たして彼女にそれを止めることができただろうか？　というより、止めたいと願っただろうか？

　ハシムは、なんの前触れもなくいきなりシエナを腕に引き寄せ、彼女を全身で強く抱き締めた。その瞬間、彼の微笑はこわばった。

　だめよ。ハシムの筋肉やそのたくましさを感じながら、シエナは弱々しく自分に命じた。彼に抵抗しなければ。

しかしシエナは抵抗することなく、ただ身を震わせた。ハシムが指先で彼女の顎を持ちあげ、二人の視線がからみ合う。彼の黒い目には炎が燃えていた。まるで体の奥で躍る炎が移動してきたかのようだ。その焼きつくすような視線にさらされ、シエナの胸は高鳴った。

「スタッフのことなど誰が気にする？」のんびりとした口調とは裏腹に、ハシムの唇が、あたかも磁力に引き寄せられるかのごとく、彼女の唇に近づいていく。

「でも――」

「しいっ」ハシムの唇が彼女の唇をかすめ、あっという間にシエナの唇を燃えあがらせた。「君としたいこと、君に示したいことがたっぷりあるんだ。だから、僕は一秒たりとも無駄にはできない」

時間が凍りついた。シエナの鼓動はすさまじい速さで打っていた。目の前のハシムの顔がぼやける。シエナはむさぼるように彼の顔に視線を走らせ、その引き締まったなめらかな肌や、頬の横に刻まれている傷跡に見とれた。

すべての時空が消えうせたかのようだった。いまここにあるもの以外は何も存在せず、過去にも何一つ存在していなかったと思える。この屋敷の、彼の腕の中で、そして高揚したあやうい雰囲気の中で、二人の不規則な息づかいや花の香りしか存在しない世界に、シエナはいた。

「ハシム」シエナはつぶやいた。

だが、自分が何を言うつもりだったのか、シエナはわからずじまいとなった。なぜなら、ハシムの目が緊張の色を帯びた次の瞬間、唇をふさがれてしまったからだ。

7

キスというのは、誘いかけ、それに応えるものであり、受け入れ、与えるものであるはずだ。なのに、ハシムのキスは奪っていくばかりで、シエナはなすすべもなく、彼にされるがままだった。頭の隅で無数の声が抗議の悲鳴をあげていたが、その声が自分の敵ででもあるかのように、シエナは黙殺した。やがて、ハシムの唇の探るような動きに合わせて口を開きながら、すっかり我を忘れた。

　ハシムはくぐもった喜びの声をもらした。それは、まるでじゃれている子ライオンの口から飛びだした小さな咆哮のようだった。こんなにも簡単に、彼女がその熱を帯びた唇を僕の口に押しつけてこようとは。

「そう、その調子だ」

　ハシムがキスをしたままつぶやくと、シエナは何やら支離滅裂な言葉をつぶやき返した。いつでも愛し合える状態になっているときに、女性がしばしば無意識に発する声で。

　それでもハシムは慎重だった。心臓が激しく打ち、高まる欲望に体は陶然となるほど熱を帯びている。責め苦のようにさえ感じられたが、シエナの場合は冷静に誘惑しなければいけないとわかっていた。わずかな失敗、たとえばごくささいな動き、ごく短い言葉が、シエナの神経を逆撫で、彼女は僕の腕から逃げだしてしまう。

　どのボタンを押せばいいのかくらい、僕はちゃんとわかっている。豊富な女性経験から得た僕の知識は百科事典並みなのだから。いつ甘い言葉でおだてるべきか、いつ要求するべきかはきちんとわきまえている。いつリードするべきか、いつ従うべきかも。だが相手がシエナとなると、状況は変わってくる。彼女は僕とベッドをともにするつもりはないと断言したではないか。いまは彼女の体は僕に反応しているにしても、そのうち理性が抑止力として働くだろう。女性とはそういうものだ。

シエナの首筋から顎の線に沿ってそっと唇をはわせたとき、ハシムはふと気づいた。いつもは女性を追い払うのに苦心している自分が初めて女性を誘惑する必要に迫られていることに。

彼はなおも、シエナを挑発し、そそのかしながら、羽根のように軽いキスを浴びせていった。

するとシエナは頭をのけぞらし、つぶやいた。

「ハシム」その一語に、彼女の期待や切望は集約されていた。

ハシムは即座にその火花のような同意の言葉に反応し、彼自身の甘美な言葉でシエナの欲望をあおろうと試みた。「なんだい、かわいいシエナ？　かわいい、かわいいシエナ」ハシムはささやいた。そして、じらすように舌先で彼女の喉もとを愛撫した。官能を刺激するときについ見すごされてしまうと、ハシムが聞かされていた場所に。その情報が正しかったことは、彼女の口からもれる小さなあえぎ声が証明していた。

喉もとへの愛撫とほとんど同時に、ハシムは手を滑らせ、彼女のヒップを撫で始めた。もっとも感じやすい部分を慎重に避けながら。

「気に入ったかい？」

シエナの血管は大きく脈打っていた。もはや彼女に抑制する力はなく、言葉が勝手に口からこぼれ出た。「ええ、とっても！」

ハシムは顔を見られないようにして、口もとをほころばせた。危険を冒し、てのひらをそっとシエナの下腹部に滑らせる。彼の手の動きを黙認するかのように、シエナは無言のまま身をもだえさせた。ハシムは笑みを消して手を戻し、シエナがたちどころに反応するのは間違いないと確信しつつ、彼女の胸のふくらみを我がもの顔に包みこんだ。

シエナがどんなたぐいの女だったか、僕は忘れかけているわけではあるまいな？　怒りが芽生えたとたん、ハシムは怒りが欲望をあおることに気づき、自分の心をなだめた。あわてて事を運んではまずい。一カ月前に彼女が挑発的に言った言葉を、できるかぎり屈辱的な方法で彼女に思い出させてやるつもりなのだから。〝たとえ何があろうと、私はあなたとベッドをともにするつもりはありませんから！〟という言葉を。

「ハシム！」

ハシムの思惑どおり、シエナはあえいだ。彼はかぎりなく優しい愛撫を続けながら、触れていく肌という肌に火をつけていった。そして、シエナの興奮をあおり、彼女が想像だにしなかった世界へ、甘美な陶酔境へといざなう。

同時に、ハシムの頭はめまぐるしく回転していた。シエナを愛撫する指よりも速く。ベッドを見つけるのに手間取っていると、シエナが我に返り、魔法が解けてしまうかもしれないぞ。

ハシムは下腹部がますますこわばっていくのを感じ、結局ここでシエナを自分のものにするしかなさそうだと悟った。そう、ここで！　どこも行く当てがない高校生みたいに。しかし、そう思っただけでハシムの我慢は限界に達しかけた。こんなにもせっぱつまった状況に遭遇したのは生まれて初めてだった。彼は改めて思い知らされた。目新しいことというのはそれ自体、人をうっとりさせる力を持っていることを。

脚に触れても、シエナは抵抗する気配を見せない。むしろ、じれているのがわかる。ハシムはその気持ちに応えるように、ドレスの下にゆっくりと手を滑りこませた。そして、彼女の喉の奥に生じた小さなうめき声に合わせて、ひんやりとしたサテンのような腿の内側を、指先で円を描くように撫でた。

「気に入ったかい？」

「え……ええ」シエナは身を震わせた。「わかっているくせに」

「じゃあ、僕をつかんでごらん、シエナ」ハシムは促した。「さあ」

するとシエナが両手をさっと上げてハシムの広い肩をつかんだので、彼は苦笑した。僕が促したのは別の場所なのに。だが、いまはこれでよしとしよう。

再びハシムに自由に触れられる喜びにひたりながら、シエナはいつの間にか彼の上等なシルクの服に指を押しつけていた。この下にはもっとすばらしい、なめらかな肌が隠れている。つかみどころのない生地を、彼女は猫のように爪でひっかきだした。いますぐそれをはぎ取ってしまいたい、と言わんばかりに。

ハシムはうれしそうな笑い声をたてた。「そう、それでいい」感謝するようにつぶやく。「どうやら歳月は君の欲望をいっそう磨きあげたらしいな」

シエナはその言葉にも注意を払わなかった。本来なら警告と受けとめ、自分を取り戻すなり、用心するなり、慎重に対処するべきだった。しかし、ハシムがゆっくりと巧みに愛撫を再開したため、彼女はたちまち自らの欲求がつくりだした黄金色に輝く霧にのみこまれてしまった。ハシムに魅了され、もはや彼を拒むどころではない。もっと欲しい、もっと……。

ハシムは汗ばんだ小さな布を押しやり、彼女の秘めやかな部分に触れた。そこは侵入するものを焦がさんばかりに熱を帯びていて、ハシムは思わずうめき声をもらした。

　すべての感覚がいまにも沸騰しそうな状況の中で、ハシムは最後にもう一度、冷静に頭を働かせた。車寄せの向こう端と周辺の農場の外れで、ボディガードたちがそれぞれ持ち場についている。とはいえ、それで僕のプライバシーが完全に守られていることにはならない。僕に疎まれた新聞社から送りこまれてくるカメラマンどもが、あたりの藪に潜んでいるかもしれない。だとしたら、どんな見出しが紙面に躍るやら！

　〝シークの破廉恥行為発覚！〟

　それでも、ハシムはシエナの肌に容赦なく指をはわせ続け、ついに、彼女の顔に完全なる忘我の表情を見て取った。目は何も見ておらず、体は木の葉のように震えている。シエナはどんな男を相手にしてもここまで無防備になるのだろうか、とハシムは不機嫌に思った。自らの想像に、おぞましい嫉妬がこみあげてくる。彼は玄関ホールをさっと見渡し、奥に伸びる廊下に目をとめた。あそこなら誰にも見られはしない。

　ハシムはシエナを抱きあげ、冷たい板石敷きの廊下へ運んだ。落ち着いた色の絨毯が敷かれ、シルクに似た柔らかな感触が足に伝わってくる。ハシムはその絨毯の上に彼女を横たえた。

　そのとたん、シエナのまぶたがぱっと開いた。突然昏睡状態から覚め、自分がどこにいるか気づいたとでもいうように。

「あなたは何をしているの？」

「何をしていると思う？」ハシムはなかばあきれつつ、シエナの隣に身を横たえて尋ねた。この僕が、一国のシークが、女と床に寝ているとは。「僕は最高に熱い夢と空想を実現しようとしているのさ」

　それに、彼女自身の夢と空想も。

「本当に？」シエナはおずおずときいた。

「もちろんさ」ハシムは即座に答え、シエナを引き寄せた。こうして胸に抱けば、彼女の頭にしつこく残っている疑いも一掃されてしまうはずだ。「僕は君が欲しいんだ、シエナ。僕の美しい人。僕はずっと、君が欲しいと思い続けてきたんだよ。知らなかったかい？」

シエナはうなずいた。胸の中ではとまどいと混乱が渦を巻いている。「でも、あなたは――」

「しいっ」

ハシムはシエナに上半身だけ覆いかぶさり、顔をぴたりと寄せた。彼の温かな息がシエナの顔にかかる。いまや彼女の頭にはもっと彼にキスをしてほしいという願いしかなかった。背中には固い床が当たり、上からは彼の力強い体が圧迫してくる。私はどういうわけで、こんな状況に追いこまれるまで彼に好きなようにさせてしまったのだろう、とシエナはいぶかった。だがそれも一瞬のことで、たちまち、そんなことはどうでもよくなっていた。このまま彼に続けてほしかった。

シエナは乾いた唇を舌で湿した。「こんなことをしている時間はないんじゃない？　スタッフたちはどうしたのかしら？　お客……お客様たちは？」

ハシムは動きを止め、薄く開けた目で彼女を見下ろした。非情な決意でシエナを誘惑したことに多少の罪悪感をいだいていたとしても、いまの彼女の言葉によってそれは跡形もなく消え去った。シエナは自分が何をしているかわかっているし、僕と同じくらいに渇望している。それに、たぶん僕に負けず劣らず経験豊富に違いない。そうであれば、彼女が出会ったすべての恋人の中で誰がいちばんすばらしいか、わからせてやるまでだ！

「時間なら充分あるさ」こみあげる欲望に、彼の声はくぐもっていた。まるでどこか遠くから聞こえてくるようで、本当に自分の声だろうかと、ハシム自身も一瞬まごついたほどだった。

　強い衝動にハシムの手は震え、彼の頭の中には彼女と一つになりたいという思いしかなかった。慎重に考え抜いた計画はすべて、欲望の前に吹き飛んでしまった。彼女が世界じゅうの男たちの目にさらした見事な胸をじっくり楽しむという長年いだいてきた願望も。それどころか、信じがたいことに、ハシムはもうこれ以上待っていたくなかった。いや、待てなかった。

　ハシムはうめき声をもらし、シエナのドレスを乱暴に押しあげると、シルクの小さな布をはぎ取った。

　彼女はなんの抵抗も見せず、ハシムに身を差しだした。彼のローブにはベルトやボタン、ファスナーといった余計なものは何もついていない。ハシムは身につけていた衣類のすべてをいとも簡単に脱ぎ捨て、高校生のようにもどかしげなしぐさで、いつの間にか手にしていた避妊具をつけた。

「さあ」ハシムは強い口調で促した。すると、シエナは唇を彼の肩に押しつけることでそれに応えた。

　彼女の湿った舌先と歯が軽くかすめるようにして肌に触れてくるのを感じると、ハシムはもはや自分を抑えられなくなり、性急にシエナの中に我が身をうずめた。

　ハシムが自らの行為に気づくまで、自分が何をしたか理解するまで、一瞬の間があった。シエナが顔をしかめ、小さな白い歯で下唇を強く噛むさまが目に映る。ハシムは悟った。シエナはやはり無垢だったのだ、と。だが、もう引き返せなかった。

「シエナ！」ハシムの口から彼女の名が叫びとなってほとばしった。彼の高まりはますます張りつめ、まさに欲望の矢が彼女そのものを貫こうとするかのようだ。「シエナ！」彼は再び叫んだ。

「ああ」シエナは小さな声をあげた。ひらひらと宙を漂う羽根のような声。彼女がいましがた感じた痛みは、しだいに名状しがたい快感へと変わっていき、ほどなくハシムがシエナの中で動き始めた。

計画では、ハシムは、彼女の気持ちなどいっさいかまわずに自分の欲望を満たすことだけに集中するつもりでいた。ところが、現実は違った。いまの彼はシエナの中に我が身をうずめつつ、経験のかぎりを尽くして彼女を気づかっていた。責任の重みがこれほどまで肩にのしかかったことも、いまだかつてなかった。

ハシムはできるだけゆっくりと動き、それから少しだけ動きを速めた。シエナが息も絶え絶えにせがむと、彼女をじらすかのようにいったん身を引き、懸命に自分を抑えてから、再び彼女の中に入った。前より激しく、そしてさらに激しさを増しながら、はるかなる高みへとシエナを容赦なく追いつめていく。やがて、自制ももはやこれまでだとハシムが覚悟を決めたとき、シエナが大きく身をわななかせた。

次の瞬間、甲高い叫びが空気を切り裂いたかと思うと、シエナは汗ばんだ顔を激しく振って体を弓なりに反らした。そして無我夢中で彼の名を繰り返し呼んだ。

まもなくハシムも自分自身を解き放った。彼を包む世界が揺れ動き、完全に忘我の境地に達したと感じさせるほどのクライマックスだった。それから、冷めていく感覚にあらがいながら、ゆっくりと、漂うようにして、現実の世界に舞い戻った。

ハシムがこれまで経験した中でも、最高にすばらしい愛の行為だった。

もっとも、驚くにはあたらなかった。なぜなら、彼はずっとこのときを待ち続けてきたのだから。

8

薄闇(うすやみ)の中で、シエナは自分の心臓が強く、大きく、そして規則正しく打つ音を聞いていた。すると、別の鼓動も聞こえてきた。自分の胸の中かと錯覚するくらい、すぐそばで響いている。心が温まり、自分がようやく完成品になったような、満ち足りた気分だった。体の奥深くに残るかすかな痛みは、夢のように完璧(かんぺき)な経験を思い起こさせる、ハシムの輝かしい置きみやげだ。

シエナは目を開け、信じられない思いで周囲を眺めた。夢ではなかった。廊下に敷かれたひんやりとした絨毯(じゅうたん)の上で、ハシムの腕に抱かれて横たわっている。ドレスは腰のあたりまで押しあげられたままだ。そんな彼女をハシムがじっと見下ろしていた。

「どうして話してくれなかったんだ？」ハシムが静かに尋ねた。ぞっとするような冷たい声だった。

黒い瞳からハシムの胸の内を読み取るのは不可能だったが、彼が投げかけた問いの意味するところはだいたい見当がついた。「話すって、何を？」シエナはとぼけた。

「君とゲームをするつもりはない！　君はバージンなのか？」

彼の声ににじむ非難めいた響きがシエナの満足感を急速にしぼませた。「バージンだったのよ」彼女は訂正した。

ハシムは黒髪を揺らして頭を振った。「信じられないな！」

「でも、あなたは自らたしかめたはずでしょう、ハシム」

「しかし……なぜだ？」

「そんなことをわざわざ私に説明させる必要があるの？」シエナは穏やかにきいた。

ハシムの口もとがこわばった。信じがたい事実に、まだ動揺がおさまらない。いましがた味わったクライマックスに劣らないくらい、彼は衝撃を受けていた。

最初の出会いで、シエナは純潔だとハシムは直感した。だが、例のカレンダーを見て、彼女の純潔は見せかけだと決めつけてしまったのだ。

もし最初の直感が正しかったというなら、あのとき僕の心に押し入ってきた思いはどうなる？　ずっと追い求めてきたものをシエナの中に見つけられるかもしれないと僕を惑わせた、あの思いは？　もちろん、そんなものが本当に存在するとは信じていなかったが。

ハシムはまた頭を振った。考えがまとまらず、いらだちがつのる。「こんなふうに事を運ぶべきではなかったのに」

だけど完璧だったわ。シエナはそう言いたかったが、ハシムの態度に見え隠れする何かが彼女を思いとどまらせた。いまの彼は、すばらしい体験をしたというようには見えない。まるで恥ずべきことをしてしまったと後悔でもしているようだ。シエナは顔を上げてハシムをじっと見た。「いまの行為の何がまずかったの？」

「まずかった？」ハシムは眉間（みけん）にしわを寄せ、シエナの顔をしげしげと観察した。「何もまずくはないさ」どうして彼女は理解できないんだ？「しかし、もし知っていたら、こうはならなかった。なぜ言ってくれなかったんだ、シエナ？」

なぜですって？　私はあなたの唇の感触や、その引き締まった体に強く抱かれること以外、何も考えていなかったから。私は本当に長いあいだ、彼が欲しかったのに、その気持ちに逆らうなんてとてもできないとわかったから。たとえその欲求を否定し、欲しがること自体が間違いなのだと自分に言い聞かせていたとしても。

「あの当時、私たちはそれほど話をしなかったもの」シエナは答えた。自分でもわかるほどに声がうわずっている。

「君の初めての体験は、誰のものともわからない屋敷の廊下で、行きずりの男とするべきではなかったんだ」ハシムの深みのある声には一抹の後悔の念がまじっていた。「君の純潔は、愛する男性への贈り物として、大切に守り続けなくてはいけなかったんだ。本来ならどの女性もそうする義務があるように、君を愛してくれる男性のためにとっておくべきだった」

その言葉で、シエナがいだいていたささやかな希望や夢はすべて打ち砕かれた。明け方に摘み取ったばかりのみずみずしい花を差しだしたのに、彼はそれを無造作に投げ捨てたあげく、靴で踏みにじった。シエナはそんな思いに襲われた。

すぐ隣にいるハシムが、はるか遠くにいるように思われる。ほんの少し前には繰り返し何度もキスをしてくれたのに、いまはそのそぶりさえ見せない。あれほど甘美な魔法をかけてくれた両の手も、いまは動く気配すらない。もうすんだのだ。二人の関係は終わってしまったのだ。胸に苦痛を、いまも体の奥深くにうずく痛みを覆い隠してしまうほどの苦痛を感じながら、シエナはそのことをようやく理解した。

私は彼にされるがままになっていた……。いいえ、そうじゃない。私は自ら進んで共犯者になったんだわ。この固い床に彼と一緒に横たわり、そして……そして……。シエナは〝愛を交わす〟という言葉を使う気にはなれなかった。なぜなら、そうではなかったのだから。愛とはまったく関係ない。ハシム自身が認めたように、彼は私を〝愛してくれる男性〟ではないのだから。

だったらどうして、甘く官能的な記憶が相も変わらず私の心の中を占め続けているの？　息もつけないくらい興奮して彼の名前を叫んでいたことや、喜びに身を震わせたこと、快感が高まってうねりとなり、やがてのぼりつめて生まれて初めての経験を味わったこと……。

シエナは喉をごくりと鳴らし、それらの記憶を無理やり追い払った。甘美な記憶もじきに苦痛と化して私をさいなむに違いない。後悔するにはもはや遅すぎるにしても、プライドを保つのはまだ間に合うはずだ。

「いまさらあれこれ言ったところで、しかたないでしょう」シエナはやっとの思いで応じた。その声音にまじる明るさが偽りであることは、彼女自身にもわかっていた。

ハシムは一瞬黙りこんだ。それから、知りたいという気持ちをどうしても抑えきれずに、シエナを凝視した。「なぜいままで一人も恋人がいなかったんだ？」

それはシエナ自身が何度も自問してきたことだった。私が薄々気づいている本当の理由を打ち明けたら、ハシムの桁外れのうぬぼれをどれほど助長してしまうだろう？　愛を交わしたいと私が少しでも想像したことのある男性はあなただけなのだと打ち明けたら。もちろん、試そうとした男たちはいたが、誰もが失敗に終わっている。というより、失敗したのは私自身だったのではないかしら？　おろかにもいだいてしまった希望を断念して普通の生活を送るつもりでいたのに、結局できなかったのでは？

「これまで男性と親密な関係を持てなかったのは、私に欠点があるからだと言っているように聞こえるわ」シエナは心外そうに応じた。

ハシムは眉を寄せた。「以前僕たちのあいだに生じたことや、あのときの僕の振る舞いが原因で、君は男を遠ざけるようになってしまったのか？」

「ある意味ではね」あなたが言っている意味とは違うけれど、とシエナは心の中でつけ加えた。

「君は僕に言うべきだった」いまや彼の声には怒りがにじんでいた。「五年前のあのときもきちんと言うべきだった。まして、いまは君も年を重ね、いっそう自立した、本当の意味で大人の女性になっている。今度こそ、はっきり言うべきだったんだ！」

「言ったら、あなたは信じてくれたかしら？」

ハシムはまたもや黙りこんだ。

「信じてくれた？」シエナは繰り返した。

「いや」ハシムはようやく答えた。「たぶん信じなかっただろうな」

「それは、あなたが私に偏見をいだいていたせいよ。例の写真のせいで、私をふしだらな女だと決めつけてしまったからだわ」

ハシムは面食らった。「ふしだらな女だって？」

「誰とでもベッドをともにするような女ということよ。あなたは表面的なことしか見ないで、私の人となりについて勝手に判定を下しただけ。だけど人というのは、表に見えているものがすべてじゃないのよ。ボール紙を切り抜いてこしらえたわけではなく、骨と肉と血でできていて、ちゃんと呼吸をしているの。それぞれ弱さや強さを抱えながら！　あなたにはそれがわからないの？」

「僕は別格の立場にいるからな」ハシムは冷ややかに答え、使い慣れた王族という目に見えないバリアを盾にした。「あいにく僕は、物事を深く掘り下げることができるほど時間をぜいたくに使えないんだ」

「もともと、試みる気持ちさえないんでしょう？」

シエナは挑むように言い返した。

「まあね」

「あなたは女性を日用品として見ているんだわ」シエナは小声で言った。「いっときの快楽に利用できる程度のものとして。それに、たぶん、いつかは子供の母親として役立てる程度のものとして」私はその仲間にすら入れてもらえないのね。シエナはそう思うと同時に、おろかにも自分がせつないあこがれをいだいていることに気づいた。そうよ、ハシムの子を身ごもる機会など一生めぐってこないんだわ。

ハシムは悟った。シエナの気持ちが、そして体が、自分から離れていこうとしていることを。しかし、呆然となるほどの事実を前にして、かすんでいた欲望が再びかきたてられた。ハシムは、いかなる場面においても主導権を握ってきた。本来なら、いま相手と距離をおくかおかないかは、彼が決めるべきことだった。

「そうかもしれないな、シエナ」ハシムはつぶやき、手を伸ばして彼女の顔をとらえた。「だが、もうすべてはすんだことだ。非難の応酬をするには、いささか遅すぎたのではないかな？」

柔らかく温かい彼の手の感触に、シエナはじっとしていられず、思わず身を震わせた。彼の手は、信じがたいほどの快楽の高みに彼女を押しあげてしまう力を持っている。もしそんなことになったら、私はどんな代償を払う羽目になるの？

シエナはハシムの手を払い、体を起こした。「ええ、あなたの言うとおりね。私はもっと前に何もかもはっきりと口にするべきだったんだわ」

「だが、君は言えなかった！」ハシムは勝ち誇ったように言った。「なぜなら、君は僕のとりこになっているからさ。僕が君のとりこになっているのと同じく。僕たちのあいだに起こった出来事は、起こるべくして起こったんだ。夜が明けて朝が来るのが避けられないように。僕にはわかっていた」

「私たちは誰もが、あやまちを犯すようにできているのよ」シエナは投げやりな口調で応じた。「それはともかく、こんなところに座って話していては、時間を浪費するばかりだわ。そろそろあなたのお客様が到着するころよ。お互い身だしなみをきちんと整えておかなければ」

それでもハシムは急ぐ気配をまったく見せず、シエナは不審に思った。そういえば、スタッフたちが姿を見せないのに、彼は気にも留めていない。彼の招いた客がじきに到着するという事実にも。ふと、シエナの頭に疑惑が浮かんだ。それはゆっくりといてくる毒のように、彼女の中に広がっていった。本当に疑惑どおりなら、シエナ自身が犯したあやまちと同じくらいとんでもない話だった。すべてが恐ろしいほど鮮明に見えてくるにつれ、彼女は体が重く沈んでいくのを感じた。

シエナはハシムをじっと見つめた。「だけど、お客様は一人も来ないというわけね。そうなんでしょう、ハシム？」

彼は悪びれる様子もなく、シエナの険しい目を見返した。「ああ、そうだ」

「最初からお客様なんて呼んでいなかったのね？」

「そのとおり」

「それで、スタッフたちは？」シエナは答えを知りつつも、尋ねずにはいられなかった。「私がとりわけ慎重に選んで予約しておいたのに、ここへ姿を見せもしないスタッフたちは？」

「連中にはディナーの準備をさせておいた。君が疑問を感じて警戒しないようにね。そのあとでキャンセルしたんだ」

「彼らをキャンセルした」シエナはあっけにとられて彼の言葉を繰り返した。ハシムが企てた非情な計画に気分が悪くなってくる。「キャンセルしたですって？」

ハシムは肩をすくめた。「別に難しくはなかった。彼らには報酬を全額支払ったからね」

「全額？」シエナは思わずきき返した。声が震えている。五年前の二の舞を演じてしまったという思いがこみあげる。ハシムに同調し、彼の思惑どおりに行動してしまったのだ。

「あなたが指をぱちんと鳴らせば、みんな飛びあがるんでしょうね。あなたと、あなたの富や権力に圧倒されて」

シエナは冷めた声で言った。ハシムは私を誘惑するために、私をだましてパーティの準備をさせた。人というのはどこまで非道になれるのだろう？　どうして私は、こんなにもやすやすと彼の手に乗ってしまったの？　いったいどうやって？

「あなたという人は」ハシムにこっぴどくあざむかれたと知り、シエナの声に怒りがこもった。「他人を好きなように利用し、チェスの駒（こま）みたいに動かして、用ずみになれば捨ててしまえるものだと、そんなふうに見ているのね？」言い終えたときには、彼女は激高していた。

「シエナ――」

「やめて！」シエナはハシムを押しのけ、急いで立ちあがった。彼の目が少しのあいだ暗く陰っていたことには気づいていた。そして、男と女のゲームに関しては初心者だとしても、それの意味するところはわかっていた。けれど、彼がすぐ近くにいたら、私は自分を信用できないだろう。できるわけがない。心ではいつだって抵抗しているけれど、彼にそばにいられると、私の体は極端に弱くなってしまう。

シエナはできるかぎりハシムから離れた。それでも、威厳を保ったまま下着やドレスを身につけるのは無理だった。彼女は必死の努力のすえにかろうじて服装を整え、うなじにだらしなくこぼれ落ちている髪を手ですいた。

ハシムもようやく立ちあがって身づくろいを始めている。それを見てシエナはほっとした。ハシムの顔は爆発寸前の怒りのせいでこわばっている。あるいは、単なる欲求不満のせいかしら？

シエナは玄関ホールに戻った。雨粒が太陽に熱せられた舗道に落ちて蒸発していくのと同様、ぬくもりも心地よさも喜びも、何もかもがそっくり体から蒸発していった。

彼女がハンドバッグを取りあげたとき、背後で柔らかな声が響いた。

「どこへ行くつもりなんだ？」

彼の問いにシエナはきびきびと答えた。「自分の家よ。ほかにどこへ帰れるというの？」

「一緒に僕の家に戻ればいい」

シエナは一瞬、喉をつまらせた。「ライオンのおりで一晩過ごすほうがましよ！　それに、私ならホテルの豪勢なスイートルームを家とは呼ばないわ！　もちろんあなたの家でもない。あそこは見知らぬ人のものよ、この屋敷と同じように。あの部屋にはあなたのものは何一つないわ。魂のないぜいたくな部屋。まるであなたの一生そのものよ。からっぽの人生というわけ」

つかの間、ハシムの胸を黒々とした影がよぎった。この僕に向かって、彼女はここまで言うのか？　からっぽの人生だと？　宮殿や油田を持ち、世界じゅうのあちこちでもみ手をしながら待っている人間たちを従えた、この僕に対して？　僕に向かってこんな言葉を投げつけた女性はいままで一人もいない。シエナは、これまでどの女性もしたことのないやり方で僕を見つめ、僕に話しかけてくる……僕と対等だとでもいうように。またしても、ハシムはひどく不慣れな立場に立たされているような感覚にとらわれ、腹立たしさのあまり口もとをこわばらせた。

「家には戻るな。僕が禁じる！」

「そんなことできるわけないでしょう。私はあなたの所有物ではないんだから。依頼された用件はもうすんだし、あなたはいまや私を雇ってさえいないのよ。これで失礼するわ」

ハシムは目を細くし、木製のインテリアで統一された風通しのよい玄関ホールを見まわした。「この屋敷はどうする？　ここの契約は？」

「私の知ったことじゃないわ。私はもうなんの関係もないのよ。あなたが勝手に処理すればいいわ！　さあどうぞ！」シエナはハシムに向かって鍵束をほうった。

ハシムはそれを片手で受けとめ、シエナが本気だと察した。彼女は本当にここを引きあげるつもりなのだ！　ついさっきまで、すすり泣くように僕の名を呼んでいたのに、僕のもとを去ってしまうというのか。

そのとき突然、ハシムの胸にシエナに対する賞賛の念が広がり始めた。シエナの反抗は、彼の中に、欲望のかすかなうずきを再び巻き起こしたにすぎなかったのだ。

「怒ったときの君がどんなに美しいか、誰かに言われたことはないかい？」ハシムは穏やかにきいた。

「おかげさまで、たいていの人はもっと独創的なせりふを言えるわ！」

「しかし、まだ終わったわけじゃないんだよ、シエナ。これだけははっきり言っておく。君は、僕が君に与えることのできる快楽を、まだ味わい始めたばかりなんだ。すぐさまもっと欲しくてたまらなくなるさ」

「あなたは間違っているわ。しかもとんでもない間違いよ」シエナはハシムをまじまじと見た。「何を言おうと、私たちのあいだにはもう貸し借りは存在しないのよ。五年前、私はあなたをあざむいた。でも今度はあなたが私をだまして、思いどおりの結果を得たわ。これでおあいことということね。いまの私はただ、あなたのことも、あなたの幻のパーティのことも忘れたいだけ。それどころか、あなたのことはすべて忘れてしまいたいわ」

ハシムは首を横に振り、口もとに残酷な微笑を浮かべた。「君はまだわかっていないようだ。君がどう考えようと、僕は僕の望むことにしか興味はない。一国のシークたる者は、いつだって自分の願望を実現するものなんだ」

この人は私の言うことを何一つ聞いていないのね！　シエナは失望感にいらいらしながらハシムに背を向けた。ドアをたたきつけるようにして玄関から出ていくあいだも、ハシムの暗い微笑がまだまぶたの裏に残っていた。夢中で車寄せへと駆けていくときでさえも。

シエナの使い古した小型車の隣に、ハシムのつややかな黒っぽいスポーツカーが止まっている。二人のあいだにある越えがたい溝について、何かしら具体的な証拠が必要だというなら、対照的な二台の車を見るだけで充分に思えた。

もう終わったことよ。シエナは強く自分に言い聞かせて、運転席に滑りこんだ。

それなら、なぜバックミラーなどのぞいて、あの長身で浅黒い顔の男性を捜しているの？　あの固く引き締まった体、あれほど甘美で忘れがたい愛を私に与えてくれたあの体、そよ風に揺れて愛撫（あいぶ）するかのようにまつわりついているあのざくろ色のシルクのローブに包まれた体を？

シエナは腹立たしげに車のエンジンをかけた。そうよ、これでもう終わり、ハシムとのことは。

9

その後、ハシムから何度も電話があり、シエナは留守番電話に切り換えた。それでもうっかり受話器を取ってしまう場合があり、ハシムの声が聞こえてくるなり、彼女は震える手でそっと受話器を戻した。

小切手も送られてきた。しかも、とんでもない高額が書きこまれていた。シエナはその額に一瞬ぐらついたものの、結局は怒りが頭をもたげ、小切手を送り返した。

さらに、ハシムは花束まで送り届けてきた。どういうわけか、これはほかの何よりもシエナを怒らせた。こんな花束で私を買収できると思うなんて！

〝すてき！〟白百合やフリージアや薔薇の香りをかぎながら、ケイトがうらやましげに言った。

〝よかったら持っていって。あなたにあげるわ！〟うっとり見とれている間借人の胸に、シエナは豪華な花束をぞんざいに押しつけた。

自分が穴のあいた風船にでもなった気がして、人生がみるみるしぼんでいくようだ。以前は充実感を与えてくれた仕事も、急に退屈な日課としか思えなくなっていた。病気じゃないの、とケイトからもしょっちゅう尋ねられる始末だ。

早く立ち直らなければ、と自分でもわかっていた。私にはするべき仕事があるのよ。それに、この先ずっと留守番電話にしておくわけにもいかない。ハシムもようやく彼女の意図するところを受けとめたらしく、ここ一週間は音沙汰がない。

いま、シエナは小さなオフィスの中で、仕事に没頭しようと努めていた。現在手がけているのは、彼女をあざ笑うかのような、愛を祝福する婚約パーティの企画だった。

突然、デスクの上の電話が鳴った。受話器を取ると同時に、心を騒がせるおなじみの声が耳に届いた。首筋に鳥肌が立ち、一瞬、気持ちが揺らぐ。もちろん電話は切ってしまってもいい。それとも勇気を出して、私のことはほうっておいて、とはっきり言い渡すか。永久にハシムから逃げ続けているわけにはいかないのだから。

「どういうご用なの、ハシム？」シエナは冷ややかに尋ねた。

「どうして君は、僕が送った小切手を換金しなかったんだい？」ハシムがきいた。

「あなたのお金は欲しくないからよ！」

「なんと！」ハシムは喉をごくりと鳴らした。「男というものは、女性に抵抗されると余計にのぼせあがってしまうということを、君はわかっていないのかな？」

ハシムは言いながら思った。抵抗されることに慣れていない男にとってはなおさらだ、と。

しかし、シエナは動じることなく、冷淡に言い返した。「私はそのために抵抗しているわけじゃないわ」

「君に会いたいんだ」ハシムは優しく言った。

不本意ながら、彼の嘲笑（ちょうしょう）するような黒い目のイメージがすっとシエナの頭の中に入りこんできた。

「それは……だめよ」

ためらいを物語る息をのむ音が僕の耳にも届いていることに、シエナはまったく気づいていないのだろうか？　ハシムは皮肉っぽい口調で言った。「それなら、本気でそう言ってごらん」

シエナは目を閉じたが、かえって逆効果となり、いっそう気持ちが乱れた。今度は、感動すら覚えるほど甘美な動きで二人が一つになるイメージが、ありありと浮かんでくる。「無意味だわ」シエナは苦しげに言った。

「いや、大いに意味がある。僕には君に提案したいことがあるんだ」

「提案？」シエナは疑わしげにきいた。「また架空のパーティでも手がけさせるつもり？」

ハシムは低い笑い声をもらした。「それもいいかもしれないな！　僕と会ってくれたら話そう」

「私の気持ちは充分にわかっているしょう？　あなたからの電話も花束も欲しくないし、あなたとは絶対に会いたくないわ、ハシム！」

「そんなことはないさ」ハシムはつぶやくように言った。「君にはわかっているし、僕にもわかっている。君は僕のことで頭がいっぱいで、ほかのことには気もそぞろだし、僕も同じだ。それなのに、なぜ自分の気持ちに逆らう？　そんなことでは、仕事も手につかないだろう」

いまいましいことに、ハシムの言うとおりだった。

シエナはなんとかこなせる以上の仕事を引き受けている。にもかかわらず、さっぱりやる気が起こらないのだ。

「だったら、一度会えば、それで私をほうっておいてくれるの？」

「君が望むなら」ハシムは慎重に答えた。

「じゃあ、時間と場所を教えて」

「いまだ」

「いま？」

「僕は君の家のすぐそばまで来ているんだ。待っているよ」

「冗談でしょう！」

「何か問題でもあるのかい、シエナ？」ハシムはからかった。「君には、衝動的に行動するということはないのかな？」

シエナは、洗いざらしのジーンズと、大学時代にフットボールチームのメンバーからもらったTシャツという格好だった。シャツの縁にはほころびができ、お酒をこぼしたらしいしみまである。鏡をちらっとのぞき、まだ洗っていない髪をポニーテールにした姿を映した。たぶん、私のこんなふだんの姿を見せれば、彼に対する私の憤りがしっかり伝わるかもしれない。

「そうね」シエナはゆっくりと答えた。「会ってもいいわ」

「五分後だ」ハシムは短く言い、電話を切った。

ハシムがどこで待っているのか、捜すまでもなかった。窓に目隠しのシートを施したつややかなリムジンが道の端に止まっている。道幅が狭すぎてそれ以上先には進めなかったらしい。車の前後には、大型バイクに乗った革ジャケットの護衛が二人ついており、まるで映画の一場面のようだ。リムジンに向かって歩いていく途中、窓からこちらをのぞいている隣人たちの姿が、シエナの視界に入った。近所の人たちは今後、私を違った目で見るようになるかもしれない、と彼女は思った。

リムジンから運転手が出てきて、彼女のためにドアを開けた。ハシムの使用人に失礼な態度をとってはだめよ。シエナは自分に言い聞かせ、ほかに選択の余地があろうはずもなく、深々としたぜいたくな後部座席に身を滑らせた。

車内のほの暗さに目が慣れるまで数秒かかったものの、無造作に手足を伸ばして後部座席に座っているハシムの姿は見分けられた。今日の彼はヨーロッパ風の装いだった。その服装のどこにも、例の柔らかなシルクは使われていない。完璧に仕立てられたダークスーツに真っ白なシャツという格好で、ネクタイは車内のぼんやりした明かりに鈍く反射している。シエナの胸はたちまち高鳴りだした。

「あなたのほうから車を降りて迎えるのが、礼儀だと思うけれど」

「ご近所の目を考慮したのさ」

「嘘つき」

ハシムは笑った。「君の僕に対する評価はまったく間違っているよ、シエナ。僕は、ときに冷酷だと言われるくらい正直な男なのに」

ハシムはわきのボタンを押し、シエナには理解できない言葉で何か言った。すると車は力強いエンジン音を響かせて発進した。

「どこへ行くつもりなの？」シエナはびっくりして尋ねた。

「ただドライブしてまわるだけさ。そのほうが人目を引かずにすむ。このリムジンはとかく注目を集めやすいからね」

「それなら、どうしてもっと目立たない車を使わないの？」シエナは皮肉っぽくきいた。

「できないからさ」ハシムはあっさり答えた。「防弾にしておく必要があるものでね」

シエナは、おそらく初めて、ハシムの生活の暗い面に目を向けた。私には、彼がお飾りでボディガードをつけていると思っていたふしがなかったかしら？　彼の持つ権力や高貴な身分を、ひけらかすためだけにそうしているのだと？　実際にハシムに銃を向けようとする人間がいるとは、考えてみたこともなかった。シエナは不意に、胃がよじれるような不安に襲われた。

「さあ、そろそろ二人とも正直になろう」ハシムは静かにきりだした。「なれるかな？」

「私が正直になっても、あなたは気にも留めないでしょう」

「いや」ハシムは首を横に振った。「僕が言っているのは本当の意味での正直だ。こう言うべきだと君が考えていることではなく、君の本心を聞かせてほしい」

「それでは私が不利だわ。あなたには心なんてありそうにないもの！」

ハシムはわずかに間をおいた。こうした非難を投げつけられたのはこれが初めてではない。「君は僕のことを思っていたかい？」

シエナは口を開き、いいえ、と言いかけた。けれど彼の目に映る何かがそれを押しとどめ、彼女は素直に答えた。「ええ」

ハシムはうなずいた。「僕も同じだ。僕はほかのことはほとんど考えられなかった。僕の腕にいる君のこと以外は。君は僕の頭をすっかり占領してしまった。なぜなら、君が与えてくれた大きな贈り物のことを、忘れられないからだ」

「贈り物ではなく、あなたが奪ったんでしょう？」

シエナは冷淡に彼の言葉を訂正した。「あなたは私をだまし、誘惑したのよ。最初からあなたがそうしようと考えていたとおりに」

「そう」ハシムは苦々しく認めた。「それに関しては、僕は有罪だ。僕は君からいちばんの宝物を盗んだんだ。しかし君がバージンだとわかっていたら、あんなふうにはしなかった。君が純潔だったことで、何もかも変わってしまった」

ハシムは言葉を切り、シエナのふっくらとしてみずみずしい唇をじっと見つめた。再び口を開いたとき、彼の声音は真剣みを帯びていた。

「僕たちのあいだに起こったことは充分とは言えない。僕にとっても、君にとっても。君は美しく、感じやすかった。しかし、愛の手ほどきは、廊下の冷たい床の上で行っただけで終わりにするべきではない。それに僕たちはきちんと服を脱いでさえいなかった」

車の中の薄暗さがシエナにはありがたかった。ハシムの言葉に、当人の目の前で頬を染めているなんて。遠くに思いを馳(は)せるかのように彼が目を細くしている。はるか以前に私が顔を赤らめたときのことを思い出しているのかしら？　ちょうどいま私がそうしているように。「もう終わったことよ」自分の口調にまったく説得力がないことを、シエナ自身わかっていた。それは私が終わってほしくないと思っているから？

「それが君の間違っているところさ」ハシムは小声で指摘した。「終わってはいないんだ。それどころか、まだ始まったばかりなんだ」

シエナは目をしばたたいた。状況が急に変わり、話が別の方向へ進んでいる。「どういうこと？」

「君はなんの手ほどきも受けないまま、美しい初心者として僕のところに来てしまった」ハシムの黒い目がきらめいた。「僕もバージンの女性を相手にするのは初めてだった」

「すばらしい言葉ね。私は喜ばなければいけないのかしら？」

「そうとも」ハシムはあっさりと認めた。「正直に言うが、僕は深く感動したんだ」

尊大ともとられかねない告白だった。ほかの誰かが言ったのなら、シエナははっきりそう指摘しただろう。だが、彼の何かが彼女を抑えた。おそらくハシムが彼女に注いだ一瞬のまなざしだったに違いない。それは、隠されていたわずかな後悔の念をちらりと彼女に伝えるようなまなざしだった。思いがけないその出来事で、彼にも傷つきやすい純粋な一面があるのだ、とシエナは思い直した。深い部分ではハシムもやはりあたりまえの人間なのだ。彼が身につけているほかのものはすべて、単なる包装紙にすぎない。

「続けて」シエナはしっかりとした口調で促した。「興味をそそられるわ」

「僕は愛の行為のすばらしさをあますところなく君に教えたい」ハシムの微笑には渇望がにじんでいた。

彼はほんのわずか間をおいてから続けた。「君に、僕の愛人になってほしいと思っているんだ」彼はついに自分の胸の内を明かした。

シエナは呆然としてハシムを見つめた。「なんですって？」

「僕は君をシークの愛人として遇しようと考えているんだ」

彼はなんて……なんて事務的な調子でこんなことを口にするのだろう。シエナは憤然とし、辛辣に尋ねた。「つまり、愛人の座が空白になったということ？　それとも、私はその座を誰かと分かち合うことになるのかしら？」

相手が当然のように服従することに、ハシムは慣れきっていた。あこがれの目で彼を見る女性たちが、喜んで彼の提案を受け入れることに。そのため、ハシムはシエナの辛辣な態度に面食らった。「君は、僕が君に与えようとしている名誉をわかっていないようだね」

「ええ、おそらく」シエナは重々しく応じた。「そのわくわくするような地位に付随するものについては、もっと詳しく説明してもらえるのかしら？」

笑い物にされた経験のないハシムは、シエナの声にからかいの調子がのぞいていることに気づかなかった。彼には愛人を説得したり誘惑したりする必要はなかったし、まして、相手から見下されるような経験は、当然ながら皆無だった。

「君にはクレジットカード用の銀行口座を開設してあげよう」ハシムはさげすむように、彼女のくたびれたジーンズやしみのついたTシャツにちらっと目を向けた。「これからは、君が気に入り、かつシークも気に入る服を、カードで買えるようになる」

「何か特別なご要望はあるのかしら？」シエナはおとなしくきいた。「好みの色とか形とか、そういったたぐいのことで？」

ハシムは疑わしげに眉をひそめた。「君が今日身につけているものは、一見して明らかに不適切な代物だな」

「明らかにそのとおりね」

「これからは君もシルクやサテンを身につけてほしい」ハシムは冷たい声で言った。「それにベルベットやレース。化学繊維はいっさいだめだ。君には僕が気に入るように装ってもらう。僕が好むものは、いずれ君も好きになるさ」

「まあ、すこぶる単純なことのように聞こえるわね」シエナはつぶやいた。「ほかには?」

「知ってのとおり、僕は時間の大半をクダマで過ごす一方で、たびたび主要都市に出向いて自国のために商談の指揮をとっている。そんなときは、君も僕のところに来てほしい。自家用ジェット機を差し向けるから」ハシムはシルクのようになめらかな声で言った。

シエナはハシムが鼻先にぶら下げた自家用ジェット機というにんじんを無視し、真剣な口調で尋ねた。

「でも、私の仕事はどうなるの?」

「君の仕事?」

「私のキャリアよ」シエナは言い直した。「私はゼロからスタートし、大変な努力を重ねてきたのよ。地球上のあちこちへ気まぐれに飛んでいくあなたのために、苦労して手に入れたキャリアをあきらめるなんてとてもできないわ」

ハシムはじれったそうにシエナを見やった。「君はもう働く必要はない。君は必要なだけ金を使えるようになるんだから、仕事などやめればいい」

仕事をやめるですって? シエナはもはや自分の気持ちを抑えられなかった。「私はそんなつもりはないわ!」彼女は断言した。「私は自分の仕事に誇りを持っているのよ、ハシム。現にいまだって、大きな契約がいくつも入っているわ」

「下請けにでも頼めばいいだろう」

「いいえ、そんなことはできないわ」

「シエナ、僕はぎりぎりまで我慢をしているんだぞ！」

「私も同じよ！　あなたは私がお金でどうにかなると少しでも思ったの？」

一瞬の沈黙のあと、ハシムは答えた。「どんな人間も、金でどうにかなるものさ。それはほかでもない、君自身が身にしみてわかっていることじゃないか」

「まだあのカレンダーの写真のことをぐずぐず言っているの？　いいかげん頭から追いだせないのかしら？」シエナは彼を見据え、それから車のドアに手を伸ばした。「これ以上聞くつもりはないわ。あなたの侮辱に甘んじるいわれもないし。あなたには極めつけの代償を差しだしたじゃないの、ハシム。あれで満足すべきよ」

言うべきでないことを言ってしまった、とハシムは悔やんだ。「シエナ、行かないでくれ」彼女の腕をつかみ、指で愛撫する。「頼む」

彼がこんなふうに頼むなんて珍しいと気づき、シエナは目を閉じた。彼の手の感触に、たちまち気持ちがなだめられる。私は頑張って抵抗し、自立心とプライドを立証してみせていたのに。でも、彼がこれまでずっと私に及ぼしてきた、そしていまだに及ぼしている影響力はいささかも衰えていないんだわ。

シエナは目を開けた。「さっきはあなたの要求ばかりだったけれど、あなたの提案というのはそれだけではないでしょう？　私の要求を聞いてもらう余地もあるはずだわ」

我ながら信じがたいことではあったが、ハシムはシエナが拒絶するものと覚悟しかけていた。それだけに彼は驚いた。シエナはこの僕を相手に駆け引きをしようとしているのか？「僕の提案を考えてくれるという意味かい？」

「もちろんよ。そうでなければ、まったくのおばかさんということになりはしない？　女性がシンデレラの芝居で主役を演じる機会を与えられるなんて、そうそうあることではないもの！」

シエナは受け入れるというのか。そう思いながらも、不可解なことに、ハシムの勝利感は突然わきあがった失望感に取って代わられた。彼女はもう降参するつもりでいるらしい。だが、ハシムはこの闘いを楽しんでいたのだ。「つまり、君は僕の提案に同意するんだね？」

「私の条件を受け入れてくれるならね」

「君の条件？」ハシムはかっとして繰り返した。

「もちろんよ。どうして何もかもあなたに従わなくてはいけないの？」

なぜなら、誰だって、いつだってそうだったからさ。ハシムは心の中で思わず答えていた。僕が生まれてこのかたずっと！「その条件とやらを聞かせてもらおう！」彼はぴしゃりと言った。

「まず、クレジットカードの件は忘れてちょうだい。私には必要ないから。でもありがとう。いちおうお礼は言っておくわ。たしかに私は大金をかせぐことはできないけれど、高価な服に頼るまでもなく、たいていは充分にやっていけるのよ。それに、あなたのところへは私の都合がついたときだけ会いに行くことにするわ」だって、こんな関係はすぐに終わってしまうでしょうから。そうなったら、また元のように生計の手段が必要になるもの。「私はこれまでどおり自分の生活を続けていくつもりよ。私に会いたいのなら、私の都合に合わせてもらうわ」

「君の要求は途方もないことばかりだ！」

ハシムの抗議に、シエナは肩をすくめた。

「それなら、この話はなかったことにして。実際のところ……」彼女は正直につけ加えた。「長期的に見れば、そのほうが私にはずっと幸せだわ」

「ただし、短期的には君も僕の提案を無視できない、ということだな」ハシムはつぶやき、彼女を腕に引き寄せた。「いまといういま、君の体は僕を求めて悲鳴をあげている。君もわかっているとおり、僕の体も興奮しかけている。ちょうど君の下腹部がうずくのと同じように。違うかい？」

「ハシム、あなたって……あなたって人は……」シエナは非難の言葉を投げつけたかったが、途中で言葉はどこかへ吹き飛んだ。ハシムの両手が彼女のTシャツの下に滑りこみ、胸のふくらみを包みこんだのだ。

「ブラジャーはつけていないんだね？」てのひらにベルベットのような重みを感じながら、興奮と失望に心を引き裂かれたまま、ハシムはかすれた声できいた。

「家で仕事をしているときには……ああ」張りつめた先端を口に含まれ、シエナはあえいだ。「ハシム、何を……何をするつもり？」

「当ててごらん」

「でも……ここは車の中よ」

「運転手には見えないさ。やめてほしいかい？」

シエナは彼の指がいざなう快感に体をくねらせた。いまはまだやめてほしくない。あと二、三分。そうしたら彼を止めよう。「私はジーンズをはいているのよ。実際には何もできないでしょう？」彼女は息を切らして尋ねた。

「そうかな？」ハシムは笑い、羽根のような軽さで、彼女の秘めやかな部分に指を滑らせていく。

「ハシム――」

「しいっ。かまわないさ」

ハシムの言葉がシエナの気持ちをあおる。ハシム自身、彼女を見守りながら興奮していた。

恥ずかしさを覚えながらも、シエナは彼に従った。リムジンの後部座席で体をくねらせている事実も忘れて。わかっているのは自分が天国の中心にいるということだけだ。途方もない額の小切手を返したうえ、彼の要求を拒絶することで、わずかなプライドを救えたかもしれないという思いも頭からうせていた。ただ、自らの体の欲求に合わせ、甘美で逆らいがたい奔流に運ばれていくがままになっていた。

「ああ！」ハシムの手の動きが速くなるにつれて、シエナの口からすすり泣きがもれる。

そして、あの恍惚感が再びシエナを襲った。この世界の外にほうりだされ、至福の楽園まで飛ばされていくような感覚。ハシムの容赦ない巧みな愛撫に、はるかな高みへと打ちあげられていき、シエナは声をあげ始めた。陶然とした快感から生じてくる小さな叫びをハシムが唇を激しく押しつけて抑えこむ。ほどなく、彼女は無数のきらめく破片となって砕け散った。

永遠にも思える数秒間が過ぎたあと、小刻みなけいれんがゆっくりとおさまっていき、シエナは満ち足りた思いに包まれた。汗ばんだ額から、ハシムがそっと髪の毛を払う。

「いったいどうやってこんなふうになれるの？」シエナはなかば自分に向けて問いかけた。「どうやって？」

ハシムは顔を見られないようにしながらにっこりした。なんてうぶなんだ。僕はどれだけ多くのことを彼女に教えることができるのだろう！　彼はシエナの顎を持ちあげ、からかうような、突き刺すような視線を注いだ。「ああ、シエナ、君には学ぶことが山ほどあることが、これでわかったかい？」

シエナはクライマックスの余韻にひたりながら、すっかり無防備な状態のままハシムの腕の中で丸くなり、体を休ませていた。「たぶんね」彼女は物憂げな声で同意した。

「じゃあ、僕の愛人になるという提案に同意してくれるんだね？」

　シエナは顔を上げてハシムを見つめた。彼は目を大きく見開いている。「私の条件を考慮してくれるなら」

「では、いまから僕のホテルに戻って、君にディナーをごちそうさせてもらえるかな？」

　おそらくベッドもね。もっとも、それこそが愛人の務めでしょう？　もしそのことが、ハシムが私と愛を交わすという意味なら、この私に不平が言えるかしら？

「私は家に帰って、まずシャワーを浴びるわ」

　ハシムの口もとに期待のこもった微笑がゆっくりと浮かんだ。「二人で一緒にバスタブにつかればいい」そして、彼女のこのむかつくような服を洗濯に出してしまおう。

10

　半年後。

「遅かったじゃないか」

　シエナがホテルの部屋に入るなり、ハシムが冷たく言った。

「ちょっと遅くなっただけでしょう」

「僕はずっと待っていたんだ」いちだんと声がとげとげしくなる。「一時間以上も」

「ごめんなさい、ダーリン」シエナは緑色のコートをするりと脱いだ。

　柔らかなカシミア製のコートは、ハシムがクリスマスに買ってくれたものだ。弱い冬の日差しに、エメラルド色の毛皮の襟がきらめいている。彼からのプレゼントをシエナが受け取ったのは、この一度きりだった。それもクリスマスだからという理由で。もっとも、ハシムが実際にクリスマスを祝うわけではない。そのことを彼女がからかいまじりに指摘したとき、ハシムは不満そうに言ったものだ。〝君は祝っているんだからかまわないさ！〟と。

ハシムはさまざまな贈り物をシエナが受け取って当然と思い、惜しみなく与えようとするのに、彼女は頑として拒んできた。ときに、ハシムが欲求不満に陥ってしまうくらいに。とはいえ、欲求不満は彼の専売特許ではない。愛人という立場は間違いなく欲求不満をもたらす、とシエナはとうに思い知らされていた。愛人というのはそれほど非現実的な存在なのだ。

逢瀬（おうせ）はたいてい人目を忍んで行われた。ホテルの部屋に入ってドアに鍵（かぎ）をかけ、互いの腕の中で我を忘れる、といった具合に。それでもときには二人でこっそり出かけ、信頼の置けるレストランで昼食をとることもあった。ボディガードがいつも変わらず影のようにつき従ってはいたが。

パリやスペインなどの都市ではもっと楽だった。人ごみにまぎれて目立たずにいられたからだ。しかし、外国にいるとシエナの非現実感はいっそう強まった。この関係は長続きしないだろうという気がしてならず、いつ終わってしまうのかと不安に駆られた。そして、どうせ終わるなら遅いよりも早いほうが苦しみは少なくてすむのではないか、などとつい考えてしまうのだ。

二人の関係はあまりにもろく、どの面から分析してみても、いずれ壊れるとしか思えなかった。

もっとも、シエナは厳密な意味での愛人とは言えない。ハシムには家で彼の帰りを待つ妻はいないのだから。代わりに、国があった。妻よりもはるかに要求の厳しい国という存在が。

シエナはハシムが壁のボタンを押すのを見守っていた。厚手のカーテンが静かに閉じて陽光を閉めだし、二人をプライベートな世界に包みこんでいく。

ハシムが向き直ると、シエナは挑戦的なしぐさで腰に手を当て、眉をつりあげた。

「あなたを待たせたと非難するけれど、あなたただってまだ挨拶のキスさえしてくれていないわ！」

ハシムは怒りと欲望を同時に感じながら、シエナを抱き寄せてキスをした。「やあ」

「こんにちは」

ハシムは額を彼女の額にこすりつけた。「君は僕を怒らせるのが本当に好きなんだね、シエナ」

「そんなことないわ」シエナは真顔で言った。「私があなたに従わないとき、あなたは本気で腹が立ってくるまで自分自身をわざとあおっている感じがするもの」

「君は僕の言うことに従ったためしがないだろう」

「だったら、何か頼んでみて。どんなことでもいいわ。ちゃんと従うから！」

ハシムは両手で彼女の顔を包み、じっと見入った。

「じゃあもう一度キスをしてくれ、言うことを聞かない型破りな僕の恋人！」

シエナはハシムの首に両腕を巻きつけ、彼の口もとに自分の唇を寄せていった。二人の唇が重なると、今度は挨拶以上のキスになった。激しく、飢えたようなキス、欲求不満をぶつけ合うようなキスだった。

たちまちシエナの口から喜びの声がもれた。ハシムと会うのは一カ月ぶりだった。しかも、予定では彼はあと二週間しかロンドンに滞在しないのだ。

あわただしくファスナーを下ろしたり、ボタンを外したりするあいだも、二人のもどかしげな会話は続いていた。

「君が恋しくてたまらなかった」ハシムがうめくよ

うに言う。

「それはお気の毒様」

ハシムが手を伸ばし、シルクのストッキングに包まれたシエナのくるぶしを愛撫(あいぶ)しながら、ハイヒールを片方ずつ脱がしていく。「君も、僕が恋しかった、と言ってくれると期待していたのにな」

「それは……ああ！」シエナは身を震わせた。ハシムの手がストッキングの上まで滑っていき、その上のサテンのような肌を円を描くように愛撫し始めたのだ。「私に言わせれば、それはお世辞をねだるようなものだわ」彼女は激しくあえぎながら言った。

ハシムは手を止めた。「君は僕が恋しくなかったということかい？」

「たった一カ月会わなかっただけなのに」

「たった？」ハシムは不満げな声音で尋ねた。

シエナは腕を伸ばし、ハシムの手を元に戻させた。

「ええ、そうよ、私はあなたがとても恋しかったわ。いつもあなたのことを思い、この瞬間を夢に見ていたの！　これでいいかしら？」

「ああ、ずっといいね」ハシムはつぶやくように答えた。「それが本当なら」

本当ですとも。彼の手でベッドの真ん中に横たえられるあいだ、シエナはそう思っていた。彼が思っている以上に、そして口に出して言える以上に、たまらなく彼が恋しい。ハシムとの情事が始まったときは私もまだ初心者だった。でもいまは私も成長し、駆け引きを学んでいる。なかでもいちばん重要なのは、常に本心を隠しておく、ということだった。

彼女のシークが天性のハンターであることに、シエナは早くから気づいていた。ハンターなら誰もがそうであるように、ハシムも追跡のスリルを楽しんでいる。シエナが逆らえば逆らうほど、彼は激しく燃えるのだ。誰からもあがめられているような人物は、かえって自分にひれ伏さない相手に惹(ひ)かれるもので、それは難解な心理学でもなんでもない。

もっとも、シエナにすれば、これは駆け引きなどではなく、自衛のための心構えだった。自分の気持ちに決して応(こた)えることのできない男性に、これ以上恋心をつのらせてはならない。どこかで自分を抑える必要があった。

ハシムに服を脱がされながら、シエナは自分の思いをわきに押しやった。彼はシエナが身につけているものを一つ一つ脱がせていく。ストッキングとガーターベルトだけはそのままにして。

シエナはクッションにもたれたまま、今度は彼が服を脱ぐ様子を見守った。スーツ、シャツ、そしてシルクの下着を取り去ると、見事な肉体があらわになった。

ハシムが隣に身を横たえたとき、シエナは彼の目の下に隈(くま)ができていることに気づき、指でそっと触れた。「疲れているのね」彼女は優しく言った。

「それなら、僕を不疲れにしてくれ」

「〝不疲れ〟なんて言葉があるの？」

「いまはあるさ」

ハシムがそう言って目を閉じると、シエナは彼の胸から腹部へ、さらにその先へと唇をはわせていった。

「ああ、シエナ」ハシムはうめいた。「いったい、そんなことをどこで習ったんだ？」

「あなたが教えてくれたのよ、ハシム。忘れたの？あなたが何もかも教えてくれたわ」シエナはつぶやき、ゆっくりと愛撫を続けた。

もしかしたら、僕は彼女に教えすぎてしまったのかもしれない……。寝室での彼女はまるで娼婦(しょうふ)のようだ。むろん、女性は当然そうあるべきだが。彼女は僕が夢に見たすべてだ。いや、それ以上だ。そしていつかは、僕が彼女に教えた愛の技巧をほかの男が享受することになる。たぶん、僕たちのどちらかが予想しているよりずっと早くに。思いがけず刺すような痛みが胸に走り、ハシムは口もとをゆがめた。だが、猛烈な疲労感に襲われ、彼はあっという間に眠りに落ちた。

ハシムははっと目を覚ました。シエナが片肘をついて横たわり、彼を見下ろしている。豊かな髪がこぼれ落ち、薔薇(ばら)色に染まった胸全体を覆っていた。

夢か現実かよくわからない、頭に霞(かすみ)がかかったような状態のまま、ハシムは反射的にほほ笑んだ。なぜなら、彼はいま、目覚めたときにいちばんいたい場所にいたからだ。

旺盛(おうせい)な食欲を一時的に満たしたライオンみたいだわ。シエナは彼を見守りながら思った。再び容赦のない非情さで獲物を探しに出かけるまでの、つかの間の満ち足りた顔。ハシムが自分を駆り立て、大半の男性にとっての限界点をはるかに超えるところまで頑張り抜く性分であることに、彼女は気づいていた。彼には長時間にわたってきつい仕事ができる途方もない耐久力がある。にもかかわらず、彼の笑みに疲労の影がちらつくのを見た覚えは一度もない。

シエナは彼の唇に指で優しく触れた。「それで、これは時差ぼけということ？」

「たぶんね」ハシムはシエナの指にキスをしながら、すっかりくつろいでいる彼女の姿に驚いた。そして、その鋭い洞察力に対しても。胸の内をシエナに語らないのは、ときとしてひどく難しかった。ハシムはめったに心の奥にある思いを口にしない。統治者は自分の意向を胸に秘めておくほうが好ましいのだ。とはいえ、シエナと愛し合ったあとの余韻の中で、ふと気づくことがある。ほかの男たちと同様、背負っている重荷を下ろしたいと望んでいる自分に。いったい何が変わり、いつからこんなふうになったのだろう、と彼は思った。

シエナは、ハシムの額の上でもつれている黒い巻き毛を払った。彼の褐色の肌は真っ白なシーツの上でひときわ映え、官能を刺激する。その体が息づき、活力がみなぎり始めると、まるで油絵のような豊かな色合いに染まった。「ふだんのあなたは、時差ぼけにはならないのに」

「そうだな」

一瞬、沈黙が落ちた。

いま私がすべきことは、二つのうちのどちらかだわ。シエナは思いをめぐらした。ベッドから出て、このスイートルームの豪華なキッチンに行き、二人のためにお茶をいれる。彼が大好きな、そして私も大好きになった、アイス・ジャスミンティー。次に心地よい静かな音楽をかけ、彼のためにバスタブにたっぷりと湯を張り、私も一緒にお風呂に入る。そのあとで愛し合うのだ。そしてもう一度。それこそ愛人がなすべき務めだもの。

あるいは、別の選択をするべきだろうか。この男性の賢くて鋭い頭の中でどんな考えが渦巻いているのかを探るという、危険をともなう道に思い切って踏みだしてもいい。半年前には、危険を冒してみようなどとは夢にも思わなかったけれど。でもこのところ、ハシムがずいぶん優しくなった気がする。彼の持っている底知れぬ手厳しさが影を潜めたように思えるときがある。そのため、ずっと近づきやすい存在に感じられるときが。

「じゃあ、何が問題なのか、私に話してみる気はない？　それとも、私はさっさと逃げだして、愛人らしいことをするほうがいいのかしら？」

「たとえばどんな？」

「そうね……お茶をいれる、お風呂の用意をする、音楽をかける、といったところかしら」

ハシムは微笑した。口もとに漂う硬さが徐々に取れていく。「いや、行かないでくれ。ここにいてほしいな。君は女性が男のためにできる、いちばん重要なことを終えたばかりなんだから」

　また沈黙が垂れこめた。シエナは彼の言葉を深読みしないよう、精いっぱい努めた。ハシムの声音が彼らしくもなく優しく聞こえるからといって、なんの意味もないのよ。ただ彼は、愛人としての私の技量が急速に向上したこと、自分の個人教授ぶりがすばらしかったことに、拍手を送っているにすぎない。それだけのことよ。それとも、私たちはここ一カ月会っていなかったから、少しは愛情深くしようと努めているのかもしれない。理由はいくらでも考えられる。

　しかしいずれにせよ、彼の目の下の隈も、口もとの疲労も、厳然たる事実であることに変わりはない。

「どんな問題を抱えているのか、私に話してくれる?」

　シエナの緑色に輝く大きなアーモンド形の目がよく見えるように、ハシムは横たわったまま少し体の位置をずらした。以前彼があれほどこだわっていたシエナの胸は、いまでは彼女の美しさの一部にすぎないように思える。それでも、豊かな薔薇色の胸を見ると、彼女が自分の体をどんなふうに利用したかを考えずにはいられなかった。少なくともハシムにとっては、すべてを水に流すのは無理な話だった。

「疲れているだけさ。なんでもないよ」ハシムはつぶやいた。

　疲れていることはたしかだった。ただ、それがすべてではない。クダマでは、彼がヨーロッパ式の生活をしていることを非難する声があがり始めていた。そろそろシークに身を落ち着けてもらい、先祖から受け継いだ文化を全面的に踏襲してほしいという、複数の派閥からの突きあげがあった。そして、シークは海外旅行を減らし、全エネルギーを自国に集中すべきだ、という意見が具申されたのだ。

　シエナの存在がハシムの頭をさらに悩ませていた。

国内の伝統主義者たちが毛嫌いするヨーロッパ文明を、シエナはすべて体現しているのではないか？　アブドゥル・アジーズは、彼女との関係がシークに対する信頼を損なわせつつあると、このごろしきりとにおわせるようになった。そして、なんらかの結論を下さなければ重大な事態を招くだろう、とも。その結論がどうあるべきか、ハシムにはもちろんわかっていた。

「なんでもない」彼はきっぱりとした口調で繰り返した。

落胆のあまり悲しげな顔にならないよう、シエナは平静を保とうと努めた。悩みを打ち明けてとハシムに頼んだのに、私は拒絶されてしまった。仮面をつけたような顔がそのことを告げている。

いいわ、ここはハシムの言葉を素直に受けとめておきましょう。彼がそうしてほしいと望んでいるのは明らかなのだから。「それで、あなたがこの前に休暇を取ったのはいつのこと？」

「休暇？」ハシムはシエナが唐突に話題を変えたことに驚き、さらに、彼女が取りあげた話題にとまどっていた。

彼をうろたえさせることができたのがうれしくて、シエナは吹きだした。「そう、休暇よ。疲れたときやくつろぎたいとき、たいていの人が取るものよ」

ハシムは考えこむような顔つきで応じた。「思い出せないな」

「あなたは最近、スペインでバケツとシャベルのお仕事はしてないの？」シエナはからかった。

「バケツとシャベルの仕事？」ハシムは眉をひそめて問い返した。

「あなたは砂のお城をつくったことがないのかしら、ハシム？」

彼は笑った。「クダマでは、砂はあまりにありふれているからね。どこを見ても砂だらけでは、取り引きの材料にもなりようがない。砂地で遊ぶ気など起こらない。むしろ逃げだしたいくらいさ」

「そんなこと、考えてもみなかったわ」シエナは心地よさそうにハシムに寄り添った。「じゃあ、子供のころ、あなたはどんな休暇を過ごしたの？」

ハシムは珍しくノスタルジックな気分にひたり、自然と顔がほころんだ。少年時代がはるか遠い昔のように思える。それでいて、記憶の扉を開けば、驚くほどはっきり思い出せるのだ。「僕は親戚の男子たちとよく鷹を飛ばしに森へ出かけた。そこで鷹に獲物を殺す訓練をさせるんだ」

「女性はいなかったの？」

「一人もね」

「あなたのお母様は？　あなたと一緒に行きたがらなかった？」

ハシムは、母親の腕から引き離されて出かけた初めての旅のことを思い出した。わずか五歳のときで、僕は泣きわめいた。ほかのみんなは情け容赦なく僕をからかった。〝大人の男になるために必要なことを学ぶときは、常につらい別れがともなうものだ〟父は僕にそう告げた。西洋の心理学者がこれについてどう解釈するかは容易に想像がつく。

「その手の活動には女性は参加しないのさ」ハシムは思慮深げに答えた。「彼女たちの居場所は宮殿の中だからね」

「女性たちはそれで満足なの？」

「たいていの女性はね。だが、たまたま僕の母親は違った」ハシムは少しためらってから続けた。「関心のあることについては遠慮なく自分の意見を言ったよ。僕の両親はそれが原因でよく言い争っていた。母は、当時全世界に広まりつつあった女性解放運動による変化の一部については、クダマの女性も見習うべきだと考えていた。もちろん、ブラジャーを燃やすといったたぐいのことはしなかったが」

シエナは笑った。「そうでしょうね」

「けれど、母の努力で、クダマの女性たちは少しずつ自由を手に入れていった」

「たとえば？」

ハシムは肩をすくめた。「たとえば、首都では男性の同伴なしでも街中を歩けるようになった。ただ、多くの女性はいまだに男性の同伴を好んでいる」彼はシエナの顔を見やった。「君にとってはなんの意味もない話だろう。生まれながらに自由を与えられて育ち、それをあたりまえと思っている女性は、男性の同伴なしで街を歩けるという自由が革命的な出来事と見なされるなんて、きっと理解できないだろうな」

「あなたの話を聞いていると、お母様はすばらしい女性のように思えるわ」

「事実、そうなんだ」君にも僕の母に会ってほしい。その思いは口にされないまま、宙に浮いた。それが本心だとしても、こんな状況でどうやって言えるんだ？

シエナは少しのあいだ黙っていた。ハシムが慎重にのみこんだ言葉がどんなものか、彼女は理解していた。彼との隔たりを改めて意識させられ、傷つかなかったと言えば嘘になる。

ハシムは私の住む世界とかけ離れた世界について教えてくれた。二人の属する文化のあいだにある巨大な溝を、彼はいかに強調したことか。例のカレンダーの写真に対して彼が示した反応は当時のシエナの理解を超えるものだったが、いまなら理解できる。女性が一人で外出できるようになったことが大きな進歩と受けとめられる世界で育った男性にとって、扇情的な写真を撮るために胸を露出するという行為がどれほど忌まわしいものだったか。

実現する可能性のない願望に屈して、〝もし……だったら〟とつい考えてしまうとき、私がするべきことはただ一つ。二人のあいだに常に横たわってい る、そしてこの先もずっと存在し続ける、越えがたい溝を自分に思い出させることだけ。今後何が起ころうとも、私たちの関係はいずれ終わってしまう運命にあるのだから。

ハシムはシエナの目が陰ったのを見逃さなかった。しかし、理由を問いただすようなまねはしなかった。ほぼ見当がついていたし、言わずにおくのが最善の選択だと思ったからでもある。心の傷をわざわざえぐる必要はないのだ。

ハシムはシエナの頬に触れ、話題を戻した。「それで、君のほうは？　この前休暇を取ったのはいつなんだい？」

「去年よ。学生時代の友人を訪ねてオーストラリアに行ったわ。彼女は地元の男性と結婚して向こうに落ち着いたの」突然、シエナの頭にアイディアがひらめき、明確な形をとり始めた。「ねえ、一緒に休暇を取れたらすてきじゃない、ハシム？」豪華ではあっても、ぬくもりのない寝室を見まわす。「ホテルではないどこかで？」

ハシムはシエナの空想につき合った。彼女がいつも彼の空想につき合ってくれるように。「じゃあ、どこに行こうか？」

「そうね」シエナは首をかしげて考えた。「私たちはイギリスにとどまるべきだわ。海外に行くのはせわしないし、どのみち、あなたは旅行のしすぎですもの。イギリス国内で、あなたが完全にお忍びで通せる……完全に自由でいられるようなどこか」

「そんな場所が本当にあるのかい？」ハシムがからかうようにきいた。

「私、古い農家を改装した美しい屋敷を知っているわ。本当に人里離れたところにあるの。以前に一度、ロック・スターの四十歳の誕生パーティを開くために、そこを借りたことがあるの。みんな褒めてくれじむかすかな皮肉には気づかなかった。そのうえ、週末の休暇を連続して取るという行為は図に乗りすぎてはいないかしらと尋ねることもすっかり忘れてしまった。

シエナはうなずいた。「そうね、ええ……もちろんなんとかなるわ。あの屋敷が予約できればね。なにしろ日がないから。でも大丈夫。まともな頭の持ち主なら、二月の真っ只中にイギリスの田舎で休暇を取ろうだなんて思わないわ」

「それもそうだな。僕は取りたがるけれど」

ハシムと顔を見合わせ、シエナはくすくす笑いだした。「ええ、私もよ」

たわ」

「しかし、ボディガードたちはどこに泊まる？」

「敷地内にコテージがあるの。離れすぎず、ほどほどの距離に……」

シエナの声がしだいに小さくなり、ハシムは彼女の目に官能への期待が宿っているのを認めた。耐えがたい誘惑が彼の心をじわじわと侵食し始めた。ハシムは自分の人生からやがては失われていくものを意識した。それはシエナとの関係にほかならなかった。だからこそ、そうなる前に……。

「そこを手配できるかな？」

ハシムに唐突に尋ねられ、シエナは目をしばたたいた。「本気なの？」

「ああ」ハシムは頭の中ですばやく計算した。「次の週末ならなんとかなりそうだ。君の仕事の都合がつけばの話だが」

ひどく興奮してしまい、シエナはハシムの声ににに

11

シエナとハシムはようやく二人きりになれた。

ハシムのボディガードたちは、誰一人異議の唱えようがないほどの充分な額のボーナスを約束され、表門のそばにあるコテージに落ち着いて、ワイド画面でテレビ番組を楽しんでいる。屋敷には、巨大な暖炉に古風なキッチン、そして二階の主寝室には本当に一世紀も前につくられたように見えるベッドがあった。

「まるでタイムスリップしたみたいだ」ハシムがつぶやき、満足そうに周囲を見まわした。「しかし、凍えそうだな」

「本当に冷えびえしているわね」シエナは彼を見やった。「あなた、火をおこせる？」

ハシムは尊大とも言える微笑を見せた。「もちろん」

「それなら火はあなたに任せることにして、私は何か食べるものを用意するわ」

だが、ハシムは首を横に振った。いま、僕たちはハネムーンごっこをしている。少なくとも僕はそう思っている。だとしたら、食べ物や燃料の手当てよりも先にすることがあるはずだ。「君が欲しいのは食べ物かい？」彼はささやくように尋ねた。「それとも僕？」

「まあ、あきれた！」シエナの抗議の声から、とがめるような調子はあまり感じられなかった。というのも、ハシムが彼女のセーターの下に両手を滑りこませたからだ。「カーテン……カーテンを引かなくては」彼女は息を切らして訴えた。

シエナが窓辺に行き、色あせた更紗（サラサ）のカーテンを引っ張るなり、ハシムが近寄って彼女の腰に両手を伸ばした。「スカートをはいた君を見るのはうれしいな」

「だって、私のシークはジーンズが好きじゃないんですもの」シエナは澄まして言ったものの、ハシムの手が彼女の秘めやかな部分にわずかに触れるのを感じて思わず目を閉じた。すでにそこは熱く潤っていた。

「君はもう受け入れ態勢ができているんだね」ハシムは驚きをにじませながら言った。

「ええ、何時間も前からね」シエナは認め、下着を脱がせようとするハシムに協力した。夢中になりすぎて足がもつれ、いまにもよろめきそうだった。

「僕もだよ」ハシムもかすれた声で認めた。

二人にとっては、スプリング入りの古風で大きなソファにたどり着くのが精いっぱいだった。そこまで来るとハシムは蹴るようにして下着もろともズボンを脱ぎ捨てた。それから彼女を膝の上に引き寄せ、痛いほどうずいている高まりにゆっくりと導いていった。

シエナはたまらずにあえぎ声をもらした。もうこれ以上は我慢できないとシエナが感じるまでハシムは完全に彼女を満たし、彼女の体を上下に動かし続けた。こんなことが起こりうるなんて信じられない。そう思う間もなく、シエナは自分自身がばらばらに砕けるような感覚にのみこまれた。

ハシムもまた彼女と一緒に自分が粉々に砕け散るのを感じていた。シエナの体が喜びに震えだすと、ハシムの体もほとんど完璧に共鳴して彼女に続いた。強烈なクライマックスに二人の意識が一時的にもうろうとなる寸前、二人の視線がからみ合う。

「シエナ！」彼女が激しく身をもだえさせ始めると、ハシムはうめき、まるで魂からほとばしるように彼女の名が口から飛びだした。

「ハシム！」シエナも、彼のなめらかな肌に指を食いこませ、きれぎれに彼の名を叫んだ。ああ、あなたをどんなに愛しているか、口に出して言えるものなら……。

しばらくのあいだ、二人はそのままじっとしていた。やがてシエナはハシムの顔をのぞきこみ、いかつい顎に手を滑らせた。

するとハシムがそっと尋ねた。「何を考えているんだい？」

「愛を交わした直後に、女性にそんなことを尋ねるものじゃないわ」

とりわけ、彼が聞きたくないことを告げたくて、私が苦しんでいるときには。情熱のほてりが肌から消え始め、シエナはかすかに身震いした。

「火をおこしたほうがいいわね」シエナは軽い口調で促し、彼の膝から下りた。

ハシムが暖炉の火をおこしているあいだに、シエナはキッチンへ行き、食事の用意に取りかかった。彼女はまず有機野菜のスープをつくり、平たい全粒粉のパンとチーズを添えてテーブルに並べた。材料はすべて近くの農場から直接に買い入れたものだった。

食事を終えると、二人は庭常の花の香りをつけた水で喉の渇きをいやした。それから、しだいに勢いよく燃えだした暖炉の火の正面に陣取り、ふわふわの敷物の上に座ってかぐわしいお茶を飲んだ。

「どう、この休暇は？」

シエナの問いにハシムは答えた。

「完璧だね」そう答えながらも、なぜかハシムの心の中に重苦しさが忍びこんだ。

そのあと二人は、シエナのお気に入りの古いミュージカル映画をビデオで見た。

映画が始まってまもなく、シエナが花粉症患者のように鼻をぐすぐす鳴らしだした。

「君は泣いているのか！」

「そんなんじゃないわ」シエナは不機嫌に言い返した。

「さあ、おいで」

シエナは言われるがままハシムに寄り添った。たとえそれが彼女をいっそう苦しめる結果になっても。

二人は単純なことをして休暇を過ごした。朝は暖かい格好をして小道をたどり、夕日が畑を真っ赤に染めるころになっても溶けそうにない固い霜柱をさくさくと踏みしめながら散策を楽しんだ。

現実の世界ははるか遠くのことのように思われた。ずっとこのままでいられたら、とシエナは心の片隅で強く願った。彼が普通の人であれば、こうした生活をいつまでも送れるのに。ハシムの言うとおり、シエナは自分の自由を当然のこととして受けとめて生きてきた。だが、この週末のあいだは、彼女はこれまでにないほど自由を意識し、大切に扱った。そして、ハシムがくつろぎ、いやされていく様子を見守っていた。彼の目の下から隈が消え、目じりの細かなしわも、まるで若返りの魔法をかけたようにきれいになっていた。

「シエナ」

最後の朝、パンケーキを食べながら、ハシムは呼びかけた。

「人生がいつもこんなに単純ならいいのに、と思わないかい？」

シエナはほほ笑んだ。こんなふうならと願うのは、こんなふうにはいかないと思っているからよね。懸命に考えて気のきいた言葉を引っ張りだして口にしたところで、無意味なことは充分わかっていた。彼女はシロップのふたを締め直した。「あなたはラジオを聴きたいんじゃない？」

ハシムは顔をしかめた。「なんのために？」

「ここ最近、クダマに関するニュースが多いように思えるわ」

ハシムは繊細な琥珀色のお茶の表面をじっと見つめた。「クダマでは近々選挙が行われるんだ。そうなると僕は多くの時間を取られてしまう」彼はシエナに目を向けた。「実は明日、僕は飛行機で戻らなければならなくなった」

シエナはうなずいた。「わかっているわ」

ハシムは深く息を吸いこんだ。「またいつイギリスに来られるか、確約できないんだ」

長いあいだ足もとにからみついていた恐怖が、ついに胸にまで巻きついてくるのを、シエナは感じていた。「それもわかっているわ」ハシムにこれ以上言わせてはだめ。避けられないなら、受け入れるしかない。彼を楽にしてあげなければ。「ハシム、大丈夫よ。言わなくてもいいの。終わりだということはわかっているから」

ハシムは否定しなかった。顔を上げてシエナを見つめる黒い瞳には苦悩の炎が揺れていた。「これは僕の望んでいることではないんだよ、シエナ。それでも、クダマこそ僕のいるべき場所だという思いは、このところますます強くなっている」

彼は落ち着かなげに肩をわずかに動かした。

「いまの僕には果たさなければならない義務がある。それに、未来図を描けない関係に君を縛りつけたくはないし、守れない約束もしたくはない。正式に結婚もせず、会う機会もなくなり、いつの間にか立ち消えになってしまえば、僕たちには苦しみしか残らないことになる」ハシムの声がかすれる。「僕はそんなことには耐えられない。二度はごめんだ……」

シエナは彼の顔に浮かぶ挫折感に気づき、すぐさま助け船を出そうとした。というより、自分自身を助けようとした。私はほかのどんな女性が望んだよりも、はるかに多くのものをハシムから得たのよ。

それに、いま別れたなら、彼もきっと敬意をもって私のことを思い出してくれるはず。

「私たちの関係はとてもすばらしかったし、楽しかったわ。本当にすてきなおつき合いだった」シエナはそっと言った。「でも、もう終わったのよ」

　ハシムは眉を寄せた。僕が考えていたのは……なんだろう？　僕は、彼女が少なくとも、僕のために涙を流してくれると思ったんだ！　あるいは、彼女の顔に落胆の表情が浮かぶだろうと！

　彼は自尊心が傷つくのを感じた。だが、彼の苦痛は実は自尊心よりもずっと深い感情から来ていた。それを認めることを無意識のうちに恐れたハシムは冷ややかに言った。「君は喜んでいるみたいだな」

「ハシム」シエナは自分の気持ちがうまく伝わらないことにいらだった。「そんなわけないでしょう。だけどいつかはこうなると覚悟していたの。だって、ほかにどんな選択肢があるわけ？」

　これまでは女性が僕に懇願した。それも一度や二度ではない。彼女たちは涙を流し、僕にとりすがった。シエナも彼女たちと同じはずだと、僕は考えていなかっただろうか？　シエナがほかの女性たちと同様に振る舞えば、僕は彼女を気づかうこともなく、もっと容易に別れられるのではなかろうか、と。

　しかし、シエナと築いたような関係を、僕は過去に一度も経験したことがなかった。これからも二度と経験することはないだろう。僕の運命がそれを許してはくれまい。なぜなら、羽目を外せる機会も、自由も、今後は大幅に減らされてしまうに違いないから。シーク一族の家という牢獄の、ぜいたくだがずっしりと重い扉が、僕の背後で閉じられようとしている。いま、勝手気ままにあれこれ検討を始めたところで、僕に、それにシエナにとって、どんな利益があるというのだろう？

「さあ、おいで」ハシムは言葉少なに言い、両腕を広げた。

　これが最後であることは、彼に言われるまでもなく、シエナにはわかっていた。彼の目が、長々と続くキスや愛撫がそう告げている。

「もう一度、あの古いベッドで愛し合おう」

　ハシムがささやくと、シエナはうなずいた。

　彼はシエナを抱いて階段をのぼり、二人がすべてを分かち合った部屋に向かった。そしてベッドのそばにたどり着くと、黒っぽい梁にぶつけないよう、ハシムは頭を軽く下げ、まるで貴重で繊細な金線細工を扱うかのようにそっと彼女を下ろした。

　無言のまま二人はゆっくりと服を脱がせ合った。シエナが横たわって羽根枕に頭をのせるなり、ハシムの褐色の体が彼女に覆いかぶさった。

　二人が絶頂に達すれば、何もかも終わり、愛の行為はただの思い出にすぎなくなってしまう。ほかのすべてと同じように。ハシムが渇望と痛恨の念をこめて我が身を沈めると、シエナは身を震わせた。とたんに彼女の目から熱い涙があふれ、頬を滑り落ちた。

「ああ、シエナ。泣かないでくれ」愛を交わしたあと、ハシムは指で涙をぬぐった。

　二人はしばらくそのまま横たわっていた。先に動いたのはシエナだった。私が先に行動を起こさなければ。彼女は自分に言い聞かせた。捨てられた愛人という立場から脱するために。

「そろそろ階下に行って荷物をまとめたほうがいいんじゃないかしら」

　ハシムはシエナの腰にまわしていた手に力をこめた。「ボディガードを呼んで、やらせればいいさ」

「だめよ、ハシム。それでは、普通の休暇を過ごすという当初の目的を台なしにしてしまうもの。私は食べ物の残りを処分するから、あなたは食器を洗ってちょうだい」

ハシムの気持ちは苦笑したいという思いと腹立しさのあいだで揺れ動いた。「わかったよ、シエナ」そうつぶやいたものの、彼の心は沈んでいた。

帰途の車中、防音ガラスにしっかり遮断されて運転手に声が届くことはないにもかかわらず、二人は押し黙ったままだった。やがて雨が降りだし、水滴が窓ガラスを激しくたたいた。まるで天が泣いているかのように。

車がサウス・ケンジントンに近づいたころ、ハシムはようやく行動を起こし、片方の手を彼女の手に重ねた。「僕と一緒にホテルに来ないか？」

「行かないわ」

シエナが顔を上げ、ハシムを見た。緑色の目が暗く沈んでいる。けれど、彼女から漂ってくる穏やかな威厳にハシムは息をのんだ。これまでは、二人のあいだにある純粋に性的な磁力を利用して、僕は何度もシエナを説き伏せ、彼女の意にそわないことをやらせることができた。しかしいまは、僕は何をもってしても彼女の気持ちを変えることはできないだろう。今度ばかりは。

何かが変わったのだ。シエナの中で。それに僕の中で。二人の中で。なぜなら、シエナはもう僕に屈してはいけないと自分を励ます必要もないし、僕のほうも、シエナを無理やり僕の意思に従わせようとはしなくなっていたのだから。これまで過ごした時間のどこかで、いつの間にか二人は対等になっていたのだ。それはハシムにとってほろ苦い認識だった。いまになってなぜ気づいたのだろう？　いや、いつ気づいたとしても無意味なことに変わりはない。シエナに関するかぎり。

ハシムは、どこへ行くにも常に携えているクダマ国の紋章の入ったアタッシェケースにかがみこんだ。そして中から細長い革の小箱を取りだし、シエナに差しだした。

シエナは憤然として首を横に振った。「なんだか知らないけれど、私はいらないわ。ありがとう。でもあなたのダイヤモンドも、エメラルドも、私は欲しくないの！　ずっと前に言ったとおり、あなたの富で私を左右することはできないし、されるつもりもないわ。これは本気よ！」

ハシムは静かに笑った。「わかっているさ、情熱的なシエナ」小声で言う。「しかし君が高価な宝石を予想しているのなら、いささか的外れだよ」シエナの手に小箱を置くと指で包みこませ、ハシムは一心に彼女を見つめた。「頼むから、開けてみてくれ」

彼の態度にある何かに触発され、シエナは震える指で留め金を外し、藍色のベルベットの上に置かれたペンダントを見た。ありふれた品ではない。鎖は一筋の光のように細く、その真ん中に金色の小さな鳥がついている。

「ハシム？」シエナは震える声で尋ねた。

「ほら、手に取って」ハシムは箱の中からペンダントを取りあげ、彼女のてのひらにのせた。細い鎖が優美にうねり、小さな金の鳥が燦然と輝く。

「この鳥は何？」

「鷲だよ。黄金の鷲さ。クダマの国旗にもその飛翔する姿が描かれている。国のシンボルなんだ。なぜなら、鷲は自由と力を象徴しているからね」

「なんて……美しい」

「つけてあげようか？」

シエナはうなずいた。取り返しのつかない言葉をうっかり口走りそうで、怖くて口がきけない。いま愛を告げたところで、彼を苦しませ、別れをいっそうつらいものにしてしまうだけ。

ハシムは両手を彼女の首筋にあてがった。そのままいつまでもそこに置いておきたいと願いながら。彼は豊かな髪を持ちあげ、柔らかなうなじにキスをした。それから彼女の顔を自分のほうへ向けさせると、今度は口を彼女の唇に重ね、その甘美な温かい唇から熱い反応を引きだそうとした。

「これはあなたがつけるはずのものでしょう？」

シエナのくぐもった声音に、ハシムの乱れた思考が中断された。「ああ、そのつもりだった」彼は鎖の留め金をとめた。「さあ」

一瞬、二人の目が合った。苦痛がシエナの胸を打ち、めまいがしそうだった。彼女は顔をそむけ、必死になって窓の外に目をやった。すると、車が彼女の家のある道の外れまで来ていたのがわかり、シエナはほっとした。

「着いたわ！　ありがとう、ハシム」シエナはハシムの顔に唇を寄せた。彼の唇の端をちらっとかすめただけだったのに、苦痛が増してくる。「くれぐれも気をつけてね」

ハシムは彼女の指先にキスをした。

シエナがドアを開けて外へ出ると、ハシムは運転手に母国語で何か言いつけた。運転手はすぐさま車を下り、トランクから彼女の小さな旅行かばんを出した。

窓が音もなく下りたが、シエナにはハシムのきらめく黒い瞳しか見えなかった。仮面のように無表情な彼の顔の中で、目だけが本当の生命を持っているようだった。彼女はさっとほほ笑みを投げかけ、車から離れた。

家に入るまではどうにか泣かずにすんだ。しかし、中に入るや涙が頬を伝いだし、とめどなく流れ出た。ケイトが家を留守にしており、しばらく戻らない予定であることがとてもありがたい。そのあいだに立ち直ればいいのだから。手負いの動物が自然と治るように、自力で回復できるだろう。

ほとんど何も食べず、ほとんど眠れず、家にこもったまま泣くばかりで時間が過ぎていった。何か食べたらと勧められることも、なぜ眠らないのかと尋ねられることも、泣くなんてよくないわと諭されることもなかった。いい男はほかにもたくさんいるじゃないの、といった慰めの言葉をかけられることも。そう、たぶんいい男はほかにもいるだろう。でも、ハシムのような男性はこの世に一人しかいない。

三日が過ぎ、まだ胸は痛むものの、シエナの気分はいくらかよくなり始めた。恋が実らなかったからといって、人生をすっかり投げだしてしまうような女性の仲間入りをしたら、ハシムに軽蔑されるだろう。シエナにはそのことがよくわかっていた。

シエナは風呂に入り、髪を洗った。そして裾が膝まで届くほどの大きな黒いセーターをかぶった。

そのとき、玄関のベルが鳴り響いた。ケイトかしら？　シエナはいぶかった。鍵を家に置き忘れたまま出かけていたとか？

ドアを開けたとたん、シエナはぎょっとして立ちすくんだ。まったくなんの心づもりもしていないところへ、カメラを構えた男たちが目の前にずらりと並んでいたのだ。

彼らは少しでもいい位置を占めようと押し合いへし合いしている。シエナが驚いてあとずさると同時に、いっせいにフラッシュがたかれ、彼女は一瞬目がくらんだ。誰かが彼女の顎の下にマイクを突きつけてきた。

「ミス・ベーカー！」テレビのリポーターらしい、よく通る声が叫んだ。「ミス・ベーカー！　クダマ国のシークは、あなたがトップレスのモデルをしていたことをご存じなんですか？」

12

〝最後にクダマ国の話題を一つ。伝統を重んじるクダマ国の首長が、我が国のグラマーなモデルとデートを重ねているといううわさが流れています。美しいブルネットの女性、シエナ・ベーカーは……〟

一歩家を出るや見知らぬ人があれこれ話しかけてくるため、外出もままならないというありさまで、シエナは家に閉じこもるしかなかった。玄関とは反対側にあるキッチンに避難し、ブラインドをすっかり下ろして座っているところへ、ケイトが入ってきて受話器を渡した。彼女の表情がすべてを語っている。

シエナは受話器を耳に当てた。自分が言葉を口にしたかどうかも定かでなかったが、何かしら声を発していたに違いない。その証拠に、受話器から深みのあるなめらかな声が聞こえてきた。

「シエナ？」

彼女は唇を噛み、目を閉じた。泣かないわ。泣く

玄関先で撮られたシエナの仰天した顔は、立て続けに新聞の紙面を飾った。二度目のときはもっと大きな写真と一緒に並べられて。砂にまみれた彼女の官能的な写真は、すべてのタブロイド紙の一面に載った。

お堅い高級紙ですらこの写真を掲載し、変わりつつある中東におけるモラルについて説得力のある記事を添えることで、扇情的な写真は掲載しないという原則を破ったことを正当化していた。テレビも、いつもなら退屈な番組にすぎないニュースショーの中で、補足情報として修整入りの写真を取りあげ、イギリスじゅうの家庭に放送した。

ものですか。それでもハシムのいとしい声を聞くと、もうほとんど耐えられなくなってしまった。「ええ、私よ」

「大丈夫かい？」

「ああ、ハシム……。いったいメディアはどこから情報を仕入れたの？　それよりも、彼らはどうやって私を見つけだしたのかしら？」

ハシムは顔をこわばらせ、唇を引き結んだ。クダマ国内の敵対者が統治者のスキャンダルをイギリスのマスコミに売りこんだに違いないと踏んでいた。僕の人生の一部である権力闘争に巻きこまれ、シエナの過去が僕を攻撃する材料として利用された以上、僕には彼女を守る義務がある。

「この手のことはとかく世間にもれやすいんだ」ハシムは慎重に言った。「世の中なんてそんなものだ」

深い沈黙が流れたあと、ハシムはようやく口を開いた。

「僕の配下の者をそちらに送って、君の面倒を見させよう。僕が直接行っては、ますますうわさを広げてしまうから。君にはどこか避難場所はないか？」

シエナはまた唇を噛んだ。逃げ道が必要になったとき、私は誰を頼れるの？　何もきかずにいつでも両手を広げて私を受け入れてくれるのは誰かしら？　誰が、何があろうと私のために最善を尽くしてくれる？　考えたすえに、シエナは告げた。「母のところなら」

「じゃあ、お母さんのところに行きたまえ。その手はずは僕が整えよう」

「ハシム……。あなたはわかっていないわ！」シエナはいらだたしげに言った。「私はやりかけの仕事をいくつも抱えているのよ！　そのうえ、依頼の電話が鳴りやまない状態なの！　いままでこんなに私が人気者になったことなんて、もちろんないわ。たぶんに好奇心が働いているんでしょうけれど」そして辛辣につけ加える。「例の〝グラマーなモデル〟に自分のパーティを企画してもらおうじゃないかって。でも、その中にはクライアントを装うマスコミ関係者もまぎれこんでいるはずよ、間違いなく」

僕も連中と同じようなことをしたのだ、とハシムは思い出し、自嘲の念に胸を刺し貫かれた。僕もクライアントのふりをして、彼女をあざむき、ついには彼女を誘惑して思いを遂げてしまった。あげくの果て、どういう事態を招いたんだ？　彼女はかつて、母親のためによかれと思って若さゆえの性急な決断を下した。それが、彼女をこんな目に遭わせるほどのあやまちだろうか？

「すまない」ハシムは小声でわびた。

シエナは彼が目の前にいるかのごとくかぶりを振った。謝罪の言葉など聞きたくはなかった。ひどく儀礼的で、堅苦しい。まるで赤の他人同士の会話のようだ。「あなたのせいじゃないわ。これは自業自得なのよ。そもそも、私はあんなまねをするべきではなかった。こんなことになってはね返ってくるとは思いもしなかったけれど」

「いや、これは僕の責任だ。君と僕との関係から生じた事態なんだから」

私の人生でいちばん大事な関係。でも、それはもう過去のことなのよ。シエナは自分に思い起こさせ、ため息をついた。ハシムを頼りたい。だけどそうするべきでないことはわかっている。実際、したくてもできはしないが。彼は何千キロも離れたクダマの宮殿にいるのだし、私はケニントンにある自分の小さな家にこもっている。抱き締めてくれる腕もなければ、傍らで鼓動を響かせる胸もない。髪をそっと撫でてくれる手もないのだ。

「このあとの依頼はいっさい無視し、いま受けている契約はほかの誰かに任せる。そういう算段は取れないのかい？」

「そのあいだ、誰が私のローンを払うというの？」

一瞬、間をおき、ハシムは慎重に言葉を選んだ。すこぶる微妙な領域に足を踏みだそうとしていることは自覚していた。「簡単さ。ここは僕に援助させてほしい」

シエナは凍りついた。「どういう意味？　私を援助するって？」

「最後まで聞いてくれないか。頼む、シエナ。大事なことなんだ」ハシムは穏やかに続けた。「家のローンの件を僕に任せてくれれば、それで君もしばらくは、雑事から遠ざかっていられるだろう？」

「あなたにローンを肩代わりしてもらうつもりはないわ！」そう言い返したあとで、シエナは声を落とした。「この件について、私がどうして頑固に自分の立場を貫こうとしているか、あなたにもわかっているでしょう」

「シエナ」ハシムは忍耐強く言った。「君の自立心には敬服するよ。しかし、これは高価な宝石のたぐいを惜しみなく愛人に与えるといった話ではない。僕はただ、自分が種をまいてしまった厄介な状況から、君を救いだしたいだけなんだ。ある種の償いと言ってもいい。どうか僕にやらせてくれないか？　真の友人ならそうするというような申し出まで拒絶するとなったら、僕たちが二人で育てたものはすべて無駄だったことになりはしないだろうか？」

沈黙が垂れこめた。シエナの思いは、頭の中で残酷にこだましている一つの言葉に向けられていた。その思いが、金で私の窮状を救おうとするハシムへの憤りでないと知ったら、彼は仰天するに違いない。〝真の友人なら〟というハシムの言葉がこれほどの苦痛を私にもたらすとは、誰が思うだろう？

「二、三週間もすれば、騒ぎはすっかり忘れられるはずだ」ハシムはなおも続けた。「そういうものだよ。ニュースは生き物だからね」

その言葉はかえってシエナを動揺させた。騒ぎがいったん沈静化すれば、事態は本当に終わってしまうだろう。この騒動を嫌悪する一方で、私は心ひそかに歓迎していたのではないかしら？　彼が永久に去ってしまったと思っていたときに、この騒ぎがまたもや彼を私の人生に引き戻してくれたのだから。

「わかったわ。母のところに行きます」

クダマの宮殿で、シエナの言葉を聞いて、ハシムは安堵のため息とともに目を閉じた。彼の個人用の書斎を一歩出れば、大騒ぎになっていた。アブドゥル・アジーズは飢えた雄猫さながら、何か見つからないかと宮殿の近辺を巡回している。だが、ハシムはもう気にしなかった。シエナは安全だ。この先も安全だろう。僕には彼女を守る力がある。

「いますぐ、そちらに車を差し向ける」ハシムは目を開けて言った。とりあえず行動に出られることはありがたい。僕の性格からいって、何かしているほうがずっと気が楽だ。「それに、君のお母さんの家の前にもボディガードを配備しよう」

母の家がどこにあるかあなたが知っているはずはないでしょう。そう言おうとして、シエナは思い直した。もちろん彼は知っている。なんでも知っているのだから。もしわからないことがあれば、誰かに命じて調べさせてしまう。どんなものであれ、彼は好きなように手に入れることができるのだ。

「ありがとう、ハシム」

「礼など無用だ」ハシムは強い口調で応じた。「ただ、気持ちをしっかり持っていてほしい。できるかい？」僕のために。彼は心の中でつけ加えたものの、すぐさま自分に言い聞かせた。いや、こんな状況で彼女に頼みごとをする権利など僕にはない。

シエナはハシムの姿を思い描き、自分の気持ちをたしかめた。大丈夫、こうして彼のことを思っても、私はちゃんと冷静でいられるわ。「私だったら、鋼のごとくしっかりしているわ」彼女はかすれた声で答えた。

ハシムは再び目を閉じ、ささやいた。「あるいは、鷲（わし）のごとくにね」

「さようなら」シエナもささやき返し、泣きだす前に受話器を戻した。

彼女の人生はすでに粉々に崩れていた。しかしそれは、いま彼女が味わっている苦痛の大きさとはなんの関係もなかった。

シエナが感じているのは、愛する男性と一緒にいられないという苦しみだけだった。この苦しみ以外、何物も私を動揺させることはないだろう。

13

「ダーリン、さあ落ち着いて。まずは座ってお茶を飲んだらどうかしら、冷めないうちに！」

シエナはお茶の香りをかいでほほ笑み、かぐわしいアールグレイを一口すすった。この世には、決して変わらないものもあるのね！

「そう、そのほうがいいわ」シエナの母親は何度もうなずいた。彼女は乗馬ズボンについていた泥を払ってから、自分のお茶に全粒粉のビスケットをひたした。

「お母さん、本当にごめんなさい――」

「ばかばかしい！」母親は朗らかな口調で遮った。

「たしかに、地元では私の評判もがた落ちだわ。村の品評会でカリフラワー部門の審査員を頼まれることも、もうないでしょうね」母親はため息をもらした。「だけど正直なところ、あの品評会にはいいかげん飽き飽きしていたところだったの」

「私はまじめに話しているのに」

「私もよ、シエナ」母親はきっぱりと言った。「私の見るところ、あの写真のあなたはとても魅力的だと思うわ。国立美術館に飾ってある裸体画のうちの何点かと比べたら、あなたの写真のほうがずっと地味なくらいよ！　見方の問題ね。あなたがモデルを務めたと知ったとき、最初は私も怒りましたよ。でも長くは続かなかったわ。あなたのモデル代のおかげで手術を受けられたとわかっていながら、どうしていつまでも怒っていられるかしら？　私は心からあなたに感謝したし、いまでも感謝しているのよ」

母親はビスケットを食べ終わり、もう一枚取ろうとゆっくり手を伸ばした。

「いいえ、これでやめときましょう」彼女は手を引っこめた。「それで、私が本当に知りたいのは……あなたのこの若いシークは、実際のところ、どんな男性なの？」

「若くもないわ。三十五歳ですもの」

「おや、たしかにおじいさんだこと！」

「それに、彼は……」これが、この点こそが、いちばん厄介なのだ、とシエナは思った。「彼は私のものではないのよ。もう私の彼ではないの。本当は、そういったような関係ですらなかったのだけれど」

彼女はカップを置くと、まっすぐに母親を見つめ、挑むように言った。「私はただ、彼と情事を楽しんでだだけ」

「それでも幸せなことだわ」母親はつぶやくように言った。「あなたがいつになったらボーイフレンドを見つけるんだろうって、私はやきもきしていたんですからね」

「お母さんたら！」

「だって、あなたは男性に関心があるようにはまったく見えなかったもの」

　母親の顔には問いかけるような表情が浮かんでいた。シエナは生まれて初めて、母と娘ではなく、女同士として語り始めた。

「私、数年前に彼とデートをしたの。正確には、写真を撮って二年後に」彼女は低い声で言った。「彼は特別な男性だったわ」

「きっとそうでしょうね」母親も娘に合わせて静かに応じた。「彼は本当にゴージャスに見えるもの」

「ええ。でも、ハシムは一国のシークで、私たちに未来はなかったの。彼はものすごく伝統を重んじる国の男性で、どのみち……彼は私のことを愛していないし」

「それは間違いないの？」

「もちろんよ！」

「もしそうだとしたら、あなたを守るためにわざわざここまでするかしら？　あなたの母親である私あてに、豪華な贈り物の入ったバスケットや大きな花束を届けてくれたことも含めてね」

「ハシムはやましく思っているのよ」シエナは断言した。「彼が身分の高い人でなければ、今度の騒ぎも起きなかったわ！　それだけのことよ」

「勝手にしなさい、ダーリン。あなたが強情を張るつもりなら、私には止められないわ。ところで」母親は娘にほほ笑みかけた。「古い乗馬服をまだ着られるかどうかたしかめてから、厩舎の手伝いをしてみない？　昔からお医者様が勧めているように、新鮮な空気とほどよい運動は、心身の回復にもってこいよ。それから、あとでカースティにお茶を飲みに来るよう頼んであるの。カーラはもう三歳になるのよ。信じられる？」母親はまたほほ笑んだ。「あなたとカースティが同じ保育園に通っていたのが、きのうのことのように思えるわ」

シエナもほほ笑んだ。昔の友人との再会を思うと心がなごむ。時が流れ、距離が離れたせいで、古い友人たちとの交流はつい優先順位が低くなり、久しく会っていない。

カースティと同じような人生を選んでいたらどうだっただろう、とシエナはときどき考えることがあった。もし私が故郷に残って、地元の農家の若者と結婚し、子供を産むという選択をしていたら、私は幸せになっていただろうか？

いいえ、そんなに単純なことではないはずよ。シエナは古い乗馬服を苦労して身につけながら思った。私の幸せは、私が選択した場所や最終的に選んだ仕事などではなく、私が恋に落ちた男性とともに歩むところにあるのだから。

私は、未来のない恋に夢中になるという不幸を経験してしまったんだわ。

それでも、シエナの母親が言ったとおり、新鮮な空気や運動は魔法のような効果をもたらした。少なくとも身体的には。やはり心の痛みには、そんな即効性のある魔法とは違ったたぐいの治療が必要なのだ。歳月の流れという治療が。

シエナは毎日夜明けとともに起き、厩舎の掃除など汚れ仕事をこなしたうえで、子供たちに乗馬を教えるというすてきな仕事も手伝った。最初は怖がっていた子供たちが、乗馬技術を覚えていくにつれ自信をつけていく。それを見守るのは本当に楽しく、やりがいのある仕事だった。シエナは、自分の生活が急にとてもシンプルなものになった気がした。ロンドンでの多忙な暮らしが、遠い過去の出来事に思える。

クライアントたちがパーティに期待する夢を実現させるため、日々、コンピュータの前に座ったり、準備に立ち働いたりしてきた生活が、そのうちきっと恋しくなるわ。当初、シエナはそんなふうに予想していた。ところがそうはならなかった。

　それに、カースティの娘、カーラの存在が喜びを与えてくれた。幼い女の子はたちまちシエナになつき、ずっと昔カーラの母親とシエナはいまのカーラと同じ年だった、と聞かされて目を丸くした。

　ある日カーラが尋ねた。

「シエナと遊んでもいい、ママ？」

「シエナはとても忙しいのよ……」

「大丈夫よ」シエナはきっぱりと言った。「別に忙しくはないし、私もカーラと遊びたいの。よかったら一緒にケーキをつくってみない？」

　少なくとも、暇をつくらないためにすることはいくらでもあった。愛する人を恋しがって家のまわりをさまよう暇などないくらいに。たぶん、いちばんつらいのは、ハシムとの関係が本当に終わったのだという事実を受け入れることだった。なぜなら、ある意味で、ハシムとの状況はまったく同じように思えたからだ。何週間も会うことができないのは例の騒ぎのせいで、二人の気持ちが変わったわけではないのだから、と自分に信じこませることだってできたのだ。

　けんか別れをしたとか、口もきかない関係になっているというなら、終わったのだと容易に納得することができた。容易に？　いいえ、そんなことはないはずよ。それは過大な願望というものだわ。だって、ハシムを忘れるためには何が必要かわかっているでしょう？　シエナは自問した。彼が誰かと結婚するという発表よ。いつか彼も結婚するでしょうし、それはわかりきったことだもの。そして、私はその苦しみを乗り越えなければならない。

　数日後の昼下がり、シエナがカーラと一緒にケーキをつくっているとき、シエナの母親があたふたとキッチンに飛びこんできた。

「ボディガードだという人が尋ねてきたの！」母親は興奮して伝えた。「どなたか、あなたに会いに見えているそうよ！」

シエナの鼓動が一瞬乱れ、手にしていた木べらを、それが魔法の杖ででもあるかのように振りかざした。これが本当に魔法の杖であったなら、とシエナは願った。もしそうであれば、これをさっとひと振りして……。

「ハシム？」シエナは小声で尋ねた。

「違うわ。彼じゃなくて、ええと……」母親は顔をしかめ、客の名前を間違いなく言おうと神経を集中させた。「アブドゥル・アジーズ」

シエナは落胆が顔に出ないよう願いつつ、さりげなく言った。「それじゃ、中にお通ししたほうがいいわ」

アブドゥル・アジーズは、自分がこの家の主人と言わんばかりの態度で、梁の低いキッチンに入ってきた。彼に会うのは久しぶりだった。特有のきつい印象は相変わらずで、凍った干しぶどうのような目も記憶にあるままだ。口もとは固く引き締められ、彼の真剣さを示していた。

それでも、表情の厳しさはいくらかやわらいでいた。多少なりとも穏やかな顔立ちになったのは、結婚生活のおかげかしら、とシエナはふと考えた。そんなふうに思うのは、私が結婚している人たちをうらやんでいるからかもしれない。

彼女を見てアブドゥル・アジーズが眉を寄せたのがわかり、シエナは自分がひどい格好をしていることを思い出した。着古した服に化粧っけのない顔。あちこちにケーキの粉がつき、エプロンには幼い女の子がしがみついている。

「怖い顔をしたこのおじちゃんは誰？」カーラは知りたがった。

「私の知り合いの方よ」シエナは小声で教え、母親のほうに顔を向けた。「カーラと一緒にケーキを仕上げてくれないかしら？　私はお客様を居間のほうにお通しするわ」

　カーラは少しぐずった。シエナの母親は、〝怖い顔をしたおじちゃん〟が何をしに来たのか、自分の目で見物できないことに落胆した様子だった。しかしシエナは、廊下を横切り、アブドゥル・アジーズを居間に案内しながら、妙に晴れやかな気分だった。最悪なことはとっくに起きてしまったのだし、ハシムはここにいない。いまは彼女の胸を騒がすようなものは何一つないのだ。

「お茶はいかが、ミスター・アジーズ？」シエナは礼儀正しく尋ねた。「あなたをなんとお呼びしていいのか、よくわかりませんけれど」

「アブドゥルでかまいません」彼は渋い顔で応じ、取ってつけたように言い添えた。「お茶はけっこう。ありがとう」

　礼儀作法を思い出したわけね、とシエナは皮肉っぽく思った。なんとか自制しようと四苦八苦している。そんな印象がはっきり伝わってくる。

「ご用はなんでしょう？」シエナは小さな声で尋ねた。

「あの女の子……」アブドゥルはドアのほうを目で示した。「あの子はあなたの子供ですか？」

「違います。私の学生時代の友人の子供です」

　アブドゥルはシエナのほっそりした首に下がっている、例の小さな黄金の鷲を見つめた。彼女はそれを肌身離さず身につけていた。

「それは我がシークがあなたに差しあげたものですね？」

「とっくにご存じでしょうに。ええ、彼からいただいたのよ」

　アブドゥルは威嚇するように顎をぐいと上げた。

「あなたはシークとの関係を絶たねばなりません

「シークはあなたを愛していると公表するつもりなんです！」アブドゥルは声をきしらせて言った。

シエナは笑った。一抹のさびしさがまじってはいたものの、それは本心から出たものだった。「とてもじゃないけれど、あなたは読心術でひともうけできそうにないわね。私とハシムとの関係はもう終わったの。彼はもう私に未練などないのよ」

「間違いありませんね？」アブドゥルの疑わしげな表情が晴れ、希望に顔を輝かせた。「断言できますか？」

「ええ」

「だとすると、シークは何をもくろんでいるのだろう？」アブドゥルは考えこむように自問した。

「あなたはすぐにここを出発して、直接彼に尋ねてみるべきだと思うわ」

「尋ねましたが、私には何も話してくださらないのです」

「まあ、あなたは読心術を心得ているわけ？」

も、おおよその見当はついていますがね」

さらないのです……。強情な方ですから！　もっと

アブドゥルの口もとがこわばった。「教えてくだ

「何を発表するというの？」

りです！」

「シーク・ハシムは国営テレビに出て発表するつも

れど」

シエナは傷ついた。「私は何も聞いていませんけ

「シークはあなたに話していないのですか？」

からないわ」

「あなたが何を言っているのか、私にはさっぱりわ

すって？」

「私の言ったことが聞こえませんでしたか？」

ジエナはまじまじとアブドゥルを見た。「なんで

しかもただちに！」

ぞ！」彼は大仰な口調で宣言した。「きっぱりと、

「そういうことなら、ハシムに内緒でここまで来て、彼があなたに話すつもりがないことを探りだそうとするのは、主人に対するひどい裏切りじゃないかしら」

アブドゥルはシエナをにらみつけた。「シークに対するあなたの忠誠心は見あげたものだが、私はそのような口のきき方に慣れていないものでね、ミス・ベーカー。とくに女性からは」

「そんな侮辱的な発言にもさして驚かないのは、どういうわけかしら？」シエナはつぶやいた。

「計画を撤回するよう、シークを説得してもらえませんか？」アブドゥルはおもむろにきりだした。

「とんでもない」シエナは落ち着いて応じた。「たとえそうしたくても、私にはできないわ。彼は自分の運命には自ら責任を持つ人よ」アブドゥルをじっと見つめる。「私たちすべてがそうであるように」

アブドゥル・アジーズの一風変わった冷たい目に、奇妙な、そして探るような光が宿った。「そう、そのとおりです。あなたは強い女性だ、ミス・ベーカー」

私が強い？　いまこの瞬間、私の心には、強さと弱さが入りまじっている。でも、私の強さはハシムへの揺るぎない愛情から生まれたもの。そして、弱さもまた同じところから生まれている。「ありがとう、アブドゥル」

彼は冷ややかな目を細くした。彼のまなざしがほんのわずかやわらいだように見えたのは、私の錯覚かしら？

「我がシークに何かメッセージはありますか？」

あなたを愛していると彼に伝えてちょうだい。あなたのことを思わずにはいられない、と。そして、私が本当に魔法の杖を持ったとしたら、あなたを悪から守ることにしかその杖を使わないだろう、と。

「よろしく言っていたとだけ、伝えてください」

「よろしく？」小さな声で繰り返しながらうなずくと、アブドゥルは深々と一礼して部屋を出ていった。

キッチンに戻ったシエナは、カーラと一緒にケーキに飾りをつけるいつもながらの作業を続けたが、心ここにあらずで、手だけが機械的に動いているような気分だった。ふと、私は何かを待っているのだ、とシエナは気づいた。どうしてそんなふうに思えるのかよくわからなかったし、実のところ、何を待っているのか見当もつかなかった。

不意に携帯電話が鳴った。そのとたん、シエナは誰からかぴんときた。着信画面に〝ハシム〟の文字が点滅するのを見るまでもなく、彼女の心臓は早鐘を打ちだした。

「シエナ？」

「アブドゥルが会いに来たわ」シエナはいきなり言った。

「わかっている」

「前もって私に注意しようとは思わなかったの？」

「そんな必要があったかい？」ハシムは落ち着き払って尋ねた。

「あなたが国民に向けてテレビで何か話すって、彼が言っていたわ」

「ああ、そのつもりだ」

「彼は、あなたを止めてくれと頼みに来たのよ」

「で、君はそうするつもりなのかい？」

シエナは笑った。「あなたがいったん何かを決意したら、それをやめさせるなんて、太陽の動きを止めようとするようなものだわ」

ハシムは顔をほころばせた。なんと見事なたとえだろう。「僕たちが理解し合っていてよかった」

「ハシム……」シエナはためらった。「あなた、何かばかなことをするつもりじゃないわね？」

そうだな、それは君が物事をどうとらえるかによる、とハシムは心の中で答えた。しかし、それはシエナがいま聞きたがっている答えではない。「もちろんさ、シエナ」ハシムの奇妙に抑制された声には、からかうような調子が見え隠れしていた。「もし自家用ジェット機をイギリスに差し向けたら、君はクダマまで来てくれるかい？」

自家用ジェット機でクダマに行くですって？　シエナを取り囲む世界がぐるぐるとまわりだした。

「どうして？」シエナは息を殺して尋ねた。

一瞬の間があった。

「僕の母が君に会いたがっている」

14

初めて見るハシムの宮殿は、星空を背景にそびえていた。まるで、おとぎばなしに出てくる城のように。シエナは信じがたい思いで手を口にあてがった。しかし驚嘆は大きくなるばかりだった。嘘（うそ）よ、こんなことが現実に起こるはずないわ。私の身に起こるわけがない。

だが、まぎれもなく現実の出来事だった。

シエナは金色とサファイヤブルーで彩られた部屋に招き入れられた。室内はぜいたくな装飾品であふれていたが、彼女の目にはほとんど入らなかった。たった一人の人物に視界を占有されてしまったからだ。もちろん、彼はいつだってそうなのだ。長身で、すらりとして、誇らしげな姿。美しさと厳しさがないまぜになった顔。その顔に漂っている緊張感と、身につけている柔らかな白いローブが、彼を見知らぬ人間のように思わせてしまう。でも彼の目は……。そう、あまりに慣れ親しんだいつものあの目。くすぶっている石炭のような黒い瞳はシエナただ一人を見つめ、彼女の肌を、そして胸を焦がした。

ハシムはシエナを見てうなずいた。自分の胸にある何かを、彼女を見ることで改めて確認した、とでも言いたげに。

シエナのほうは、この場にふさわしい礼儀や彼の召使いたちの存在に気を取られていた。召使いたちはいちおう視線をそらしてはいたが、シエナはただうなずき返すだけにとどめておいた。あたかも、毎朝のように駅ですれ違う通勤客同士といった趣で。

ハシムは母国語で何かきびきびと言い、召使いたちを退出させた。二人きりになると、彼は立ったまま数秒間、シエナを見つめていた。彼女には永遠にも等しい時間だった。

「さあ、僕のところにおいで」やがてハシムは命じた。

まるで夢遊病患者のように、シエナは足を運んでいった。彼女のシークのところへ。彼の腕の中へ。彼女がいちばんいたい場所に向かって。

キスはなかった。その代わり、肺から空気をそっくり奪われてしまいそうなほどの激しい抱擁が待っていた。ハシムはシエナを自分の胸にぎゅっと抱き寄せ、彼女のかぐわしい髪に顔を押し当てた。

「僕が君を愛していることはわかっているね、僕のシエナ？」ハシムはくぐもった声できいた。

シエナは身を引き、彼を見あげた。きっと聞き間違えたのよ、と自分に言い聞かせ、彼女は目をしばたたいた。「ハシム？」

「僕の胸の鼓動でそれがわからないのかい？」ハシ

ムは彼女の手をつかみ、そのてのひらを自分の胸に押し当てた。

シエナは彼の心臓がとどろかんばかりに打っているのを感じ取り、目を見開いた。

「できなかったんだ、シエナ。努力はしたよ。そうとも、努力はしたんだ！　僕はあえて不可能なことに挑み、そして失敗した。君を忘れようとしたが、できなかった。君のいない人生は想像できないし、これからもできないだろう」

「でも、愛ですって？」シエナはつぶやくように尋ねた。

「そう、愛だよ」ハシムはほほ笑んだ。「一国の統治者の権力よりも強いものだ。生命そのものと同じくらい強い力を持っている。君には、僕の愛がどんどん力を増しているのが感じられないか、シエナ？　飛び立つ直前の鷲のように」

ハシムはシエナの言葉を待った。

だが、シエナは舌をがんじがらめに縛られてしまったような感覚に陥っていた。この壮麗な部屋の中で、自分が奇妙にみすぼらしく感じられ、臆してもいた。

シエナは首にかけたペンダントの鷲に指先で触れた。それが彼の言葉に応える勇気を与えてくれることを願うように。かつて、自らの心の奥にしまいこんでしまった言葉を口にする勇気。胸の内で長いことはぐくみ続け、そのくせ、ずっと否定しようと努めてきた言葉を。

「私もあなたを愛しているわ、ハシム」シエナは必死の思いで打ち明けた。「初めて出会ったときからよ。ずっと変わることはなかったわ。薄らぐこともなかった。そうなるように願っていたけれど」いまは柔和になったカシムの目を、シエナはじっと見つめた。「だけど、あなたはわかっていたんでしょう？　私の目を見れば読み取れたはずだわ」

「ああ、わかっていたよ」

「でもだからといって、本当のところ、実際には何も変えられないでしょう？　あなたがシークであるという事実は変わらないし、私は依然としてカレンダーの――」

「だめだ！」ハシムは暴力的とも言えるくらい激しい調子で遮った。「言ってはいけない。君はそんな存在ではない。君が口にしようとしているような存在ではないんだ、絶対に！　若さゆえに性急すぎる選択をしたからといって、その後の人生が決められてしまうわけではない」

「だけど、私はそういう女として、世間の人に受けとめられると思うわ」

「それこそが、僕がテレビに出ようとしている理由なんだ」ハシムは語気を強めた。「テレビカメラは小さな謁見室に据えられている」彼は洗練されたしぐさで、顔をそちらのほうへ向けた。「僕と一緒に行ってくれるね？」

「あなたは何を国民に話すつもりなの？」

「一緒に行ってくれるね？」ハシムは一歩も引かずに繰り返した。

「ええ」

「では、その前に君に尋ねておかなければならないことがある。君がイギリスで送っている生活は、僕の生活とは相いれないものだ。僕の家、僕の居場所は、クダマにある。このところますますその思いが強くなってきた」ハシムのまなざしはシエナの顔にひたと注がれていた。「君はイギリスで享受していた自由の多くを放棄できるだろうか？　僕に対する君の愛は、ここでの生活を進んで受け入れられるほど強いものかい？　君の一生を、君の運命を僕に託せるくらい、その愛は深いのだろうか？　君は決断しなければならない。僕と結婚する気があるのなら」

「あなたと結婚する？」シエナはおうむ返しにきいた。心底ショックを受けていた。

「君は、僕が結婚に代わるものを考えていると思うのかい？　君が望んだとしても、僕は君を妻としては望んでいないと？　むろんそれは……」ハシムは言葉を切り、尊大な口調でつけ加えた。「君のほうで僕の妻になる気があればの話だが。もし君がそう思っているなら、そのときは大方の女性が背負う以上のものを背負わなければならないことになる。それでも、心の中では、君も自分の運命は僕とともにあると確信しているはずだ」

シエナは舌で唇を湿し、首にかけた鷲のことを思った。力強く、恐れを知らない鷲。彼の国のシンボル。彼女にとっては言葉一つわからない未知の国。彼女が知っている世界とは、何もかもがあまりにかけ離れている国。それでも、ここには、彼女にとってただ一人の大切な人――ハシムがいるのだ。

「そうね」シエナは慎重に応じた。「そうですとも。もちろんよ」彼女は喉をごくりと鳴らした。「だけど、クダマの人たちは私を受け入れてくれるかしら？」

「みんなが僕を統治者として望むなら、君を受け入れなければならない」

「あなたはそのチャンスに賭けたいのね？」

「そうせずにはいられない」ハシムは言葉少なに答えた。とはいえ、国民の反対に遭って自分が望むものを獲得できないなら、彼は統治者として失格であり、国を統治することなどできないと自覚していた。結婚という人生最大の神秘の一つに背を向けるようでは、決して完璧な人間にはなれないのだから。

「でも……」シエナは唇を噛んだ。彼が口にした愛という言葉から生まれる魅力的な魔法が解けるのを恐れる一方で、怖くても逃げずに正面から向き合わなければならないことも理解していた。その話を持ちだせば、彼女の未来の幸せがすべて泡と消えてしまうことになりかねないとしても。

「でも……なんだい、僕の美しいシエナ？」彼女の目に浮かぶ傷心と苦悩を見据えながら、ハシムは優しく促した。

「例の写真」その言葉はシエナの口から苦いため息とともにこぼれ出た。「あのカレンダーがあなたの国の人たちの目に触れたらどうなるの？　それでも、みんなは私を受け入れてくれる？」

「誰の目にも触れさせない」ハシムは小声で言った。「いまも、これから先も」

確信に満ちた口調に、シエナは当惑して彼を見あげた。「どうしてそれほど自信があるの？」

「あの写真の権利を買い占めてしまったからさ。いまは僕が権利を独占している。どこの新聞社も勝手に掲載することはできないし、カレンダーが刷り直されることもない。写真のネガは破棄されてしまうだろう。いまいましいインターネットにも絶対現れないように手を打ってある」

どうやって？　尋ねかけて、シエナはその問いを引っこめた。ハシムほど財力と権力を持ち、決断力に富んだ人間なら、どんなことでも可能なはず。彼女は質問する代わりに弱々しい微笑を浮かべた。いまは言葉で保証される以上のものが欲しい。「キスをしてくれる？」彼女はささやき声でねだった。

シエナの顔に自分の顔を近づけながら、ハシムは不思議な感情が胸に突きあげてくるのを感じた。男が一人の女性に対してこんなにも夢中になるのは、一種の弱さなのだろうか？「君のシークが興奮したままカメラの前に立ってもいいのかい？」

「まあ、ハシム。そんなことは考えもしなかったわ！　私にはまだたくさん学ぶことがあるのね。たぶん私たちはまだ何も……」

ハシムは低い、はじけるような笑い声をたてた。

「部屋に入ってきた君を見た瞬間から僕は欲望がつのるのを感じていたのに、君は気づいてなかったということかい？　君を見ると僕は必ず君が欲しくなることには、思い及ばなかったということか？　それなら、たしかに、君にはまだ学ぶべきことがどっさりあるよ！　さあ、おいで」

短いキスだった。情熱的というより、おかえりなさいの思いをこめたキス。それでも、ハシムの唇がシエナの唇をかすめるあいだ、彼女の皮膚の内側には隠しようもない情熱が渦巻いていた。

「行こう」ハシムはきっぱりと言い、腰をかがめて小さな金色のベルを鳴らした。

再び人々がぞろぞろと入ってきた。流れるようなローブを身につけた男性たちは、シエナに軽く会釈し、続いてハシムに深々とお辞儀をした。それからひんやりとした大理石の廊下伝いに、一同は小さな謁見室に向かった。シエナの目からすればかなり広い部屋で、こういう点でも私はまだ勉強不足なのね、と彼女は思った。

ハシムは部屋の奥にある椅子に彼女を座らせた。テレビカメラのライトが日光のようにハシムの顔を照らしだす。シエナが見守るなか、赤い光が点灯してカメラが撮影を開始し、それからハシムが国民に向かって語りだした。

シエナは英語の字幕を読もうとモニターに目を向けていたが、大半の文字は見落としてしまった。神経が張りつめ、興奮と恐怖で心臓が早鐘のように打っていたからだ。

それでも、重要な言葉だけは、彼女の頭と心の中に永久に刻みこまれた。

「私は我が国の運営を任されてきた」この部分にさしかかると、ハシムの顔はことさら真剣になった。

「これまでずっと私が喜んで引き受け、大切にしてきた最高の責務です。しかし、諸君の統治者は、祖国に対する責務を最高の形で遂行するために、個人の運命を成就させることも許されてしかるべきなのです」

ハシムは顔をちらりとシエナに向け、さらに続けた。

「我がクダマでは、シークは、法によって六十人までの女性をハーレムに置くことを許されている」

シエナは動揺を隠して背筋をぴんと伸ばした。そんなこと、知らなかったわ！

「だが、私は六十人の女性など置きたくない。私はたった一人の女性でよいのです。それは、私が一夫一婦制を信奉しているからです」

室内にざわめきが広がった。あたかも、ハシムが自分は極悪人だと告白したかのように！

彼の顔はいま、まっすぐシエナに向けられ、揺るぎない視線を注いでいた。

「なぜなら、私は、まさしく私自身の〝ハウリ〟を見つけ、彼女を私の妻にするつもりだからです」

あとになって、シエナはこの特別な言葉の重みを知った。〝ハウリ〟とは若く美しい娘のことだが、それ以上に大事なのは、バージンであるという点だった。

ハシムはなおも国民に向けて語りかけている。自分が見つけた花嫁は、最初はそうは見えないかもしれないとしても、実際は、クダマのシークにとってふさわしい花嫁なのだ、ということを。

これもあとになって知ったのだが、アブドゥル・アジーズがシエナを訪ねてきたのは、法外な手切れ金で彼女を説得し、シークから遠ざけるためだった。ところが、この側近が目にしたのは、母親の素朴な家の中で平穏に幼い女の子と遊んでいる彼女の姿だった。

〝私は、よくありがちな先入観であなたという女性を勝手に決めつけていた〟アブドゥルはシエナに告げた。〝あの家で、私は自らのあやまちに気づいたのです。もちろん、それまでには、我がシークがあなたを愛するようになっていたことも察していました。そしてあなたに会い、にわかにその理由がわかったのです〟

さらに、ハシムの母親が、自分の唯一の願いは息子が幸せになることだと気づくのにも、さして長い時間はかからなかった。

息子の幸福を第一に考えれば、身分や育った文化の違いなど、大して重要ではない。とどのつまり、人の心は万国共通なのだから。

エピローグ

すりつぶしたバナナが、シエナの手の甲にぽたりと落ちた。彼女はくすくす笑ってどろっとしたかたまりをぬぐい、目の前で繰り広げられる朝食風景を困惑気味に眺めている夫の顔を見あげた。

すると、ハシムはにっこりした。

彼の生活は一変していた。堅苦しい雰囲気は消え、音もなくゆっくりと動きまわる召使いたちの姿もない。かつては、彼の気まぐれにいちいち対処するために大勢の召使いたちが近くに控えていたものだが、いまはただ一人、美しいシエナがそばに座っているだけだ。彼女の膝の上で体をくねらせている、すばらしい息子と一緒に。

「息子はなんと陽気なダンスで君をリードしているんだろう」ハシムは憂い顔で言った。

「まあ。でもこの子はとてもよく合わせてくれるのよ」シエナは反論した。「まだ八カ月だというのに、ほとんど一人で食べられるなんて！」

「まったくだ」ハシムはあきれたようにつぶやき、元気なマルズグ王子が、またもや、どろどろのバナナを麻のテーブルクロスの上にぽたりと落とすのを見守っていた。

これまでクダマでは、シークの家の子供たちは伝統的な慣習に従って育てられてきた。だがハシムは、シエナにその伝統を押しつけることをとうの昔にあきらめていた。彼女は、本当に必要な場合を除き、養育係を置くことさえ断固拒否したのだ。

「母親以上に赤ちゃんを愛せる人間はいないのよ」シエナは夫にきっぱりと告げ、いたずらっぽく言い添えた。「あるいは父親以上に」

彼らがいる部屋は豪華で広々としていたが、ハシムが目にしているのは居心地のよい家庭的な情景そのものだった。その中心に座っているシエナを見ると、昨夜、フランス大使に敬意を表して開かれたパーティで、大使を魅了した同じ人物とは信じられないほどだ。彼女が踊っているあいだ、まるで風にそよぐ花のように優雅でほっそりとした妻の姿を、ハシムは誇りと愛情と欲望が入りまじった気持ちで眺めていた。パーティのあと、プライベートなすばらしい部屋で二人きりになったとき、彼女は……彼女は……。ハシムは喉をごくりと鳴らした。

「大丈夫、ダーリン？」

シエナが無邪気に尋ね、ハシムの物思いを中断させた。その物思いたるや、このあと一時間足らずでクダマ陸軍を閲兵することになっているシークとしては、とうてい許されないたぐいのものだった。

「大丈夫だとも、いとしい人」ハシムはつぶやき、妻が一枚のクリーム色の紙を取りあげるのを見つめた。「何を読んでいるんだい？」

シエナはうわの空で息子の黒い巻き毛の頭にキスをした。「ああ、ちょっとした依頼の手紙よ。子供たちのための慈善団体がネイシムに新しくできるので、その後援者になってほしいというの」

「またかい？」ハシムは顔をしかめた。「君はもういくつも引き受けているじゃないか」

「わかっているわ。でも、なかにはとても重要なものもあるのよ。それに……」息子にいたずらされないようテーブルの奥に手紙を置いてから、シエナは夫に向かってほほ笑んだ。「私はただ、頼まれるのがうれしいの」

ハシムには理解できた。完璧に。

なぜなら、シエナがここまで到達するには順風満帆とはいかなかったからだ。クダマの国民に受け入れてもらえるよう、彼女は大変な努力をしなければならなかった。一部には彼女を受け入れようとしない、少なくともすぐには受け入れなかった国民もいたのだ。それでも、シエナは彼らを理解することができた。敬愛するシークが、自分たちの文化を知らない遠い異国の女性と結婚するとなれば、彼らが疑念や恐れをいだくのも当然のことだ。

最後まで敵意をやわらげなかった人々も、シエナが褐色の肌の丸々とした元気のいい王子を産み、宮殿の背後の空に花火が打ちあげられると、ようやく心を許したのだった。

結婚式それ自体もいささか難題だった。まず宗教的儀式抜きの結婚式があり、続いて、彼女がハシムの宗教に改宗したあと、宗教にのっとった式が行われた。シエナは誓いの言葉をすべてクダマ語で覚えなければならなかった。結婚式の前夜、彼女はその言葉を何度も繰り返し唱え、やっとそらで言えるようになった。

初めてハシムの母親に会う日の前日には、シエナはひどく神経質になっていた。なにしろ、全国民が深く敬愛している女性なのだから。しかし、心配は無用だった。一人の男性に対する愛情を分かち合っているというそのことだけで、二人の気持ちは一つに結びつけられ、たちまち好意をいだき合うまでになった。

ハシムの母親は賢明な女性だった。ハシムの祖先の中には、反対を押し切ってもっとも手ごわい敵の娘と結婚した人物がいることを話してくれ、シエナの不安をいくらかやわらげてくれた。

〝そんなわけだから、日の下に何も新しきものなし、ということなのよ、シエナ〟義母は優しく言った。〝どこに住もうが、何をしていようが、人はみな同じなの。決して変わりはないわ。人は恋に落ち、愛のために闘う。人間とはそういうものなんですよ〟

ハシムの母親がきわめて大事な真実を語ってくれたことは、シエナにもわかっていた。どの人生も比べることはできない。どれもがかけがえのないものであり、しかもとても短い。そのことを常に忘れてはならないのだ。

シエナは以前、現在はいつ過去に変わってしまうのだろうと考えたことがある。だがいまは、現在は切れ目なく過去に変わり続けているのだと悟っていた。二人の結婚式もいつの間にか過去に組みこまれ、誰もが警告するとおり、人生は飛ぶように過ぎていく。そう、私たちにできるのは、いまを精いっぱい大切に生きることだけ。

シエナがバナナの容器を押しやると、これで安全と見たハシムが手を伸ばし、息子の髪をくしゃくしゃにした。

「あとで一緒に泳がない？」シエナは熱をこめて誘った。「宮殿のプールで、親子三人水いらずで」

「ああ、いいとも」ハシムは甘やかすような口調で答えた。自分たちの総司令官が妻の思いのままになっている姿を見たら、あの名高い陸軍特別近衛兵たちはなんと思うだろう、といぶかりながら。「じゃあ、それから二人きりでディナーをとろう」彼の目がきらめいた。「僕たちの予定表はその部分が空白だったからね。そのときに、君のお母さんがいらっしゃる日のことを相談しよう。彼女への贈り物にしようと思っている馬の件も」

「きっと母は胸がはち切れそうなほど幸せな気分になるでしょうね」

ハシムは妻の手を取った。きらきら輝いている金の結婚指輪を親指の腹でしばらく撫でたあと、彼はほっそりした指を口に運び、誘惑するように舌先で触れた。目は官能的な挑発をこめて彼女の瞳をとらえて放さない。「それは僕たちもだよ」

「そう、三人ともね」シエナはにっこりした。「マルズグも入れれば四人ともということになるわ」

「もちろん、いつもそうさ」

二人の目が合い、シエナは息がつまりそうになった。できるものならこの瞬間を永遠に心にとどめておきたい。

いいえ、永遠に続くものなんてないのよ。シエナは自分に思い起こさせた。大事なのは、きちんと口に出して言うということ。

「愛しているわ、ハシム」

ハシムの目はどこまでも優しい。「僕も愛しているよ、かわいいシエナ」

シエナは息子をベビーチェアに座らせてから、ハシムの胸にもたれた。そして、鼓動がじかに伝わってくるほど、夫を思いきり抱き締めた。

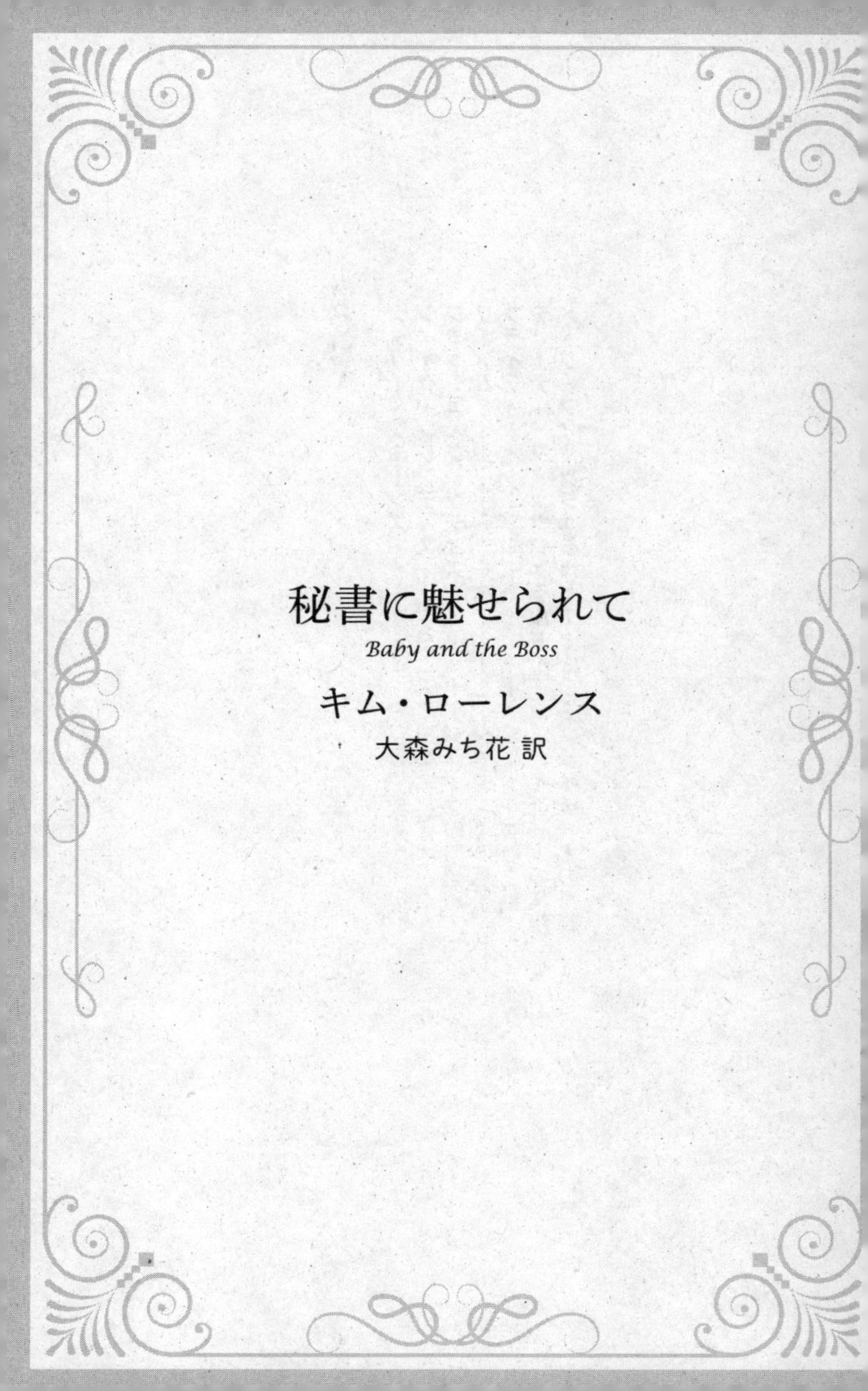

秘書に魅せられて

Baby and the Boss

キム・ローレンス

大森みち花 訳

主要登場人物

ナタリー・ジョーンズ……………………秘書。愛称ナイア。
ジェイク・プレンティス…………………建築家。
ジョッシュ・プレンティス………………ジェイクの弟。
リーアム……………………………………ジョッシュの息子。
ブライディー………………………………ジョッシュの亡妻。ジェイクの元恋人。
デューナル・フィッツジェラルド………ブライディーの父親。
メーブ・フィッツジェラルド……………ブライディーの母親。

1

　ナイアは息を切らしながらデスクにかけもどった。仕切りドアがあいている。そのむこうにボスの姿はなかった。めずらしく、今日はまだ昼食からもどってきていないようだ。ほっと胸をなでおろす。腕の時計を見る。二分遅刻だ。いそいで荷物をデスクの下にほうりこみ、なにごともなかったような顔で椅子に腰をかけて気持ちを落ち着かせた。

　実際のところ、ナイアは冷静で仕事もよくできた。だが、今度のボスはそれを見せかけだと思っているようだ。

　派遣社員として働いていると、自分を相手に合わせるすべが身についてくるものだ。だが、合わせやすい雇い主なんてあまりいない。今までの経験から見ると、ジェイク・プレンティスはそれほどやりにくい相手ではなかった。だけど……。バレッタをはずして燃えるように赤い髪を束ねなおそうかどうしようか迷いながら、ナイアは思った。感じの悪さならトップクラスだ。

　ろくな説明もなしに仕事をぽんとよこし、そのおかげでこちらがきりきり舞いしていることを気にもとめないような相手と、良好な人間関係など築けるわけがない。

　私にだけ特別無愛想なのではないだろうけれど、初めて会ったときのあの態度ときたら……。いや、今思えば、あれもたいして意味はなかったのかもしれない。たぶん、私のことを、オフィスの備品の一つかなにかぐらいにしか思っていないのだ。有能な派遣社員はカメレオンのようであるべきなのはわかっている。だけど、それにも限度というものがある。

円滑な労使関係のために、かつらまでかぶるつもりなんてないわ！

「きみは赤毛じゃないか」

唖然としたような、非難めいた言葉のあとには、三十秒ほどの気まずい沈黙が続いた。ジェイク・プレンティスが当惑したような様子を見せたのは、唯一、そのときだけだ。ナイアが、なんということを言う人だと、露骨に顔をしかめたせいかもしれない。

それからずっと彼女は、厄介なものでも扱うような接し方をされている。それにしても、ジェイクはあのとき私にどうしてほしかったのかしら？　彼の言葉は想像力に欠けていた。あれが、建築業界でもっとも才能があり、もっとも革新的な一人と言われている人間が言うことだとは。だが三十歳そこそこという若さで、あれだけの国際的な名声があるのだから、彼は有能なのだろう。

ジェイクが感性豊かで独創的なタイプだとは思えないが、キャビネットにメダルやトロフィーがずらりと並んでいるところからすると、私はなにか見落としているに違いない。それでも、彼が第一級の仕事人間であり、細かいことにまでいちいち注文をつけることは見落としていない。

なにか間違いを犯せば、必ずそれに気づかされるのだ。彼は言葉を発することはせず、片方の眉をあげ、不機嫌な表情を浮かべる。家族の写真や控えめな鉢植えをオフィスに持ちこんでほしくないと考えていることなどはとてもよくわかった。

その件に関してナイアは、むきになって反論しようとは思わなかった。相手は、むだなことはいっさい排除するタイプだし、こちらは給料をもらう身なのだ。かっかしてもしかたがない。それ以来、彼女はデスクのまわりを自分のスペースとして飾るのはやめにした。

「ミス・ジョーンズ、弟にコーヒーを頼む」

ナイアはびくっとし、その拍子にファイル・フォルダを床に落としてしまった。

「弟？」なんのことだろう。

　幸運にも、ジェイクに読心術の心得はないはずだが、あんな目の持ち主なら、もしかしてということもある。彼の目にはどこか不思議なものがあった。虹彩（こうさい）に黒いふちどりのある淡いグレーの瞳と、長くてカールした豊かなまつげ。いかめしい顔なのに、そこだけがうわついた感じで、やけに印象に残る。

　足音もたてずに、いつの間にもどっていたのだろう。これまでにも同じことは何度もあった。このビルの床は全面楡材（にれざい）のフローリングだから、自分など、歩くとヒールの音が、まるで軍隊のようにかっかっと響きわたるのに。彼の前世は案外殺し屋だったりして。きっとそうよ。ナイアは勝手に納得した。彫刻のように整った顔にはどことなく冷酷な感じがあるもの。がんこそうな、四角ばったあごのラインだって……。そのとき、彼女ははっとした。階段で会ったさっきの人！

「弟さんならもう帰られましたよ」ナイアは確信をもって言った。ボスの黒い眉がいぶかしげにゆがむのを見て、あわてて補足する。「階段でばったり会ったんです。そのときは弟さんだとは思わなかったんですが、そういえば……」

　たしかに顔が似ていた。けれど、そのできごとをはっきり覚えているのは、相手がとても悲しそうな目をしていたからだ。まあ、それと、罪深いほど魅力的な男性だったからでもある。ということは、罪深いほど魅力的な男性がここにも一人いるということ……？　ほんとうに瓜（うり）二つだ。しゃくにはさわるが、自分の雇い主が絶世の美男子だということは認めざるをえない。

　たぶん、あの表情のせいなのだ、とナイアは思った。ジェイク・プレンティスみたいな人が相手だと、いつもそばにいて、こちらからなんでもしてあげたいとは、ぜったい思わない。だけど、あの弟だったら、そういう気持ちになるかも。

ただ、ナイアもそれなりに都会での生活に慣れ、やたらと見ず知らずの他人を追いかけ、助けを申し出るような真似をするべきでないことぐらいはわかっていた。あの男性と雇い主の間に、家族的なつながりがあることに気づかなかったのも当然だ。ジェイク・プレンティスほど、他人の助けを必要としない人もいないに違いない。

ジェイクは唇をかたく結んだまま、ぶっきらぼうにうなずいた。「双子の弟だ。ストックホルムから電話があったら、すぐにつないでくれ」

双子！　どうりで。頭の中で二人の顔がぴったり重なりあう。なるほど似ているわけだ。だけど、どこか違う。ジェイクが自分の部屋に入るのを確認してから、ナイアはふうっと息をついた。気づまりな相手がそばにいると息をとめるという、変なくせがついてしまっている。階段で会った、無精ひげをはやして、肩まである髪をきれいになでつけたあの男性と、ジェイク・プレンティスはほんとうに似ているだろうか？

頭の中で、つやのある短い髪を、長くしなやかな髪に変えてみる。長い髪のボスなんて、まったく想像できない。階段で最初に目に入ったのは、近づいてくる、長くてがっしりした脚だった。堂々とした上半身も思い出す。

ということは、双子なのだから、彼の兄も同じようだということになる。外見にかぎって言えばだが。しかし、それほど意外ではない。地味ではあっても仕立てのいいスーツの下に、鍛えあげられた肉体がかくされているのは、以前からわかっていたことだ。あちこちから活力がにじみ出ているのだから。

　ジェイクの体つきを思い浮かべていたナイアは、インターホンの音ではっとわれに返った。頬をほんのり赤く染めたまま、落ち着いた口調で冷静にインターホンに答える。

「ミス・ジョーンズ、僕の部屋に動物がいる」

「ほんとうですか？」ナイアはうさんくさそうにききかえした。

「嘘をついてどうする！　声が聞こえたんだ。猫だ。きみのか？」

　両親や友人の写真を持ちこむ人間は、オフィスで動物園でもやりかねないということ？　とくに赤毛の人間は！「私、猫アレルギーなんです。犬だったらよかったんですけど……。警備員を呼びましょうか？」ナイアはていねいに言葉を返した。

「いや、自分でなんとかする」そのとき、彼が息をのむ音がしたかと思うと、続いて動揺した叫び声が聞こえてきた。「嘘だろ？　まったくなんてことだ！　ジョッシュめ、あいつ！」

　あのジェイク・プレンティスがこんなにとりみだした声をあげるなんて、なにかとんでもないことが起こったに違いない。ナイアは椅子から飛び出した。とはいえ、助けなければという気持ちよりも、好奇心のほうが強かった。

　ナイアは靴好きだった。銀行口座の残高などそっちのけで、靴と見れば買ってしまう。今日はいているおしゃれな靴も、バーゲンでひと目ぼれし、すこしきつめだったのにもかかわらず購入したものだった。靴音をうるさいくらいに響かせながら、ナイアは奥の部屋にかけこんだ。

　奥は一面ガラス張りになっていて、町の不動産屋が見たら口笛の一つでも出てきそうな部屋だった。もう百年もたてばアンティークとして価値が出そうな家具が並んでいる。

　ナイアはインテリアにはあまり興味がなかった。

それよりも、ジェイクの信じられないような格好に目が釘づけになる。百八十センチの長身が、曲線を描く淡い色調の大きな木製デスクの前で、四つんばいになっていた。

「どうしたんですか？」

ジェイクは片手をそっとあげ、一瞬ナイアを見てから、すこしだけ体の位置をずらした。そのとき、ナイアにもそこにあるものが見えた。

「まあ、なんてこと！　赤ちゃんだわ」ベビーキャリアーにすっぽりおさまった赤ん坊の姿に、ナイアは目を疑った。ジェイクが見ひらいた目を自分にむけたので、あわてて首を振る。「私の子ではありません」

彼は、ばかばかしいにもほどがあるという顔をした。「そんなことは、わかっている」

「じゃあ、あなたの子なのね」ナイアは大きく息を吸い、すっかり思いこんで言った。よく見ると、豊かなまつげにふちどられたグレーの目には、見慣れたものがある。

「まさか。僕の子じゃない！」

「ほんとうに、ほんとうですか？」ナイアは赤ん坊のぽっちゃりした顔から、よく似た大人のけわしい表情に視線をうつしながら、疑わしげにきいた。

ジェイクは、ベビーキャリアーの持ち手をつかみ、病原菌かなにかのように、できるだけ体から離して立ちあがった。

「ミス・ジョーンズ、この赤ん坊は僕の子じゃない。百パーセント断言できる」ジェイクはつとめて感情をおさえながら言った。だが僕にも我慢の限界はある。彼女はそれをためす気か？

ナイアは、はたと気づいて眉間にしわを寄せ、同情したような顔で言った。「そうだったんですか。知りませんでした」

「なにを知らないだって？」ジェイクは、悪い夢でも見ているような気分で、必死に冷静さをとりもどそうとした。

「あなたが男性不妊だなんて。でもあきらめてはだめです。現代の医学では、そういった分野の研究はものすごく進んでいるんですから。先週も、テレビを見ていたらドキュメンタリーで――」

「ミス・ジョーンズ！」ジェイクはどなり声をあげ、得意げに語るナイアの言葉をさえぎった。

彼女はむっとし、ふっくらした唇を真一文字に結んで、緑色の瞳に反抗的な色を浮かべた。

彼女はプロの秘書らしく分をわきまえるということを知らないのだろうか？　どうして天気のこととか、あたりさわりのない話だけしていられないんだ？　ちょっと前から、オフィスは失恋した人間がかけこむたまり場みたいになっている。泣きごとも同情もよそでやってほしかった。

ジェイクはふっと目を閉じ、前の秘書が家族を増やしたいと言いだしたときのことを、腹だたしく思いかえした。あのままフィオーナがいてくれたら、デスクの下には赤ん坊だろうが子どもだろうが、いなかったはずだ。

「すこし、だまってくれ」ジェイクはぐっとこらえ、笑顔で対応しようとした。フィオーナはこんなふうにじゃらじゃらしたイヤリングをつけたりもしなかった。もどってきてくれたら、うんと給料をあげてやるのに。そのかわり、もう退職はさせないぞ。

ジェイクの注意は、まだ体から離すようにして持っているベビーキャリアーの中の赤ん坊にむけられた。先ほどまでの喉をごろごろ鳴らすような音は、不機嫌そうな、なにかを訴えるような声に変わっており、小さな顔はひどく赤くなっている。

「赤ちゃんは大きな声がきらいなんです」ナイアがほらみたことかというように注意した。「私も」あてつけがましくつけたす。「きらいです」

「僕は男性不妊じゃない」

「そうですよね」ナイアはやさしく答えた。

僕の言葉をまったく信じていない！「いいか、よく聞いてくれ」ジェイクはくいしばった歯のあいだからしぼり出すように言った。「僕はこの子が自分の子じゃないのをはっきりと知っている。なぜなら、弟の子だからだ」

「あらまあ！」ナイアは鼻にしわを寄せた。「でも、よくわかりません。弟さんはなぜ置いていったんですか？　この……ええと、男の子かしら、女の子かしら？」

「男だ」

「自分の息子をなぜあなたのデスクの下に？」いくらなんでも、うっかり忘れていくなんてありえない。

「あいつに会ってきいてくれ」ジェイクはつっけんどんに返した。

「会う？」ナイアはけげんな顔をした。

「今日の午後、僕の予定はどうなっている？」

「あいているのは十五秒ほどですね」

ジェイクはナイアのいやみを無視した。かちんときたが、今は女性の助けがないと困る。そのとき、赤ん坊がそうだそうだと言わんばかりに、耳をつんざくような声で泣きだした。

「スケジュールを調整してくれ」彼は早口で言った。「ジョッシュをさがす。きみは赤ん坊を頼む」

私が手伝うのが当然だという態度ね。ナイアはむっとした。まったくこの人らしい。「私？　どうして私が？」ビクトリアとかジャスミンとか、ほかの人に頼めばいいじゃない……。ベビーシッターを頼まれたときの彼女たちの顔を想像すると吹き出しそうになった。

「きみは女性だろ？」ジェイクは赤ん坊の泣き声にかき消されないよう声をはりあげた。

彼が自分を女性だと気づいていたとはおどろきだ

った。「女性だったら、赤ん坊の面倒をみて当然なんですか？」目を見ひらき、くってかかる。

「ほんのすこし協力しあおうと言っているだけだよ、ミス・ジョーンズ。緊急事態だからね」

よほど困っているみたいだ。ジェイクは、ジャスミンやビクトリア、あとは、そう、セリーナにしか見せないようなとびきりの笑顔まで見せている。折れそうに細くて、すらりと背の高い美女たちも、この笑顔を見せられれば、何時間待たされようと、ころりと許してしまうのだ。

だけど、私がしっぽを振ってご機嫌をとると思ったら大間違いよ。男性優位の家庭で育ったナイアは、経験からして、男のほうが協力などという言葉を口にするときは、たいてい女が割をくうことになると知っていた。

「今週はもう三日、二時間早く出社しているんですから、私のほうがお返しをしていただく番です。たしか、今日の午後は三時に帰っていいという約束でしたよね。さがしてほしいとは思っていないかもしれない弟さんを、あなたがさがしに行ってしまうとなると、私はほんとうにそんな時間に帰れるんでしょうか？」

「それはとても自分勝手な見方だ」高まる不快感をあらわにしてジェイクは言った。

「慰めになるかはわかりませんが、兄たちにもそう言われるんです。自分勝手だって。五人全員からです。あごで使える都合のいい人間をお望みならご愁傷さまです、ミスター・プレンティス」ナイアは率直に言った。「私はあなたの都合に合わせるために、プライベートを犠牲にしようとは思いませんから。でも一つ、当たり前とも言えるいい提案があります。弟さんの奥さんに電話をしてみてはいかが？」

「それができるならね。弟の妻は死んだんだ」ジェイクは表情を変えずに言った。

淡々と告げられた事実に、ナイアの顔から勝ち誇ったような笑みが消えた。けわしい表情のジェイクから、小さな赤ん坊に視線をうつす。鼻の奥がつんとなった。

「まあ……なんて……」ナイアは言葉につまった。〝気の毒〟という言葉だけではたりない気がする。

階段で会った若者がなぜあんなに悲しそうだったのか、これでわかった。あのとき、自分の心に従って声をかけてさえいれば。ナイアの感じやすい胸は痛んだ。彼がどこかに消えてしまいたくなったのも無理はない。

「ああ」ジェイクはうなずいた。

うるんだ目から涙がひと粒こぼれ、なめらかな頬を伝い落ちるのをジェイクは見た。ナイアはその涙をさっと指でぬぐった。

「これで譲歩してもらえるかな？」

譲歩！　ジェイク・プレンティスが？　ナイアは目をしばたたき、この人の辞書にもそんな言葉があったのかとおどろいた。

「三人で」ジェイクは赤ん坊を見た。「ジョッシュをさがしに行く。三時になったらきみは帰っていい。ひどく大事な用があるようだからね」

「そういうことなら」ナイアはしぶしぶ承知した。

そう言うジェイクも、彼女以上に気は重いようだった。「きみがおむつをとりかえたり、ミルクを飲ませたり、いろいろやってくれるかな？」

「お互いに協力するのだと思っていましたけど。うちは大家族でしたが、私、子守りの経験はゼロです。末っ子だったので」

つまり、生まれたその日からわがまま放題だったというわけか。ジェイクは皮肉まじりに思いながら、ナイアの右頬のえくぼに目をやった。彼女は、相手が若いサンドイッチ配達人だろうが、訪れた政府の高官だろうが、誰にでも笑いかける。そして笑うとそのえくぼがとても魅力的な感じになることに、ジェイクは気づいていた。彼女は僕には笑いかけたりしないが、そのほうがありがたい。

「じゃあ、もし僕がこの装置をはずすとして……」

「それほどたいへんではないはずですよね」

装置だなんて、機械かなにかみたい。ナイアが見ていると、ジェイクは難しい顔をした赤ん坊を、ベビーキャリアーごと、どっしりした革のソファに置いた。

ナイアは笑いをかみ殺した。彼にはああ言ったけれど、ほんとうは赤ん坊を世話した経験は結構ある。

「自信に満ちた態度って大切ですよね」ナイアはかがみ、ふわふわした黄色のうさぎの飾りがついた、大きなバッグを持ちあげた。「ここにいろいろ入っていそう」バッグをジェイクにむかってほうる。

彼はそれを片手で軽々と受けとった。たしかに運動神経はばつぐんにいい。オフィスで彼の姿に見とれてしまうことがあるのは、そのせいかもしれない。

「だけど……」

「予定をキャンセルしてきます」ナイアは、男性が困ったときに見せる、助けを求めるような目を無視して言った。

数分してナイアが戻ってみると、ジェイクは、使い捨て紙おむつのビニールテープに悪戦苦闘しているところだった。そのわきには、失敗した分が散乱している。赤ん坊は自由になったのがうれしいらしく、脚をばたばたさせていた。

ジェイクが振りむいて彼女を見た。細い足首、形のいいふくらはぎ、顔、と視線がうつる。彼の顔が少し赤くなった。

「なんてややこしいデザインなんだ」ナイアが横に来てかがむと、ジェイクは文句を言った。

「もうすこしやさしく扱ってみるとか？」

ジェイクはジャケットをぬいでたたみ、マットがわりに床に敷いていた。高級そうなシャツの生地ごしに、濃い胸毛がうっすらすけて見える。

これでは、誰が見たって裸に見えるじゃない。ナイアはいらいらして思った。突然、ジェイクを男性として意識したことに気づき、わけのわからない感覚を否定しようとしたが、うまくいかなかった。ルールその一よ、ナイア。ぜったいに、なにがあっても、上司にロマンティックな感情は持たないこと。それで自滅した友人を何人も見ているじゃない。

「扱い方がやさしくないなんて、今まで一度も言われたことがないよ」

自嘲気味に笑うジェイクの顔からは、その言葉に別の意味もこめられているのかはわからなかった。だが、その可能性を考えただけで、ナイアの口は思わずあいた。

「たしか、赤ん坊の扱い方を知らないんじゃなかったのか？」

ナイアが床に手をついて赤ん坊をのぞきこんだ。女性は小さくてかよわい存在に胸をくすぐられるものらしいが、彼女も意味不明な言葉で赤ん坊をあやしている。ナイアはいつも髪をまとめておこうとするが、その髪形が昼までもたないことをジェイクは知っていた。今も髪の半分がバレッタから落ちている。ラファエロ前派の絵に登場するような長い巻き毛が、肩を流れ落ち、床をかすめる。さわやかなシャンプーの香りが鼻をくすぐり、彼は引き締まった頬を緊張させた。

赤ん坊は、赤く燃えるような髪の束を、興味津々でながめている。遺伝だな、とジェイクは皮肉まじりに思った。そのとき甥が、それまでじっと考えていたことを実行にうつした。たまたま手が当たっただけかもしれないが、ちょうどよい位置にあった髪の房を、ぽっちゃりした指でわしづかみにしたのだ。

ナイアは叫び声をあげたが、すぐにくすくす笑った。

「力が強いのね」やさしくほめる。指をはずそうとしたが、赤ん坊は離さなかった。

ジェイクは思った。もし、光によって金にも濃い褐色にも見える、あの燃えたつような髪の毛に指をすべりこませたのが自分だったら、彼女はあんなふうにおだやかな対応はしてくれなかっただろう。

「この子の名前は？」ナイアは笑顔のまま振りむいた。すると、胸がきゅっとなりそうな、真剣な顔のジェイクと目が合った。

彼は目をそらさない。なに？　ナイアはとまどった。からかっているの？　彼には女性の心を、その人の気持ちなどおかまいなしに、かきまわす力がある。たとえそれが、婚約者のいるはずの相手でも。

「リーアムだ」

「いい名前ね」低くかすれた声になってしまい、ナイアは唇をかんだ。まるで誘いでもかけているみたいな声。早く胸の鼓動がおさまってくれるといいのだけれど。

「ブライディーはアイルランド人だった」

「その人はなぜ……？　いいえ、立ち入ったことを――痛い！」ナイアは顔をしかめて、頭を下にさげた。赤ん坊が引っぱったのだ。

「じっとして」ジェイクは、また引っぱられないように、片手でナイアの柔らかな髪の束を軽く持ちあげ、もう一方の手で、ぎゅっと握られた赤ん坊の小さな手をひらこうとした。

彼女は息ができなかった。だから、ジェイクが手間どらなかったのは幸いだった。やっと赤ん坊の手が離れ、思いきり息を吸いこんだとき、胸の真ん中のボタンが二つ、勢いよくはずれた。あわてて前をかきあわせ、ラベンダー色のレースの下着をかくす。

オフィスでは、周囲が皆おとなしい服装だったので、ナイアもそれに合わせていた。けれど下着まではいいだろうと思っていたのだ。この瞬間までは。

〝手の早い上司なの？〟

以前、この仕事につくべきではなかったと打ち明けたとき、アパートメントの同居人であるトニーに心配そうに言われた。ナイアは少し引きつりながらではあったが、笑いとばした。あのジェイク・プレンティスが彼のデスクで、あるいは彼女のデスクでも、自分にしつこく言い寄るなんて、あまりにばかばかしくて想像する気さえ起こらなかった。そう、一度や二度きわどい夢を見たとしても、それは想像したことにはならないはずよね？　潜在意識には逆らえないものだというけれど。

そういえば、ジェイクは自分に指一本触れたことがないと、ナイアはそのとき初めて気がついた。ふとしたはずみに手が触れあうということさえなかった。そんなことがあれば、覚えているはずだ。これまでのことをさっと振りかえってみても、この引っかかる考えは、やはり思いすごしではない。彼は意図的に私に触れることを避けているかのようだ。彼女は頭を横に振り、ばかばかしい考えを払いのけた。

「ありがとう」頬をピンクに染め、ぎこちなくボタンをはめながら、ナイアはかすれた声で言った。

彼が手伝おうとしたらどうしよう？　ふいに、ジェイクの長くて器用そうな指がボタンにのびる光景が頭に浮かんだ。だが、その指はボタンをはめようとしているわけではない。ナイアは自分の色白の肌に、血がのぼるのがわかった。

「おなかがすいているんじゃないだろうか」

「粉ミルクでいいのかしら？」ナイアはわざと大きな声を出した。

「この子にはそれしかなかったからね」

「そうよね」無神経な質問をしたことが恥ずかしい。

ジェイクがちらちらとこちらを気にしているので、ナイアは胸のボタンが全部かかっているか、あわてて確認した。

ほっとして目をあげると、ジェイクと視線がぶつかった。全身に電気が走ったような感覚がし、体のあちこちがとまどうほどに反応する。ナイアはうずきだした胸を手でかくしたかったが、かえって注意を引きそうだったので、腕をあげたりはしなかった。

ジェイクは彼女を前にした自分が、若い学生か鼻の下をのばした男のように視線を泳がせていることに気づき、おどろいた。母乳にかかわる話がまずかった。からかうようなクリーム色の胸の谷間をちらりと見てしまったあとだけになおさらだ。

「バッグの中に哺乳瓶が入っているんじゃないかしら?」ナイアは懸命に平静を装った。

「そうだな。なぜ考えつかなかったんだろう?」いやらしい目で秘書を見ているからだ。心の中で自分をあざけりながら、ジェイクは肩をすくめた。いつも女性問題を起こす人間だと、職場でうわさされるわけにはいかない。それに彼女にはもう決まった相手がいる。二人の間には共通するものがなにもないことを考えれば、かえってそのほうがいいのだろう。

「私が抱いています」ナイアが赤ん坊を抱きあげると、ジャケットの裏地に、しめった濃いしみが見えた。「あらあら」名前が刺繍されているような高級品では、クリーニング代は高くつくだろう。

驚いたことに、ジェイクは笑顔を見せた。彼にもこんな表情ができるのかと思うほど、自然でいい笑顔だった。ナイアは眉根を寄せた。人情みのない、注文の多いボスでいてくれればよかったのに。いい人らしいところなんて見たくない。彼についてとんでもないことばかり考えるくせがついてしまった今はとくに。いや、実際のところ、ナイアは考えてなどいなかった。考える間もなく、とんでもないイメージの数々は、午後じゅう、かなり鮮明に彼女の頭にわき出し続けていたのだから。

2

ジェイクは、弟がむかいそうな場所を書き出し、それを二つに分けた。満腹になった赤ん坊が眠っているあいだに、二人で手分けしてかたっぱしから電話をかける。

「成果は？」仕切りのドアをあけ、ジェイクが部屋から出てきた。ドア枠に寄りかかり、首がこったのか、頭をゆっくり左右に動かしている。

いつも殺人的なスケジュールをこなしているのに、こんなに疲れた様子のジェイクを見るのは初めてだ。彼が眉をひそめたので、ナイアはあわてて首を横に振った。じろじろ見ていたらしい。

「じゃあ、家まで行ってみるか。そこにもいなかったらお手あげだな。さあ、行こう」

きいているのでも頼んでいるのでもない口調だった。ナイアは快くうなずきそうになって、思いとどまった。

「誰かに赤ん坊をあずけるわけにはいかないんですか？　おじいちゃんとかおばあちゃんとか……」

ジェイクはひたいにしわを寄せてナイアを横目で見た。彼女がヒールの高い靴をはいていることや、自分と脚の長さが違うことにやっと気づき、歩調をゆるめる。

「妹がもうすぐ双子を出産しそうだから、僕の母は今アメリカに行っている。ジョッシュの義理の両親なら、二つ返事で引き受けるだろうよ。なにせ、自分たちにはこの子を引きとる権利が九割方あると主張しているからね」ジェイクは冷ややかに言った。

ジェイクがジャガーの後部シートにベビーキャリアーをしっかりとりつけるのをながめながら、ナイアは彼がコンバーティブル好きの人だったら、自分はどこに座ることになったのだろうと考えた。たぶんトランクだ。

「まさか、それきりリーアムを返してくれないなんてことはないでしょう」

「ああ」ジェイクは、きわめて事務的な態度でドアをあけ、ナイアのために押さえながら言った。「僕もそう思う。ブライディーが死んだあと、彼女の両親は赤ん坊を自分たちの手もとに残すため、ジョッシュを説得しようとしたんだ。最初はそれとなく、だがしだいにあからさまに。弟が父親としてふさわしい男じゃないと、なんとかして証明したがった。ジョッシュは、ああいうやつだから」ジェイクの声はざらついていた。「わざわざ自分から、彼らが正しいと証明するような行動をとってしまっている。ブライディーの両親は、最初から二人の結婚には反対だったんだ」

ナイアはなにかが引っかかり、眉をひそめた。

「違う相手と結婚させたがっていたとか？」直感でたずねる。

ジェイクはイグニッション・キーを回した。豪快な音とともに車のエンジンがかかる。やはり、仕事以外の場所で彼女とかかわりあうのは間違いだった。大きな二つの目は今にも涙にうるみそうだし、頼みもしないのに人の人生に口出しをしてくる気らしい。

「ああ」ジェイクはナイアの方をむいて言った。「僕と」

「あらまあ！」

意外な事実に、話がかなりややこしくなってきた。この人は、その堂々とした胸の奥にどんな思いを秘めているのだろう。誘惑にあらがえず、ナイアは問題の胸のあたりにちらりと視線を走らせた。

彼だって人間だ。双子の弟には複雑な感情を持っているだろうし、かつて愛した、そして今も愛しているのかもしれない女性の死にも痛手を受けているようだ。ややこしすぎる。自分には理解できない話だ。

「ほんとうに〝あらまあ〟さ」制服を着た地下駐車場の警備員に対して軽くうなずきながら、ジェイクは冗談めかすように言った。「ブライディーはジョッシュと出会う前、僕と婚約していた。僕の私生活についてなにか知りたいことがあったら、直接僕にきいてくれ。ようやくオフィス内のうわさが下火になったんだ。今さらむしかえされたくない」ジェイクは、どきりとするほど冷ややかな目で言った。

「私のことをたいした秘書じゃないとお思いなのは知っています、ミスター・プレンティス。でも、私はうわさ好きな人間じゃありません」ナイアはすこしむっとして言った。

「状況が状況だから、僕のことはジェイクと呼んでくれ。それから、きみの口がかたいことは知っている。もうすでに会社じゅうの人間から、人には言えないような秘密を打ち明けられているんだろうな。職業を間違えたんじゃないか？　他人の人生の悩みを解決することこそ、自分の使命だと思っているんだろう」

「今まで秘書としての能力にけちをつけられたことはありません。まあ、そんなには」ナイアは正直に言った。「でも、あれは私が悪いわけではないわ。体をべたべた触られるのはいやなんです」暗い声でつけたす。

「覚えておこう」そっけない返事だった。

「あなたのことを言っていたわけではありません」ナイアは動揺して打ち消した。「あなたはそんなことをしようなんて夢にも……」

「誰だって夢ぐらい見るさ、ナイア」ジェイクはぽつりと言った。

隣に座るこの男性が見るのかもしれない何とおり

もの夢が脳裏に浮かんできて、ナイアは胸が締めつけられる気がした。もちろん登場するのは私なんかじゃない。この人は赤毛がきらいだもの。そして、私の髪は遠くからでもはっきりわかるほど赤い。

　気まずい沈黙のなか車は進み、しばらくしてナイアは口をひらいた。「弟さんはこの町には住んでいなかったんですね」

　ナイアがいたことなど忘れていたらしく、ジェイクははっとして隣を見た。「ああ」

「遠いんですか？」頭の中でさっと計算する。どこまで行くのか知らないけれど、帰るのにどのくらい時間がかかるだろう？　返事がないので、はっきりとした言葉でつけたす。「約束の時間に解放してもらっても、町まで帰るのに何時間もかかるようでは困るんです」

「そういえば大事な用があるんだっけ」ばかにしたような口調でゆっくり言われ、ナイアはむっとして目を細くした。

「あなたの私生活にくらべたら、私のなんてどうせとるにたりません」

「そんなに大事な用って、いったいなんなんだ？」

「週末家に帰ることになっていて、電車の時間があるんです」

「そうか、谷に帰るんだったね」

「私の家は山です。谷じゃありません。私は南ではなく、北ウエールズの出身ですから」

「北の方の山に住んでいた人が、なんだってまた、ひと部屋しかない、せまくるしいアパートメントでの生活なんか選んだんだい？」

「ひと部屋でせまいって、どうして決めつけるんですか？　私はもっと広いアパートメントを人と一緒に借りています。とても住み心地のいいところを」

　住み心地がいいかどうかは、人によるのだろうけど。ジェイク・プレンティスはきっと極上の生活に慣れているのだ。最高級の家に車。なめらかな革のシートに触れる。そして女性も。ナイアは非難がましい視線を彼に送った。

「そのアパートメントには婚約者と一緒に住んでいるのかい？」

ナイアは下をむいた。左手の、ガーネットと真珠がぎっしり並んだ古い指輪を気まずそうになでる。

「ヒューはウエールズにいます」簡単に答えた。

「だから、一秒でも早く故郷に帰りたいわけだ」ジェイクの声には、かすかだが明らかに鼻で笑うような響きがあった。「婚約者をよく遠くに行かせたものだな」彼女は強情だからな。意志の強そうな、角ばったあごを思い浮かべる。きっと一度言いだしたら聞かないんだろう。

ジェイクの目は、自分だったら彼女のことをそこまで信用しないと言っていた。

「山にはあまり働き口がないんです」

「じゃあ……そのヒューっていうのは？　仕事をしているのかい？」

「彼の実家は私の父の農場の隣です」触れられたくないことに話が及ぶのを心配しながら、ナイアは短く答えた。

「きみに農夫の妻が合うとは思えないな」

どういうものなら合うというのかしら。ジェイクの考えを知りたいのかどうか、ナイアは自分でもよくわからなかった。それに、彼の危うい勘違いを訂正する気もなかった。たしかにヒューの家は農家とも言える。丘陵地帯にかなり広い土地を持っているし、それよりもっと収入になる低地の牧場や森林も相当量所有している。地所にはたくさんの小作人がおり、家は美しい屋敷で、休日には一般開放するほどの庭園がある。

その地所はヒューが管理していたが、それも最近ではほとんど道楽に近くなっていて、一族の収入の多くは、レジャー産業にうまく投資することで生み出されていた。もし私がしているこの指輪が、祖母の形見ではなくヒューからもらった指輪で、私が今でもまだ彼の婚約者のままなら、ロンドンに行くことにもいい顔をしなかったかもしれない。だけど実際のところ、ヒューは胸をなでおろしているだろう。

ナイアは肩ごしに赤ん坊をちらりと振りかえった。悩みごとなどない顔ですやすや眠っている。車のスピードが落ち、馬に乗った数人の人をぬいた。どんどんいなかの風景になってくる。

「弟さんがこんなへんぴなところに住んでいるって、どうして最初に言ってくれなかったんですか？」

「もし言ってたら、一緒に来たかい？」ジェイクは口をとがらせているナイアを冷ややかに見た。「来なかっただろ」

「電車に乗り遅れてしまうわ。あなたにとってはどうでもいいことなんでしょうけど」ナイアは頭にきて文句を言った。「自分の思いどおりにことが運びさえすれば、それでいいのよね」

「じゃあ、きみは僕が午後じゅう相手をしたがっていると言うのか？　泣いている赤ん坊と……」ジェイクはあやしいくらい唐突に言葉を切り、思いやりを装うような調子で続けた。「今夜の電車に乗り遅れたら、月曜は休んでいいよ」

「赤ん坊と？」ナイアはおそろしいほど静かな声できいた。「赤ん坊となんです？」

「秘書だよ」

ナイアはふんと鼻を鳴らしたが、車がぬかるんだでこぼこ道を通っていたので、気のぬけた感じになってしまった。「違うことを言おうとしていたでしょう」

「気が変わったんだ」ジェイクはあっさり認め、絵からぬけ出たような、こぢんまりしたかわいらしいコテージの前で車をとめた。「赤毛の人には逆らわないことにしている。さあ、ついた」

見ればわかるわ。

「誰もいないみたいだな」ジェイクはあたりを見回し、むっつりと言った。

ナイアはジェイクがおりると、自分も車の外には出た。「赤毛がお好きでないのは知っています」い出た。「赤毛がお好きでないのは知っています」かみつくように言う。思いがけず子どもっぽく、とげとげしい声になったので、自分でもぎょっとした。

ジェイクがこちらをにらんだように見え、一瞬どきりとしたが、すぐに、おもしろがるように口のはしがにやりとあがったのを、ナイアは見のがさなかった。そのまま歩きだしたが、丸石を敷きつめた路面でヒールがすべり、ジェイクが見ている前で、ぶざまによろめいた。なにをしているのよ。彼に笑う材料を与える気？

「農場の娘って言っていたかな？」

ナイアは息を整え、体をしゃんと起こした。「今日はオフィスワークにふさわしい服装で来たつもりですけど」せいいっぱいの威厳を見せながら言う。

「その服が？」ジェイクは薄緑色の柔らかそうなシルクふうのスカートから、それに合わせたブラウスまで、全身に視線を走らせた。折れそうなほど高いハイヒールがひときわ目を引く。

「どこか」ナイアはかなりむっとして胸をふくらませた。「いけませんか？　最初は髪の色。次は服のセンス。お気に召してもらえるところってあるのかしら？」

ジェイクの瞳がなにか言いたげに光ったが、すぐに、真っ黒なまつげがカーテンのようにそれをおおいかくした。「赤毛が嫌いだなんて言ったかな？」

「態度に表れていましたから」ナイアは言葉を返した。だが、一人でから騒ぎしているような気がしていらいらする。もちろん、どうでもいいことなのに。

「それ、ぬいだほうがいいんじゃないかな」ナイアがとがめるように自分を見続けているので、ジェイクはつけたした。「そのハイヒール」

「わかっています」ナイアは反抗的に答えた。彼はほかにもなにか脱いでほしいなんて、言ったりするかしら。彼女は不本意ながらも、ジェイクの提案に従った。せっかく高いヒールで身長をかせいでいたのに、彼の肩よりもずっと低くなってしまった。

「なにをぐずぐずしているんだ？」歩きだしてもついてこないナイアに、ジェイクは声をかけた。「抱きかかえてほしいのかい？」いやみな口調だ。

「なにか忘れているんじゃありませんか？」頭の中をかけめぐりはじめたとんでもない想像を振り払おうとして、ナイアはかなりとげとげしい声で言った。

　手のひらが汗ばみ、膝が震えている。それが、たくましく強い腕に自分が軽々と抱きあげられるシーンを想像したせいだと認めるくらいなら、燃えている石炭の上を歩くほうがましだとナイアは思った。とくにその腕の持ち主が誰かということを考えると、どうにかなってしまいそうだ。

「なにを？」ジェイクはいらだたしげな目をむけた。

「赤ちゃんよ」

　ジェイクの頭の中は、いそいで弟をさがし出さなくてはということでいっぱいだったのだろう。そのせいで、小さな、けれど大事な存在については、すっかり忘れてしまっていたようだ。彼ははっとし、なにをやっているんだというように、ひたいに手を当てた。目は自然と後部座席に行く。彼の肩がいかり、心を落ち着けているのがわかった。

「それとも車の中に置いていくつもりですか？」

「僕のあらさがしで忙しくなければ、あの荷物をいくらか持ってきてくれるかな？」ジェイクは、もろもろの赤ん坊用品をあごでさし、自分はベビーキャリアーを車からとりはずした。

　ナイアは捨てぜりふを言いたかったが、それをこらえ、ジェイクのあとについて、絵のように美しいコテージに入っていった。

3

「こういう事態を想像できなかったんですか?」ナイアは思わず非難がましい口調になった。小さな肘かけ椅子の上に積みかさなった新聞紙の束をわきに押しのけ、どさりと座りこむ。「私が見たとき、弟さんは、なんというか……絶望に打ちひしがれた顔をしていましたけど」

ジェイクがナイアに目をやると、彼女はバレッタから落ちて顔にかかった髪を、腕でうるさそうにうしろに払っていた。赤い巻き毛が揺れ、肩のむこうに落ちる。彼女が残った髪のほつれをなでつけたとき、ジェイクはさっと顔のむきを変えた。

つま先で床をたたきながら、ナイアはジェイクがなにか言うのを待った。広い背中は怒っているように見える。彼はひどく安っぽいソファの埃を払い、ナイアにならって腰をおろした。

ソファには、きれいに刺繍をほどこしたクッションがいくつも並んでいたが、それが肩に当たるのがじゃまなのか、彼は顔をしかめてわきに寄せた。

「なにを笑っているんだ？」ジェイクは、ナイアの頬にくっきり浮かんだ例のえくぼを見て言った。

「笑っていたなんて知りませんでした」彼の声にあるとげとげしさに、ナイアはすこしとまどった。「世の中には笑顔を出しおしみする人間ばかりではないんです」

「その笑顔なら、イギリスの広告塔にだってなれるさ」ジェイクはむすっとして言った。彼女の笑顔は、無邪気さと妖艶さの危険な組み合わせだ。よくオフィスの男連中に手を出させずにいられるものだ。いや、もしかしたら出させているのかもしれない。

「にこにこしていてはいけないみたいな言い方ですね」ジェイクが不機嫌そうに鷹のような鼻にしわを寄せるのを見て、笑ったときのしわのほうがずっといいのに、とナイアは思った。くやしいけれど、彼の場合、そんなしわさえも魅力的に見える。「じゃあ教えてあげますけど、そこにそうして座っている姿がなんだかおかしくて。アンバランスなんです」ナイアは説明した。「脚が長すぎるんだわ」彼女はジェイクの長い脚をちょっと見て、それからはっとした。私ったら、なぜ彼があの高そうなズボンをぬいだところを思い浮かべているの？

室内の家具は、コテージ全体と同様、小さめのものばかりだった。ジェイクがいらいらと建物の内部を見回り、誰もいないことを確認するのに、たいして時間はかからなかった。彼の機嫌が悪いのは、低い梁に頭をぶつけたことも理由かもしれない。ナイアはたくましい太腿から気持ちをそらそうとしながら、そう思った。

コテージの外にある石だたみの小道には多少の雑草がはえていたが、しばらく人の手が入っていない様子は、内部のほうがより顕著だった。この家も、階段で会ったあの人も、誰にも振りむかれず、打ち捨てられている。ジェイクの弟のことが気になり、ナイアは憂い顔になった。

「引きとめればよかった」彼女はつぶやき、下唇をかんだ。

誰のことを話しているのか、ジェイクにはすぐわかった。「弟は僕より一センチほど背が低いだけだ。きみにはとめられなかったさ」そっけなく言う。ナイアの腰は、両手の中にすっぽりおさまってしまいそうなほど細い。彼はふと、ほんとうにおさまるか試してみたくなった。

「その一センチが大きな差なんだわ」ナイアは考えこみながら、あのあとまたはいていたきつい靴を、けるようにして脱ぎ捨てた。

「どういう意味だ？」

ナイアは肩をすくめた。「そのたった一センチの差が、あなたを優位に立たせているんだと思います。五分早く生まれたというのと同じように。それがあなたを勝者にした。つまり双子のうちの、上に立つほうにしたんです」彼ほど成功した人間が自分の兄弟であれば、それだけで、誰もが劣等感をいだくだろう。

「見事なお説に感心して言葉も出ないよ。せっかくの心理分析にたてつくのは申し訳ないが、最初に生まれたのはジョッシュのほうだ。それから、あばら家を見たからって、話を妙な方向に曲げるのはやめてくれ。弟は好きでここに住んでいた。やむにやまれずじゃない。弟たちは自給自足の生活ってやつにすっかりはまっていたんだよ。もしきみが現代美術品をよく買うなら――」

「残念。プライベートジェット機を買ってしまって。美術品の収集はあきらめるしかなかったわ」彼女はおおげさにため息をついた。「意思決定ってたいへん……」

「気づいたかもしれないが」ジェイクはいやみたっぷりなナイアの嘆きを無視して続けた。「弟はイギリスで、いや、おそらくヨーロッパでもっとも成功している芸術家の一人だ」さらに説明する。「批評家たちもあいつには一目おいている。ちなみに、絵が売れなかったとしても、弟が屋根裏部屋でねずみと一緒に餓死死体で発見されることはないよ。十八歳のときに株をはじめてね。なかなか才能もあったんだ。それにしても、なんでこんなことを話しているんだろうな。きみはとっくに全部知っているはずなのに。結局のところ、少なくとも、ええと、三十秒かそこら、階段で弟を見ていたんだろう。それだけあれば精神状態を見きわめるのに十分だからね」

ジェイクは、翼のような形をした独特の眉を、からかうようにひょいと上にあげ、長い脚を前にのばした。「たいしたものだ」そうは聞こえない声でゆっくり言う。

「うしろめたいからって、私にいやがらせをしないでください」

しゃくにさわるほど整った顔に、ショックを受けたような色が浮かんだ。だがナイアは平然としていた。秘書と上司という関係を完全な形でたもっておきたかったのなら、私をオフィスから連れ出すべきではなかったわね。だが問題は、ナイアのほうも、ここでは秘書のような気持ちでいられないことだった。秘書としての技術も判断力も、歩きやすい靴とともども、オフィスに置いてきてしまった。あの靴が今ここにあればいいのに。足が痛くてしかたない。

「どうして僕がうしろめたいんだ？」彼はどなった。

「じゃあききますけど、最後に弟さんと会ったのはいつです？」

ジェイク・プレンティスはいろいろなことを根に持ち、暗く考えこむタイプの人間に思える。いくら彼が仕返しなどしない主義だとしても、結婚を誓いあった女性を弟に奪われたら、そう簡単には許せないだろう。

「僕はいつも、責任のがれをしてばかりの弟の尻ぬぐいをしてきた」ジェイクはきしむような声で言った。「だが、今度ばかりはごめんだ！」ナイアへのいらだちから思わず発した言葉を、彼は口にするなり後悔した。怒りに顔をゆがめ、勢いよく立ちあがると、部屋の中をうろうろ歩きだす。そして、落ちていた汚い皿をけとばした。

うしろめたい？　そのとおりだ！　うしろめたさはまるで、首からぶらさがる鉛の重りのようだ。自分の双子の弟が、興奮しやすく深刻になりがちで、自身のためにならないほど繊細なことくらい、言われなくてもわかっている。

ナイアは正しい。僕はこうなることを予測しておくべきだった。それに、義理の両親に赤ん坊を渡そうとしたジョッシュをとめたことだって、ものごとを悪い方向へ押し流してしまったのかもしれない。

あのときは、もっともなことをしているつもりだった。赤ん坊が——ブライディーとの子が、弟に生きる希望を与えるだろうと思ったのだ。理屈ではそうだった。だけど、僕はなにもわかっていなかった。

ジェイクは自分の傲慢さに愕然とした。妻を亡くしたのは僕じゃないんだ！

ジェイクの目は自然と暖炉の上へ引き寄せられた。微笑んでいるブライディーの写真が飾ってあったはずだ。だが、写真は伏せられていた。ブライディーと愛をはぐくんだこのコテージで一人ぽつんと座る弟の姿が目に浮かぶ。彼女のいない寂しさと、失ったものを思い起こさせるすべてに耐えられなくなったのか。ああ、ジョッシュ、どこへ行ったんだ？

五日前にここへ来たときは、なんとか立ちなおりかけているように見えた。子守りはどうしたんだろう。それに、パートタイムの家政婦を雇ってやったはずなのに、家の中は散らかり放題だ。もう何日ものあいだ掃除がされていないらしい。

ブライディーと出会ったジョッシュは、人生に目的を見いだした。彼女が僕を救ってくれたんだ。二人でブライディーに閉じこめられた晩、ジョッシュは酔ってそう打ち明けた。ブライディーは、二人でよく話して、お互いの違いを尊重できるようになるまでそこにいなさい、と部屋に鍵までかけたっけ。

今でも、彼女のがんこな表情をくっきりと思い浮かべられる。ジェイクは悲しみに満ちた目で、眠っている赤ん坊を見た。眉間のしわが深くなる。

「私に当たらないでください」

ジェイクははっとわれにかえった。

「つらいのはあなたじゃないわ」ナイアはぴしゃりと言うと、汚れた食器を腕いっぱいにかかえ、ジェイクに反応する間も与えず、すたすたとキッチンに入っていった。

「なにが言いたいんだ？」ジェイクの声が、せまい廊下のむこうからナイアを追う。「自己中心的だと言いたいのか――」

怒りのこもった批判をさえぎるために、ナイアは足でドアをしめた。けれど、ほっとできたのはつかの間だった。

「どういうつもりだ？」

耳もとで声がする前から、彼女にはジェイクがキッチンに入ってきたのがわかっていた。うなじの毛が気配で逆立ち、鼻はいつもの男性用コロンのなんとも言えない香りをすぐにかぎわけた。

ナイアは小さく息をして呼吸を整えてから振りかえり、ジェイクの非難するような視線を冷静に受けとめようとした。だが、それはかなり難しかった。彼はかんかんに怒っているようだ。せまいキッチンでは相手との距離がとても近くに感じられる。むだだとわかっていながら、すこしでも離れようと体を動かすと、シンクに背中が当たった。ブラウスごしにひんやりとした感触が伝わってくる。

「思ったままを言っただけです。もしかして、話しかけられる前に、口をひらいてしまったかしら」それにしても、なにをそんなにいらついているの？

「僕を怒らせようとしているのか？」ジェイクは歯ぎしりして言った。

「それなら、口をひらかなくてもできるわ」なにも考えずに答える。

ジェイクの目がすこし大きく開かれ、高い頬骨のあたりに赤みがさした。痛いところをつかれたのだ。今にはじまったことじゃないわ。彼に好かれていないのは知っていたでしょう。ショックを受けることでもないはずなのに、ナイアは喉がつまり、何度かつばをのみこまなければならなかった。

「あなたがそんな気分屋だとは思いませんでした」

「僕は、冷静でおおらかな性格だ」ジェイクは、歯と歯のあいだからしぼり出すように言った。

言葉の内容と言い方が矛盾していると指摘しても、彼はありがたがらないだろう。

「それなら私は金髪だわ」ナイアはつぶやいた。

「家族の一大事に巻きこまれた人間が、無関心な傍観者のように振る舞うのは難しいものよ」

視線がぶつかり、ジェイクの瞳から急速に敵意が失われていくのがわかった。官能的な口もとを片はしだけあげ、たしかにきみの言うとおりだというように肩をすくめる。ナイアは彼の反応に驚き、うっすらと浮かべられた笑みにはどきりとした。

「よく考えないできみを連れてきてしまったね」

私を連れてきたことを後悔してあやまっている

の？　そのどちらに対しても、心の準備ができていない。

「でもほかに相手がいなかったんでしょう？」ばかね、なんで鼓動が速くなるの。ナイアは心の中で自分を叱りつけた。あんなもの、ちゃんとした微笑みですらないじゃない。要するに、しかめっ面や、私が音をたててコーヒーを飲んでいるところを見とがめたような顔をしているわけではないというだけよ。

「きみぐらいしか来てくれる人はいなかったさ」

ナイアはかわいた声で笑った。「そうかしら！　私が話した人はみんな、あがめたてまつるようにあなたの名前をささやくわ」実際、誰一人として例外なくジェイクをほめたたえるのはおどろきだった。

愛想がない、というのがもっとも不平に近い意見で、ナイアが、どんなに冷たくてとっつきにくいか説明しても、誰の話かわかってもらえなかった。

ジェイクの謎めいて引き締まった顔は、ぴくりとも動かない。しかしナイアは、漠然としてはいるが、とても重要ななにかが変化したことを感じた。彼がだまったままだったからこそ、ほんのかすかな空気の違いに気づいたのかもしれない。

「きみなら僕の名をどんなふうにささやく？」ジェイクの低い声には感触があった。ナイアの神経を波立たせるような、ざらついた感触だ。

「ささやいたりしません」ひどくうろたえ、彼女はジェイクにくるりと背中をむけた。

彼は食器戸棚に優雅に片肘をつき、あわただしく動きはじめたナイアを見つめた。「今度はなにをしているんだ？」不機嫌そうな、怒ったような声だ。

「皿洗いです」ナイアは説明するより早いと、腕まくりをした。平凡で実際的な作業に没頭しよう。彼のすばらしく官能的な唇の輪郭については、セリーナやジャスミンのような人たちが考えていればいい。

「当面のあいだ退屈しなくてすむわ。そう思いません？」そっけなく言う。「お湯は出るのかしら？」蛇口から急に熱い湯が出てきたので、彼女は指を引っこめた。「出るみたい」ひりひりする指先を口に含む。

「実に科学的なたしかめ方だな」ジェイクの口調は辛辣(しんらつ)だ。

彼はピンクのふっくらとした唇を見つめた。前から気になっていた。見るたびに、意思とは関係なく体が反応する。今もそうだ。そして、輝く豊かな髪と見事な曲線美にも魅力を感じる。

「そんなことをしなくていいんだ」

仕事仲間が、ナイアのことを〝セクシーでたまらない〟と言ったことがある。その若者には、社内恋愛とセクシャルハラスメントの境はどこかということを、きびしい言葉できっちりと説明しておいた。社内恋愛については個人的に苦い経験をしているし、セクシャルハラスメントを大目に見るつもりはまったくなかった。

「ええ。でも私、ストレスを感じると、お茶を飲みたくなるんです。だけど、ここには致命的なばい菌の温床になっていないカップはなさそうだから。それで、これからどうするんです？」ナイアは洗剤で泡立ったお湯の中に両手をつっこみ、眉をひそめた。

「ジョッシュが動くのを待つしかないだろう」ジェイクはしかたがないという顔で言った。

「ここにもどると思いますか？」

ナイアは心の底から同情した。今のジェイクは、あのとき見た弟と同じくらいやつれている。短く切った髪は、手ぐしを入れたせいで、てっぺんのあたりの毛が逆立っており、緊張した頬がぴくぴく動いている。

ナイアは誘われるように、ジェイクの首に目をむけた。がっしりしていて、オリーブ色の肌も美しい。もうすこし日焼けしたら小麦色だわ。触れたらどんな感じがするかしら……。

「待っていれば来ると思う」

彼の声で、ナイアは頬がほてるような空想からはっと覚めた。いやだ。ちょっと、よだれをたらしていない？　動揺ときまりの悪さで体じゅうが熱くなる。

わざわざ説明するつもりはなかったが、ジェイクは長年の経験から、ジョッシュが自分を見つけることを確信していた。どこにも行く当てがないとき、弟はいつも彼のところへ来るのだ。

「だけど、いったんは僕のところに来たんだ」ジェイクは自嘲気味に笑った。実の弟が会いたがっているときにも予約が必要だなんて、僕の人生はどうなってしまったんだ？

ほれぼれするほど整った横顔を見ながら、ナイアは彼が落ちこみ、苦しんでいるのがわかった。

「自分を責めてはだめ」言い方はぶっきらぼうだったが、彼女のエメラルド色の瞳は、おだやかな思いやりに輝いていた。

「さっきと言っていることが違うな。僕が悪かったんだろう？　僕の無神経な態度が原因で弟は離れていったって……」

「罪悪感なんてあまり建設的ではないもの。それ自体がわがままの一種だって言う人もいるし」

ジェイクはいなかの空気を大きく吸いこんで、冷静になろうとした。やっぱり彼女を締め殺したい。いや、キスしたい……。ちょっと待て、どこからそんな考えが浮かんできたんだ？　いきいきとしたナイアの表情を見ているうちに、体が飢えたように目覚めるのを感じた。ふいに、彼女が不安そうに目を見ひらいた。

「弟さんはまさか……ばかな考えは起こしませんよね？」

ジェイクの顔がこわばり、蒼白になった。言うべきではなかったとナイアは後悔した。少なくとも、もっと違う言い方をするべきだった。神経がぴりぴりするような緊張した時間が流れ、ナイアの指先から洗剤の泡がスカートに滴る。やがて、ジェイクの顔色がもとにもどり始めた。

「ジョッシュには時間が必要なんだと思う。一人になる時間が」ジェイクは乾いた唇を舌でしめらせ、ナイアの顔に視線をもどした。「あいつはまわりが思っているより強い」きっぱりと言う。「映画でよく〝型破りな警官と優秀な警官〟がコンビを組む話があるだろう？」おもしろくもなさそうに笑う。「僕たちは、しっかりしていて分別のある人間と、興奮しやすくて気まぐれな人間をそれぞれに演じてきたんだ。おそらくは、誰かが、まだ揺りかごの中にいた僕たちに、別々の役割を与えたその日からね。人生において、はっきり白と黒に分けられるものなんてない。個々の強さや弱さだって同じことさ」

知らず知らずのうちに、ナイアはジェイクの腕に手をかけていた。彼の視線で初めて、おろかにも衝動に身をまかせていたことに気づく。あわてて手を離したが、力強い筋肉の感触が指に残った。おなかの中でなにかあたたかいものが、ひらめくように動いている。

「すみません」ナイアは口ごもり、高価なシャツの袖につけてしまったぬれた指のあとを、たたいて消そうとした。「あなたはそれがいやだった？」疑問が口をついて出た。ジェイクの体の匂いを鼻から消すことも、胸の鼓動が速くなるのをおさえることもできない。体が危険なほど彼を意識している。

「なんだって？」

「いいえ、忘れて。私には関係のないことだもの」

ナイアはふんと鼻を鳴らした。

ジェイクが笑い、目尻にしわができた。

「そんなつまらない理由で、きみがよけいなことに首をつっこまずにいたためしはないだろう。僕の都合などおかまいなしにね。さあ、言ってしまえよ」

不当な批判をされて、ナイアはむっとした表情になった。私はこんなふうに、冷めて、ひねくれた人間にはなりたくない。人の助けになりたいと思うことのなにがいけないの？　でも、ほんとうはわかっている。問題は人助けをしたいという思いではなく、助けを必要としているのが誰かということなのだ。

オフィスの外でジェイクに接しているうちに、扱いにくくはあるけれども、彼も人間なのだと気づいてしまった。心が危険な領域に入りこんでいく。

「分別があるほうの人間を演じることに、うんざりすることはなかったのかなって思ったんです」ナイアはひらきなおって言った。

「もう演じてはいないんだよ、ミス・ジョーンズ。ずいぶん前からね」

「まあ残念」偉そうな態度をとられるのはきらいだけれど、ジェイクのやり方ときたらあっぱれなぐらいだ。ミス・ジョーンズだなんて、彼にとって私がただの秘書にすぎないことを覚えておけというのね。

「私は演じ方を忘れないようにしたいわ」

ナイアはジェイクをにらみ続けた。だが、幸いなことに、自分の無邪気な言葉が、ジェイクの無邪気とは言えない心にあれこれ想像を呼び起こしていることには気がつかなかった。

彼女がそういう遊びについて話しているとは思わない。でも、もし彼女が演じる役というのが……。頭に映像がよぎる。ジェイクは鋭く息を吸い、みだらな考えを振り払った。いいかげんにしろ！　そんな想像をしにここへ来たのか？　弟をさがしに来たんだろう？　いとも簡単に気を散らされてしまったことに自己嫌悪を覚える。しかも、それを楽しんでいたとは。

「それから、あなたが弟さんのことをどんなに心配しているか知っています。だから、そんな感情を持たない鋼鉄の男のふりなんかしなくていいんです」

「弟の身を案じる兄のふり、の間違いだろう」

ナイアは首をかしげ、考え深げにジェイクを見た。

「いいえ」ゆっくり首を横に振る。「そうは思いません」

「きみはいつも人のいい面だけを見るのか？」

「あなたは違うんですか？」

ジェイクはいらだたしげにため息をついた。「きみはジョッシュを好きになるよ」

「そうなの？」ナイアはけげんそうにきいた。

「なんとなく似ているんだよ。常識に従わないところとかがね。ジョッシュは激しい一面も持っている、危険なところのあるやつだ」ナイアもまた危険なところがある、とジェイクは思った。激しい一面もあるのだろうか。「男が必要とするのは、善良な女性の愛だけだと信じているタイプの女性にとっては、とても魅力的なはずだ」

ナイアは挑発にはのらず、だまって理解を示すようにうなずいた。ジェイクは気に入らないだろう。彼は、理解や同情、問題の共有といったことには関心がないのだ。少なくとも相手が秘書の場合は。

「お気づきではないかもしれませんが、私は弟さんに同情はしても、体で慰めようとは思っていません」ナイアはやさしく言った。「危険な生き方をするほうが楽しそうに思えることが、あなたにはよくあったんでしょうね」心から同情して言う。

ジェイクが、自分がまわりの人間にどう見えるのか、まったくわかっていないことがおかしい。兄弟の両方を見て、どちらが危険な男の空気をただよわせているかときかれれば、私の答えは決まっている。弟のほうを見たのは、ほんの一瞬だったけれど。

今も彼がしているように、あんなふうに眉間にしわを寄せると、いっそう顔つきがシャープになる。

完璧(かんぺき)な骨格だわ。ナイアはそっとため息をついた。ジェイク・プレンティスは氷山を思い起こさせる。彼の情熱の大半は目の届かない深みにかくされていて、こちらの興味をかき立てるのだ。

その深みをさぐってみたい。息苦しいほど胸がどきどきするのを感じながら、ナイアはほんの一瞬だけ思いに身をゆだねた。彼と愛しあうことを想像し、背筋に震えが走る。まるで、頭のてっぺんからつま先まで、興奮の波にのみこまれてしまったかのようだ。

「身の上相談の相手としてきみを雇ったわけじゃないんだ、ミス・ジョーンズ」ジェイクはきびしく言った。職場の人間に心の中までずかずか踏み入ることを許してはいない。とくに、些細(ささい)なことに嫉妬(しっと)する自分のいやな面を掘りかえされるのはまっぴらだ。

ジェイクは、あごをあげてこちらを見ているナイアをにらみつけた。

「そうですね」ナイアの声はおだやかで、すこしかすれていた。「でも、それを言うなら、職務内容に子守りは含まれていませんでしたけど」きっぱりと言う。「子守りといえば、そろそろリーアムが目を覚まして、ミルクをほしがるころだわ。バッグの中には、たしかミルクが一回分しか用意されていなかったと思うけれど」ナイアは言葉を切った。なにも言わないところを見ると、ジェイクも同じ意見のようだ。「どこかに粉ミルクがないかさがしてください。哺乳瓶(ほにゅうびん)の消毒用品一式も」

「赤ん坊のことになると、女性はどうして、男を無知な役立たず扱いするんだろうな？」文句を言いながらも、ジェイクは頭上の棚をはしから順に調べはじめた。そして、あったぞとうなると、粉ミルクの缶を引っぱり出した。

「ほかの女性については知りません。でも私の場合は、あなたをおばかさん扱いできるなんてめったにないことですから」

「僕がひどい上司だと言いたいのか？」ジェイクはこわばった声できいた。

「あら、ひどいだなんて」にこやかに否定する。「ただ無理な要求が多くて、高圧的なだけです」

「で、それにくらべてきみは完璧な秘書というわけか？」

「そんな！」ナイアは叫ぶように言った。ジェイクが理想とする完璧な秘書の姿を思い浮かべて、おおげさに顔をしかめる。「違うといいんですけど」

「安心していい」ジェイクの声はそっけなかった。「完璧なんてつまらないもの」

「違うからだいじょうぶだ」うんざりしたように言う。

ジェイクの引き締まった顔に、おもしろそうな表情がちらりと浮かんだので、ナイアはほっとした。

「これまでで一番のほめ言葉かもしれないわ」彼女は、相手がつられてしまいそうな、顔いっぱいのにこやかな笑みを見せた。「それとも、唯一のほめ言葉かしら」

「きみが逃げ出さなかったのがおどろきだよ」ジェイクはなにげないふりをして、ナイアのえくぼに目をやった。

「生まれつきへそ曲がりなんです」ナイアはため息をつき、細い肩をすくめた。「負けを認めるのはきらいなの」

逃げ出さなかったのは、扱いにくい上司に対して、不道徳な魅力を感じてしまったせいでもある、などとは口にしないほうがいい。考えることさえよくない。

「秘書として完璧でも、さすがにこういうことまではしないでしょうね」ナイアは荒れ放題のキッチンを指し示そうと、さっと腕を動かした。その拍子に、ジェイクの顔に洗剤まじりの水が飛んだ。「まあ、ごめんなさい」

スカートのウエストにはさんでいたふきんをとり、ジェイクの顔に手をのばす。

「少なくとも、私は臨機応変に――」

「自分でやるからいい」彼はナイアの手首をつかみ、顔から離した。びっくりするほどきつい声だ。

「だいじょうぶよ」ナイアは瞳に浮かぶ動揺をかくせなかった。「病気なんか持っていないもの」

「僕に言わせれば、きみには……」

彼の声には、なぜか怒っているような響きがあった。もしかしてジェイクは……。いいえ、そんなことあるわけがない。みだらな想像に気を散らされているのが、私だけではないなんて。現実を見なさい。ナイアは自分をいましめた。

ジェイクの指は、手錠のようにまだ手首に巻きついている。用心深く視線をあげると、彼は目を閉じていた。声には出さずに、なにやらぶつぶつと、ののしりの言葉をつぶやいている。

「もし私の触り心地がよくても、それは私のせいじゃないわよ」ジェイクがまだ万力のように自分を締めあげていることを思い出させようと、ナイアは軽く手首を動かした。

彼ははっと目を見ひらいた。「そうだろうね」ナイアの顔に視線をさまよわせながら、ジェイクは大きく息を吸い、鼻をふくらませた。彼の考えていることが手にとるようにわかる。今度は間違いない。望みをかなえたいという思いが、瞳の奥に見え、ナイアは焼けつくような熱をはっきりと感じた。

どこからかすすり泣くような声が聞こえる。私じゃないわ。私はこんなめそめそした声は出さないもの。ナイアはジェイクの日に焼けた顔を見つめようとしたが、手足が急に重たくなり、その感覚はまぶたにまで広がった。目をあけておくことはできなかった。

ぼうっとした頭に、様々な映像が浮かぶ。そこにはジェイクがいる。彼に触れる私も……。

刺激的なことを考えすぎたせいで、ナイアの心はばかばかしいほどに張りつめた。もしジェイクが、手首をつかむ以上のことをしてきたらどうしよう？　彼はそんなことを……もちろんしないわ。ばかね。多少腑に落ちない言動があることは別にして、彼は赤毛が好きでさえないのよ。

ジェイクはナイアの手首を放し、手のひらをズボンでこすった。まるで有害な菌に触れてしまったかのように。彼女の手首にはまだ彼の指の感触が残っていた。だが、あの電気が走るような強烈な感覚は、かろうじて感じとれる程度のうずきにまでおさまっている。すぐにこのうずきも、そして欲望に満ちた空想の数々も、私の中から消えてなくなるだろう。

「赤ん坊が目を覚ます前に、ミルクを用意しよう」

なにごともなかったかのような声だ。すこし怒っている感じではあるが、ナイアが彼の機嫌をそこねるのはよくあることだ。引き締まった頬がぴくぴくと動く速度があがりつつあるのは、それが理由だろう。

ジェイクがよそよそしい話し方をするのは前からのことだ。それなのに、なぜ今はこんなに腹が立つのだろう。考えるだけで落ちこむけれど、答えはわかっている。あのとき感じていたことがなにであったにせよ、彼は蛇口をしめるように簡単に気持ちを切りかえてしまった。だけど私のほうは……。

「それって、さっき私が言いだしたことだわ！」

ジェイクはなにも答えない。でも、それでよかったのだ。その口調が示す以上に、ナイアは内心ではいらいらしていた。持っていき場のないほどの憤りを感じる。こんな気持ちになるのは、もっと感情の起伏が激しい人たちだけだと思っていたのに。

ナイアは精力的に動き回った。冷蔵庫の中身を調べて、賞味期限がとっくに過ぎたあやしげな食品をかたっぱしから処分する。また、中の棚を消毒し、そこにミルクを入れた哺乳瓶をきれいに並べ、洗いおえた皿もカウンターにきちんと積みかさねる。リーアムが目を覚ますころには、用事はすべて片づいていた。

ナイアは、おなかがすいて手足をばたつかせているる赤ん坊のあたたかな体を、ジェイクの膝に置いた。彼は身をかたくしたが反論はしなかった。あたふたするところを見てみたいという気もするけれど、彼が赤ん坊にミルクをやっている姿は微笑ましくて、涙が出そうになる。初めはおそるおそるだったジェイクも、だんだん自信が出てきたようだ。心を打つ光景だった。ナイアは深く感動しながら、彼が赤ん坊にどんどん引かれていく様子をながめた。

子どもがほしい？　質問が喉まで出かかったが、その話題に危険なほど興味があることを知られてしまうのをおそれ、彼女は口をつぐんだ。それに、男性不妊の話をしたときのことをむしかえしたくない。

すこし気持ちを落ち着かせようと、ナイアは外に出た。新鮮な空気を胸いっぱいに吸って、気をとりなおそう。しばらくして彼女は、隣接した草地に放し飼いにされていた雌鶏(めんどり)から、ポケットと両手いっぱいの卵をもらって、コテージの中にもどった。

「オムレツでもどうですか？」ナイアはつやのある茶色の卵をかかげた。日の当たるパティオには、お茶にできそうなハーブも植えられている。「あなたはどうか知らないけれど、私はおなかがすいたわ」率直に言い、自慢げに見せた卵に藁(わら)がついているのを見つけ、ふっと息で払う。「食器棚はほとんどからっぽだわ。なんです？」ジェイクが変な顔をして自分を見ていることに気づき、ナイアはたずねた。

けんか腰に聞こえただろう。けれど、いつもセンスのいい服をぱりっと着こなしている職場の上司が、赤ん坊を肩にもたれさせ、そっと背中をたたいている光景に、思わず心を乱されてしまったのだ。

体が大きくてハンサムな男性が、小さな赤ちゃんを抱いているのよ。興味をかき立てる組みあわせだし、誰だって心を動かされるわ。ナイアは皮肉っぽく考えてみたが、ほとんど説得力がなかった。もしかしたら、私の心は、この特別な男性がかかわっているときだけ、人一倍敏感になってしまうのかもしれない。

「なにかすねているのかと思ったよ」

「すねるのは男の人だけ。女はいろいろと片づけなければいけないことがあるから、いそがしいんです」ナイアは一瞬、生意気そうな笑顔を見せた。

「お茶をいれようと思うのだけど……」きびきびと言う。扱いにくくて、手の届かないところにいる男性を好きになってしまった。それをとうとう認めたことなど、みじんも感じさせない口調だった。

4

モルトウイスキーだけならまだましだったかもしれない。だが、どの部屋にも空瓶がころがっているところを見ると、弟はアルコールと名のつくものなら、家じゅうにあるものをなんでも手当たりしだいにあおったようだ。

「いい方法だな」小さなげっぷの音が聞こえ、肩になまあたたかいものが流れた。弟がここに、洗濯されたシャツを一枚でも残してくれているといいんだが。期待は薄いか。

「牛乳がないわ」ナイアが深刻そうに言った。「でも、庭に乳しぼりが必要な山羊（やぎ）がつながれていたわね」どんな事情であれ、動物の世話をほうり出すなんてとんでもないという顔をする。

「きみの家は農場だ。完璧だね。きみを連れてきて正解だった」

一緒にいて楽しいからではないのよね。ナイアは暗い気持ちで思った。「喜ぶのは早いと思うわ」冷たく言う。「父は昔かたぎの人間で、山羊と、マナーをわきまえていない放浪者は同等だということをよく言っていました。あんなにおいの強い動物は、ヒッピーが飼うものだって」

「心が広くて偏見のない人じゃないか」

「あなたを見ていると誰かを思い出すと思ったのよね」ナイアはきつい口調で言いかえした。「あまり期待しないでください。がんばってみますけど」

「きみならできるさ」

考えるだけでおもしろい。僕の家とも言える、あのエアコンの効いたビルにいる連中が〝セクシーでたまらない〟ミス・ジョーンズが山羊の乳をしぼるために腕まくりをしているところを見たら、どんな顔をするだろう！　目的を持った様子で部屋を出ていくナイアを見るジェイクの顔から、思わず笑みがこぼれた。今日はこんなふうに笑うことがあるとは思っていなかった。

ハーブを使っていれたお茶はすこし味がおかしかったが、まあ飲めたし、オムレツはふんわりとしておいしかった。二人はだまりこくって食べた。大時計が時を刻む音と、すやすや眠る赤ん坊の、鼻がつまったような寝息しか聞こえない。

「電車の時間は何時なんだい？」

「もういいんです。どうせ間に合いませんから」ナイアはティーカップのふちから用心深げにジェイクを見た。

月曜日になったら、いつもどおり仕事がはじまる。ナイアは気持ちが沈んだ。頭の中ばかりでなく、胸の中までもこんなにかき回されてしまって、なにごともなかったように仕事ができるとは思えない。いっそ、やめてしまおうか。そうしたほうがいいのかもしれない。いや、そうするしかない。現実を見つめようと、心を引き締める。それでも、実際にはなかなか決心することができなかった。

「ぎりぎりで間に合うさ。今すぐ僕が電話でタクシーを呼ぶから、それで近くの駅まで行けばいい」ジェイクは眉間にしわを寄せながら、ちょうど電話のそばにあった時刻表をのぞきこんだ。

「そういう方法もありましたね」ナイアは気のない返事をした。ほんとうに一緒にいるのがいやなのね。私を早く追い出そうと、そんなに一生懸命になるなんて。

「僕が送っていければいいんだが、そうすると、リーアムを起こして車に乗せなきゃいけないからな」

「起こしてはだめ！」ナイアはあわててとめた。ぐずる赤ん坊を寝かしつけるのに、どれだけ時間がかかったことか。「あなたはだいじょうぶなの？」受話器をあげたジェイクに言う。「これからどうするんです？」

「たぶんジョッシュはもどってくると思う。だから僕はここにいるよ。それに」彼は籐細工の揺りかごに寝ている甥に目をやった。「僕の家は、この僕以上に赤ん坊むきじゃないからな」

「あら、でも、あなたはよくやっていると思うわ」ナイアは心から言った。だが、やけにやさしい口調になってしまったことに気づき、その印象をとり消そうと口をひらいた。「そんなふうに――」

「無理な要求が多い男にしては？」

「思い当たる節があるのかしら」

「それについてはなんとも言えないが、このシャツがなんだかじめっとして、におうのは間違いない」ジェイクはくんくんと調べるように鼻を動かし、肩のあたりに手をやって顔をしかめた。「電話番号はこれだから」指でメモ用紙をたたく。「二階に行って、ジョッシュの服をあさってくるよ」

ジェイクがいなくなるのと入れ違いに、玄関のドアをたたく音がした。ナイアは受話器をもどし、赤ん坊にさっと目をやってから、どんどんとたたく音をとめようと、玄関にいそいだ。

慣れない錠をはずすのに手間どり、やっとドアをひらく。

「あなたが子守りね」

否定する間も、肯定する間もなかった。裕福そうな男女が、ナイアの脇をすりぬけるようにして、コテージにずかずか入ってきた。

「かわいいぼうやはどこ?」きちんとした身なりの白髪の女性がたずねた。この声で、かわいいぼうやは間違いなく目を覚ましてしまうだろう。

この人たちが例の、愛情に満ちたおじいちゃんとおばあちゃんだわ。ナイアは気づいて身をかたくした。ジェイクがいろいろ気がかりなことを言っていたのを思い出す。もしかしたら、誇張もあるかもしれない。双子の弟をずいぶん身びいきしているようだから。目の前にいるこの人たちは、とても、父親から子どもを奪うような人間には見えないもの。いい人そう。

「連絡を入れようとしたんだが、話し中だったものでね」男性が話しかけてきた。「はじめまして。私はドナル・フィッツジェラルド。ナタリーかね?」

「ナイアです」しっかりと握手をされながら、ナイアはぼうっとして答えた。二人はさりげなく、けれど明らかに批判的なまなざしで部屋をながめ回した。大いそぎで片づけたあとだけれど、隅の埃に目をつぶってもらえれば及第点はつくだろう。

「ナタリーという名前だと聞いていたんだが。そうじゃなかったかね、メーブ?」男性は眉をひそめて妻を振りかえった。「思ったより若いし」困惑したように、ナイアを上から下までじろじろ見る。

自分がその子守りだったら、失格だと言われているようでさぞ居心地が悪かっただろう。でも私は子守りじゃない。せりにかけられている家畜になったみたいでいやな気分になる。

「ジョッシュが間違えたのかしらね。おどろくことじゃないわ。こんなときだもの」彼の妻は、内々の話をするような感じで、思いやりのある言葉をそえた。「忙しくてたいへんでしょう。ジョッシュはなにもしないでしょうから」同情するように言う。

どうやらさぐりを入れているらしい。とてもさりげなく。けれど目的は明らかだ。私にジョッシュを非難させようとしている。うっかりしたことは言えない。助けて！　内輪のごたごたのど真ん中に巻きこまれてしまった。

「そんなことはありません」ナイアは慎重に答えた。なにも答えなくてすむなら、口をつぐむのだけれど。

こんなときにジェイクはいったいどこにいるの？

「まだお酒は飲んでいるの？」

「ここにはお酒は一滴もありませんから」ほんとうのことだ。きかれていないのだから、空瓶のことはあえて触れなくていいだろう。

ジョッシュを守るような発言をしたせいで、傍観者の立場から、この争いごとの当事者の一人になってしまった。あとで後悔するようなことにならないといいのだけれど。

「外にあるのはジェイクの車？　彼もここに来ているのかしら？」

「はい……いいえ！」

あわてたようなナイアの態度に、二人は眉をひそめた。

「来たんですけど、帰りました。車は故障したんです」適当な話を作りながら、ナイアは心の中で、最高の技術を結集して製造された車にあやまった。

「誰か来たのかい？」そのときジョッシュのアトリエから、清潔ではあるが絵の具のしみがついたシャツのボタンをかけながら、ジェイクが出てきた。ぜい肉のない、引き締まった腹部がちらりと見える。するとと突然、このときを待っていたかのように、ナイアのおなかの中がわけのわからない渇望に満たされ、熱くとけだした。ジェイクはいつも荒々しいほどに男っぽい。女性は皆ほれぼれし、離れたところからでもため息をつく。

仕立てのいいデザイナースーツを身にまとっているときの彼は、完璧すぎて手が届かない存在に思えた。でも、髪をくしゃくしゃに乱し、しわだらけのシャツを着ている彼は、私と同じ世界の住人のように見える。もちろん、それは現実ではないのだけれど。ナイアは彼から視線を引きはがし、大きく息を吸った。落ち着こうと考えてのことだったが、まだ呼吸は荒く、体も震えている。ナイア、よだれをたらさないうちに冷静さをとりもどしなさい！

「あら、ジョッシュ、リーアムのおじいちゃまたちがいらっしゃいましたよ」ナイアの耳には、自分の声がばかみたいにはしゃいで聞こえたが、フィッツジェラルド夫妻はとくに変だとは感じなかったようだ。彼らの注意は、戸口に立つ背の高い人物にむけられている。ナイアも彼を見つめ、かたずをのんだ。

「そのようだね」ジェイクはナイアの目をまっすぐに見て言った。

ナイアはほっとして小さく息をついた。「今、ジェイクの車が故障した話をしていたんです。電車には間に合ったかしら」これでもう私のほうは間に合いそうにないけれど。

「やあ、どうしたんです、メーブ、ドナル」ジェイクが手をさしのべながら進み出ると、年配の男性は一瞬おどろいたようだったが、すぐに同じようにした。だが妻のほうは、つんとした態度で、手を動かそうともしなかった。ナイアはかすかに反発を覚えながら、ジェイクの表情をうかがった。

「いやいや、ちょっと通りかかったものでね」

「それで寄ってくださったわけですか。どうもわざわざ」綿シャツの袖口にカフスボタンがないとわかると、ジェイクは袖を折りあげ、それから、裾をズボンのウエストに押しこんだ。

気がつくとナイアは、彼のたくましい腕をじっと見つめていた。恥ずかしくなって顔を赤らめ、横をむくと、メーブ・フィッツジェラルドの視線とぶつかった。彼女のわけ知り顔には、こちらを不愉快にさせるものがあった。

「この前会ったときよりも、だいぶ元気になったようだな。そうは思わんかね、メーブ?」

「ひげをそって、髪を整えたからといって、私のかわいそうな娘の子の父親として、ふさわしいことにはならないわ!」メーブは、眠いところを起こされて泣きだしたリーアムを抱きあげた。「娘も、あなたじゃなくてジェイクと結婚していれば、今ごろはまだ生きていたはずよ。彼ならあの子を妊娠させたりはしなかったわ。昔から体が弱くて、赤ん坊なんて産んではいけなかったのに!」ぎゅっと抱き締められ、リーアムはますます激しく泣いた。

「ほらほら、メーブ。約束したじゃないか」ドナルが困ったような顔でさとす。

「メーブ、ブライディーは幸せだったんです。若くて、健康にも恵まれていました。あなたも知っていたはずです」自分を正当化したり、相手を非難したりする口調にならないよう気をつけながら、ジェイクはゆっくり言った。「医者にも、ほかの誰にも、ああなることは予測できませんでした」沈んだ声で続ける。「今はリーアムのことを第一に考えてやらないと。責任のなすりつけあいをしているときじゃありません」

ジェイクの言葉を聞いた夫妻は狐につままれたような顔をした。おそらく、妻に先立たれた弟のほうは、前に同じような非難を受けたとき、まったく違う対応をしたのだろう、とナイアは推測した。

ジェイクがかすかにうなずいたので、彼女はすぐに察し、涙ぐむメーブから赤ん坊を受けとろうとした。メーブは、顔に同情を浮かべているナイアを怒ったような目で一瞥したが、赤ん坊を渡した。

ジェイクは赤ん坊を見てから、視線をナイアにうつし、思いがけなく微笑んだ。二人はそのままわけもなく見つめあっていた。彼女は目をそらすことができず、押し寄せる感情にのみこまれそうになった。

「ずいぶん元気そうなわけがわかったわ」メーブがとげのある声で言った。なだめようと夫が肩に回した腕を、体を揺するようにして払いのける。「もうブライディーのかわりを見つけたのよ。住みこみの子守りだなんて！　便利ね。この人がジョッシュを見る目を見た？　まるでどろぼう猫だわ」

ナイアはジェイクと見つめあったまま体をこわばらせた。グレーの瞳の奥に浮かんだ光に、不安を感じる。不安を感じるですって？　彼のことならなんでも好きなくせに。自分をあざけるようにわずかに肩をすくめ、ナイアはかたく目を閉じた。

左右に体を揺らしながら、さらにしっかりとリーアムを抱き寄せる。こうすることでえられる安心感がまやかしなのはわかっている。結局、この子の祖母は、たったいくつかの言葉を発するだけで、私が必死にかくし通そうとしていたものを見事にさらけ出してしまったのだから。

「ジェイクの前でそんなことを言ってはだめですよ、メーブ」

どこかおもしろがっているようなあっけらかんとした声に、ナイアは柔らかい赤ん坊の髪にうずめていた顔をあげた。

「つまり……」ドナル・フィッツジェラルドは興味深げにナイアの顔を見なおした。

　ジェイクはうなずいた。「兄とはたしか……一カ月半前からつきあっているんだっけ、ナイア？」

「二カ月弱です」誰が見ても憎々しそうだとわかる目をジェイクにむけ、ナイアはなんとか言葉を返した。ジェイクはどこ吹く風といった様子だ。

「ちゃんと数えているんですよ。かわいいと思いませんか？」

　間違いなくおもしろがっている。ナイアは怒りに胸をふくらませた。こんなにそれらしく、こんなに想像力に富んだお芝居ができる人だとは思わなかったわ。

「もう指輪も贈ったのかな？」ドナルが冗談を言った。

　ナイアは警告するようにジェイクを見た。まさか、そこまで言わないでしょうね。彼はナイアの期待を裏切った。

「まだほかの人には言っていないんです。母が旅行中ですから」

「じゃあ、アンナは知らないのか」ドナルはうんうんとうなずいた。メーブのほうはあっけにとられたままだ。「もちろん内緒にしておくよ。さてと今日は」うんざりしたように肩をすくめる。「ほんとうに失礼した。ここに来るべきではなかった」ドナルは素直に非礼をわびた。

　そのとおりよ。たとえばここで、私がわっと泣きだしたとしても、誰も注意を払ってくれないだろう。

　男性二人はかたく握手をした。

「いつでもリーアムに会いに来てください。でも次からは、来る前に電話を一本入れてくださいね、ドナル」

5

「あの二人、帰る前に盗聴器を仕かけたりしていないよな？」ジェイクは花瓶を持ちあげて底を確認した。「それとも、隠しカメラで間に合わせたとか」

ずいぶんご機嫌ね。首を締めてやろうかしら！

「なんてことをしてくれたの」ナイアは吐き捨てるように言った。なんとかなだめて、もう一度寝かしつけた赤ん坊のふとんをかけなおす。私の気持ちも誰かなだめてほしい。

「うまく切りぬけたと思うけど」ジェイクの声には見せかけだけの困惑が表れていた。「そもそも、ああいう状況を作ったのはきみだしね。僕はきみに合わせて、とっさに芝居をしただけさ」

「そうじゃなくて！　どうしてあんなことを言ったの？　あなたと私が、その、私たちが……」おとなしく次の言葉を待つジェイクの、からかうようなグレーの瞳に見つめられ、ナイアはしどろもどろになった。顔を真っ赤にして口をつぐむ。

「しいっ！」ジェイクが自分の唇に指を当てた。「わめき散らすつもりなら」ナイアの腕をつかむ。「ここから出よう」

胸の中がもやもやしていたが、ナイアはむっつりとした表情のまま、ジェイクのあとについてアトリエと思われる部屋に入った。彼に言われたからではなく、赤ん坊の眠りをさまたげたくなかったからだ。布をかぶった何枚もの絵が、かさなるようにして壁に立てかけてある。すべてがうっすらと埃（ほこり）をかぶっているけれど、彼女が片づける前のほかの部屋にくらべたら、ここだけはきちんと整頓（せいとん）されていた。

「ジョッシュのアトリエだ」ジェイクはそう言って、

壁ぎわの低い革のソファの方にナイアの背を押した。彼は絵から布をとると、一歩うしろにさがり、鮮やかな風景がいきいきと描かれた絵を見て目を細めた。

「うーん、すごくいい絵だ」感じ入ったように言う。

ナイアはうなずいたが、そんなことではごまかされなかった。「どうして、あんなでたらめを言ったの？」

「ジョッシュが子守りといい仲になっていると思われるよりましだろ？」腕を胸の前で組み、片方のこぶしで二の腕のあたりをリズミカルにたたきながらジェイクは言った。

「その子守りは、つまり私は、誰ともいい仲になんてなっていないわ！」ナイアはむっとした。

「長距離恋愛はうまくいかないものだな」ジェイクは同情するようにうなずいた。

ナイアは気まずく感じながら、指輪をはめた手を反対の手でかくした。「ヒューを巻きこまないで」

ジェイクの瞳から、皮肉っておもしろがるような色が消えた。「彼を呼ぶつもりはないよ」かたい声で言う。「こんな遠くまで働きに出るのを許したんだ。なにが起ころうと文句を言う権利はないさ」軽蔑するように、冷たく鼻を鳴らす。

誰を軽蔑しているのか、よくわからない。私のことだろうか、それとも、この場にいないばかりか、ほんとうはなにも悪くないヒューのこと？　どちらにしても、この男性優位の発言は聞きのがせない。

「働きに出るのを許したですって？　私は別に許可なんてとらなかったわ」ナイアは形のいい眉を不快そうに寄せた。「でも、心配する必要はないでしょう。あなたのまわりに集まる女性はみんな、遠く離れたところへ行ってまで、新しい技能を身につけたがるタイプには見えないもの」彼女はふと困惑した表情になった。「ヒューを呼ぶつもりはないって、なんのことを言っているの？」

ジェイクがにんまりと笑うのを見て、ナイアの脈拍は急上昇した。

「ところで……ミセス・フィッツジェラルドのことだけれど、まさか彼女の言葉を真に受けたりしていないわよね」ナイアは弱々しく笑った。

「どの言葉だい？」ジェイクは濃い眉をはえぎわまで持ちあげた。

「わかっているくせに。お芝居は好きじゃないわ」

「さっきは演じ方を忘れないようにしたいと言っていなかったかな」ジェイクはさも楽しそうに、あげ足をとった。「きみが熱い視線を送ってくるから、僕はあの夫婦の注意をよそにむけなければならなかったんだよ。うまくいったけどね」無神経に自画自賛する。「こう言ってはなんだが、きみの態度はあまり助けにならなかった」

それを聞いて、ナイアはもはや自分がこの状況をどうにもできなくなっていることを認めた。うめきながら両手に顔をうずめる。オフィスの外なら私のほうが優位に立てると思ったのに！　仕事以外でジェイクに対処するのは不可能だ。

「嘘よ！」ナイアは反論するように頭をあげ、顔にかかる髪をいらだたしげに手で払った。

「嘘じゃないさ」ジェイクは言った。

「そうじゃなくて、私は……熱い視線なんて」頭に血がのぼって、うまく話せない。彼は自信たっぷりな顔でこちらをじっと見ている。「あの人は理性を失っていたわ。あなたにだってわかったでしょう」

理性を失っていたのは、私も同じだわ。

「たしかに。だけど、彼女は妙に細かいことに気がつくんだ。セカンド・オピニオンを聞けてよかったよ」

ジェイクにまで気づかれていたなんて！「私が色目を使ったと責めているの？」こんなに恥ずかしい思いをするのは生まれて初めてだわ。

「責めているんじゃないよ。趣味がいいってほめているんだ」

「あなた、面倒な立場に追いこまれたことを楽しんでいるのね！」ナイアは息をのみ、まじまじとジェイクを見つめた。おどろいたことに彼の瞳は、予測不能なできごとへの興奮に満ちている。

ジェイクは小首をかしげ、くっきりとした片眉をひょいとあげた。「たぶん、きみの言うとおりだ。僕が身にまとったのは、弟の服だけじゃないんだと思う」考え深げに言う。

彼の長い指がなにげなくシャツに触れた。ナイアの知っているジェイクなら、けっして着ないような、オレンジ色のシャツだ。彼がボタンをいくつかはずしたので、引き締まった筋肉質の胸があらわれた。

「それにしても、よく思うんだ。人間の行動パターンは、育てられ方にどのくらい影響されるのかってね」ジェイクはじっと考えた。「つまり、ジョッシュと僕は、遺伝子的にはまったく同じ設計図を持っている。だけど、ジョッシュなら、こういう機会はぜったいにのがさないはずだ」

「こういう機会って？」ナイアはかすれた声できいた。興奮とおそれが頭の中でせめぎあい、息も苦しくなる。

ジェイクが突然、ソファの横に膝をついた。今日の彼はおかしいわ！

ジェイクの腕が頭のすぐうしろの背もたれにのびる。ナイアは体をかたくした。「な、なにをしているの？」声がしわがれる。

「きみの顔をなでているんだ。信じられないほど肌が柔らかい」ジェイクはナイアのあごの線を指でそっとなぞりながら言った。

「知っています」このまま目を閉じて、丸めたつま先にまで伝わるかすかな官能の波に、身をゆだねてしまいたい。

「そうだろうね」ジェイクは皮肉っぽく返した。

「そういう意味じゃなくて……」なにを言おうとしていたのか、忘れてしまった。ジェイクが肘を曲げて彼女の頭の両わきに腕を置いたので、顔がすぐ目の前にせまってきたのだ。

ジェイクはナイアの見ひらかれた目を見つめ、親指で彼女のこめかみをそっと押しながら、柔らかくて張りのある豊かな髪に、広げた指をすべりこませた。喉の奥から、欲望に満ちたうめき声がもれる。

「引っぱってもとれないわよ。かつらじゃないんだから」どうにかなってしまいそうな空気を変えようと彼女は冗談を言ったが、その声はかすれていた。

「とりたいわけじゃないよ。この中にくるまりたいんだ」なにかを考えるような表情がジェイクの瞳をよぎった。「いや、それより、二人でくるまりたい」頭の中の夢想を置きかえながら、鷹を思わせる笑みを浮かべる。彼は胸を大きく上下させ、静かに吐息をついた。「なめらかな肌にこの髪、すばらしいコントラストだ……」ハスキーな声はとけたチョコレートのようだ。

「髪に異常な執着心があるのね」ナイアはかすれたままの声で責めた。ジェイクの言葉のせいで、熱をおびた頭の中に退廃的な情景が渦巻く。燃えるように熱い指で体じゅうをなでられている気分だ。

「ミス・ジョーンズに異常な執着心があるんだ」ジェイクはさらりと言った。

「いつから？」

「初めてきみの笑顔を見たときから。僕にむけられたものじゃなかったけどね」

めまいがしそうだ。こんなにはっきりとした答えが返ってくるとは思っていなかった。詩的な表現は別にしても、言っていることがほんとうだとすれば、いろいろなことの意味が変わってくる。

ジェイクがさらに体を近づけてきた。これ以上接近されたら、自制心を失いそうだ。ナイアは距離をたもとうと片手を前に出したが、その手は彼の裸の胸に当たった。

「そのまま！」ジェイクがナイアの手をつかみ、強く言った。「手を引っこめないで。そうしていてくれ」

ジェイクはその長い指で、ナイアの握り締められたきゃしゃな手をひらき、浅く焼けた自分の肌にゆっくり押しつけた。

ぞくぞくするほど官能的な光景だった。ジェイクの肌は思った以上になめらかで、豊富にはえた濃い胸毛もおどろくほど柔らかい。おなかの下の方でくすぶっていた火が、かっと燃えあがった。よろこびの波が背骨を伝い、震えとなって全身をかけめぐる。

「心臓の鼓動を感じるわ」ナイアは不思議そうにささやき、ジェイクの目を見あげた。

「それ以上のものをきみと分かちあいたい。最初に見たときから、僕はずっときみに夢中だったんだ」

彼はうなり、ナイアの優美なあごを指ではさんだ。

「あなたの態度は冷たかったわ」率直な告白にナイアは心を奪われたが、落ち着かなくもあった。これが現実に起こっていることだと信じるのが怖い。もしかして、まだお芝居を続けているのかしら？　私を誘惑しているのがプレンティス兄弟のどちらなのか、はっきり知っておきたいのに。

「きみのせいで僕はなにも手につかなくなった。社内恋愛はブライディーでこりているはずなのに、同じ場所で同じことをくりかえして、そしてまたこのありさまだ」

「知らなかったわ」ナイアは突然不安になった。ブライディーも彼の秘書だったのかしら？

「まだ知らないことはたくさんあるよ、ミス・ジョーンズ。きれいで、セクシーで、すばらしいミス・ジョーンズ」ジェイクは合間合間にキスをはさみながら、ゆっくりとほめ言葉をささやいた。

キスがこんなに変化に富むものだったなんて。どのキスも完璧で、どのキスにも体がしびれたようになる。ナイアは荒い息をしながら、目の前にある肩にもたれかかった。「最高だった」うっとりとして、あえぐように言う。

「僕もまったく同じ意見だ」ジェイクは笑い、あごに指をかけてナイアの顔をあおむかせた。「僕は大ばか者だったよ。どんなに心をくすぐる笑い声も、どんなにすばらしい肢体も、どんなにキスしたくなる唇も、自分と仕事のあいだには割りこめない。それを証明しようとやっきになっていた。もう二度と、仕事と個人的なよろこびを混同するまいと心に決めていたんだ。だけど、これほどのよろこびなんて……」ジェイクはナイアの柔らかい耳たぶをかんで、うめいた。

「そうね」ナイアは情熱にわななないた。うなじに熱い息がかかる。ジェイクの体温も、清潔でぴりっとした男性らしい匂いも、無視することができない。彼の匂いが、この匂いが好きだ。そう、彼を好きなように。「だけど、私も社内恋愛には賛成できないの」ナイアははっきりと言った。

「これは例外だよ」

「私たちのオフィスが、ほかのみんなのところとは区切られているから……」ナイアは口の中でもごもご言った。

「そのとおり」

初めてジェイクと心が一つになっているように感じる。彼がナイアの鼻の横に自分の鼻を押し当て、ぎりぎりまで唇を近づけた。もし私が唇をひらきさえすれば……。「ブライディーはあなたの部下だったの？」違う。こんなことをきくために口をひらいたのではないのに。私ったらなにをしているの？

「僕じゃない、アランだ」ジェイクはしわがれた声で社長の名を言った。「話はやめて、キスをさせてくれないかい？」

「私にブライディーの面影を見ているの？」

ジェイクはナイアの背中に腕を回し、敏感になっている彼女の胸の先端を自分の裸の胸にぎゅっと押しつけた。なにかを考えこむような表情だ。

「ナイア、きみみたいな女性には会ったことがないよ」

この答えに満足しなければ。

わずかにひらかれたナイアの唇は震えていた。それを見たジェイクは唇を引き結び、からからになった喉からもれそうになる、苦痛に満ちた鋭いあえぎを押し殺した。

彼はすばらしく官能的な唇に、ゆっくりと略奪者のような笑みを浮かべた。ナイアの頭の中では、警報が鳴り響いてもよさそうなものだったが、そうはならなかった。

「自制心なんて知るものか！」

ジェイクがなにかを捨て去るとき、彼がとことん本気になることをナイアは知った。最初、彼の唇の動きがためらいがちだったため、ナイアは安心していた。だがその安心感はまやかしだった。ゆっくりと、けだるげで、うやうやしくさえあったキスは、気がつくと激しくむさぼるようなものに変わっていた。むき出しの欲望に触れ、今までに経験したことがないほどの興奮に全身が包まれる。だがナイアは、欲望の嵐にただ巻きこまれているわけではなかった。彼女もまたその嵐の一部だった。いや、その中心にいたと言ったほうがいいかもしれない。

ジェイクの舌が熱い口の中に押し入ってくるたび、ナイアは低くうめき声をあげた。彼のあたたかな背中に腕をはわせる。ジェイクがゆっくりとうしろにたおれたので、彼女はソファから引きずりおろされ、床の上で彼におおいかぶさる形になった。

「あなたをつぶしちゃうわ」

「そうしてくれ」

ジェイクが両足を床につけて膝を立てたので、ナイアの体は彼の脚の間におさまった。すると彼が、じゃまな服の上からでもはっきりとわかるほどに、興奮しているのが伝わってきた。

そろそろこの服をどうにかしなければ。ナイアはさっと体を起こしたが、そのとたん、ジェイクがうめいたので、もっと気をつけて動くべきだったと後悔した。

「だいじょうぶ？」ナイアはブラウスのボタンをはずし、レースとサテンの飾りがついた薄い布地をさらけ出した。焼けつくような彼の視線が心地いい。自分にもそなわっていた女性としての力を急に強く意識し、ナイアはそれに酔いしれた。彼は私をほしがっている。誰よりも美しいこの男性を、私はうずかせているのだ。

「え、なんだい？」そこにいるのは、いつもの論理的にものを言うジェイクではなかったが、ナイアは気にしなかった。しかし、わざとらしくゆっくりと服をぬいでいく彼女を見つめる瞳は、半ば閉じられたまぶたの奥で、多くを物語っていた。たくましい胸板が、深く速い呼吸に合わせて静かに上下する。

ナイアはエメラルド色の瞳を、誘うようになまめかしく輝かせた。体をかすかに左右にくねらせ、まるで猫のようにしなやかに、ブラウスを肩からするりと落とす。目はじっとジェイクを見つめたままだ。

「ああ！」ナイアがブラジャーのホックをはずし、それをわきにほうると、ジェイクは感嘆のため息をもらした。先端をばら色に染め、豊かに盛りあがった胸がゆらりと揺れる。「なんて――」

そのとき、赤ん坊の泣き声が聞こえ、ジェイクの言葉がかき消された。二人はぎょっとして体をこわばらせ、泣き声がそれで終わりなのを確認しようと待った。けれど赤ん坊は、ふたたび怒ったような声で泣きだし、彼らの期待は裏切られた。

ナイアは、ジェイクが体を大きく震わせるのを感じた。握りこぶしを鼻筋に当て、目をつぶっている。顔がうっすらと汗ばみ、日に焼けた美しい胸も同様だった。

「僕が行く」ジェイクはかたい声で言い、横にころがるようにして体を起こした。「まったく」顔はけわしかったが、優雅な身のこなしでさっと立ちあがる。「究極の避妊法は、赤ん坊をそばに置いておくことだな。ところで、きみは……」

ナイアのほうは、なに一つ優雅にこなせそうになかった。ぎこちなく、ぶざまな気分だった。上半身裸というあられもない姿になっていることが強烈に意識される。胸が痛い。ああ、でも、このうずきをどうすればいいの！　喪失感は言葉では言い表せないほどだ。

長距離を走りおえたマラソンランナーのように荒い呼吸をしながら、ナイアはブラウスをたぐり寄せ、胸の前にかきいだいた。つい先ほどまでの、乱れた奔放さは忘れ去られ、困惑したバージンのような気持ちになる。実際、彼女はバージンだった。いったい私はなにをしていたのだろう。

「私が、なに？」ナイアはうわの空で、ぼんやりたずねた。そのとき、やっと彼の質問の意味に気づき、顔が真っ赤になった。「いいえ」喉がつまる。

「僕もだ」ジェイクは唇のはしをゆがめ、髪を手で整えてから、シャツの裾をズボンにたくしこんだ。

「ということは、リーアムに助けられたってことか」

去りぎわにジェイクが言ったことは、ナイアに自分のしたことの、もうすこしでするところだったことの、重大さに気づかせた。二人がしようとしていたことには結果がつきまとう。そんなことは考えもしなかった。身も心も彼のものになりたいだけで、ほかはどうでもよくなってしまったのだ。

　その事実はしかし、ナイアにとってそれほど悪いことには思えなかった。彼女は自分が性的には奔放になれないとずっと感じていた。だから、ジェイクのものになることを考えただけで、腿のあいだが熱くうずくことにおどろいたし、興奮もした。

　あいたドアのむこうで、ジェイクが赤ん坊になにか話しかけている。泣き声は小さくなってきた。ナイアは慣れない欲望に体がまだ震えているのを感じた。人目も気にせず泣いてしまいたい。めったにそんなことはしないけれど。髪を振りみだす姿をさらしたってかまわないわ。

　ヒューとのことを説明しなくては。婚約者がいるのにほかの男性に気安く体を許す女だと思われたくない。でも、都合のいいように考えすぎていないだろうか。ジェイクがヒューのことなんて気にしていなかったら？　彼にとって私とのセックスは単なる遊びという可能性もある。私を抱こうとしたとき、そうすることで、いつもとは違う人間になろうとしているようにも見えた。自分にふさわしくない女だからこそちょっかいを出してみようと思ったのかもしれないし。どんどん暗い気持ちになりながら、ナイアは思いをめぐらせた。

　あるいは、婚約者がいるという事実に、よけいスリルを感じたのかもしれない。もちろん、実際は婚約などしていないけれど、決まった相手がいれば、別の男性に結婚を要求することなど当然できないのだから。彼の生活にちらちらあらわれる女性たちとの関係を見ていると、どうもジェイクは、そういった要求をかわすのがじょうずらしい。そんな女性たちの一人になるわけにはいかない。そもそも、それほどきれいでも、従順でもないわけだし。

　私はほんとうにジェイクとこれ以上深い関係になりたいのかしら。彼はいまだに危険で、謎めいた存在だ。でも、答えははっきりしている。なにもかも不確かで疑問ばかりだけれど、これだけは自信を持って言える。そう、私は彼と深くかかわりたい！

あのときリーアムが目を覚ましさえしなければ。

今この瞬間、ジェイクと愛を交わしていられたら。

ジェイクは特別な力を持っていて、ナイアの心を正確に読むことができるかのようだった。もどってきた彼は、だまってナイアのかたわらに立ち、両手で顔を包んだ。「僕も裏切られたような気分だ。残念だけど……」重苦しい口調でつけたす。

「ミスター・バーゲンを出迎えにそろそろ空港へ行かないとね。今晩ストックホルムから到着されるわ。あとで言うつもりだったのよ」ずっとあとでね。もしも、忘れていなかったらの話だけれど。

「有能きわまりない秘書だな」

ナイアははなをすすり、涙ぐんだ笑みを見せた。

「やっと気づいてくれたのね」

「きみの秘書としての能力ではなくて、ほかのことに気をとられていたんだよ」

ジェイクの緊張した顔に浮かぶ表情を見れば、彼がなにに気をとられていたのかはっきりとわかる。

彼が出かけてしまうのは寂しいけれど、これですこしは気持ちが救われる。ナイアはふいに涙がこぼれそうになり、さっと顔をそむけた。

「選択の余地があれば、僕が行かないのはわかっているね」ジェイクはあたたかく、なだめるように言いながら、ナイアのうしろに立った。

彼は自分のものだと言わんばかりに、荒々しくナイアを抱き締めた。回された腕が、胸のふくらみのすぐ下に来る。彼女は、ぜい肉のないたくましい胸に引き寄せられた。

「マッツ・バーゲンは朝一番の飛行機でバンクーバーにむかうことになっているだろう？」ジェイクはナイアの髪を指で払い、うなじにキスをした。彼女のこわばった体によろこびが矢のように走りぬける。

「立ち寄ってくれと頼んだのは僕のほうだから、行かないわけにはいかない」声がかすれている。

「わかっているわ」でも行かないでほしい。

「派遣事務所に電話してベビーシッターを頼んでみるよ。だけど、夜までに誰かをよこしてもらえなかったら、リーアムを連れていくしかないな。マッツがなにを考えるかは神のみぞ知る、だ」

私に助けを求めると思ったのに。それが友だちというものだもの。でも私たちは友だちではない。もちろん恋人でもない！

「ミスター・バーゲンは気にされないと思うわ」

ナイアは喉をごくりとさせた。ジェイクの腕をほどいて離れる。いぶかしむように眉をひそめ、彼は両腕をわきにおろした。

「彼にはお子さんが四人もいるのよ。一番下の、ええと、エリックだったかしら」顔をしかめて名前を思い出す。「たしかまだ一歳半だし」

「なんでそんなことを知っているんだ？」

ジェイクとミスター・バーゲンは三カ月前から合同事業を展開していた。その間、たくさんのメールがやりとりされたのに、ジェイクはマッツ・バーゲンの家族構成はおろか、結婚しているかどうかさえも知らないのだ。

「何度も電話をとりついでいるうちに、いろいろと話をする機会があったの。彼はすてきな人よ」ナイアはほんのすこし反抗的に言いそえた。

「きみのクリスマスカードのリストを並べたら、ここからカーディフまで届きそうだな！」ジェイクがからかった。

ナイアはジェイクをきっとにらみつけた。「少なくとも私はちゃんと自分で書くわ。あなたが最後に自分で書いたのはいつ？」

「僕の友人は僕がクリスマスカードを送らないこと

も、過度なクリスマス商戦にのるのが好きじゃないことも知っているんだ」

ナイアが目を丸くし、とがめるように見るので、ジェイクはますますオーバーに、偏見に満ちた皮肉屋を演じてしまった。

「こんなところにスクルージが生きていたなんて」

彼のひねくれた見方にびっくりしながら、ナイアはため息をついた。「リーアムのために、弟さんが、こんなにつまらない人間じゃないことを祈るわ！」

「僕はあいつがクリスマスまでにここに帰ってくることを祈るよ」ジェイクはきびしい声で言った。

それを聞いて、ナイアの反感はとけて消えた。

「悪いほうに考えないで。それと、ベビーシッターはあわてて決めてはだめよ」ナイアは心配げに眉をひそめた。「気の合いそうな人を選ばないと」

「結婚相手を選ぶわけじゃない」

ひどい言い方ね。そんなふうに冷たくされなくても、あなたが興味を持っているのは私の体だけで、それ以上のものを求めていないことくらいわかるわ。

「でも、結婚相手を選ぶほうがずっと楽だと聞くわ」私の個人的な経験からは、必ずしもそうとは言えないけれど。

「長期的な契約については、ジョッシュが考えればいいさ」よけいなおせっかいを焼いたばかりに、この前はどういう結果になったことか。今後、助言をするときは慎重にしなければ。

「私が今晩ここに残ってリーアムを見ましょうか？　そうすれば、身軽に空港へ行って、ミスター・バーゲンに会うことができるでしょう？　弟さんがここにもどってきたら連絡するわ。それが一番いいんじゃないかしら」ジェイクもこの案に引かれているようだ。「あなたに誘惑されていなかったとしても、同じ提案をしたわよ」

「あのとき、ほんとうに誘惑できていたら、今、こんな思いをしていない」ジェイクは実感をこめて言った。

「子守りぐらい、頼まれれば私が引き受けるってわかっていたでしょうに」

「職務内容に子守りは含まれていないって言わなかったっけ」

「上司とベッドへ行くこともよ。でも、私は――」

「そうする」ジェイクは確信に満ちた声で言った。「そうするんだよ、ナイア」ナイアが目を伏せたので、声がさらに強くなる。「僕がほしい？」

「ええ」ナイアは素直に言った。

ジェイクは瞳を満足そうに輝かせた。「明日の朝にはもどるから」ナイアの肩を抱く。「一人でだいじょうぶかい？」

「一人じゃないわ」リーアムがいる。「それに、あなたが自発的に動く秘書を望むタイプの上司なら、私が問題を解決するのが得意だと気づいたはずよ」

「僕の目はきみが思っているような節穴じゃないよ、ナイア」

私が愛していることを知っているのね！

「オフィスで有名な例の結婚式が、きみのおかげで実現したものだということだって知っているんだ」

「ああ、あれね」ナイアは勘違いしていたことが恥ずかしくてすこし頬を染めたが、彼に気持ちを知られたわけではないことが残念な気もした。「私のおかげというわけではないわ。どちらも相手に夢中なことは、誰が見ても明らかだったもの。だから、あとはちょっと背中を押してあげればよかっただけ」

「そして、きみが背中を押す役を請けおった」

「話を聞いただけよ」

6

深い眠りの底から引きずりあげられたとき、ナイアは一瞬、自分がどこにいるのかわからなくてパニックに陥った。まばたきをしながら、見慣れない部屋の壁をぼんやりとした目で見つめる。次の瞬間、いっきに記憶がよみがえってきた。

リーアムも目を覚ましていた。ぽっちゃりとした脚でしきりに宙をけっている。大きな目がこちらを見たので、ナイアは無意識に微笑みかけた。

「お目覚め？　かわいいぼくちゃん」やさしく声をかける。

「なに？」

ナイアはぎょっとした。声のした方から、ベッドのきしむ音もする。ジェイクが戻っているんだわ！　そして私と同じベッドに？　ゆうべ、私はほんとうに、二人の関係を変えることは間違いだと、彼に伝える決心をしたのかしら？　睡眠不足になると、人はおかしなことを考えてしまうらしい。

自信満々で赤ん坊の世話を引き受けたものの、ナイアは自分の考えが甘かったことを認めざるをえなかった。ベビーシッターの経験があるといっても、故郷で近所の子どもの世話をした程度だ。猛烈な眠気と闘いながら、なかなか眠ろうとしない赤ん坊を寝かしつけることのたいへんさは理解していなかった。やっとリーアムがおとなしくなってくれたころには、自分と赤ん坊のどちらがより疲れているのか、わからないほどだった。彼女が最後に腕時計を確認したとき、時刻は午前三時だった。その後、部屋の中がようやく静かになったときには、もうくたくたで、時間を見る気にもならなかった。

にっこり笑いかけていたナイアは、そのまま笑みをしぼませた。

もしかして……。ジョッシュはほんの一瞬期待したが、すぐに考えなおした。人ごみでブライディーを思わせる女性を見かけるたびに感じる失望。しかし今回は、ここ数カ月で初めて、失望よりも好奇心が優先された。

「僕のベッドに寝ているのは誰かな」ジョッシュはゆっくりと言い、片肘をついて体を起こした。

その体からシーツがすべり落ちる。どうやらなにも身につけていないらしい。いったいいつ……どうやって？　どうしよう？　ナイアの混乱した頭につぎつぎと疑問がわいた。

「質問したつもりだったんだけど。僕のベッドで寝ているのは誰だい？」彼女はまだシーツをかぶっている。ジョッシュは、女性が指の関節が白くなるほど、ぎゅっとシーツをつかんでいることに気づいた。

「ナイアよ」

ジェイクの双子の弟は、ベッドの中に見知らぬ女性がいるのに、あまりおどろいていないようだ。私が世間知らずなの？　こういうのはよくあることなのだろうか？

「僕はジョッシュだ」

「知っているわ」

「知りあいだったっけ？」

「ちょっと違うわ。私、あなたのお兄さんのところで働いているの」

シーツから鼻だけ出して答えるナイアを見て、ジョッシュはかわいい鼻だなと思った。

「職場は寝室？　それとも会議室？」僕を慰めようと思って、ジェイクが女の子でもよこしたんだろうか？　いや、まさか、兄貴がそんなことを思いつくわけがない。

ナイアは顔を真っ赤にした。「秘書です。派遣の」

さっきの笑顔からすると、ほかにもなにかありそうだな。もっとも、僕が兄ではなくて弟のほうだと気づいた瞬間に、笑みは消えてしまったが。まあいいさ、話したくないことは話さなくていい。

ジョッシュはくしゃくしゃの赤い髪に目をやった。「兄は赤毛が好きなんだ。僕もだけどね」ジョッシュはあっけらかんと言った。「異常なほどの執着だよ」気どらない言い方は、まるできのうのナイアの言葉を聞いていたかのようだ。「女性は不思議だ。僕の妻もにんじんみたいに赤い髪だったんだけど、それがいやだってよく不満を言っていた」彼はつかの間目を閉じ、喉をごくりとさせた。

ナイアは思わず口をぽかんとあけた。つばをのみ、あわてて口を閉じる。「彼女は赤毛だったのね」

赤毛の女性との社内恋愛！　歴史はくりかえすというわけだ。初めて会ったとき、ジェイクが大げさに反応したわけがこれでわかった。意地が悪く、うたぐり深い人間には、それ以上のこともわかる。考えたくなかったことが、頭の中でどんどん大きな位置をしめてくる。もしジェイクが私を、ブライディーという失った愛のかわりにしようとしているだけだとしたら？　彼女は体じゅうが冷たくなったが、いやな想像を振り払うことができなかった。

でも、隣にいる人物からひしひしと伝わってくる悲嘆にくらべたら、自分の悩みなどとるにたらないもののようにも思える。ジェイクへの気持ちについて、あれこれ考えるのはあとにしよう。彼が私をどう思っているのかという、きわめて大事なことについても。ジョッシュがまとう苦悩の波は、まるで目に見えるかのようだった。

「どうして私がこの家にいるのか、不思議に思っているでしょうね。しかもその場所があなたのベッドだなんて」ナイアはおずおずと切り出した。

「別に。ああ、でもそう思うべきか」ジョッシュは疲れた笑顔を見せた。あごの無精ひげをなでる。

「説明はちょっと待ってもらえるかな？　まだ頭がはっきりしないんだ」

そのとき、リーアムが大きく喉を鳴らした。隣でジョッシュが体をこわばらせるのがわかる。

「リーアム？」喉がつまったような声で言う。

その声は、切なさと苦しみに満ちていて、ナイアは思わず目をうるませた。

「そうよ」さっとシーツをめくり、ベッドから飛び起きると、ナイアは揺りかごから赤ん坊を抱きあげた。そして、ベッドの上に膝をつき、父親に赤ん坊をさし出した。

ジョッシュは我慢できないというように赤ん坊を受けとった。「いい匂いだろう？」まじめくさった顔をしている息子の目をのぞきこむ。「僕を許してくれるかい、相棒？」かすれた声でささやくジョッシュを、赤ん坊は信頼しきった瞳で見あげた。

ナイアが大きな音ではなをすすると、ジョッシュは振りかえった。

「ゆうべはきみが見ていてくれたのかい？」

ナイアはうなずいた。

「迷惑をかけなかった？」

「ぜんぜん」力をこめて嘘をつく。

「これまではなんの問題もなく、厄介な状態から逃げ出すことができたのにな」ジョッシュは誰に言うでもなく、不思議そうにつぶやいた。

「これまではリーアムがいなかったからよ」また、よけいなことに首をつっこもうとしているのかもしれない。だけど……。

「僕と一緒でないほうが、この子が幸せになれると思ったんだ」

「この子には父親が必要よ」ナイアの見るところ、ジョッシュはりっぱな父親に、それも愛情に満ちた父親に見えた。なにより大切なのはその点だ。

彼はなにも言わなかったが、すこし皮肉めいた、あたたかい光を瞳に宿した。「ジェイクはどこかな？」声は感情にかすれているが、用心するような響きがある。

「用事があってロンドンにもどったの。だから私がここに残ることにしたのよ。今日の午前中に帰ってくるわ」今何時だろう？　ナイアは眉間にしわを寄せた。腕時計をはずしたあと、どこに置いたのだったかしら？

「兄は……」

「ええ、あなたのことを心配していたわ」義理の両親が来たことはまだ話さないほうがいいだろう。

ジョッシュは枕にどさりともたれかかり、赤ん坊を目の高さに持ちあげた。「僕はいつも気のいいジェイクに悩みを打ち明ける。そして、ジェイクはいつも僕を助けてくれる」

「あなただって、ジェイクが困っていれば助けるんでしょう？」

「ああ、たぶん。だけど、あいにくジェイクはめったに助けを必要としないものでね」

ジョッシュの声に表れているのは、怒りだろうか。彼ら双子の関係は相当複雑らしい。同じ女性を愛してしまったことは、明らかに事態をややこしくしたようだ。

「でも、今回はその助けも、もたついているみたいよ」

ジョッシュが思わずナイアの方をむいた。彼女は膝をくずして座り、共犯者めいた笑みを見せた。

「お兄さんが赤ちゃんのおむつをとりかえているところを、見たことがある？」

ジョッシュの瞳におもしろがるような光が浮かび、ナイアは安心した。よく見ると、兄とはまた違った目をしている。どこかやんちゃな少年のような魅力にまいってしまう女性たちもたくさんいるのだろう。

幸い、私はそうなりそうもない。双子の一人に夢中になってしまっただけで、もうたくさん！

「〝なんてややこしいデザインなんだ〟」ナイアはまじめな表情を装って、頭を左右に振った。

「まぶたに浮かぶよ。ジェイクのやつ！」ジョッシュが吹き出したので、ナイアはうれしかった。

「見せたかったわ」一緒に笑う。

「楽しそうだな、なんのジョークだい？」静かな、感情をおさえた声が聞こえてきた。ジェイクが、リラックスした姿勢とはうらはらに、冷たい目をして柱にもたれていた。「もしかして、僕のことかな？」

すぐ横に彼とそっくりな裸の男性が寝ていてもなにも感じなかったのに、ちゃんと服を着て、離れて立っているジェイクの背の高い姿を見たとたん、ナイアの中に変化が起こった。全身が緊張する。欲望が、熱く燃えたぎる炎のかたまりとなって、みぞおちのあたりにかっと広がった。すべての末端神経が、いっせいに悲鳴をあげる。ナイアはわずかに口をひらき、酸素不足になった肺に空気を送りこみながら、爆発しそうになる感情がしずまるのを待った。見た目はまったく同じ二人なのに、どうして私はこれほど異なる反応をしてしまうのだろう？　いいえ、それよりも、どうして私がこんなふうに反応してしまう男性が、この世に存在するの？

ようやく普通に息ができるようになったころには、ナイアはジェイクの瞳に、非難と軽蔑（けいべつ）の色が浮かんだことに気づいていた。彼は、仲よく並んでベッドに入っている二人の姿に視線を走らせている。あざけるような視線を受け、彼女はなぜかうしろめたくなって顔を赤くした。

なにも悪いことなんてしていないじゃない。ナイアはあごをあげ、怒りをこめた目で、反抗的にジェイクを見かえした。

本来なら、ジェイクは弟が見つかったことを喜びそうなものだ。けれど今の彼は、思いやりにあふれる兄には見えない。その正反対だ。

「ゆうべは遅かったのかい、兄貴？」なにか考え深げな様子で、ジョッシュは赤ん坊を肩にのせた。

　ナイアは初めて、ジェイクがいつものようなきちんとしたかっこうではないことに気づいた。ゆうべから服をかえていないようで、あまり眠れなかったのか目の下にくまもある。げっそりしているときまで粋に見えるなんて。彼女は憂鬱になった。

「同じ質問をしてもいいが、やめておこう」冷たい視線を当ててつけるようにナイアにむけてから、ジェイクはきびすを返して部屋から出ていった。

「彼ほど失礼な人に会ったことがないわ。それに、あれはいったいどういう意味かしら？」ナイアはむっとしながらきいた。最後の捨てぜりふが気になる。

「たぶん、僕ときみが、その……」かたわらで、きれいな瞳に怒りをたぎらせて顔をしかめるナイアを見ながら、ジョッシュは同情するように苦笑いした。

「ジェイクは僕が、兄の恋人を横どりせずにはいられない人間だと思っているんだよ」

　今回の件はそれとは関係ない気がしたが、ジョッシュの話には興味があった。「ほんとうにそうなの？」

「実際のところ、ほとんどの場合、兄とは別れた女性たちが相手だったんだよ」ジョッシュは人を引きつけるような率直さで言った。「ジェイクはいつまでたっても学習しないんだ。女性というのは、男にとって、自分がなによりも大切な存在だと思っていたいものなんだってね」

「嘘だとわかっていても？」ナイアは、正直な男性心理を聞けるいい機会だと思った。

　ジョッシュがにやりと笑い、一瞬だけ、ナイアはかつての彼を見た気がした。とんでもない女たらしで、もしかしたら冷酷でさえあったかもしれないころの彼だ。

「ジェイクに同情することはないよ。兄をねらう女性はたくさんいたんだ。しかも、自分から声をかけなければ、デートにも行けないような関係でもいいっていう女性がね。そういう女性たちに僕が横からちょっかいを出すって、思いたいなら思ってもらってかまわなかった。痛くもかゆくもなかったんだ。僕たちはいつもどちらかというとライバルのようだったからね」

「なるほどね」ナイアは納得してうなずいた。冗談めかして話してはいるが、いつもいつもこんなふうにのんびりした態度でいられたわけではないだろう。レベルの高い者同士で競いあうなんて、どんなに疲れることか。

「僕の得意わざは、面倒を起こして、ジェイクをそれに巻きこむことだったんだ」

彼のアトリエをのぞかせてもらったナイアとしては、その言葉を額面どおりには受けとれなかった。そして、アトリエのことを考えたのは間違いだった。埃だらけのあの部屋でのできごとが頭の中を支配し、ジョッシュの言葉が耳に入らなくなる。体じゅうのうぶ毛が逆立ち、胸の先端が焼けつくようなころよい感覚のせいで意識を集中することができない。

「ブライディーのときも、ジェイクは僕がいつもと同じで、横から手を出していると考えた」ジョッシュは息子の頭にそっとあごをのせ、遠くを見るような目をした。「だけど僕は、ひと目で恋に落ちてしまったんだ」淡々と言う。「きみはそんなふうに感じたことがあるかい？」

あるだろうか？　ナイアは口ごもり、答えを避けようとした。「それとなんの関係が……」眉間にしわを寄せる。「別に彼は、あなたと……その、私たちが……」ナイアは目を皿のように丸くした。いくらなんでもジェイクだってそんなばかばかしい早合点はしないだろう。私が財産目当てに、誰とでもベッドをともにする女だとでも思っているの？

「ああ、まったくそのとおりのことを思っている」

「冗談じゃないわ。なんて単細胞なの！」

「同じベッドの上にいたんだ」ナイアが赤毛を振りみだしてかんかんに怒りだしたのを見て、ジョッシュは思わず、今ここにいない双子の兄をかばおうとした。「僕は裸だし」ナイアの読みどおりだ。「きみは僕のTシャツを着ているだろ。ああ、それはあげるから」さっとベッドからおり、まっすぐドアにむかうナイアの背中に声をかける。「僕よりずっと似あっているよ」そう言ったときには、もう彼女の姿はなかった。

　ジョッシュは小さく口笛を吹き、この家のどこかで展開されようとしているドラマのことはすぐに忘れた。おとなしくこちらを見ている息子に話しかけると、赤ん坊は、つきあってくれるつもりなのか、じっと耳をかたむけた。

「冗談じゃないわよ！」ナイアは前おきなしにいきなりかみついた。キッチンのドアをぬけ、はだしのまま丸石が敷きつめられた庭に飛び出す。

　両手をぐっと腰に当て、彼女は庭にたたずむ背の高い人影にずんずん近づいていった。彼は、庭に迷いこんだ一羽のめんどりが、丸石のすき間からはえている数本の野草の根元で餌をさがすのを、ぼんやりと見つめている。

　ジェイクがゆっくり振りかえった。ゆうゆうとした無頓着な態度に、ナイアはますます腹が立った。

「自然を荒らしちゃだめだ」ジェイクは羽をばたつかせて逃げていくめんどりを目で追った。あのとき部屋を出ていなかったら、弟の首を締めていたかもしれない！　両手に視線を落とす。自分の反応の激しさにまだショックを受けていた。

ジェイクのうつろな目線は、怒りで真っ赤になったナイアの顔から、きらめく瞳、波打つ胸、すらりとのびたきれいな脚へと移動し、最後にピンクのペディキュアがほどこされたつま先でとまった。

「僕がきみならもっと気をつけるところだよ」

ナイアのためを思って言っているようにはまったく聞こえなかった。ジェイクの笑みは、かみそりのように冷たくていやな感じだ。今の忠告は言葉どおりの意味なのか、それとも、なにか裏の意味があるのか。私にとってはどうでもいいことだけれど！

「あなたの忠告なんてなんの役にも立たないわ」ジェイクが言いかえすことを期待して、ナイアはなじった。あまりに頭にきていて、なんでもいいから口論をしたい気分だ。彼女はジェイクの胸にむかって人さし指をつき出したが、体に触れない位置でとめた。こんなときに別のことで気が散るのは困る。

「当てさせてくれ」ジェイクの反応はそっけなかった。「楽しそうではないな」それでも、彼女はひどく魅力的だ。それを口にするつもりはないが。

「ジョッシュが、彼が……」ナイアは、髪の色があせて見えるほど頬を真っ赤にしながら、なんとか言葉を口にしようとした。

「くわしく説明してくれなくていい。きみの特別な治療法でジョッシュはきっと心身ともにいやされたことだろう。弟は練習台みたいなものかい？　それとも、パートタイムでセックス・セラピーもしていますと履歴書に書くのを忘れたのかな？」

ナイアはせいいっぱい肩をそびやかし、あらんかぎりの軽蔑をこめた目で、ジェイクを上から下まで観察した。こんなときでも、自分が心のどこかでため息をもらしていることにぞっとする。こんなにすてきな男性は、やっぱり見たことがない。

「皮肉のつもり？」ナイアの声は低く、憎しみにも似た感情に満ちていた。「それとも、自分の性生活がありきたりすぎるから、参考として私の話を聞きたいのかしら？」あまりに退屈で不眠症もなおってしまいそうなほどだとは、彼が知らなくて幸いだ！

「大げさに同情する人間だとはわかっていたが、これほどまでとはね。迷える子羊にきみがお茶と同情以外のものも提供するということを、婚約者は知っているのかい？」

「ヒューのことまで心配してくれるなんて、涙が出そうだわ。でもそれにしては変ね。きのう私をベッドに連れこもうとしたときは、そんなことはどうでもよさそうだったけれど」

「ベッドじゃない。床だった。もう忘れたのかい？」

野ばらのような色になっていたナイアの頬から、さっと赤みが引いた。もちろん、覚えている。些細なことまで一つ残らず。この先も忘れることはないだろう。

「私は指輪をはめていたのに、あなたは気にしなかったじゃない」ナイアの声はこわばっていた。

「どう言えばいい？」ジェイクはがっしりとした肩をわざとらしくすくめた。「間違いを犯したのさ。男っていうのは、やすやすと体をさし出されたら、モラルなんてどこかへ飛んでしまうんだ」皮肉っぽく尊大な口調だ。「当然、あとになって多少気分が悪くなることもあるが、だいたいにして僕らは浅はかな生きものだからね」

侮辱の矢がぐさりと的につき刺さり、ナイアは一歩あとずさった。だがその拍子に、ぎざぎざの石を素足で踏みつけ、甲の部分を深く切ってしまった。傷口からあっという間に血がにじみ出てくる。それでも、彼の無神経で屈辱的な言葉に傷つけられた心にくらべれば、その痛みなどはないにひとしかった。

「浅はか」ナイアは震える声でくりかえした。「ほんとうにそのとおりね。触らないで！」彼女は叫び、ジェイクをなぐりつけようと握ったこぶしを思いきり前に出したが、彼はしなやかな動きでそれをよけた。

「けがをしているじゃないか」ジェイクはきしんだ声で言った。

「いい気味だと思っているんでしょう」ナイアは自分をあわれみながら言いかえした。「私があなたの弟と関係を持ったなんて、本気で信じているんですものね」あまりのことにわなわなと声が震える。

「きっとあいつのことを好きになるって、前に言っただろう？」ジェイクのがんこなまでの冷静さも、完璧（かんぺき）なわけではなかった。頬の筋肉が意思に反してぴくぴくと動くのをとめることができない。

「好きよ！」ナイアは大声で言った。「ジョッシュはあなたみたいに、ねちねち細かい性格の堅物じゃありませんから！」

「かわいそうなあいつは、きみの腕に抱かれ、すこしのあいだでもすべてを忘れることができて、さぞかしよろこんだだろうな」ジェイクの顔はけわしかった。「きみは男にものを忘れさせる名人だから」苦々しい口調でしぼり出すように言う。

「つまり、ジョッシュは私のみだらな欲望の犠牲になったと言いたいわけね。あなたに抱いてもらえなかったから、彼で間に合わせようって？」魔性の女であるかのような扱いをされ、ナイアはヒステリーを起こしそうだった。

「きみにとっては、僕でも弟でも同じだったんじゃないのか？」ジェイクのおどろき方はわざとらしかった。

「あなたのすべてを知ったわけじゃないから、なんともお答えできません！」この先も知ることはないだろう。

「お望みだとしても、今の僕にはまったくその気がないから」

　そんなことはどうでもいいというようにジェイクに微笑みかけながら、ナイアはきれいで真っ白な歯をきしらせた。

「服のセンスと髪形とスカートの長さのほかにも、私をばかにする材料ができてよかったわね。そうよ」頭を振るようにして髪をうしろに払い、ふんと鼻を鳴らす。「そのとおり。私のスカートが膝上五センチより短くないか、あなたがいつもチェックしていたのを知っているんだから！」

「スカートの長さを見ていたんじゃない」ジェイクはくぐもった声で言いかえした。長いまつげをあげ、まっすぐナイアの目を見る。「きみだって気づいていたはずだ。僕はきみの脚を見ていたんだ」彼は視線を、ナイアが着ているジョッシュの黒いTシャツの裾にうつした。「今みたいにね」低くうなるような声になる。

　ジェイクの思わせぶりな視線と荒い息づかいに、ナイアの体は震えた。顔に浮かべていた軽蔑の笑みが消える。急に自分がどうしようもなく頼りない存在に思えてきた。

「なんて心のせまい、いやな人なの。偉そうに鼻先で見おろされるのには、もううんざりよ！」とくに今みたいにじっとなにかを思うような目では。この目の魔力にかかって、背中のホックをはずしたのだ。

「きみの背がのびないかぎり、こうやって見おろすしかない。たとえきみがあのばかばかしいほどヒールの高い靴をはいていてもね」

「自分の身体的欠点は自分でちゃんとわかっています」彼女は、ビクトリアやセリーナ、ジャスミンの長い脚を思い浮かべながら、かみつくように言った。

「僕に言わせれば、欠点なんて一つもないさ！」ジェイクはどなった。

　思いがけないことを言われて、ナイアは勢いをそがれた。「なんですって？」かすれ声できく。膝がぐらつくのを感じながら、考えをまとめようとする。

「きみの体は完璧だって言っているんだ。そういうことは人によって感じ方が違うのはわかっているが……」ジェイクはふいに目を細くした。「弟とはなにもなかっただって？　自分を見てみたらいい」

ナイアは、ほとんど服らしい服を着ていない体に目を走らせた。「どこが悪いっていうの？」反抗的にきく。あれだけひどいことを言っておいて、まだ侮辱する気？

「どこも悪くない！」彼女の完璧な体に対する明かないらだちを見せながら、ジェイクはとげとげしく言った。「つまり、そういうことさ」怒ったような目には、荒々しく、本能的な欲望が浮かんでいる。

それに反応してナイアの体をホルモンがかけめぐり、怒りを洗い流しそうになった。

「弟さんは、あなたみたいに、かわりを求めようとしたりしていないわ」

ナイアの青い顔が心配になってきたジェイクは、傷口のねっとりとした赤黒い血を見ていたが、あざけりの言葉を聞いてはっとなり、視線を彼女の顔にもどした。

「二人とも赤毛なのはただの偶然なんでしょうね」

ジェイクが唇の色が白くなるほど強く口を引き結んでだまったままなので、ナイアはなんとなく身がまえてしまった。

「ブライディーとはあらゆる面で気が合うと感じた。半年かけてゆっくりと互いを知りあったんだ。そこへジョッシュがイタリアから帰国した」ジェイクはおおげさに肩をすくめた。「二人はまったくうまが合わないように見えたんだけどね」自分をあざ笑うように口をゆがめる。「性格が正反対だったから」

「あなたと私みたいね」口に出して言ってから気づき、ナイアは赤くなった。

「僕はもうブライディーのことを愛してはいない」愛していると思ったときでさえ、弟を傷つけたいなどという見境ない考えは持たなかった。どんな思いであの部屋をあとにしたか、先ほどのことを思い出すだけで胸がかきみだされる。「きみに恋をしたと思ったんだ。笑えるだろ？」ジェイクの笑い声にはむなしい響きがあった。「ジョッシュと僕はたくさんのものを共有したけど、女性を共有したことはない。感想を言いあったこともない！」あざけるような口調だった。

勢いよく飛んできた平手を、ジェイクはよけようともしなかった。やせた頬をたたく音が庭にこだまする。みるみるうちに赤い手形が浮かぶのを、ナイアはぎょっとしながら見つめた。

「参考までに言いますけど、私はジョッシュのことを抱き締めてさえいないわ。でも兄ならそうするべきね」震える声でつけたす。ジェイクの目はあいかわらずナイフのように細められ、軽蔑の色が浮かんでいる。私に恋をした！　ほんとうにそう言ったの？　けれど、それがはっきりと過去形だったこともナイアは聞きのがさなかった。

「僕のことを単純な人間だと思っているようだね、ナイア。きみは男に抱かれるのが好きなんだ。ゆうべ僕が出かけるときも、ひどい欲求不満に陥っていた。僕のことを生きたまま食べそうな勢いだったものな。それなのに、信じられると思うかい？　きみが弟と――」

「関係を持っていないって？」ナイアは引きつった声で言った。救いようがないぐらい頭がおかしいわ。

「僕はこの目で見たんだ、ナイア」

私の話をなに一つ聞いていない。あの強情そうな顔を見れば、これからも聞く耳を持たないことがはっきりわかる。よりにもよって、こんなにがんこだったなんて！　いいわ。こうなったら、なにか重いもので頭をなぐりつけてでも、こっちの話を聞かせるから。

怒らせるのも同じくらい効果的だった。あざけるように声を震わせて笑ったのがよかったらしい。

「やきもちを焼いているようにしか見えないわね」

「それが楽しいんだろう。男二人が自分をとりあうなんて、気分いいものな」

「まさか」ナイアは心底むっとして答えた。「私が言いたいのは、あなたは初めから弟にライバル意識を持っていて、そのせいでものの見方がゆがんでいるということよ。だいたい私には、そんな体力は残っていなかったもの。リーアムを寝かしつけるのに、どれほど時間がかかったと思うの？　正確に言うと、朝までかかったわ。こんなことを言うのは、あなたにどう思われるかを気にしているからじゃない」ナイアは怒って続けた。「あなたが今ジョッシュとけんかをしている場合ではないからよ。彼はあなたの助けを必要としているわ」真剣な声だった。

「ジョッシュとは寝ていないのか？」

「だから、さっきからそう言っているじゃない。彼も私も、朝起きて同じくらいおどろいたのよ」

「僕が入っていったときは、ジョッシュはおどろいているようには見えなかったぞ」ジェイクはきびしい口調で言った。

ナイアはいらだってため息をついた。「ジョッシュが情緒不安定になっていたらよかったわけ？」

「僕が嫉妬(しっと)に苦しんでいるとは思わないのか？」彼のかたい声にはあと先を考えない響きがあった。

ナイアはごくりと喉を鳴らした。「あなたたちはどちらも、愛する女性を亡くしたのよ。それなら、もっと互いに心が近づくはずだわ。あなたにその気さえあれば」最低ね。彼女は自分にいや気がさした。亡くなった女性に嫉妬するなんて、どうかしている。

7

ジェイクは真剣な表情をした小さなハート形の顔を見おろした。「僕がブライディーのことを言ったと思っているね」彼は首を横に振り、上をむいたナイアのあごに指をかけた。「同情なんて必要ない、ミス・ジョーンズ。僕が弟に嫉妬したのは、きみの隣に寝ていたからだ。もしかしたら、あいつがきみにこんな……」

ナイアが息をのむ間もなく、ジェイクの熱い唇が飢えたように彼女の唇にかさねられた。

力強い片腕に抱き締められる。ナイアは体がうしろにのけぞり、つま先立ちになった。胸がかたく男性らしい体に押しつけられる。くらくらするほどのよろこびにのみこまれそうになりながら、彼の体の急激な反応を感じ、気を失ってしまいそうだった。それほど強烈な抱擁だった。

彼の舌が唇に触れるたび、ほてって敏感になった体にしびれるような電気が走る。

ジェイクのキスはけっして乱暴ではないのに、むさぼるような激しさがあった。彼はナイアの豊かな髪に指をうずめ、彼女があたたかな唇を誘うようにひらくと、その奥のみずみずしい部分に舌をすべりこませた。

体に押し当てられた彼の手のひらを感じる。ナイアも情熱にかられて、ぎこちなくジェイクの体に触れた。たくましい肉体の焼けつくような熱さを感じ、想像するにとどめていた欲望に火がつく。

夢の中でなら、似たような経験をしたことがある。けれど、体の芯がこんなに熱くなったりはしなかった。唇がひりひりすることも、敏感になることもなかった。手の甲で唇に触れてみる。ひりひりするのも、敏感になっているのも現実だ。そればかりか、震えてもいる。いいえ、違うわ。震えているのは私の体だ。全身におさえようのない震えが走っている。

　まばたきをすると、特等席で花火を見ているかのように、まぶたの裏のビロードの闇（やみ）に鮮やかな菊の模様がぱっと散った。ナイアはだぶだぶのTシャツの襟ぐりをつかんで乱暴に引っぱった。呼吸が苦しい。とくに、ジェイクがTシャツの裾（すそ）から手をすべりこませて、腿からお尻までをなであげたときのことを思いかえすと、息はますます荒くなった。ほどよく引き締まり、丸みをおびたその部分に、彼はわがもの顔で指を広げたのだ。

　低く、動揺したうめきをもらしながら、ナイアは体を引いた。「やめて！」震える指で髪を耳にかける。彼に触れられて、全身が熱くなっていた。

　ジェイクは欲望にとりつかれた苦しそうな目で、ナイアのぴんと張ったTシャツの胸に視線をさまよわせた。「僕はきみがほしい……。きみも僕がほしいはずだ」これ以上なにを言う必要があるのかという顔だ。

「あなたが私にキスをするのは間違っているわ」ナイアのふっくらとした唇はすこしはれて、輪郭がぼやけていた。上唇にはうっすらと汗が浮いている。

「間違っているわ、だって？」ジェイクは不作法に真似（まね）をした。欲望をたたえた目を、ナイアのほてった顔から無理やりそらす。「婚約者がいるからか」

「婚約者なんていないわ」ナイアはうつろに答えた。「誰かと愛しあうなら、私を信じてくれる人が相手であってほしいの」苦々しげに言う。「あなたは朝からずっと、私のことをまるで誰とでもベッドへ行く女みたいに非難していたわ。そんな人と恋愛関係になるなんて、私はいやよ。でもあなたの場合、恋愛は関係を築くものではないのよね。面倒のまったくない、予約制だもの」

死ぬほど彼に触れてほしかった。けれどナイアは、信頼がなければ二人のあいだに未来はないとわかっていた。それに、彼が私を信頼していないことは、疑う余地もないほどはっきりしている。私のことを好きでさえないようだ。彼は私が傷つきそうなことをわざと言い、実際、私は傷つけられている。もし誰かを愛しているなら、その人を苦しめようなんて思わないはずよ。そうでしょう？

けれどナイアは、自分もまた、彼の気を引くためでも、やわらげるためでもない、あざけりの言葉を投げつけたことを思い出し、落ち着かない気持ちになった。

ジェイクはゆうべ車の中で、もしナイアに、自分とヒューのどちらかを選べとせまったら彼女はなんと答えるだろうかと、明け方になるまで考えていた。だが、さっきの彼女の言葉によると、自分など問題外だと言われたも同然だった。危険な考えなのはわかっていた。望みどおりの結果にならなかったらどうするというのか。けれど、彼女を独占したかった。ふさわしいせりふまで考えていたのに！

そして今、彼女は恋人などいないうえに、それでも僕のことはいらないと言う。あんなふうにキスを返しておきながら。ジェイクは体のわきでぎゅっとこぶしを握り、乱れた呼吸と、やり場のない怒りをおさえようとした。

「誰かと愛しあうなら、というのは、まるでそういう経験がないかのような言い方だな」

なにか言わずにはいられなかった。ばかみたいにただこの場につっ立っているのはごめんだ。頭の中ががらっぽになってしまったように、欲望も消えうせてくれたら、こんな、今にも爆発しそうな気持ちをかかえずにすむだろうに。

「そうよ」ナイアはあっさりと答えた。

またもやみぞおちをなぐられたような気分になる。それもしたたかに。「ということは、つまり……バージンなのか？」ジェイクの顔から健康的な赤みがすっと引き、彼は真っ青になった。

　ナイアはふんと鼻を鳴らした。「だったらどうだというの？」ジェイクは私が彼を困らせるために嘘(うそ)をついているとでも言いたげにこちらを見ている。

「それに、ヒューの話もほんとうよ。たしかに婚約はしていたの。ただ、私が……」

「彼はきみの高い期待にそえなかったというわけか。そんなことが可能な男がいるとは思えないけどね」ジェイクは息をつき、色の濃い乱れた髪に手ぐしを入れた。

　あの髪を私が直してあげたい。手をのばしたいのに、そうできないことがナイアは苦しかった。

「いいえ。私が悪いの」彼女はため息まじりにつぶやいた。「彼を十分に愛せなかったのよ。そういうふうには。ロンドンに来たのもそのせい。どこに行ってもすぐに顔を合わす小さな村にいたら、ヒューが気の毒だと思って。村にはめったに帰らないの。だから、今週末は正直なところ楽しみだったわ」家族に買ったおみやげをオフィスの机の下に置きっぱなしにしてきたことを思い出す。下唇が震えだしたので、血がにじむほどかみ締めた。こんなときは、やはり母にそばにいてほしくなる。

「いもしない婚約者がいると僕に思わせておきながら、信頼がどうのという話をするのか。それにバージンだなんて、ひと言も言わなかったじゃないか」ジェイクが鼻にかかった声で説教じみたことをがなりたてたので、ナイアはかなりむかっとした。

「どうしてそれがあなたに関係あるのかわからないわ」彼女はけんか腰に返した。

「もしあのときリーアムが目を覚まさなかったら、きみは今ごろもうバージンじゃなくなっていた。そういうれでも僕には関係ないというのか！」ジェイクは信じられないというように首を横に振った。

「そうだとしても、あなたは気づかないままだったでしょうね」

「そう思うとしたら、きみはほんとうに……」

「こんなにごちゃごちゃ言われるとわかっていたら、あなたに話さなかったのに」

ジェイクは思いきり目を細くした。「きみはわざと僕の言いたいことがわからないふりをしているのか？」

「婚約に関して言えば、これは祖母の指輪よ。いくつかの職場で上司に口説かれて、いやな経験をしたから。ラグビーをしている嫉妬深い婚約者がいる話を作るほうが、力で抵抗するよりも効果的なのよ。まあ、なにを言ってもだめな場合は別だけど」

事務的な説明は、ジェイクの機嫌をますます悪くしただけのようだ。

「気がつかなかったよ。僕がきみの体を求めたときも、きみは薬指をちらつかせていたのかな」ジェイクは挑発するように言った。

「あのときは私もあなたに求めてほしかったのよ」ナイアは憂鬱(ゆううつ)そうに白状した。

ジェイクは大きく息をし、きっぱりと言った。

「覚悟を決めるんだな」ナイアのウエストを抱き寄せようと、我慢できなさそうに腕をのばす。

「もう決めてあるわ」ナイアはあえぎ、彼につかまらないよう、体をひねった。裏切り者のこの体は、この世のなによりも彼の腕にとらえられることを望んでいるけれど。「私はあなたが与えてくれる以上のものがほしいのよ、ジェイク」肩ごしに言葉を投げ、足を引きずりながらキッチンにもどる。

「どうしてそう言える？」ジェイクはうしろからどなった。「僕がきみになにを与えてあげられるか知りもしないのに！」

「けがをしたのかい？」湯気が出ている紅茶のポットにふたをぽんとかぶせながら、ジョッシュがたずねた。彼は黒いタオル地のローブを着ていた。長さはふくらはぎの中ほどまであるが、胸は大きくはだけている。言葉では言い表せないほどすてきな体なのに、彼のことなら冷静な目で見られる。

変な話だ。双子の一人の体については、こんなふうに夢想するのをやめられずにいるのに、そうするあいだにも、もう一人の体が目の前にさらされているなんて。しかも裸に近いようなかっこうで。

「なにかを踏んでしまったの」これでよかったのだ。もしあのとき、ジェイクが服をぬぎはじめていたりしたら、互いへの信頼なしにどんな関係も築くことはできないと思ったことなど、頭の外に押しやっていたかもしれない。

「ジェイクを？」ジョッシュはきいた。「いや、ジェイクじゃないか」キッチンに入ってきた兄を見て、残念そうに笑う。「ナイアが足をけがしたみたいだよ、ジェイク」

「知っている」ジェイクは背後からいきなりナイアをつかまえ、彼女がわめいてあばれるのを無視し、カウンターの上に座らせた。「足を消毒して、包帯を巻かないと。僕に触られるのがいやなら」好奇心たっぷりにこちらを見ている弟の視線を感じ、うなるように言う。「ジョッシュがやるさ」

「いや、やらないよ」ジョッシュはきっぱりと断った。「血を見ると気が遠くなるんだ」申し訳なさそうにナイアに説明する。

「ほう、いつからだ？」

うさんくさそうにきくジェイクに、ジョッシュはにっこりと笑いかけた。

「救急箱は上から二番目の引き出しに入っているよ。じゃあ僕は失礼して、お茶を持ってベッドにもどるとするかな」

「ジョッシュ、待って！」ナイアは似たような二組の目が、さっと自分にむけられるのを感じた。「ペンはある？」

「ペン？」

「鉛筆でもいいわ。大至急、退職届を書きたいの。今の仕事がなくなっても、私にとってはたいした損害ではないし。あなたはほんとうにひどい上司だもの」いやみたっぷりの言葉は、ジェイクにむけたものだ。

「そんな手間はいらない。きみはくびだ」

「セクシャルハラスメントを受けたってエージェンシーに訴えるわ。これでブラックリスト入りね！」

ナイアはヒステリックにおどした。

「きみからも同じ行為を受けたと言うよ」

「信じられない人ね！」

「以前にもそう言われたよ」ジェイクは軽く受け流し、救急箱の中身をカウンターの上にあけた。

ナイアは憎々しげにジェイクをにらみつけた。

「ジョッシュ、人との関係においてなによりも大事なのは、信頼だと思わない？」だまったまま、そっとあとずさりしてキッチンから出ていこうとしている双子の弟に声をかける。

ジョッシュの顔がさっとくもり、重苦しい表情になった。「うん、そうだね」それだけ言うと、彼は部屋を出ていった。

「ああ、どうしましょう。もう、あなたのせいでこうなったのよ！」ナイアは叫び、なんという無神経なことを言ってしまったのかと後悔した。「かわいそうなジョッシュ」

「僕のせいか？」ジェイクはナイアの足を持ちあげ、傷の深さを調べた。「じっとして！」足首をつかんだときに、彼女が反射的にもがいたので、ぶっきらぼうにつけたす。「消毒しなくちゃいけない。すこししみるかもしれないよ」

いつからそんなに心配してくれるようになったわけ？　さらに自分がみじめに思えてくる。

ジェイクはやさしく、だがしっかりと手当てをしてくれた。信じられないほど優美な手がてきぱきと処置をしていくのを見ているうちに、ナイアのみぞおちのあたりがまた熱くなってきた。彼は私を愛してはいない。ただ体を求めているだけ。ジェイクを嫌いになりたくてそう自分に言い聞かせても、うまくいかなかった。

「これでどう？」

「すこしはいいわ」ジェイクと目を合わさないようにしながら、ナイアは情けない気分でつぶやいた。

つま先を曲げてみる。

彼がほしいという気持ちを、口に出してまで否定したのに、このせまい空間に体が熱くなるような緊張感がみなぎるのをとめることはできないようだ。

ナイアは息が苦しくなってきた。そのとき、ジェイクの引き締まった体を激しい震えがつきぬけ、それが指先からナイアの形のいいふくらはぎに伝わった。彼もほんとうは動揺していることをナイアは知った。

「ナイア、町まで車で送っていこうか？　リーアムのものも、いろいろ買いそろえないといけないし」

ふいにジョッシュが、戦闘服のようなだぶだぶのズボンにシャツの裾をたくし入れながら、キッチンに入ってきた。

けわしい顔でさっと振りむいた兄の視線に、彼は一瞬たじろいだ。「出なおそうか？　それとも、もうもどってこなくていい？」

「入ってくるな！」

「ここにいて！」

ナイアとジェイクは同時に答えた。

「ジョッシュ、お願い、乗せていって」ナイアはゆっくりとカウンターからおりた。「失業したんだもの、節約しなくちゃ」

頭を冷やして目を覚まさないと。そのためには今すぐ行動したほうがいい。

「心配はいらない。週末勤務の時間外手当はちゃんと支払うよ」

「いただけるものはちゃんといただくわ！」勢いよくドアをしめてキッチンを出ていったジェイクの背中に、ナイアは言葉を投げつけた。

「うわ。あの上品ぶった兄貴をあそこまで怒らせるなんて、きみはすごいよ！」ジョッシュは感心したように吐息をついた。

ナイアは声をあげて泣きだした。

8

「待った？　電車が遅れて」目の前にいるのはジェイクではない。けれど、彼と瓜二つの顔を見るのは、ナイアにとっていまだにつらかった。絶え間ない胸のうずきは、本格的な苦しみに変わろうとしていた。

「なんでもないさ」ジョッシュはナイアのバッグを受けとり、頬に軽くキスをした。「かわりを頼めて、ほんとうに助かるよ」

「大きくなったわね」父親の首からさがった布にくるまれてすやすや眠る赤ん坊を見て、ナイアはささやいた。

「赤ん坊はすぐ大きくなる。きみはやせたね。ずいぶんやせた」ジョッシュは、ほめているとも心配しているともとれない声で言った。

「いつも思ったことをそのまま口にするの？」こういう場合、どこまでが率直で、どこからが失礼になるのかしら。でも、ジョッシュはそのあたりのことを、ちゃんと計算しているみたいね！

「ジェイクとは違って？」

ナイアは足をもつれさせたが、それについてジョッシュはなにも言わなかった。

「僕はこういう性格なんだ。あけっぴろげというか。だけどジェイクは……。まあ、きみも知ってのとおり、思っていることをなかなか口にはしないね。車はあそこだよ」ジョッシュはレンジローバーをあごで指し、駐車場を車まで先導した。「ほんとうに来てくれて助かった」

同情して飛んできたのだが、なんだか様子がおかしい。ナイアは不審に思いはじめた。「悲壮な声だったから」

今のジョッシュを見たかぎりでは、電話で話したときの、もうお手あげだという感じはない。それどころか、一カ月半前に別れたときより、ずっと元気そうに見える。

「僕が？」

ジョッシュがあまりにおどろいた様子なので、ナイアは電話での会話を自分が勝手に解釈したことを恥ずかしく思った。

「子守りなしでも、リーアムと二人、まあなんとかやっているよ。九時から五時まで働くような生活じゃなくて、ほんとうによかった。リーアムに合わせる形で仕事ができるんだ」

「仕事をしているの？」

ジョッシュは眉をつりあげた。「打ちひしがれていると思った？」にやりと笑い、赤ん坊をバケットシートにうつしてシートベルトで固定する。「実際のところ、落ちこむ日もあるよ」正直に告げ、運転席に乗りこむ。

目の下にうっすらとくまがある。私と同じで、あまりよく眠れない日もあるのだろう。

「仕事をしていると気持ちが落ち着くんだ。それで、きみのほうは働いているのかい？」

「ええ」

「今度のボスはジェイクよりやりやすい？」

ナイアは突然無表情になった。「彼のことを話すのは……」かたい声で言う。

「わかるよ」

ジョッシュがその話題を追及しなかったので、ナイアはほっとした。一瞬、彼がジェイクのために、彼女とのあいだをとり持とうと、なにかたくらんでいるのではというおそろしい考えが頭をよぎった。

ほんとうはそうであってほしいんじゃないの？

ナイアは自嘲的に唇のはしをあげると、シートの背もたれに寄りかかった。ジョッシュはヘアピンカーブを四速で曲がる悪いくせがあるらしい。ジェイクはたぶん、あれ以来、私のことなんて思い出してもいないでしょうよ。

「作品展は何時からなの？」先ほどから、ジョッシュがダッシュボードの時計をちらちら見ていることに、ナイアは気づいていた。

「まだだいじょうぶ」ジョッシュはあいまいに答えた。「リーアムはぜんぜん手がかからないんだけど、先週ちょっとしたかぜをひいたばかりでね。だから連れ回したくなくて。帰りも遅くなりそうだし」

「今は調子よさそうね」ナイアは首をめぐらして、眠っている赤ん坊を見た。

「プレンティス家の人間は、みんな回復力があるからね」

敷地をとり囲むように植えられた花も、あたりを埋める芝生も、コテージの持ち主の髪同様、きれいに手入れされていた。ナイアは眉をひそめた。電話でジョッシュと話したときの印象だと、すべてがもっとめちゃくちゃな状態になっているかと思ったのに。なにしろ、土壇場で子守りを頼んできたくらいなのだから。

でも、ここへ来て彼がこれだけなにもかもをきちんとしているのを見ると、すこし変な感じがする。うまく言えないけれど、なにかがおかしい。

「むこうの居間で待っていて。お茶をいれてくる」

「手伝うわ。今、車の音がしなかった？」ナイアは窓に近寄ろうとした。

ジョッシュがさっと行く手をふさいだ。「だめだ！」きつい口調をとりつくろうため、顔に笑みを浮かべる。「今日は配達物があるんだよ。すぐ戻る」

ジョッシュはすぐには戻らなかった。彼を待つあいだに、ナイアは壁ぎわにあるアップライトピアノに近づき、ふたをあけて、鍵盤を押した。

「ほんとうに手伝わなくていいの？」古いオーク材の床がきしむ音が聞こえたとき、ナイアは顔をあげながらたずねた。そして、皮肉っぽく弧を描く濃い眉の下にある、独特のグレーの瞳と目が合った。下腹部があたたかくなり、うつろなうずきが生まれる。

「ジェイク！　ここでなにをしているの？」細い体が怒りでこわばる。彼女は、くつろいだ服で部屋の入口に立っている背の高い人物をにらみつけた。

「きみが共犯者じゃないのなら、おせっかいな弟にわけを説明してもらおう」ジェイクは重苦しい声で言った。

共犯者！　なんてずうずうしい。私があなたに会いたくて、いそいそとジョッシュの策略に荷担したとでもいうの？　厚かましいにもほどがある。

ジェイクはむきを変え、部屋の外に出ようとした。そのとき、鼻先でドアがゆっくりしまり、鍵がかかる音がした。

「おい、ジョッシュ！」つやのあるオリーブ色の顔を赤黒くし、ジェイクはどなった。「ここをあけろ！」かたい木のドアにこぶしをたたきつける。

「悪いけど、それはできないな」くぐもった楽しそうな声が聞こえてきた。「きみたち二人がちゃんとした大人のようにふるまうまでは」

「なんだって？　なにを言ってるんだ？　いったいどういう……」

「ブライディーが僕たちを書斎に閉じこめたときに言った言葉だよ。大人になりなさいって。二人でけんかしただろ」

「あなたたち、けんかをしていないときってないの？」双子が過去に閉じこめられたときの懐かしい思い出話につきあっている余裕はない。ナイアはパニックに陥っていた。必死に周囲を見回す。こんなところに閉じこめられるわけにはいかない。しかもジェイクと二人きりでなんて！

「ジョッシュ、かんべんしてくれよ……」

「書きもの机の上に飲みものを用意しておいたから、喉がかわいたら飲んで。じゃあ、僕はリーアムを連れて出かけるから。昼さがりの動物園にでも行くかな……」

「ジョッシュ！」ジェイクはどなり声をあげたが、返事はなかった。

「ここも鍵がかかっているわ！」ナイアは呼吸を荒くしながら、鉛枠の窓から離れた。「なにをしているの？」

ジェイクは胡桃(くるみ)材の小さな書きもの机の上にあったアイスペールから、ボトルを一本引きぬいた。

「少なくともジョッシュは、味も値段も最高のものを選んだようだ」アルミ箔(はく)を破り、シャンパンのコルクをひねる。

「あなた、頭がおかしいんじゃないの？」用意してあった二つのグラスにシャンパンを注(つ)ぐジェイクを見ながら、ナイアはぽかんとして言った。「いいえ、あなたたちは二人ともおかしいのよ」そうでなければ、こんなことにはなっていないはずだ。「シャンパンなんて、飲みたくないわ」

「ほかにすることがあるのなら、聞くよ」

彼が考えているのは、私が思っているとおりのことだろうか。私たち二人の今後についての希望的観測とか？　お互いに会えない時間が長くなるほど、なんとかというわよね？　私の場合は、しばらくジェイクに会わなかったことで、彼のとびきり整った顔だちが前にもまして魅力的に見えてしまううえに、あの人を引きつける雰囲気にもいっそう強く反応してしまう。ナイアは裏切りそうな自分の心をののしり、わざと軽蔑するような表情を浮かべた。

ジェイクはナイアにむかって皮肉っぽく乾杯をし、いっきに飲みほした。「かっかしてもしょうがない」

簡単に言わないでほしいわ。「感情的にならずにいられるものですか。もしかして、私が変なのかしらね。でも、むりやり閉じこめられるのは好きじゃないの。しかも一緒にいるのが……」

「毛嫌いしている相手では？」ジェイクがあとを続けた。

「毛嫌いなんてしていないわよ」

「それは希望が持てるね」

「関心がないだけ」ほんとうにそうだったら！　ナイアは汗をかいた手を落ち着きなくこすりあわせた。

「がっかりだな」

そんなふうには見えないけれど。ナイアは腹だたしげに思った。「ジョッシュはいつごろドアをあけてくれるかしら？　作品展は何時に終わるの？」すばらしいグレーの瞳を避けてきく。

「まだわからないのか、ナイア？　ダーリン、作品展なんかないんだよ。僕たちはいっぱいくわされたんだ」ジェイクはやれやれといった顔をした。

「偉そうに言わないで。あなただってだまされたんじゃない。自分のことだけ棚にあげないで」

「棚になんてあげていないさ」ジェイクはそっけなく言った。

「電話では真にせまった声を出していたのよ」ナイアは腹を立てた。

「ジョッシュは自分の話を人に信じさせるのが得意なのさ。僕たちは二人ともそうだ。でも、どうやらあいつのほうが口がうまいみたいだ」

ジェイクの口だって悪くない。それどころか、完璧なほどセクシーな唇をしているわ。ぼんやりと思いながら、ナイアは引き締まった口もとを、長すぎるぐらいじっと見つめていた。

「こんなことをしてどうするつもりかしら？」ナイアはあわてて口をひらいた。彼を見ていたことに気づかれたとわかり、顔が赤くなる。

ジェイクは眉をつりあげた。「わかりきったことさ。シャンパンで」わざと音をたてて、ボトルをアイスペールに突っこむ。「いいムードを作ろうとでもしたんだろ。雰囲気作りに、欠けた月を用意していないのが不思議なくらいさ。これはりっぱな誘惑の舞台だよ、ナイア。言っておくと、ジョッシュはかなりのロマンティストなんだ」

「鼻で笑う皮肉屋よりよっぽどいいわ」

「ロマンティックなのが好みなのかい？」

突然ジェイクが体を動かしたので、ただでさえ神経過敏になっていたナイアは、反射的に飛びのいた。

「そうだと思った」ジェイクの唇が冷笑にゆがむ。

「おとなしくジョッシュを待つしかないよ」

「そんなことできないわ」

「なぜだい？」

「なぜって……」

ナイアはうらめしいような気持ちでジェイクを見た。彼のそばにいることがどんなに苦しいか、どう説明すればいいというのだろう。彼に触れてほしいと全身が叫びだすだなんて。考えるのは彼のことばかりで、あのあたたかい唇の感触や、かたく引き締まった体、それに、麝香（じゃこう）のような男性らしい香りも……。

「ジョッシュがこんなことをするなんて、これが私たちのためになると彼に思わせるようなことを、あなたがなにか言ったのよ」ナイアは非難した。

「妻を亡くしたばかりの弟に、女性に振られてどうだとかいう退屈な話を、僕がするわけないと思わないか？」

「退屈といえば、鏡をよく見てみるといいわ。うつっている人も退屈な人だから。すくなくともジョッシュには想像力があるわ。ちょっと見当違いだけれど」この状況をよろこんでいると思われても困るので、ナイアはあわてて言いそえた。

「それは僕にもどれだけ想像力があるのか、見せてみろっていう挑戦かな？」

そのときナイアがふらりとよろめき、ジェイクの瞳から、からかうような光が消えた。

「だいじょうぶか？」

ナイアはそばの家具に手をついて、体をささえた。

「よくそんなことがきけるわね。知りたいなら教えてあげるけれど、これはたぶん閉所恐怖症になりかけているせいよ」

「そのことは考えないほうがいい」

「どうやって……」言われただけで考えずにすむなら苦労はしないわ。

「話をしよう」

話ね。いいわ、話せばいいんでしょう。

「今度の秘書はどう？」息がつまるほど長い沈黙のあと、ナイアはどうでもいい質問をした。

「彼はよくできるよ。きみの新しい仕事はどう？」

「やりがいはあるわ」気分が落ちこんでいるせいで、

ナイアは任事中、本来の力を出しきれずにいたが、今のところ誰にも気づかれてはいないようだった。というより、気づかれていないことを望んでいた。「派遣会社に私の苦情を言わなかったのね」ナイアは落ち着かない気分で、椅子の肘かけに腰をおろした。「ずいぶんほめてたって言われたけど」

「苦情を言ったら、きみのことだから逆にこちらの苦情を言ってくるだろうと思ってね」

「私はそんな……」

「わかっている」ジェイクはちらりとナイアを見た。その目はあたたかく、ナイアは体が震えた。「ナイア、ききたいことがある……」がさついた、ぶっきらぼうな声だったが、なにかさしせまったものを感じさせた。

それまで自分の感情をいつわることに忙しかったナイアはそのとき初めて、ジェイクもまた、どうでもいいような顔をしながら、彼女と同じように、緊張で神経がまいりそうになっていたらしいことに気づいた。

「なに？」かたずをのんで先をうながす。

「いや、やっぱりいい」ジェイクは早口で、そっけなく言った。

ナイアは大きくため息をつき、肩を落とした。

「ジェイク、よくないわ！」

ジェイクは目に強い光をたたえてナイアをじっと見た。「つまり、きみは……」警戒するようにきく。

「あなたが先に話すまで、私はなにも言わないわよ」ナイアはきっぱりと言った。

ジェイクはゆっくりうなずき、二杯目のシャンパンを一杯目と同じようにぐっと飲みほした。

「きみが言わないと言っているのは、人生に大切ななにかが欠けている気がするという話に関係があることかい？」ジェイクは簡潔にたずねた。「食べものはおが屑(くず)みたいな味がしたり、ものごとに集中できなかったりとか？」

「今までの人生で最悪の一カ月半だったわ」ナイアは聞きとりにくい声で言い、うるんだ目をジェイクにむけた。

「きみがそばにいなくてつらかった。僕になんて言ってほしい？　愛している？」冗談にも聞こえるように、すこしおどけて言うつもりだった。だが、言葉が口から出たときには、嘘いつわりのない感情が表れてしまっていた。

ナイアの心臓の鼓動が速まり、それと同じくらいの速さで彼女は何度もまばたきをした。息を殺す、という言葉の意味を初めて理解した気がする。

「はじまりとしてはなかなかだと思うわ」やっとのことで声を出す。

「きみのアパートメントに行ったんだ」ジェイクはくい入るようにナイアを見つめた。「通路にいたら、男が出てきた」

「男？」そんな話、どうでもいいのに。ナイアはじれったかった。愛しているとか、そのあたりのことをもっと聞きたい。

「きみにキスしていたよ」ずいぶんお粗末なキスだったが。彼はひそかにばかにした。「声も聞いた」

歌うようなアクセントは、ナイアをそのまま男にしたかのように、彼女のものとよく似ていた。そもそもあの日コテージで、ナイアを帰らせるというばかな真似さえしなければ、彼女が昔の恋人とよりをもどすこともなかったのだと思うと、ジェイクにはそれがなによりつらかった。

自分が彼女を必要としていることに納得できるまで、待っていてもらえると考えたことが傲慢だった。アパートメントでの光景を見て、ジェイクは、彼女のほうが自分を必要としていない可能性があることに気づき、ようやく目が覚めたのだった。ジョッシュの言うとおりだ。僕は頭がかちかちのがんこ人間だ。

ジェイクが誰の話をしているのか急に思い当たり、ナイアの顔から困惑の表情が消えた。

「二番目に好きな相手で満足するべきじゃない」ジェイクは謙虚になろうとしていたことも忘れ、つい、きつい口調で言った。

「それは別の言い方をすると、あなたが……」ナイアは考えるふりをした。いたずら心がはたらき、すこしいじめてみたくなる。

ジェイクの目が熱をおびた。「きみに必要なたった一人の男だ」乱暴に宣言する。

腹は立たなかった。ジェイクのうぬぼれともとれる言葉と、真剣な顔にありありと浮かんだ征服したいという思いに反応し、ナイアの胸に情熱の炎がいっきに燃えあがった。

「あなたが見たのはヒューじゃないわ……」

ジェイクは猛烈な感情をやっとのことでおさえた。

いったい何人いるんだ？　ウエールズの山あいには、ミス・ジョーンズを追い回す男がうようよしているに違いない。

「あれは兄のダーベルよ。ブリュッセルで仕事をしているの。ひまさえあれば私を監視しに来るのよ」兄たちは皆そうだ。そのせいで、何年もの間、私の社交生活はだいなしになっている。体格のいい兄たちがいつもまわりを囲んでいたら、できる恋人もできないはずだ。

「お兄さんだって？」ジェイクは引きつった声でくりかえした。「僕は殺してやりたい気分だったのに」低くつぶやく。

「実行にうつそうとしなくてよかったわね。兄は空手の黒帯を持っているから」

「僕だって大学ではボクシングをしていた」

「試合には勝ったの？」

「当然だろう」

「あなたが凶暴な人間だということがよくわかったところで、話をもとにもどしていいかしら？」ナイアはかすれた声で願い出た。「横道にそれる前、なんの話をしていたか覚えているなら……」

「なんだったかな……」ジェイクはからかうような口調で言ったが、急に真剣な表情に変わった。「美しくて、人を怒らせるのが得意なミス・ジョーンズ、愛している」そう言うなり、我慢しきれなくなったように、いきなりナイアに飛びかかる。二人はもつれあったまま、幅のせまい椅子の上にたおれこんだ。

　あばらに彼女の肘が当たるのもかまわず、ジェイクは無我夢中でナイアにキスをした。彼女の呼吸は荒くなり、体は震えていた。

「あなたがとても恋しかった」ジェイクの首や、ひげをそった頬にくりかえしくりかえし唇を押し当てながら、ナイアは吐息まじりにささやいた。彼の指がすばやく確実に、ボタンや留め金をはずし、ファスナーをおろしていく。ナイアは体を震わせながら、可能な範囲で自分もそれを手伝った。

　ジェイクの手のひらが張りつめた胸をさぐり当てたとき、ナイアは安堵の息をもらした。ほころびかけたばらのつぼみのような先端を親指でもてあそばれ、体じゅうがくるおしく燃えあがる。

「きみは完璧だよ」感じやすいふくらみを片方の手のひらに包みこみ、その重さをたしかめながら、ジェイクはささやいた。「素肌に触れたかった。なんてなめらかなんだ」彼はうめき、彼女に激しいキスをした。「行かせるべきじゃなかった」ジェイクはナイアの髪に両手をもぐりこませた。「僕がどんなにきみをほしいと思っているか、わからないだろうね」つらそうに顔をゆがめる。

　歯のあいだから舌をちらりと出し、ナイアは彼の膝に視線を落とした。「おおよその見当はつくわ」うれしそうな、愛情をこめた目をしながら告白する。

ジェイクにまたがるような姿勢をとっていたナイアは、両膝を、彼の長くがっしりとした腿と椅子のあいだにはさまれていた。そのまま上半身をすこし前に乗り出し、なまめかしく体をくねらせて、彼の首に腕を巻きつける。ジェイクのシャツは前がはだけていたので、ナイアの裸の胸は、彼の広くたくましい胸と触れあった。胸毛の感触が心地よくて、半ば目を閉じながら、もう一度胸をすりつける。

　柔らかそうなまつげごしに、じらすような目でナイアに見られ、ジェイクは悪態をついた。「今すぐ思いをとげられなかったら」ナイアの体を抱く腕に力を入れて、立ちあがる。「どうにかなってしまいそうだ。初めて会ったときから、すでにすこしどうにかなっていたけど」

「一緒にどうにかなってしまいましょう」ナイアはささやいた。

　二人は、われを忘れて愛しあった。

　シャンパンを飲みながら、裸で絨毯の上に寝ころがっているなんて、とんでもなく退廃的な気がする。これで暖炉に薪でも燃えていたら最高だ。でも、古びた炉辺に置かれた銅のボウルいっぱいに、夏の終わりのひらききったばらが飾ってあるのも、かわりとしては悪くない。私の隣にいるこの男性については、かわりなんて存在しえないけれど。

　ジェイクの引き締まった裸の体に、ナイアは熱い視線を走らせた。今の彼はリラックスしているが、ほんの数分前までは欲望をむき出しにし、激しく筋肉を使っていたのだ。ほてりは冷めていても、うっすらと残る汗が、そのたくましい輪郭をかたどっている。ナイアはぜい肉のないおなかをそっとなでた。そしてその手をいたずら半分に、完全にではないけれど、おとなしくなっている下腹部にのせた。

　彼女の行動を楽しむように、ジェイクがものうげな笑みを見せた。親密さと約束に満ちたこの笑顔と同じくらい、歯をくいしばり、ぎりぎりまで欲望をこらえて私をじらそうとしているときの顔も好きだ。

愛しあうときジェイクは、ナイアの準備ができてからにしたいと言ったのだった。彼女の頭を自分の胸にのせる形で、彼はうしろからナイアに触れた。彼女は死んでしまうのではないかと思うほど強烈な感覚におそわれ続け、ようやくジェイクと一つになれたときには、彼の叫び声に引けをとらないほど激しいよろこびを感じた。

「幸せかい？」つやのある髪に指をからませながら、ジェイクがきいた。

「信じられないくらい。とてもすてきだったわ、ジェイク」ナイアはけだるげなため息をもらし、なまめかしくのびをした。

「それはもう聞いたよ。一回か二回はね」ナイアが言うほどの半分もすばらしいのであれば、僕は相当な男ということになりそうだ。彼女の情熱的な性格からくる、思いやりに満ちたあのやさしさを、かつては欠点だと決めつけていたとは！

「私のことを笑っているの？」ナイアは怒ったふりをしてにじり寄った。

「できるだけ感じよくね」ジェイクはナイアのあいているほうの手をとり、キスをした。

ジェイクの瞳の中に純粋な愛情の輝きを見て、ナイアは胸がつまった。

彼はうしろからナイアを抱き締めた。「僕は自分の気持ちを表すのが苦手なんだ」

「やってみて」

ジェイクは笑った。深みのある、あたたかで、あけっぴろげな声だった。そういえば、愛し方もあけっぴろげだった、とナイアは思った。

「これまでは信じることができなかったけれど、ほんとうにあるんだな。反発するほどひかれあうって」

「私たちはきっと、互いにおぎなっているのよ。たとえ……率直な意見交換をしているときもね」

　ジェイクは片方の眉をひょいとあげて皮肉を言った。「てっとり早く言えば、けんかってことかな？」

「いつも意見が同じだったらつまらないわ」

「そういうことなら、一生おぎないあう契約を結ぼうか？」ジェイクは大きな音をたてて咳払い(せきばら)をした。

　ジェイク・プレンティスが真っ赤になっている！けれどナイアは、気づかないふりをした。

「それって、プロポーズのつもり？」

「ごめん。口べたなんだ」ジェイクは心の中で自分の不器用さをのろった。

　ナイアは驚きのあまりすぐに返事ができなかったのだが、彼はそれを皮肉と勘違いしたらしかった。

「私を憎んでいるときは、ほんとうに口が悪いわよね」ナイアはそっけなく言った。

「あの日、マッツと会ったあと、車の中でひと晩じゅう考えていた。きみのことを。自分がきみをどう思っているのかを。そして、一緒にいたいという結論に達したけれど、きみには婚約者がいた。それで、心の内をぶちまけようと思ったんだ。僕の気持ちを伝え、婚約者と僕とどちらを選ぶかきこうと考えた。そうしたら、コテージの部屋に入ったとたん、きみが、よりにもよってジョッシュと一緒にベッドに入っているのを見たわけだ。嫉妬(しっと)で頭がおかしくなりそうだったよ！　ジョッシュを傷つけたいと思った。だけど、そんなことを考えた事実を受け入れるのは……」ジェイクは苦しそうにうめいた。「それにしても、きみを憎んだことなんてないよ！」彼女の鎖骨の横にある、脈打つ部分に唇を当てる。「もちろん、いらいらさせられたり、猛烈な怒りを感じさせられることはある。きみが気になってしかたないことも、うっとりしてしまうこともある。でも、憎むなんてありえないよ。愛している。これからもずっと」

彼の言葉の率直さがうれしくて、ナイアの目に純粋なよろこびの涙があふれた。

「私も愛してるわ」彼女は胸をつまらせて答えた。

ジェイクはナイアの肩をぎゅっと抱いた。「結婚してくれるね？」答えはわかっている、という口調だった。

「たぶん、そうするべきね」

「そうするべき？」義務的な口調が気に入らない。

「ほら、ジョッシュが用意するのを忘れたものが一つだけあるでしょう……」

「そんなものあったかな？」

「娘が結婚もしていないのに子どもを産んだら、うちの両親はどんな反応を示すかしら？」

「なんてことだ！」ジェイクはごろりとあおむけになり、手のひらで口を押さえた。「僕ほど無責任でばかな男はいないと思っているだろうね。僕はこれまで一度も……」

「私にとっても初めてのことよ」ナイアは静かに言った。「でも私の恋愛遍歴はないにひとしいから……赤ちゃんのパパが誰かを証明するために結婚する必要はないわ。そうなると、結婚するのは、もう一つの理由からね」ナイアは考えこむふりをしながら、片肘をついて起きあがった。

「もう一つの理由って？」

「私があなたに夢中だからっていうことよ、おばかさん！」ナイアは楽しそうに声をあげ、あたたかくしなやかな体をジェイクに押しつけた。

「ほんとうにうれしいよ！」ジェイクはナイアの女らしく丸みをおびたヒップを両手で包み、自分の方に抱き寄せながら大きな声で言った。「感謝のしるしとして、弟に最高にうまい料理を作ってやろう。僕が名コックだって知っていた？」

「すてき。でもどうやってここから出るの？」

「あそこにある羽目板を見てごらん」

ナイアはジェイクが指さした羽目板張りの壁を見て、うなずいた。

「あれは羽目板じゃなくて、ドアなんだ」

「つまり、私たちは出ようと思えばいつでも部屋の外に出られたということ？」

ジェイクは悪びれる様子もなくうなずいた。

ナイアは口をぽかんとあけて彼を見おろし、それから吹き出した。「かついだわね！」明るく責める。

「きみのためなら、もっといけないこともするさ」

ジェイクは意味ありげににやりと笑った。

「楽しみにしているわ」そう、ほんとうに、ほんとうに楽しみだ。このすばらしい人と過ごす日々が。

ジェイクが言葉どおりとてもいけないことをはじめたので、ナイアは至福のため息をついた。

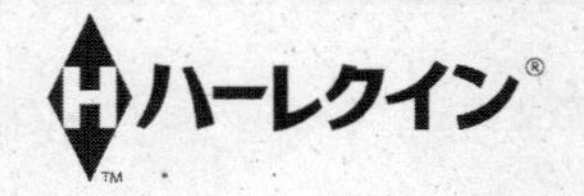

ハーレクイン・ロマンス　2017 年 2 月刊（R-3224）
ハーレクイン・ロマンス　2006 年 9 月刊（R-2136）
サマー・シズラー　2006 年 7 月刊（Z-17）

スター作家傑作選～大富豪の甘い独占愛～
2025 年 3 月 20 日発行

著　　者	リン・グレアム　他
訳　　者	山本みと（やまもと　みと）他
発 行 人	鈴木幸辰
発 行 所	株式会社ハーパーコリンズ・ジャパン 東京都千代田区大手町 1-5-1 電話 04-2951-2000（注文） 0570-008091（読者ｻｰﾋﾞｽ係）
印刷・製本	大日本印刷株式会社 東京都新宿区市谷加賀町 1-1-1
装 丁 者	中尾　悠
表紙写真	© Chesterf, Zheng Bin ｜ Dreamstime.com

ISBN978-4-596-72459-5 C0297